KB100183

송명신언행록 3

宋名臣言行錄

Song Ming Chen Yan Xing Lu

지은이

주희(朱熹, 1130~1200) _ 시호는 文公이며 字는 元晦, 호는 晦庵. 남송의 대 유학자이며 성리학의 집대
성자이다. 原籍은 江東의 徽州 婺源縣(현재의 江西省)이지만 福建 南劍州에서 출생하여 후에는 주로 福
建의 建寧府(현재의 武夷山市)에서 활동하였다. 19세이던 高宗 紹興 18년(1148)에 진사과에 합격했으
며, 知南康軍・浙東提擧常平茶鹽公事 등을 역임하였다. 『四書集注』, 『伊洛淵源錄』, 『近思錄』, 『資治
通鑑綱目』, 『朱子語類』 등 수많은 저서가 있다.

이유무(李幼武, 생존연대 불명) _ 字는 士英으로 江西 吉州 廬陵縣 출신이다. 주희의 外孫으로서 남송
시대 전반기(四朝) 名臣들의 嘉言懿行을 輯錄하여, 『皇朝名臣言行續錄』(8권), 『四朝名臣言行錄』(上下
각 13권), 『皇朝道學名臣言行外錄』(17권)을 저술하였다.

엮고옮긴이

이근명(李瑾明, Lee, Geun-myung) 서울대학교 동양사학과와 동 대학원 졸업(문학박사). 현재 한국외
국어대학교 인문대학 사학과 교수로 재직 중이다. 주요 저서로 『왕안석 자료 역주』(HUiNe, 2017), 『남송
시대 복건 사회의 변화와 식량 수급』(신서원, 2013), 『사료로 보는 아시아사』(공저, 위더스북, 2014), 『아
틀라스 중국사』(공저, 사계절, 2007), 『송원시대의 고려사 자료』1·2(공저, 신서원, 2010), 『동북아 중세
의 한족과 북방민족』(공저, 동북아역사재단, 2010) 등이 있다.

송명신언행록 宋名臣言行錄 3

1판 1쇄 인쇄 2019년 2월 19일 **1판 1쇄 발행** 2019년 2월 25일

지은이 주희·이유무 **엮고옮긴이** 이근명 **펴낸이** 박성모 **펴낸곳** 소명출판
출판등록 제13-522호 **주소** 서울시 서초구 서초중앙로6길 15(란빌딩 1층)
대표전화 (02) 585-7840 **팩스** (02) 585-7848
이메일 somyungbooks@daum.net **홈페이지** www.somyong.co.kr

ISBN 979-11-5905-348-1 94820
ISBN 979-11-5905-345-0 (전 4권)

값 29,000원 ⓒ 한국연구재단, 2019

이 번역도서는 1999년도 정부재원(교육인적자원부 학술연구조성사업비)으로 한국연구재단의 지원에 의하여 연구되었음.

송명신언행록 宋名臣言行錄 3

주희 · 이유무 지음 | 이근명 엮고옮김

소명출판

◆ 일러두기

1. 이 책은 『宋名臣言行錄』(朱熹·李幼武 撰)을 발췌·번역한 것이다.
2. 번역의 底本은,
   1) 朱熹, 『五朝名臣言行錄』(『前集』, 朱子全書本, 上海 : 上海古籍出版社, 合肥 : 安徽教育出版社, 2002),
   2) 朱熹, 『三朝名臣言行錄』(『後集』, 朱子全書本, 上海 : 上海古籍出版社, 合肥 : 安徽教育出版社, 2002),
   3) 李幼武, 『宋名臣言行錄 五集』(『續集』·『別集』·『外集』, 宋史資料萃編本, 臺北 : 文海出版社, 1967)이다.
3. 譯註를 붙이는 데 있어 다음과 같은 서적들을 참고하였으나 일일이 附記하지 않았다.
   1) 『宋史』(標點校勘本, 北京 : 中華書局)
   2) 『中國歷史大辭典 宋史卷』(上海辭書出版社, 1984)
   3) 譚其驤 主編, 『中國歷史地圖集 第六冊 宋·遼·金時期』(地圖出版社, 1982)
   4) 龔延明, 『宋代官制辭典』(北京 : 中華書局, 1997)
   5) 臧勵龢 等編, 『中國古今地名大辭典』(上海 : 商務印書館, 1931)
   6) 史爲樂, 『中國歷史地名大辭典』(北京 : 中國社會科學出版社, 2005)
   7) 『アジア歴史事典』全10卷(東京 : 平凡社, 1962) 등

이 책은 남송의 대 유학자 주희(朱熹, 1130~1200)와 그의 외손자인 이유무(李幼武, 생존연대 불명)에 의해 편찬된 책이다. 주희는 두말할 나위 없이 성리학의 집대성자인 주자를 가리킨다. 뒤에 나오는 해제(『宋名臣言行錄』의 編纂과 後世 流傳)에 적혀 있듯, 이 책은 주희와 이유무가 직접 저술한 것은 아니다. 각종 서적에 기록되어 있는 내용 가운데 편찬 취지에 맞는 것을 가려 뽑아 모은 것이다. 그 각종 서적이란 것도 대단히 다채로워서, 관사찬 사서(史書)로부터 문집, 필기사료(筆記史料), 행장(行狀)과 일기, 어록 등에 이르기까지 실로 각양각색이라 하여 지나침이 없을 정도이다.

주희는 북송 시대에 살았던 명신들의 행적 가운데 후세의 귀감이 될 만한 것을 가려서 두 권의 책(『五朝名臣言行錄』과 『三朝名臣言行錄』)으로 엮었다. 그리고 그의 외손자였던 이유무가 그 뒤를 이어 대략 남송 시대에 활동한 인물들의 행적을 세 권의 책(『皇朝名臣言行續錄』, 『四朝名臣言行錄』, 『皇朝道學名臣言行外錄』)을 만들었고, 후일 이것이 주희의 저서에 덧붙여져 마치 하나의 책인 양 전해지게 된 것이다. 주희와 이유무 저술 사이의 터울도 수십 년에 달하고, 또 두 사람의 저술은 그 성격이나 완성도 면에서 상당한 차이가 있다. 그럼에도 불구하고 두 저술이 하나로 묶여 『송명신언행록』이라 명명되고, 그것이 후세에 전해지게 되었던 것이다.

처음 주희가 이 책을 만든 목적은 '세상의 교화'를 위해서였다. 하지만 유의해야 할 점은 '세상의 교화'라 할 때 그 대상은 독서인층 내지 사대부에 국한되어 있었다는 점이다. 한번 쭉 훑어보면 단번에 알 수 있듯, 이 책 가운데 일반 백성의 일상생활에 참조가 될 만한 내용은 거의 없다. 농민들의 가정생활이나 생산 노동은 물론이려니와, 도시민의 일상생활에 관련된 내용도 없다. 언행의 주인공이 '명신(名臣)'일 뿐만 아니라, 그 채록된 언행의 내용 또한 사대부들의 행동에 귀감이 될 만한 것들뿐이다. 우선 '명신'이라 해도 거의 대부분 재상이나 부재상 등 고위 관료가 태반이다. 재상이나 부재상 등이 아니라면 적어도 대간관(臺諫官)이나 명장(名將) 정도는 되어야 입전(立傳)의 대상이 된다. 또한 후세에 귀감이 될 만한 언행이라는 것도, 남다른 치적이라든가 올곧은 정치 주장의 피력, 혹은 관직생활에 있어서의 청렴 결백 등이 대부분이다.

사실 그 시각이나 관심 대상이 이렇듯 독서인 내지 사대부층을 향하고 있다는 점은 비단 이 책에만 그치지 않는다. 주희를 위시한 송대 성리학자들의 교화나 훈도 자체, 철저히 독서인층을 대상으로 한 것이었다. 성리학에서 향당(鄕黨) 질서의 순화를 위해 도입한 질서인 향약(鄕約)까지도 그 구체적 행동 규약을 보면 사실 일반 백성은 관심 대상이 아니다. 오로지 향촌의 지도자인 독서인과 사인(士人)만이 향약 덕목의 적용 대상이었다.

이 책에서 입전하고 있는 인물, 즉 명신은 재상이나 부재상, 명장 등의 고위 관료가 주류를 점하고, 그 수록 내용 역시 정치적 행적이 대부분이다. 따라서 주희에 의해 창안(創案)된 '언행록'이란 장르는, 기전체나 편년체 등과는 다른 또 하나의 역사 서술 형식이란 평가를 받아왔다. 명신, 즉 조야에서 높은 명망을 얻고 있는 인물만을 입전하고 있으므로,

그 수록 내용(언행)이 한 시대의 역사 사실을 빠짐없이 포괄할 수는 없다. 또 명신의 행적이라 해도 그것이 귀감이 될 만한 것이 아니라면, 그 역사적인 비중이 아무리 크다 할지라도 제외시킨다는 입장을 취하고 있다. 이를테면 어느 시대 명신이 아닌 재상이 주도한 일로서 대단히 역사적으로 중요한 사안이로되 바람직스럽지 아니한 것이 있을 수 있다. 그러한 경우라면 그 권신의 정책에 대해 비판적 입장에 서있는 인물이 명신으로 선정되는 것이고, 그 명신의 언행을 통해 해당 내용에 대한 평가와 서술이 진행되는 것이다. 마찬가지로 명신의 행적으로서 귀감이 될 만한 것은 아니로되 역시 중요한 사안이라면, 그것에 대해 비판적 입장에 선 다른 명신의 항목에서 서술되는 경우가 많다.

이러한 연유로 '명신언행록'은 시대의 역사 전개를 새로운 시각과 기준에 의해 재구성한 역사서라 할 수 있다. 따라서 주희는 『오조명신언행록』과 『삼조명신언행록』의 편찬을 통해 '언행록체'라는 새로운 형식의 역사 서술 체례를 만들었다는 평가를 받아왔던 것이다. 뿐만 아니라 주희는 『자치통감강목(資治通鑑綱目)』의 저자이기도 하다. 그리고 『자치통감강목』은 '강목체(綱目體)'라는 새로운 역사 서술의 효시였다. 또한 그는 『근사록(近思錄)』의 편찬을 통해 학술사의 새로운 지평을 연 학자였다. 주희는 중국 역사상 가장 중요한 철학자 가운데 한 사람이었지만, 동시에 역사학자로서도 결코 무시할 수 없는 입지를 가지고 있는 인물이라 할 수 있다.

주희는 자신의 저서(『五朝名臣言行錄』과 『三朝名臣言行錄』) 서문에서 교화의 목적으로 저술하였다고 술회하고 있지만, 그렇기 때문인지 그 내용 가운데는 다소 과장된 내용이 적지 않다. 아니 때로 동일 인물의 행적으로서 전후의 서술이 모순된 경우도 적지 않다. 또 중국적 과장 내지 수사(修辭)의 경향이 지나친 내용도 여기저기서 산견된다. 이를테면 어느 명신의 청렴을 강조하는 내용이 수록되어 있지만, 동일 인물 행적으로 뒷부분에 그것과 정면으로 배치되는 것이 등장하는 사례 등이 그것이다. 때로 강직하고 엄정한 행적을 강조하다가 그 뒷부분에는 그와 전연 어울리지 않는 내용을 부주의하게 소개하는 경우도 있다. 나아가 과연 청렴함이나 관대함으로 보아야 할지, 아니면 무신경이나 무관심으로 해석해야 할지 모를 정도의 내용이 등장하는 수도 있다.

더 흥미로운 것은 상투적인 과장과 수사적 서술이다. 이러한 경향은 청렴이나 강직, 부모나 군주에 대한 충효, 덕정(德政)의 시행 등을 강조하는 부분에서 두드러진다. 이를테면 부모 상을 당하여 슬픔으로 수척해졌다든가, 혹은 하도 슬프게 통곡하여 주변 사람들이 눈물을 훔쳤다든가 하는 내용 등이 그것이다. 군주에 대한 걱정과 충정 때문에 병을 얻었다는 내용도 여기저기에 등장한다. 또 내외의 압력과 악조건을 이기고 황정(荒政)을 효과적으로 펼쳐 수십만의 생령(生靈)을 구조하였고, 그래서 목숨을 건진 사람들이 그 은혜에 감복하여 울며 고향으로 떠나갔다는 기록도 적지 않다. 나아가 어느 명신이 임기가 만료되어 이웃 지방으로 전근가는 것을 두 지방 백성들이 가로막으며, 그 선정을 흠모한 나머지 서로 자기네 지방장관이라고 우겼다는 내용이 두어 차례나 나오는 대목에 이르러서는 실로 어안이 벙벙해질 정도이다.

이러한 상투적 과장 내지 수사적 서술은 대외 관계에서 더욱 두드러지게 나타난다. 그러한 서술 경향은 대외전쟁이나 사신의 접대, 외교적 절충 등을 가리지 않고 빈번히 등장한다. 이를테면 서하나 거란, 금과의 전쟁 장면을 보면 대단히 기이하면서도 이해 못할 대목이 적지 않다. 송 측의 군대가 외국과 전쟁을 벌여 패전할 때는 통상 몇 가지 불운이 겹쳤기 때문이라 적고 있다. 또는 효과적으로 전투를 수행하다가 갑작스레 사소한 계기로 말미암아 무너지는 듯 적는 경우도 많다. 도대체 왜 송측의 군대가 패전을 맞이하게 되는지 이해하지 못할 기술 태도를 보이는 것이다.

또한 거란이나 금측의 사신을 맞이할 때 명신들은 대단히 중후한 군자라든가, 혹은 사직과 군주를 온 몸으로 지키기 위해 충정을 불사르는 우국지사와 같은 모습으로 묘사되고 있다. 외국 사신은 이러한 명신을 경애와 흠모의 대상으로 우러러 보았다고 한다. 한 걸음 더 나아가 명신이 외국 사신을 이적(夷狄)으로 대하지 않아 그들로부터 감동을 샀다고 말하기도 한다. 때로는 거란이나 금의 조정에서, 도리로써 그들을 회유하고 선무하여 마침내 신의를 모르는 금수와 같은 그들을 설복시켰음을 소개하기도 한다. 또 '송조의 황제는 남북의 백성 모두를 불쌍히 여기므로 거란과 전쟁을 애써 회피하는 것이다'라고 말하기도 한다.

나아가 전연(澶淵)의 맹약 당시 송이 거란에 커다란 은혜를 미쳤다는 내용도 도처에 등장한다. 당시 송의 군사력이 거란을 압도하는 상태였고 거란 군대가 고향을 멀리 떠나와 거의 무너지기 직전 상태였지만, 그것을 공격하지 않고 짐짓 맹약을 체결해 주었다는 것이다. 또 맹약의 체결 이후에는 일부 신하들이 돌아가는 거란 군대를 공격하여 궤멸시키자 하였지만, 진종이 그걸 만류하여 마침내 거란 군대가 탈 없이 귀환할 수 있었다고 한다. 사실 1004년 전연의 맹약은 송조로서 어쩔 수 없어 막대한 대가의 지급을 조건으로 거란의 남침을 막은 것이었다. 거란의 남침 소식이 전해지자 송 조정은 가위 공포의 분위기에 휩싸여 버렸다. 그래서 진종에게 강남이나 사천으로 도망가자고 권유하는 인물도 적지 않았다. 그런데 명신의 언행에서는 이러한 사실 관계가 완전히 송조의 편의대로 도치되어 버리는 것이다. 심지어 정강(靖康)의 변(變), 즉 북송의 멸망 이후에는 더 심각한 인식이 등장하기도 한다. 즉 고려·발해·몽골 등에 사신을 보내게 되면, 그들이 송조의 덕(德)을 흠모하여 부모와 같이 우러르고 있기 때문에, 다투어 원군을 내어 송을 도와 줄 것이라 말하기도 하는 것이다. 사실 이러한 중국 전통 사서의 자아도취적 기술은 『송명신언행록』이나 송대의 저작에만 국한되는 것이 아니다. 정도의 차이는 있을지언정 이러한 소아병적 자기중심 태도는 사서(史書)나 문집, 그리고 이른바 명신이나 범용한 관료를 가리지 않고 공통적으로 드러나는 현상이기도 하다.

이렇듯 『송명신언행록』은 '교화'란 목적 아래 저술된 책이기 때문에 그 서술 내용에는 문제점과 약점이 적지 않다. 이 책을 토대로 송대의 역사상, 혹은 송대 지식인의 모습을 재구성하는 것에는 상당한 주의가 필요하다. 다만 주희와 이유무가 이 책을 편찬할 때 의거하였던 서적 가운데 상당수가 현재는 전해지지 않고 망실된 상태이다. 그리하여 원 저작이 사라진 관계로 현재 이 책에서만 보이는 내용 내지 항목도 제법 많다. 이러한 점을 고려하면 사료적 가치란 면에서는 상당한 중요성을 띠고 있다고 하겠다.

이 책은 『송명신언행록』 가운데 일부의 내용을 발췌하여 역주한 것이다. 번역 대상 내용의 선별에 있어서는 가능한 한 상투적이고 의례적인 것은 제외하고, 송대의 역사상 이해에 효용이 되는 항목을 택한다는 자세를 취하였다. 역주는 내용을 매끄럽게 이해할 수 있도록 가능한 한 상세하게 붙이려 하였다. 그러나 기본적으로 이 책은 일반 독자가 읽기에는 너무도 난삽하고 지리한 내용으로 되어 있다. 필시 중국사 연구자, 그것도 송대사 내지 중국 중세사 전문가가 아니면 독서에 엄두를 내기 힘들 것이라 여겨진다. 어쩌면 송대사 전공자라 해도 전체의 내용을 차분히 읽어내려 가기는 힘들지도 모른다. 이 책에서 한글 전용 원칙을 취하지 아니하고 한자를 병용한다거나, 혹은 역주에서 대단히 전문적이면서도 세밀한 내용이나 고증을 가한 것도 그러한 이유에서였다.

이 책의 번역에는 많은 시간과 노력이 소요되었다. 특히 후반부(『속집』, 『별집』, 『외집』)는 한적본 이외에 근대적 배인본(排印本)도 부재한 상태라서 구두점 찍기부터 시작하여야 되었다. 중국과 일본에는 『송명신언행록』이란 명칭의 번역서 내지 편역서가 몇 종류 존재하지만, 그 모두 주희 편찬 부분에 대한 것일 뿐이다. 이유무가 편찬한 부분에 대한 번역은 이 편역서가 그 최초의 시도라 할 수 있다.

이 책의 번역 작업을 시작하게 된 것은 서울대 동양사학과에 재직하셨던 이성규 선생님의 권유와 도움 때문이었다. 이성규 선생님은 이 책의 번역에 대해서 뿐만 아니라 역자가 지금껏 공부를 해 오는 데 있어 많은 도움을 베풀어 주셨다. 온후한 인격과 세심하고 따뜻한 지도에 깊은 감사와 존경을 표한다.

2019년 2월
편역자 씀

송명신언행록 전체 차례

송명신언행록 속집

宋名臣言行錄 續集

권1

黃庭堅

哲宗 紹聖 2년(1095) 章惇과 蔡卞이 집권[1]하여 여러 간사한 무리들과 더불어 이전에 찬수된 神宗實錄을 힐난할 때의 일이다.[2] 당시 참여했던

1   章惇이 宰相인 尙書左僕射兼門下侍郎 직위에 오르는 것은 哲宗 紹聖 元年(1094) 4月의
    일이며, 詔令에 의해 神宗實錄의 再修가 착수되는 紹聖 元年 閏4月 당시 蔡卞은 同修國史
    의 지위에 있었다(『宋史』 권18, 「哲宗紀」 2 참조). 蔡卞이 재상 직위에 오르는 것은 紹聖
    4年(1097)의 일이다.
2   神宗實錄은 최초 哲宗 元祐 年間 舊法黨 인사들에 撰修되었다. 哲宗 元祐 元年(1086)
    撰修가 시작될 당시에는 宰相인 司馬光이 提擧였다가, 司馬光 逝世 이후에는 呂公著
    가 提擧, 黃庭堅과 范祖禹가 檢討가 되었으며, 呂公著 作故 이후에는 呂大防이 提擧
    가 되어 神宗實錄의 撰修 작업을 주도하였다(이러한 정황에 대해서는, 沈松勤, 『北宋文
    人與黨爭』, 北京 : 人民出版社, 1998, 157쪽 및 姚瀛艇 編, 『宋代文化史』, 開封, 河南大學
    出版社, 1992, 319쪽 등을 참조). 당시 神宗實錄 編纂의 주된 근거자료로 이용되었던
    것은 司馬光의 家藏記事 및 『涑水紀聞』 등 철저히 新法黨에 부정적인 견지에 서 있
    는 것들이었다. 따라서 이들 舊法黨 인사들에 의해 撰修된 神宗實錄은 王安石 중심
    의 신법정치에 대해 비난일변도의 자세를 취했다. 예컨대 당시 實錄 撰述의 핵심
    인물 가운데 하나였던 范祖禹의 子 范沖은, "先臣修神宗實錄 首尾在院 用功頗多. 大

史官들은 수도 일원에 불러모아 처분을 기다리도록 했다. 章惇과 蔡卞 등은 천여 개의 조항을 지적하며 근거가 없다고 말하였으나, 서리들이 검토한 결과 거의 대부분 근거자료가 있는 것들이었다. 그 밖에 실제로 근거가 없는 것들은 겨우 32개 조항에 불과하였으며, 그것도 아주 세세한 것들일 뿐이었다. 그런데 그 가운데 黃庭堅이 쓴 것[3]으로, '鐵爪로 황하를 치수하니 아이들의 장난과 같았다'는 내용[4]이 있었다. 장돈 등은 가장 먼저 이에 대해 물어보았다. 황정견은,

"내가 당시 北京 大名府의 教授[5]로 재직하고 있었는데, 참으로 아이들 장난 같이 보일 따름이었다"

意止是盡書王安石過失"(『建炎以來繫年要錄』권79, 紹興 4년 8월 戊寅)이라 말하고 있을 정도이다. 이러한 관계로 紹聖 年間 재차 정권을 장악한 신법당 측은 紹述 직후인 紹聖 元年(1084) 그 重修을 주장하여, 蔡卞을 國史修撰으로 한 重修作業에 들어갔다. 新法黨에 의해 重修된 神宗實錄은 그 해 12월에 완성되어 哲宗에게 進獻된다. 당시 新法黨 진영에서는 이처럼 神宗實錄의 중수작업을 진행하는 한편으로, 이전의 실록 찬수 과정에 참여했던 구법당 인사들에 대해 問罪하는 조치를 명령했다. 그 주된 대상 인물들이 范祖禹, 趙彦若, 黃庭堅 등이었다. 이러한 神宗實錄의 撰修 및 改修 정황에 대해 王明淸의 『玉照新志』에서는, "元祐初 修神宗實錄, 秉筆者 極天下之文人 如黃 秦 晁 張是也 故詞釆粲然高出前代. 紹聖初鄧聖求 蔡元長上章 指以爲謗史 乞行重修. 蓋舊文多取司馬文正公 涑水記聞 如韓 富 歐陽諸公傳 及敍劉永年家世載徐占德母事 王文公之詆永年 常山呂正獻之評 曾南風邵安簡借書多不還陳秀公母賤之類 取引甚多. 至新史 於是裕陵實錄 皆以朱筆抹之 且究間前日史臣悉行讒斥 盡取王莉公日錄 無遺以刪修爲 號朱墨本"(권1)이라 기록하고 있다. 神宗實錄은 南渡 이후인 高宗 紹興 4년(1134) 재차 重修가 시작되어 그 2년 후인 紹興 6년(1136) 成書된다. 神宗實錄은 전후 3차에 걸쳐 편찬되었던 셈이다.

3　黃庭堅은 元祐 年間 實錄院檢討集賢校理, 著左兼史館 등의 직위에 있으며 神宗實錄 찬수 과정에 핵심인물의 하나로 활동했다.

4　북송 초 이래 수차에 걸친 黃河의 決潰는 심각한 사회문제화되어 있었다. 더욱이 황하의 河口는 거란과의 국경에 위치해 있어서 黃河는 그 자체 국방상으로도 중요한 위치를 점하고 있었다. 王安石은 집권 이래 황하의 治水에 대한 근원적인 문제 해결을 지향하여 수많은 財源과 인력을 투입하였다. 이 과정에 당시 최신의 工學技法이 동원되어 마침내 熙寧 5년(1072) 4월, 2년여에 걸친 대공사가 완료되고 황하의 치수 문제가 일단락되기에 이른다. 鐵爪는 당시 사용되었던 河低 준설기구로서 거대한 철제 갈퀴와 같은 형상을 취하고 있었다.

5　정식 직함은 教授北京國子監이었다.

라고 말했다. 모든 질문에 전부 이렇듯 강직하게 대답했다.[6] 이를 들은 사람들은 그 자세가 당당하다고 여겼다.

다음은 蘇東坡의 회고담이다.

'趙挺之[7]가 元豊 年間(1078~1085)의 말엽에 德州의 通判으로 근무할 당시, 황정견은 德平鎭 監鎭[8]의 직위에 있었다. 조정지는 新法을 추진하는 提擧官의 비위에 맞추기 위해, 덕평진에서도 市易法을 행하고자 했다. 하지만 황정견은, 덕평진이 지역도 작고 주민도 가난하여 그 부담을 견디지 못해서, 만일 시역법을 시행하게 되면 필시 백성들이 뿔뿔이 흩어질 것이라 생각했다. 그럼에도 불구하고 조정지의 고집대로 시역법 시행을 위한 公文이 오가자 士人들은 그 처사를 비웃었다.'

황정견은 李資深의 書卷에 다음과 같은 跋文을 적고 있다.

'내 반년 동안 宜州에 유배 가서 머문 적이 있다. 그때 官司에서 내게 城

---

6 '아이들 장난 같았다(同兒戲)'라는 鐵爪에 대한 黃庭堅의 평가는 사실관계를 악의적으로 왜곡한 것이다. 그 자신 北京國子監의 敎授로 재직 당시 鐵爪에 의한 黃河의 浚渫作業을 보고 난 이후, 「和謝公定河朔漫成」이란 詩 가운데에서 "直渠殺勢煩才吏 機器爬沙聚水兵 河面常從天上落 金堤千里護都城"(『黃庭堅詩集注』, 北京 : 中華書局, 中國古典文學基本叢書, 2003, 『山谷外集詩注』권4)이라는 최상의 찬탄을 보낸 바 있기 때문이다. 任淵・史容・史季溫 등의 宋人 등은 이 詩 가운데의 機器에 대해 '機器謂鐵龍爪 濬川爬也'라고 注를 붙이고 있는 바, 당시 黃庭堅은 鐵爪의 효과에 대해, "(河上의 淤積을) 하늘로부터 쏟아 붓듯 퍼올린다(河面常從天上落)"라고 말하였던 것이다.

7 趙挺之(1040~1107)는 京東東路 密州 諸城人(오늘날의 山東省 諸城市)으로서 進士 출신. 휘종 시대 御史中丞과 中書門下侍郎, 尙書右僕射 등의 요직을 역임하며 蔡京 등과 더불어 신법정치의 중심인물로 활동했다. 특히 철종 시대를 통해 蘇軾과 알력을 빚으며 그를 탄핵하였던 것으로 유명하다.

8 鎭은 縣以下에 설치되는 지방행정 단위. 縣格에는 이르지 못하되 자못 상당한 인구를 포용하는 지역에 鎭을 설치했다. 따라서 통상 鎭 가운데에는 상공업 발달 지역이 많았으며, 국가권력 측에서 鎭을 설치하는 이유 또한 이러한 상공업 발달에 따른 조세징수의 편의를 도모하기 위해서였다. 監鎭은 鎭의 행정장관이다.

內에서는 거주할 수 없다 하여 짐꾸러미를 싸들고 가서 子城[9]의 남쪽에 자리 잡았다. 내가 빌린 집은 시끄럽기 짝이 없었고, 서재는 위로 비가 들고 옆으로는 바람이 들이치며 지붕조차 없는 상태였다. 저자 거리의 소리도 소란스러웠다. 이에 분별없는 이들은 내가 그런 어려움을 견디지 못할 것이라 생각했으나, 내 생각은 달랐다. 나는 본디 농사를 짓는 집안 출신이다. 만일 내가 과거에 응시하여 관료가 되지 않았다면, 村中에 있는 집 또한 다 이런 정도일 것이다. 어찌 그 어려움을 견디지 못할 것이 있겠는가? 나는 臥床을 하나 장만한 다음 香을 피우고 앉았다. 그 臥床은 서쪽으로 붙어 있는 이웃집의 소 잡는 평상과 마주보고 있었다. 바로 이곳에서 三文을 주고 산 싸구려 닭털로 만든 붓으로 이 글을 쓰노라.'

九江에 碑工이 있었는데 글자 새기는 것이 매우 정교했다. 황정견은 그 사는 곳을 제하여, '玉을 세공하는 가게(琢玉坊)'라 했다.

崇寧 年間(1102~1106)의 초엽 각 지방에 詔를 내려 元祐 年間(1086~1094)에 활동한 舊法黨 인사들의 성명을 새긴 碑[10]를 세우게 하였다. 이에 따라 太守가 이 碑工을 불러 새기게 한 바, 비공이 말했다.

"예전에 小人의 집안은 가난했는데, 蘇內翰[11]과 黃學士[12]의 문장 및

---

9   본성에 딸려 따로 쌓은 城.

10 元祐黨人碑를 가리킨다. 崇寧 元年(1102) 徽宗은 親政에 나서며 蔡京을 재상으로 삼고 신법정치로의 회귀를 천명한다. 이와 동시에 司馬光, 文彦博, 蘇軾 등 元祐 年間(1086~1094) 舊法政治를 주도했던 인사들 120여 명을 '姦黨'이라 칭하며 비석에 새겨 수도 및 각 지방에 세우도록 하였다. 이어 崇寧 3년(1104)에는 元祐黨人에다가 紹述政治에 반대했던 인사까지 포함한 309명의 성명을 새긴 비석을 수도 및 각지에 세웠다. 이러한 구법당 인사들의 성명을 새긴 비석을 元祐黨人碑라 일컫는다. 이 비석에 성명이 새겨진 사람들은, 그 본인은 물론 그들과 혈연관계가 있는 자까지 모두 수도에 들어오는 것이 금지되었으며 관리로서의 등용도 엄격히 제한했다. 나아가 黨人들의 문장을 불살라 후세로 전해지지 않도록 할 정도로 탄압은 철저했다.

11 蘇軾(1036~1101)의 別稱. 內翰은 翰林學士를 가리키는 말로서, 蘇軾이 哲宗 元祐 年

글씨를 새겨서 마침내 배부르고 따뜻하게 되었습니다. 그런데 지금 황학사님의 이름을 두고 간사한 사람이라 새기라 하시니, 진실로 차마 손을 놀릴 수 없습니다."

태수가 이를 의롭게 여겨 말했다.

"어질도다. 사대부일지라도 오히려 미치지 못할 것이로다."

태수는 술과 고기를 내리고, 그의 청을 들어주었다.

曾布가 元祐 年間(1086~1094)과 紹聖 年間(1094~1098)[13]에 다 잘못이 있었다고 하며 공명정대함으로써 朋黨의 폐해를 없애자고 주장했다. 이에 改元하여 그 해(1101)를 建中靖國 元年으로 하라는 詔가 내려졌다. 그러자 어떤 이가 建中은 唐 德宗이 奉天으로 몽진 갔을 때의 연호[14]라고 지적하자 徽宗은,

"太平은 梁末帝가 禪讓할 때의 연호이지만 太宗皇帝께서는 이에 거리껴하지 않으셨도다"[15]라고 말했다.

이를 듣고 황정견이 말했다.

"인재들이 朋黨으로 나뉘어져서는 안 된다. 하지만 자고로 君子와 小

間 翰林學士를 역임한 관계로 그를 蘇內翰이라 칭하기도 한다.

12 黃庭堅(1045~1105)의 別稱. 學士란 館閣에 재직하는 관료 즉 館職의 통칭이다. 황정견은 哲宗 元祐 年間을 통해 史館 및 集賢院의 관리로 재직하였기 때문에 黃學士라 칭해지기도 한다.

13 元祐 年間이란 宣仁太后의 섭정시기 新法黨의 정책을 철저히 파기하고 舊法으로의 회귀를 지향했던 舊法黨 집권기를 말하고, 紹聖 年間이란 神宗時代 정치의 紹述, 즉 新法으로의 전면적 복귀를 천명했던 시기를 가리킨다.

14 唐 德宗이 建中 4년(983) 주체의 난으로 말미암아 奉天(오늘날의 陝西省 乾縣)으로 피신했던 것을 가리킨다.

15 梁末帝는 南朝 梁政權 최후의 황제. 敬帝라고도 칭해진다. 太平이란 年號 또한 南朝 梁 최후의 연호로서 太平 2년(557) 末帝는, 陳을 창건하는 武帝 陳覇先에게 禪讓함으로써 梁政權은 멸망한다. 北宋 제2대 황제인 太宗은 이러한 사실을 알면서도 즉위 직후 太平興國이란 연호를 채택했다.

人이 뒤섞여 함께 쓰여서는 다스림이 제대로 이루어진 적이 없었다. 무릇 군자는 쉬이 물러나지만 소인은 물러나는 것이 어렵다. 따라서 군자와 소인이 함께 쓰이게 되면, 끝내는 군자가 다 물러나고 소인들만 홀로 남게 된다. 德宗 역시 그러다가 蒙塵 가게 되었던 것[16]이다. 建中은 바로 그 德宗이 즉위할 때 改元하여 사용한 연호이다. 거울로 삼아야 마땅할 것이다."

趙挺之가 中丞[17]이 되었다. 이에 황정견이 말했다.

"조정지는 처음 章惇에 기대 승진했다가, 얼마 후에는 蔡卞에게 아첨하였습니다. 채변이 좌천된 후에는 다시 曾布에게 아첨하여 거의 날마다 그 門下에 드나들다시피 하였습니다. 이런 까닭에 그 권세가의 눈치를 살피는 것, 그리고 음험하고 간사함을 들어 사대부들이 논하기를, '다른 고장 출신의 복건 사람(福建子)'[18]이라 부릅니다. 바라건대 굽어 살펴

---

16 德宗 建中 年間의 初에 盧杞를 重用함으로 말미암아 당시의 名臣이라 칭해지던 인물들이 모두 물러나게 되었던 것을 가리킨다. 盧杞는 建中 2년(781) 宰相인 門下侍郎同平章事에 오른 이후 자신에게 부회하지 않는 강직한 인물들을 하나씩 제거하기 시작하여, 우선 宰相 楊炎을 실각시키고 이어 張溢을 外藩으로 좌천시켰다. 또 顔眞卿을 死地로 내몰아 反徒 李希烈에 의해 살해되게 만들었다. 이렇듯 노기의 집권으로 말미암아 조정에는 명망 있는 臣僚들이 남아 있지 않게 되고, 급기야 번진 정책의 실패로 인해 德宗이 奉天에까지 蒙塵하게 되었다고 지적하고 있는 것이다.

17 御史中丞의 약칭. 郡臣의 章奏와 糾劾을 관장하는 御史臺의 장관이다.

18 '복건 사람(福建子)'란 당시인들이 呂惠卿(1032~1111)을 두고 지칭했던 말이다. 여혜경은 福建路 泉州 晉江人(오늘날의 福建省 泉州市)으로 熙寧 年間(1068~1077) 王安石의 절대적인 신임 아래 요직을 두루 역임하다가, 熙寧 7년(1074) 왕안석이 일시 좌천되었을 때 부재상인 參知政事에 올라 신법정치를 사실상 주도하게 된다. 하지만 이윽고 왕안석이 재차 宰相으로 복귀한 후에는 왕안석에 대해 온갖 방도로 음해하기 시작하였다. 이러한 까닭에 그의 배은망덕함, 음험함을 들어 당시인들은 '복건 사람(福建子)'라 칭하였다. 이와 관련하여 『邵氏聞見錄』에서는, "王莉公晚年 於鍾山書院 多寫福建子三字 蓋悔恨於呂惠卿者 恨爲惠卿所陷 悔爲惠卿所誤也"(권12)라 기록하고 있다. 또 '福建子'란 지칭이 당시 널리 유포되었던 데에는, 북송 초 이래 화북 출신 인사들 사이에 존재했던 남방인에 대한 편견 내지 불신도 상당한 작용을 하였다.

주십시오."

　처음 증포가 皇太后山陵使[19]로 되었을 때 조정지를 儀仗使[20]로 삼았
다. 증포는 환관 劉援과 친분이 있었기 때문에 궁궐 내의 密旨를 알 수
있었다. 그래서 山陵使가 된 후 조정지에게 권유하여, 신종 시대 신법정
치의 紹述을 건의함으로써 徽宗의 뜻에 합치될 수 있도록 했다. 조정지
는 이후 元祐時代의 舊法黨 인사들을 공격하는 데 온 힘을 기울였고, 이
로 인해 國論이 완전히 바뀌게 되었다.

19　山陵使란 황제의 喪禮를 주관하는 관직. 통상 宰相으로 充職하며 太皇太后, 皇太后
　　의 葬禮를 거행할 때 설치한다. 徽宗 建中靖國 元年(1101) 正月 神宗의 皇后인 欽聖憲
　　肅向皇后가 崩하였을 때 재상인 曾布가 山陵使를 겸하게 된다.
20　山陵使의 지휘를 받아 葬禮를 총괄하는 직위이다.

陳過庭

方臘[21]이 반란을 일으켰다. 陳過庭은 말하기를, '반란을 부른 자는 蔡京이요 반란세력을 키운 자는 王黼[22]니, 두 사람을 竄黜시키면 반란은 저절로 평정될 것'이라고 했다. 또 논하기를, '朱勔 父子[23]는 본디 형벌을 받은 인물들인데 권세가들과 결탁하여 금은보화를 축적하고 어지러이 뇌물을 탐하니 죄악이 너무도 크도다. 마땅히 國法으로 다스려서

---

21 方臘(?~1121)은 兩浙路 睦州 靑溪(오늘날의 浙江省 建德縣)人으로 북송 말 대농민반란의 지도자. 북송 시대 睦州 一帶는 漆, 楮, 杉, 茶 등의 상품작물이 상당히 성행했던 지역으로, 방납 자신 漆園을 소유하고 또 상품경제에도 상당히 참여했던 인물이었다. 더욱이 당시 兩浙 一帶에는 마니교 계통을 잇는 이른바 喫菜事魔라 불렸던 종교결사가 상당히 널리 유포되어 있었다. 방납은 이 喫菜事魔의 敎主였던 것으로 보인다. 방납의 난은 徽宗 시대 蔡京의 집권기인 宣和 2년(1120)에 발생한다. 당시 채경은 진귀한 꽃과 수석을 애호했던 휘종의 뜻에 영합하기 위해 蘇州의 대지주 朱勔 父子에게 명하여 江浙 一帶로부터 진귀한 나무와 수석들을 징발하여 헌상하도록 했다. 이를 花石綱이라 부르는데, 최초에는 소량이었지만 해마다 헌상물이 증가하여 화석강의 선단이 대운하를 가득 메울 정도였다고 한다. 이 화석강의 부담은 방납의 난의 직접적인 배경이 되었으며, 그리하여 반란세력은 처음부터 朱勔 父子의 주살을 명분으로 삼았다. 반란은 끽채사마라는 家父長的 종교결사에다가 각처의 群盜가 참가하여 급속히 세력이 증대되었다. 한때에는 歙州와 杭州 등지를 함락시키고, 방납이 聖公이라 자칭하며 永樂이란 年號를 사용하리 만치 세력이 확장되었으나, 童貫 등이 지휘하는 정예병이 진압에 나서면서 15개월여 만에 종식된다.

22 王黼는 開封 祥符(오늘날의 河南省 開封市)人. 崇寧 年間(1102~1106)의 進士出身으로 蔡京의 지원 아래 파격적인 승진을 거듭하여 徽宗 宣和 元年(1119) 中書侍郎에 올랐다. 이후 花石綱을 총괄하는 應奉局이라는 관서를 개설하고 천하의 錢物과 珍異를 수집하여 그 대부분을 私腹했다고 일컬어진다. 欽宗 靖康 元年(1126) 開封의 太學生 陳東 등에 의해, 蔡京·李彦·朱勔·童貫·梁師成 등과 더불어 六賊의 하나로 지목되어 사형에 처해진다.

23 朱勔(1075~1126)은 兩浙路 蘇州(오늘날의 江蘇省 蘇州市)人. 부친 朱沖이 蔡京에 附會하여 아들 朱勔과 함께 得官하였으며, 花石綱이 시작되었을 때 강남 일대에서 민간에 奇花異石의 매집을 위한 부담을 지우며 커다란 원성을 샀다. 方臘이 반란을 일으키며 朱勔父子의 誅殺을 명분으로 내세웠던 것도 이 때문이다. 훗날 六賊의 하나로 지목되어 사형에 처해진다.

天下의 民心을 달래야 한다'고 했다. 이로부터 진과정은 권세가들의 미움을 사게 되었다.

金의 군대가 재차 수도 東京을 공략해왔다. 이에 兩河 일대[24]를 할양하는 대신 金과 和議를 맺어야 한다는 논의가 일어났다. 더불어 대신을 금 측에 파견하기로 했으나, 聶昌과 耿南仲 등은 모두 일을 이유로 사양했다. 이에 진과정이 나서서 말했다.

"主君의 근심은 신하된 자의 辱됨입니다. 원컨대 臣이 가서 목숨을 바치겠나이다."

欽宗은 눈물을 흘리고 탄식하며 이러한 진과정을 붙들고 보내지 아니하였다. 이후 東京城이 함락된 이후 비로소 金側으로 갔다. 徽宗과 欽宗 두 황제가 포로로 잡혀 북방으로 끌려갈 당시, 진과정은 이미 河北에 가 있는 상태였는데 그곳에 억류된 채 다시 돌아오지 못하고 燕山[25]에서 죽었다.

---

24 북방에 위치한 河東路 및 河北東西路. 徽宗 宣和 5년(1123) 金軍의 제1차 남침 당시 金側은, 총사령관격인 領樞密院事 겸 陝西河北河東路宣撫使 童貫에게 사자를 파견하여 撤兵의 조건으로, '兩河 一帶의 割讓 및 황하를 경계로 한 宋朝의 보전'을 내세웠다. 그러자 동관은 東京에 돌아와 이를 관철시키고자 하고 또 이에 동조하는 의견도 상당수에 이르렀으나 다수의 강경론에 밀려 이윽고 각하된다.

25 오늘날의 北京市. 宋은 요 멸망 후 金으로부터 燕京을 넘겨 받아 燕山府라 개칭한다.

권2

趙輔

金側에 使臣으로 갔던 인물들이나 대책을 議論하는 사람들 모두 和議를 주장하는 것으로 돌아섰다. 하지만 左右 두 輔臣[1]의 주장이 일치하지 않아 조정의 공식적인 정책을 결정지을 수 없었다. 이에 趙輔가 上訴를 올려 다음과 같이 주장했다.

"지금의 논의를 돌아볼 때 전적으로 和議를 취하자 하는 것도 잘못이고 또 전적으로 전쟁을 주장하는 것도 잘못입니다. 화의에만 매달릴 경우 적들의 자세는 방자해지고 우리의 국세는 꺾여 沮喪해질 것입니다. 그들에게 山西 일대의 三鎭[2]을 주기로 했던 약속 또한 재차 추궁해 올 것

---

1 和議를 주장하는 太宰(尚書左僕射)兼門下侍郞 李邦彦과 主戰論을 개진하는 尚書右丞 李綱을 일컫는다. 金이 남하하여 개봉성을 포위하고 있던 欽宗 靖康 元年(1126) 正月 당시, 蔡京을 위시한 나머지의 輔臣 대부분은 여러 명목하에 江南으로 피신해 있는 상태였다.

이 분명합니다. 반대로 一戰을 불사하기로 결정한다면, 당당한 200년의 國基가 불확실하기 짝이 없는 한 차례의 전쟁에 모두 매달리게 될 것입니다. 이는 너무도 위험한 일입니다. 臣은 원컨대 和議를 名目으로 하면서 전쟁을 실질로 취해야 한다고 생각합니다. 화의와 전쟁, 두 가지 모두 하나라도 버려서는 안 됩니다. 두 가지를 앞뒤로 병용해야만 합니다."

欽宗은 이를 듣고 참으로 그러하다고 여겼다.

金軍이 재차 수도 東京城을 공격해왔다. 조정에서는 재상 하율을 방어전의 사령관으로 삼고 조보로 하여금 보좌하게 했다. 그런데 하율은 조보의 주장을 꺼려서 금 측에 사신으로 파견하였다. 조보는 金의 군영에 머물다 7일 만에 돌아왔다. 당시 하율은 妖人 郭京을 신뢰하여 六甲兵을 사용한다 하며 시정의 무뢰배 수천 명을 모집해두고 있었다.[3] 하율은 이 방식에 따라 나가서 싸운다는 생각을 굳히고 있었다. 이를 보고 조보가 말했다.

---

2   北宋과 金의 접경지대에 위치한 요충지인 河北東路의 河間府(오늘날의 河北省 河間市)・河北西路의 定州(오늘날의 河北省 定州市)・河東路의 太原府(오늘날의 山西省 太原市)를 가리킨다. 金軍은 宋에 대해, ①金 500만 냥, 銀 5,000만 냥, 牛馬 1만 頭, 絹 100만 필의 제공 ②金이 伯父, 宋이 姪이 되는 것, ③定州・太原・河間의 割讓, ④宰相 및 親王의 入質 등을 和議의 조건으로 하여 동경성의 포위를 풀고 欽宗 靖康 元年(1126) 2월 北歸하였다.

3   徽宗 宣和 7년(1125) 10월에 남침하여 東京城을 포위하였다가 이듬해 2월 일단 北歸했던 金軍은, 欽宗 靖康 元年(1126) 9월 재차 남하하여 11월 하순 동경성에 당도하였다. 당시 송 측의 禁軍은 완전히 무너져 전연 방어전을 수행할 수 없는 상태였다. 이러한 상황에 직면하여 兵部尙書孫傅는 妖人 郭京의 술책을 신뢰하여 그의 허황한 주장에 모든 기대를 걸고 있었다. 곽경은 六甲法을 부릴 수 있다 하며, 이를 통해 金側을 패퇴시킬 것이라고 호언했다. 그 방법이란 神兵을 모집하는 것인데, 기예와 능력을 불문코 다만 나이가 六甲(甲子 甲戌 甲申 甲午 甲辰 甲寅의 干支에 출생한 자)에만 합치되면 된다고 했다. 이렇게 하여 시정의 무뢰배들을 불러 모아 조직한 神兵은, 윤11월 25일 출전했다가 대패하고, 그 즉시 마침내 동경성도 함락되기에 이른다.

"예로부터 전쟁을 함에 있어 요사스런 술책을 써서 성공한 예가 없습니다."

조보가 아무리 주장해도 하율은 듣지 않았다. 조보는 병을 핑계 대고 수도방어의 중직으로부터 면직시켜 줄 것을 요청하였으나, 전후 세 차례에 걸친 상소에도 불구하고 아무런 대답을 들을 수 없었다.

그러다가 東京城이 金軍에 의해 마침내 함락되었다. 금군은 康王이 大元帥가 되어 대군을 거느리고 수도 바깥에 있는 사실[4]에 대해 불안해 했다. 그래서 康王을 수도로 불러들이도록 압력을 가했다. 조정에서는 어쩔 수 없이 군사를 파견하여 興仁府에 가서 康王을 맞아오도록 했다. 이러한 정황을 보고 조보는 은밀히 欽宗에게 상주했다.

"지금 바깥의 도움은 오직 강왕 뿐입니다. 그냥 바깥에 머물게 하여 금 측으로 하여금 꺼려하는 바가 있도록 하는 것이 좋습니다."

흠종은 이 말을 듣고,

"진정 卿의 말대로입니다. 다만 강왕으로 하여금 충성을 서약하는 公文 하나를 바치게 하면 좋겠소이다."

이에 조보가 興仁府에 가서 그러한 정황을 알리고 그냥 현상태를 지키도록 한 후 공문을 얻어 돌아왔다.

얼마 후 금 측은 흠종으로 하여금 수도를 떠날 것을 거듭 요구해왔다. 대신들 사이의 의론도 분분했다. 이때 하율이 떠날 것을 상주한 다음,

"내일 폐하께서 성을 나서도록 하십시오"라고 말했다.

---

4   康王은 徽宗의 第九子로서 靖康의 變으로 北宋이 멸망한 이후 高宗으로 즉위하게 된다. 徽宗 宣和 3년(1121) 康王으로 봉해졌으며, 欽宗 靖康 元年(1126) 윤11월 동경성 공방전이 한창 급박하던 무렵 天下兵馬大元帥에 임용되었다. 당시 강왕의 휘하에는 5만여 병력이 있었으며 張俊, 苗傳, 楊沂中, 田師中 등의 장수가 배속되어 있었다. 이듬해 正月 高陽關路按撫使 黃潛善이 합류해오자, 강왕은 그를 京東西路의 興仁府에 주둔시키고 東京城의 조정 및 金軍과 연락을 취하도록 명한다.

조보는 급히 흠종에게 아뢰었다.

"금 측을 도저히 신뢰할 수 없습니다. 이번에 나서게 되면 생각건대 지난번과는 달리 다시는 돌아올 수 없을지 모릅니다."[5]

이 말을 듣고 하율은 큰 소리로 조보를 꾸짖었다. 조보는 다시 馮澥[6]와 더불어 황제의 出城 불가를 주장했다. 풍해는 하율과 동향 출신이면서 그보다 연상이었기 때문에 하율이 들어줄 것을 기대했던 것이다. 하지만 하율은 듣지 않았다.

마침내 흠종의 수레가 金軍을 따라 북방으로 간 다음에는 모두 조보의 염려대로 되었다.

金軍은 北으로 돌아가면서 사신을 보내 조보를 東京으로 되돌아가게 했다. 그때 張邦昌[7]이 金에 의해 황제로 세워진 지 20여 일이 지난 후였다. 조보는 돌아온 후 병을 핑계로 집밖에 나가지 않았다. 장방창은 수차례나 그를 위협하며 자신을 도와줄 것을 요청하였으나 끝내 거부하

---

5 金은 東京城이 함락된 직후인 欽宗 靖康 元年(1126) 윤11월 27일 上皇 徽宗의 出郊를 요구하였다. 宋側의 황제가 金의 軍中에 이르러 항복 조건 등을 의논해야 한다고 요구한 것이다. 이에 欽宗이 대신 가겠다고 나서서 30일 東京城을 떠나 粘罕이 주둔하고 있는 靑城에 가서, 金側에 대해 '臣'이라 自稱하며, '臣桓言 背恩致討 遠煩汗馬之勞 請命求愛' 등으로 시작되는 降表를 제출하고, 이틀 만에 還宮한 바 있다.

6 馮澥(?~1140)는 梓州路 普州人(오늘날의 四川省 安岳縣), 何㮚(1089~1127)은 成都府路 陵井監人(오늘날의 四川省 仁壽縣)으로서, 普州와 陵井感은 資州를 사이에 두고 인근해있다.

7 張邦昌(1081~1127) 河北東路 永靜軍人(오늘날의 河北省 東光縣)으로 進士出身. 欽宗 靖康 元年(1126)에 宰相인 太宰兼門下侍郞의 직위에 오른다. 金의 제1차 공격이후 康王과 더불어 金에 인질로 갔다가, 靖康의 變으로 북송이 멸망한 이후에는 금에 의해 국호를 大楚로 하는 황제로 冊立되었다. 그러나 金軍이 北歸하고 康王이 高宗으로 南京 應天府에서 즉위하자, 장방창은 고종에게 사죄하고 퇴위하게 된다. 금에 의해 冊立된지 32일 만의 일이었다. 그후 장방창은 고종에 의해 賜死되었다. 이러한 사태의 전개에 대해 금은, 장방창을 살해하고 楚國을 멸망시킨 책임을 묻는다는 명분으로 남송토벌의 군대를 일으키게 된다.

였다. 그리고 조보는 몰래 太學生 楊愿과 陳抃을 보내 康王에게 서신을 바쳤다. 康王이 黃永錫을 동경성에 파견하였을 때에는, 金軍이 동경을 포위하게 된 경과와 城이 함락되고 欽宗 및 徽宗이 북으로 끌려가게 된 始末을 소상히 적어서 강왕에게 올렸다. 그 얼마 후에는 동경을 벗어나 마침내 濟州[8]에 있는 강왕 아래로 나아가게 되었다.

孫傅

高麗가 入貢해 왔다. 이에 孫傅가 말했다.

"고려의 사자가 지나는 지방에서는, 사람을 보내 접대하고 배를 조달하는 등 여러 번잡한 일이 생겨납니다. 이에 따라 民力이 허비되고 농사에 지장을 초래하게 되지만, 우리 中國에는 털끝만큼의 이익도 없습니다."

宰相은 그 주장이 대략 蘇軾의 말[9]과 같다고 하여 좌천시켰다.

---

8 京東西路 중앙부에 위치. 오늘날의 山東省 巨野縣. 欽宗 靖康 2년(1127) 2월, 東京城이 함락되어 金軍에 의해 장악되어 있던 시기 康王은 宋澤·汪伯彦·苗傅·張俊·楊沂中 등의 부장을 거느린 채 이곳 濟州를 거점으로 삼고 있었다. 康王이 南京 應天府로 옮겨 高宗으로 즉위하는 것은 이해 5월의 일이다.

9 神宗時代 高麗와의 외교 문제를 둘러싸고 新法黨과 舊法黨은 첨예하게 대립하고 있었다. 新法黨은 고려와 연대함으로써 북방의 遼를 견제한다는 의도(聯麗制遼策) 아래, 太宗 淳化 4년(993) 이래 단절되어 있던 고려와의 외교관계 재개에 적극적인 자세를 취했다. 그래서 熙寧 初年 이래 고려에 密使를 파견하며 그 국교재개의 의사를 타진하기 시작했는데, 그러다가 고려가 熙寧 3년(1070) 宋側의 招致로 공식적인 사절을 파견함으로써 마침내 양국 간의 국교가 재개되기에 이른다. 송 측은 通交 이후 파격적으로 고려 사신을 우대하여, 西夏와 동등한 대우를 하였을 뿐만 아니라, 경제적으로도 막대한 賜與를 아끼지 않았다. 고려 사신이 來航하는 산동반도 密州의 板橋鎭에는 高麗館을 설치하였으며, 수도인 東京에 이르는 沿道 곳곳에 高

金이 수도 東京城을 급박하게 공격하던 시기, 손부는 몸소 화살과 돌맹이들을 무릅쓰며 밤낮으로 조금도 쉬지 아니하였다.

동경성이 함락되고 欽宗이 두 번째로 金의 진영에 행차한 다음 오랫동안 다시 돌아오지 못하자, 손부는 여러 차례 金側에 上書하여 還宮시킬 것을 청하였으나 받아들여지지 않았다. 그러던 중 흠종을 폐위한다는 전갈[10]이 다다르자 천하가 모두 깜짝 놀랐다. 손부는 한참이나 통곡하다가 말했다.

"나는 오직 우리 君主만이 神聖하여 가히 中國의 황제가 될 수 있다고 알 뿐이다. 진정 異姓의 황제가 세워진다면 내 마땅히 죽을 것이리라."

그리고 다시 몇 차례나 흠종의 還宮을 요청하였다.

그 이튿날 金側은 南薰門[11]을 크게 열어젖히고 군사들을 늘어세운 다음, 道君皇帝[12]와 皇后, 皇子, 妃嬪 및 公主 등을 수색하였다. 손부는 혼자서 太子를 中宮[13]에 숨기고, 은밀히 계략을 세워서 황금 5,000냥을 사용하

麗亭을 새로 건축하여 왕래에 불편이 없도록 하기까지 했다. 또한 고려 사신이 지나가는 곳의 지방관들은 직접 이들을 迎送하도록 규정하였다. 이러한 신법당 주도의 대고려 외교에 대해 구법당 인사들은 철저히 부정적인 자세를 견지했다. 고려와 연대하여 遼를 견제한다는 구상은, 고려가 요의 영향권 아래 있는 현실을 감안할 때 허상에 불과하다는 생각에서였다. 또한 고려 사신에 대한 과도한 접대로 말미암아 지방민 및 지방재정에 막심한 지장이 초래된다는 것도 그 주요한 논거의하나였다. 蘇軾을 필두로 富弼, 韓琦 등이 공히 이러한 주장을 개진하고 있었는데, 특히 蘇軾의 경우에는 신종 시대 이래 哲宗 元祐 年間(1086~1094)에 이르기까지 전후 10편에 가까운 상주문을 올려, 고려 사신 초치의 부당함 내지 그로 인한 폐해의야기를 曲盡하게 지적한 바 있다.

10   金側은 欽宗 靖康 2년(1127) 2월 북송 멸망과 異姓皇帝 옹립의 방침을 宋側에 전달한다. 이에 따라 楚國이 세워지고 張邦昌이 실제로 皇位에 등극하는 것은 3월의 일이었다.

11   수도 東京城의 남쪽 정문. 동경성의 남방에는 門이 3개 설치되어 있는데, 그 가운데 南薰門은 중앙에 위치했다.

12   徽宗의 별칭. 宣和 7년(1125) 徽宗은 欽宗에게 讓位하며, 평소 심취해 있던 道教信仰에 따라 道君皇帝라 自稱했다. 欽宗 또한 즉위 이후 徽宗에게 教主道君太上皇帝란 尊號를 올린다. 이러한 연고로 宋人들은 통상 道君 혹은 道君皇帝란 지칭으로 徽宗을 가리켰다.

13   皇后가 거처하는 궁전.

여 태자를 민간에 은닉시키려 했다. 그러는 한편 형상이 태자와 비슷한 자 하나 및 宦官 하나를 살해하였다. 또 사형수 몇 사람을 넘겨받아, 그 머리 및 앞서 살해한 두 사람의 시신을 함께 金의 진영에 보내면서,

"환관이 몰래 태자를 빼돌려 당국에 넘기려 하는 것을 보고 시내 사람들이 나서서 다투다가 그 환관을 살해하였다. 그 과정에서 잘못해서 태자도 살해되었다. 그래서 군대를 내어 진정시키고 그 소동을 일으킨 자들을 베었다. 일이 이미 이 지경이 되어 버렸으니 나 또한 태자의 뒤를 이어 죽으려 한다"

라고 말했다. 그런데 그 후 5일이 지나도록 아무도 그 말을 수긍하려 들지 않았다. 그는 분해서 통곡하며 말했다.

"나는 태자의 스승이니 마땅히 태자와 生死를 같이 해야 할 것이다. 지금은 바로 主君이 욕됨을 입어 신하가 죽어야 하는 때이다. 저들이 나를 수배하지 않았을 지라도, 내 마땅히 태자를 따라 함께 저들에게 가리라. 그리고 金側의 두 책임자[14]를 만나 道理로써 훈계할 것이다. 혹시 만에 하나라도 태자를 구할 가능성이 있기를 바라노라. 그러한 연후에 죽음을 택하겠다."

이 무렵 그는 皇城司[15]에 있었는데 아들 하나가 찾아왔다.

---

14 金의 제2차 남침 당시 西路軍와 東路軍의 지휘를 맡았던 左副元帥 粘罕(宗翰)과 右副元帥 斡离不(宗望)을 가리킨다.
15 북송 太宗時代에 설치된 監察機關이자 情報機關. 간부는 勾當皇城司라 불렸으며 통상 外戚이나 宦官 등 天子의 심복 數人이 임명되었다. 그 아래에는 수천 명, 때로는 만여 명에 달하는 密偵이 있어, 이들이 수도는 물론 전국 도처에 잠입하여 官吏의 행동 및 언사, 그리고 民間의 사소한 사정까지 탐지하여 上奏하였다. 皇城司가 이처럼 주로 관료에 대한 감찰 및 첩보 수집을 담당했던 것에 대하여, 군대에 대한 감찰 및 정보기관으로서 走馬承受가 있었다. 하지만 양자의 업무가 명확히 구분되었던 것은 아니고, 皇城司와 走馬承受 공히 군대와 관료에 대한 감찰도 수행하는 등 어느 정도 그 기능이 중복되어 있었다.

"너희에게 오지 말라 일렀는데도 끝내 찾아왔구나. 내 이미 나라를 위해 죽기로 되어 있다. 내 뜻을 어지럽히지 말아라."

그가 꾸짖어 속히 돌려보내려 하자 그 아들은,

"아버님께서 나라에 몸을 바치기로 하셨는데 어찌 무슨 말을 더 올리겠습니까? 원컨대 아버님께서 태자를 지켜내시기를 바랍니다"라고 대답하였다.

손부는 留守[16]의 직임을 王時雍에게 부탁하고는, 이윽고 황후와 황태자를 따라 南薰門에 다다라 성문 밖으로 나가게 해 줄 것을 요구하였다. 이에 성문을 지키던 金軍 병사가,

"軍中에서는 오직 황후와 황태자를 찾는 데 온 힘을 기울이고 있는데, 留守께서는 어찌 그들과 함께 밖으로 나간단 말입니까?"라고 물었다.

손부가 대답했다.

"主上이 이미 욕됨을 입어 태자가 다시 나서려 하시는 것이다. 나는 宋의 대신이며 또한 태자의 스승이다. 主上이 돌아오지 못하시니 마땅히 죽음으로써 태자를 따르려는 것이다."

金側에서는 粘罕[17]의 명으로 이들을 불러 밖으로 데리고 갔다. 그들이 어찌 되었는지는 아는 바 없다.

---

16 欽宗은 金軍 진영으로 건너가며 孫傅를 留守에 임명해둔 상태였다. 유수란 황제가 巡察이나 親征을 위해 수도를 비울 경우 설치되는 관직으로서 통상 宗室이나 大臣이 임명되었다. 宮城 및 수도의 방비, 그리고 京畿地區의 民政과 財政, 軍政 등 일체의 정무를 관장했다.

17 完顔宗翰(1080~1137)의 여진식 이름. 金의 宗室로서 阿骨打의 金 건국 과정에서 지대한 공을 세웠던 撒改(?~1121)의 長子. 태조 阿骨打는 그에게 堂叔이 된다. 太宗時代 北宋 정벌전쟁에서 東路軍統帥 完顔宗望(斡离不, ?~1127)과 더불어 西路軍統帥로서 東京城을 함락시켰다. 이후 金 조정의 실력자로 활동하며 태종 사후에는 熙宗을 옹립시키는 데 주도적인 역할을 수행하여, 이후 都元帥가 된다. 남송건립 후 남송에 대한 공격전을 지휘하기도 한다.

許份

鄧州 知州로 재직할 때, 許份은 너그럽고 어진 정치를 폈으며 늘 백성들을 勸戒하기를 힘썼다. 백성들도 이에 부응하여 진실을 다하여서 관아에 訟事가 쌓이는 일이 없었다. 무릇 정성과 믿음을 본위로 하여 정사에 임한 까닭에 백성들이 기꺼이 그에 복종한 것이다.

그 당시 이웃 지방에 기근이 들어 流亡하고 죽어가는 사람들이 줄을 이었으나 鄧州만은 허빈이 있는 연고로 안정을 유지했다. 그러자 조정에서 詔를 내려 그에게 賑濟[18]를 시행하도록 했다. 그는 賑濟場을 설치하여 방을 만들고 집기들을 갖춘 다음, 깃발을 달리하거나 북을 울리는 방식으로 시간을 알려 식사를 제공했다. 그리고 대략 사흘에 한 번씩 이곳을 둘러보며 그 수용자들의 식사 상태를 점검하거나 병들고 지친 자들을 위로했다. 이렇게 하기를 10개월 동안이나 계속하였는데, 이를 통해 기근을 당한 백성 26,900여 명이 생명을 보전할 수 있었다.

徽宗이 허빈을 揚州의 知州에 임명하며 말했다.

"揚州는 예로부터의 名郡이오. 이제 卿에게 맡기니 그곳의 적체된 폐단을 다 없애주기 바라오."

이에 허빈은 다음과 같이 청하였다.

"臣이 듣건대 應奉司[19]에서 진귀한 꽃과 대나무들을 지목하여 封記[20]

---

18 기근 시 행하는 구휼 방법의 하나. 平價보다 낮추어 곡물을 매도하는 賑糶와는 달리, 饑民들에게 직접 곡물을 무료로 분배하거나 혹은 수용소를 건설하여 숙식을 제공하는 방식을 가리킨다.
19 徽宗 崇寧 元年(1102) 花石綱을 관장하기 위해 蘇州와 杭州에 설치한 기관. 최초에는

하기 때문에, 景槪가 빼어난 山林 뿐만 아니라 사대부와 일반 民人들의 거주지에 이르기까지 남은 땅이 없을 정도로 소동이 일어나고 있습니다. 원컨대 모두 이런 병폐를 모두 제거하여 주십시오. 또한 양주는 한갓 도회지일 뿐이라서, 江都縣과 天長縣 두 개의 현만으로는 재정을 꾸려가기에 부족합니다. 이웃한 泰州의 泰興縣은 과거 양주 관내에 속해 있었습니다. 다시 양주 소속으로 돌려 주십시오. 그리고 지난날 帥臣[21]들이 통상적인 稅賦 외에 上供額[22] 94,000여 석을 증액시켜서 백성들이 감당하지 못할 지경입니다. 원컨대 政和 3년(1113) 당시의 액수로 환원시켜 주시기 바랍니다."

휘종은 모두 그의 청을 들어주었다.

金軍이 재차 침범해 왔을 때 허빈은 淮南東路 일대에서 군사를 불러모아 勤王兵[23]을 조직하여 금군을 공격했다. 그리하여 亳州[24]의 포위를 풀어 양곡의 漕運이 이상 없이 京畿 일대로 이어지도록 했다. 당시 각 지방의 군대가 동경성의 공방전을 지원하기 위해 모여들 때, 지나치는 지

전문 織工들을 모아 민간에서 공출한 원료로써 공예품과 직물을 제조하는 기관이었다. 하지만 점차 휘종의 기호에 부합하기 위해 민간으로부터 진귀한 화훼나 果樹, 鳥類, 壽石 등을 징발하는 기관으로 변모해간다. 특히 蘇州에 설치된 應奉局은 朱勔이 관장했는바 그 가혹한 수탈로 인해 민간에 커다란 물의를 야기하게 된다.

20 應奉司에서는 士庶를 불문코 진귀할 물품을 소유하고 있는 것으로 파악되면, 그 소재지에 들이닥쳐 노란 표지로 '御前之物'이라 기록하여 봉한 다음 공출시키는 방식을 취하고 있었다.

21 制置使, 經略使, 鎭撫使, 安撫使 등의 武職에 대한 통칭.

22 지방정부가 확보한 재원을 중앙정부에 供出시키는 것. 이에 대해 지방정부가 사용하는 지방재정은 唐代以來 留州라 칭했다.

23 王朝權力이 外侵으로 말미암아 중대한 위기에 봉착하였을 때, 이를 구원하기 위해 民間에서 조직되는 비정규군대. 통상 지방의 유력자 내지 官員, 사대부 등이 주도하여 勤王兵을 조직한다.

24 淮南東路의 서북단에 위치. 오늘날의 安徽省 亳州市. 揚州로부터 開封으로 이어지는 대운하는 亳州의 동북방 永城縣 일대를 지나간다.

역에서 간혹 약탈을 하는 경우도 있었다. 그래서 대부분의 지방관들이 이들 군대가 州城 內에 들어오는 것을 거부하여, 군대가 이로 인해 어려움을 겪었다. 이에 허빈은 揚州城의 성문을 크게 열고 이르는 군대마다 잘 보살펴주고 위로하여 보냈다. 이들 군대로 인해 양주에는 추호도 문제가 발생하지 않았다. 한편 성벽이 무너진 곳을 보수하기 시작하여 한 달을 넘기지 않고 완성시켰다. 이러한 까닭에 金의 군대가 두 차례나 中都[25]에 이르렀으되 維揚[26]의 백성만은 이에 영향을 받지 않고 평화로울 수 있었다.

錢卽

錢卽이 처음 관직에 나갔을 때, 고문에 못 이겨 없는 죄를 自服하고 절도죄로 사형에 처해지게 된 서리가 있었다. 관내의 속읍에서 이 사건을 문서로 갖추어 郡으로 올렸는데, 錢卽이 그 억울함을 밝혀서 서리의 생명을 구해주었다. 知州는 이에 크게 기뻐하며 말했다.

"縣의 사건처리를 바로잡은 것은 마땅히 포상감이다."

이에 錢卽이 대답했다.

"형사사건을 처리하여 진실을 규명한 것은 당연한 직무에 불과합니다. 또 남의 잘못을 들추며 공을 논하는 것은 제 뜻이 아닙니다."

---

25 수도.
26 揚州의 별칭.

이 일을 전해들은 사람들은 탄복해 마지않았다. 또 滕甫는 錢卽을 강력히 천거하며, 기개와 절개가 있다고 칭찬하고 훗날 반드시 名臣이 될 것이라고 했다.

三衢[27]에 오랫동안 적체되어 있는 무고한 형사사건이 하나 있었다. 錢卽의 上官은 향촌에서 宿怨을 품고 있는 사안이라며 빨리 처결할 것을 재촉하였다. 薦牘[28]을 가지고 錢卽을 압박하기조차 하였다. 상관의 생각은 다만 가혹한 처벌을 가함으로써 사사로이 통쾌함을 맛보고자 함이었다. 사건이 도착하자 錢卽은 공정히 처리하여 23명의 목숨을 건졌다. 어떤 사람이 이에 대해 묻자 이렇게 대답했다.

"내 차라리 選人[29]으로 늙어 죽을지언정 어찌 차마 수십명의 목숨과 추천 하나를 바꾸겠는가?"

錢卽은 幕職官[30] 시절부터 方略이 좋기로 이름이 났다. 후에 지위가

---

27 兩浙路 衢州의 別稱. 오늘날의 浙江省 衢州市.

28 擧狀, 혹은 擧削·奏削·薦削이라 칭하기도 한다. 宋代 과거에 급제하면 일단 選人의 신분이 주어져 지방의 幕職州縣官으로 근무해야만 한다. 이 幕職州縣官의 임기가 종료되면 중앙에 올라와 京官이 될 수 있다. 그런데 이렇게 京官이 되기 위해서는 자신의 직속상관이나 혹은 중앙정부 大官의 보증이 필요했다. 이를 保擧라 칭했으며 保擧하는 상관을 擧主라 했다. 薦牘 혹은 擧狀이란 擧主가 保擧를 하며 작성하는 추천서이다.

29 관직에 올랐으나 아직 정식 官品을 부여받지 못한 존재. 과거 출신의 有出身人과 任子出身의 無出身人, 그리고 기타의 三色人(進納에 의한 捐官, 胥吏出身, 벽지의 지방관이 임시로 채용한 攝官)이 있었다. 選人은 擧主의 保擧에 의해 官品을 지닌 京官이 된다. 이를 改官이라 한다.

30 選人으로 충원되는 府, 州, 軍, 監 지방장관의 屬僚. 幕官 혹은 職官이라고도 칭한다. 簽書判官廳公事·節度掌書記·觀察支使, 各州府의 判官·推官, 軍·監의 判官 등이 있다. 이들 막직관들은 지방장관의 정무처리를 보조하거나 혹은 각 부문별의 업무를 일선에서 직접 처리하기도 했으며, 文書의 관장과 이송, 조세 催督 등을 담당하기도 했다.

높아져 安撫使職[31]을 맡을 무렵이 되자 그 명망이 더욱 높아졌다. 徽宗은 그의 능력을 깊이 인지하고 나서 그를 불러 驛站을 통해, 궁궐에 올라오도록 하여 자문을 구했다. 철종은 西夏人들의 戰力에 대해 물었다. 이에 대해 그는,

"西夏는 본디 몇 개 州를 지닌 족속이었을 뿐입니다. 그런데 靈州와 夏州 일대를 차지하면서 점차 강대해졌습니다. 神宗 元豊 年間(1078~1085)에 우리 군대가 그 城 아래에까지 진격했지만, 西夏人들이 황하를 가로막았다가 그 물을 일시에 터트려서, 병사와 軍馬들이 거의 전멸[32] 하다시피 하고 마침내 정복전이 실패로 끝났습니다"라고 대답했다.

"그렇다면 靈武一帶[33]는 끝내 취할 수 없단 말인가?"

"서하 지역의 오랑캐 백성들은 모두 군사나 마찬가지입니다. 그들은 평상시에도 군량미에는 전연 손대지 아니하며, 유사시에는 軍需物의 수송을 힘들어하지 않습니다. 따라서 그 구성원들을 부리는 데 매우 편리합니다. 병사들의 이동 역시 마치 바람이나 비와 같이 순식간에 행해집니다. 다만 지구전을 행할 수 없는 것은 그들의 단점입니다. 바라건대 변경에 있는 신하들을 엄히 훈계하여, 武備에 만전을 기하고 군사를 잘

---

31 路에 배치되어 군사업무를 총괄하는 經略安撫使를 지칭한다. 통상 帥司라고도 불리며, 一路 가운데 가장 중요한 州의 知州가 겸직한다.

32 神宗 元豊 4년(1082)에 일으켰던 이른바 '靈武之役'을 가리킨다. '靈武의 役'이란 같은 해 西夏에서 일어났던 政變, 즉 外戚인 梁氏 一族에 의한 國王 惠宗의 유폐사건을 계기로 감행했던, 宋朝史上 최대 규모의 西夏征討戰을 말한다. 이 작전은 결국 보급 문제가 주요인이 되어 송 측의 참패로 끝났는데, 그 승패의 분수령이 되었던 전투가 바로 여기서 말하는 元豊 4년(1082) 10월의 靈州 공방전이었다. 이때 서하 측에서는 황하를 가로막았다가 일시에 그 물줄기를 송군 진영에 돌려서, 송 측에 참담한 패배를 안기고 이로써 승부를 결정지었다. 이때의 패배 정황에 대해 『宋史紀事本末』에서는, "夏人決黃河 七汲渠以灌營 復鈔絕餉道 士卒凍溺死 遂潰而還 (…中略…) 而軍食又乏 復值大雪 乃引還 死者不可勝計"(권40, 「西夏用兵」)라 전하고 있다.

33 靈武는 靈州의 별칭. 결국 靈武一帶는 西夏의 중심부인 靈州와 興州 일원을 가리킨다.

조련해 두도록 하십시오. 그리고 군량을 비축하고 성채를 굳건히 유지하되, 처음에는 그들을 이길 수는 없다는 전략으로 그 약점을 엿보다가, 그들의 장점은 억누르고 그 단점을 노린다면, 가히 우리의 뜻을 이룰 수 있을 것입니다."

童貫이 陝西宣撫使[34]로 출정했을 때, 法을 멋대로 적용하여 능력 있는 자들이 파직되었다. 長安[35]에 이르자 물가가 등귀하여 화폐가치가 몹시 떨어졌다. 이에 법령을 엄히 규정하여 물가를 바로잡고자 했다. 그런데 재정을 담당하는 부서의 관원들이 동관의 지시에 따라, 가격의 4할 정도로 물자를 사들이며 이에 따르지 않는 사람들에 대해 무거운 처벌을 내렸다. 이에 백성들은 罷市하였다. 또 均糴法[36]을 시행한다며, 백성들로부터 싸게 식량을 거둬들이고, 화폐와 비단의 가격은 터무니없이 높여서 이로써 식량대금을 지불했다. 蕃兵[37]으로서 田土를 지급 받

---

34 童貫(1054~1126)은 徽宗 宣和 3년(1121) 領樞密院事의 직함를 유지한 채 遼에 대한 공격을 총괄하는 陝西河東河北宣撫使의 직위에 임명된다. 徽宗 宣和 元年(1119) 이른바 '宋金 海上의 盟'이 체결되어 遼에 대한 남북으로부터의 협공이 결정되었지만, 方臘의 亂이라는 불의의 사태에 직면하여, 童貫은 그 정벌에 나섰다. 그리고 방납의 난이 宣和 3년(1121) 4월 일단 종료되자, 동관은 재차 송금 해상의 맹약에 따른 對遼 전쟁의 수행을 위해 북방으로 파견되는 것이다.

35 永興軍路의 路治인 京兆府. 오늘날의 陝西省 西安市.

36 곡물을 매입하는 和糴의 한 가지. 北宋 徽宗 政和 元年(1111) 섬서 일대에서 최초로 시행하여 점차 여타 지방으로 확대되어 갔다. 均糴이란 家業錢 및 稅錢의 多寡에 따라 균등히 배분하여 收糴한다는 의미이다. 坊郭6등호, 鄕村5등호 이하만 면제되었으며 官戶도 감면받지 못했다. 靑苗法 방식에 따라 그 대금을 미리 지급하기도 했으며, 때로는 곡물 납입 후 지급하기도 했다. 하지만 어떠한 경우이든 대부분 市價에 훨씬 미치지 못하는 대금을 지급하였으며, 시간이 지나며 사실상 부가세로 전락하게 된다.

37 北宋 중기 이후 말기에 이르기까지 對西夏 전쟁 과정에서 편성된 이민족 출신의 군대. 주로 티베트계의 羌族으로서 宋에 내부한 자들이 주된 편성 대상이었다. 蕃兵은 부족 편제에 따라 그 대소 부족장들이 그대로 지휘관으로 임명되었다. 일단 번병에 편성되면 병사들에게는 경지가 지급되었으며, 軍官들에게는 등급에 따라 官俸이 주어졌다.

은 자들에게도 모두 물자를 할당하여 공출시켰다. 그러자 섬서 일대 전역이 소란스러워져서 거의 變亂이 발생할 지경이 되었다. 하지만 여타 무장들이나 관원들은 그 옳고 그름은 따지지도 않은 채, 오직 동관의 권세를 두려워하여 그의 지시대로 행할 뿐이었다.

이러한 상황에서 錢卽만이 그 처사를 비판하며 그 잘못을 소상히 적어 상주하였으나 아무런 응답을 받지 못하였다. 당시 동관이 권력을 장악하여 그 권세가 천하에 드리우고 있었다. 따라서 사람들은 모두 전즉이 위태롭다 여겼다. 전즉은 동관을 고발하는 상주문을 잇따라 올렸다. 그 어조는 더욱 치열해졌다. 士大夫들이 그 전말을 듣고난 다음, 상주문 가운데에서 동관의 처사를 비판했던 質朴하고 직설적인 어조들을 다투어 서로 전해가며 외웠다.

种師道

种師道가 처음 制置使로 되었을 때 그에게는 필요에 따라 軍糧을 징발할 수 있는 포괄적인 재량권이 주어졌다. 그는 명령을 받은 즉시 출발했다. 그런데 당시 姚平仲[38]은 涇原의 騎兵 2,000과 步兵 1,000을 거느리

---

38 五原人(오늘날의 내몽고 자치구 包頭의 서북방)으로서 姚氏는 북송 시대 대대로 西邊의 무장직을 역임하던 가문이었다. 어렸을 때 고아가 되어 從父인 姚古의 양자로 되었다. 서하전쟁 과정에서 공적을 세웠으며 方臘의 亂이 발생했을 때에는 童貫을 좇아 그 진압에 나서기도 했다. 欽宗 靖康 元年(1126) 金의 남침 시 군대를 이끌고 동경성 공방전의 지원에 나서 京畿宣撫使都銃制에 임명되었으나 金軍 진영에 대한 夜襲에 실패하여 西蜀으로 망명한다.

고 燕山[39]에 출동하도록 되어 있었으나 가지 않은 상태여서, 충사도는 그와 함께 북방으로 진군하기로 했다. 그들이 洛陽에 다다라 탐문하니, 斡离不[40]의 군대는 이미 수도 東京城의 북쪽에 주둔하고 있었다. 누군가 충사도에게 그대로 머물고 더 이상 나아가지 말자고 하며,

"지금 적의 기세는 드높은 반면 우리 군대는 극히 숫자가 적습니다. 먼저 도발하였다가는 승부가 뻔합니다. 그리고 현재 사방의 勤王兵들이 우리 군대의 동태를 보고 그 거취를 정하려 하고 있습니다. 이곳 氾水[41]에서 조금 주둔하며 사태추이를 관망하는 것이 좋겠습니다"라고 말했다.

이에 충사도가 대답했다.

"우리 군대는 숫자가 적다. 만일 여기서 머뭇거리며 나아가지 않는다면 그 실태가 적들에게 빤히 간파되어 참패당할 것이 정한 이치이다. 하지만 북을 울리며 전진한다면 저들이 어찌 우리의 虛實을 알겠는가? 또한 우리가 온 것을 보면 낙양 주민들의 사기도 진작될 터인즉 어찌 적들을 두려워할 필요가 있겠는가?"

충사도의 군대가 都城에 도착했다는 소식을 듣고 欽宗은 매우 기뻐하여, 安上門[42]을 열고 李綱으로 하여금 맞아들여 그 노고를 치하하게 했다. 그가 들어와 흠종을 알현하니, 그때 이미 금 측과의 和議가 결정되어 있었다.

---

39 宋이 金으로부터 燕京을 넘겨받은 후 개칭한 지명. 오늘날의 北京市. 金의 제1차 남침 시 이곳에서 宋金間 최초의 본격적 전투가 벌어졌다. 欽宗 靖康 元年(1126) 당시 姚平仲은 이 전투에 동원되어 있었으나 진군하지 않은 상태였다.

40 金 太祖의 第2子인 完顔宗望(?~1127). 太祖 阿骨打를 도와 金의 건국 과정에서 지대한 공을 세웠다. 또 太宗이 즉위한 후에는 그 명령을 받들고 右副元帥가 되어 左副元帥인 完顔宗翰(1080~1137, 粘罕)과 더불어 남하하여 북송을 멸망시킨다.

41 京西北路 孟州의 동부에 위치. 오늘날의 鞏義市 동북방.

42 동경성의 남쪽에 면한 세 성문 가운데 하나. 南三門 중 서쪽에 위치한다.

흠종이 물었다.

"지금의 사태에 대해 卿은 어떻게 생각하오?"

"여진인들은 軍事를 모릅니다. 저 고립된 군대로써 우리 영토 깊숙이 들어왔으니 어찌 아무 탈 없이 돌아갈 수 있겠습니까?"

흠종이 다시 말했다.

"이미 강화하기로 결정되었다오."

"신은 군대의 일로써 폐하를 섬길 따름입니다. 그 밖의 일은 알지 못합니다."

흠종은 즉시 그를 同知樞密院[43]으로 임명하였다. 당시 그는 병들어 있어서, 특별히 謁見時 엎드려 절하지 않아도 좋다는 명을 내렸으며, 또 肩輿[44]를 타고 入朝한 다음 御殿에 오를 때 하인들의 부축을 받을 수 있도록 해 주었다.

그 무렵 궁궐에 와 있던 금 측의 사자 王汭는 방자하기 이를 데 없었다. 그런데 그가 들어와 흠종을 뵈며, 충사도가 같이 있는 것을 보고는 예를 갖추어 꿇어 엎드려 절하였다. 이를 보고 흠종이 웃으며 말했다.

"저러는 것은 경이 있기 때문이라오."

그 후 금의 군대가 황하를 건너 돌아갔다. 그런데 도성의 출입문들이 모두 닫혀 있어서 시내에 땔감이 동이 났다. 충사도는 서남의 출입문을 열어 백성들이 평상시대로 출입하게 할 것을 청하였다. 그리고 군사들에게 넉넉히 재화를 지급하여 그들이 멀리 흩어져 민간을 약탈하지 않도록 해달라고 청하는 한편, 금의 군대가 지쳐 돌아갈 때 황하에서 공격하여 몰살시키자고 주장했다. 執政[45]이 그 말을 듣고는, 그대로 하지 못

---

43 樞密副使와 동격. 樞密院의 차관.
44 두 사람이 앞뒤에서 메는 가마.

하도록 했다.

그 무렵 흠종은 국가의 운명을 충사도에 의지하고 있었다. 그런데 种氏와 姚氏는 山西 一代의 유력 가문으로서, 두 가문의 자제들 사이에는 평소 대결의식이 강하였다. 당시 姚平仲의 부친인 姚古가 熙河路[46]에서 사람들을 모아 勤王兵을 조직하였는데, 요평중은 功名이 种氏에게만 돌아가는 것이 아닌가 걱정하고 있었다. 그래서 충사도가 군대를 단속하며 신속한 전투를 불허하고 있는 것에 대해 원망하는 감정을 지니고 있었다. 이러한 소식이 흠종의 귀에 들어가, 흠종은 하루에 다섯 무리의 사자를 보내서, 충사도에게 출전을 독촉하였다. 이에 충사도는 다음과 같이 말했다.

"春分節이 지난 후에 진격할 것입니다."

그때로부터 춘분은 겨우 8일밖에 남아 있지 않았다. 이렇게 날짜를 늦춘 것은 그의 동생 种師中[47]과 姚古의 군대가 아직 도착하지 않았기 때문이었다.

한편 요평중은 金의 진영에 야습하여 斡离不을 생포하고 康王을 받들어 돌아올 생각을 하고 있었다. 그래서 충사도의 말대로 따르지 않았

---

45 副宰相格의 지위에 대한 통칭. 中書의 參知政事 및 그 후신인 門下侍郎 · 中書侍郎 · 尙書左丞 · 尙書右丞, 그리고 樞密院의 장관(樞密使 · 知樞密院事) 및 차관(樞密副使 · 同知樞密院事)을 가리킨다.

46 北宋 熙寧 5년(1072)에 설치. 路治는 熙州(오늘날의 甘肅省 臨洮縣). 시대에 따라 그 영역이 바뀌었으나, 대략 熙州를 중심으로 하여 會州(오늘날의 甘肅省 靖遠縣) · 鞏州(오늘날의 甘肅省 隴西縣) · 岷州(오늘날의 甘肅省 岷縣) · 洮州(오늘날의 甘肅省 臨潭縣) · 蘭州(오늘날의 甘肅省 蘭州市) · 河州(오늘날의 甘肅省 臨夏市) · 湟州(오늘날의 靑海省 樂都縣) 등으로 구성되어 있었다.

47 种師中(1059~1126)은 洛陽人(오늘날의 河南省 洛陽市)으로서 种師道의 동생. 永興軍路의 環州, 濱州, 邠州 知州 및 慶陽府 知府 등을 역임하고 奉寧軍承宣使에 올랐다. 欽宗 연간 金의 남하시 詔令에 의거 秦鳳路 군대를 이끌고 상경하다가 패배하여 전사한다.

다. 하지만 이러한 요평중의 계획은 누설되어 金軍이 먼저 대비하고 있었다. 그리하여 요평중이 보병과 기병 만여 명을 이끌고 금의 진영을 야습했지만, 오히려 패배를 당하고 돌아왔다.

최초 충사도는 勤王軍의 병사들을 그 전투력에 따라 3등으로 나누어, 정예병만 출전시키고 나머지는 모두 잔류하여 성을 지키게 하자고 청하였다. 또 먼저 포상의 규정을 정해서 널리 알린 다음, 장수를 선발하여 부대를 지휘시키고 이들로 하여금 적의 진영 2, 3리 바깥으로 포위하게 함으로써, 金軍의 약탈을 막아서 식량부족에 시달리게 할 생각이었다. 또 요고가 지휘하는 산서 일대의 부대가 도착하면 하북 일대의 장병들과 합쳐 그 정예병 오만 명을 선발하여, 이를 河陽으로부터 滑州로 옮겨 주둔시켜서, 적 진영의 배후에 배치시킬 계획이었다. 이렇게 전열을 갖춘 다음 날짜를 정하여 전군을 진군시켜서 공격한다는 구상을 하고 있었던 바, 이는 필승의 전략이었다. 그런데 이를 듣지 않고 요평중이 홀로 군대를 움직였다가 패배한 것이다.

충사도는 다시 이렇게 말했다.

"적 진영에 대한 기습은 이미 실패했지만, 병법에는 또한 의표를 찌르는 전술이 있다. 오늘 저녁에 재차 군대를 보내 몇 갈래로 급습하는 것 또한 하나의 기발한 책략이 될 것이다. 만일 이마저 실패한다면, 이후에도 매일 밤 수천 명의 군대를 보냄으로써 적진영을 어지럽히는 것이다. 이렇게 하면 채 열흘이 되지 않아 적들은 도망갈 것이다."

하지만 李邦彦[48] 등은 두려움이 많고 나약하여 이 전술을 쓰지 못했다.

---

[48] 李邦彦(?~1130)은 河北西路 남단에 위치한 懷州人(오늘날의 河南省 沁陽市). 市井 출신으로서, 俗言으로 詞曲을 짓는 데 능하였으며, '李浪子'라 自號하였다. 徽宗 大觀 2년(1108) 관도에 올라 中書舍人과 翰林學士 등을 역임하고 徽宗 宣和 3년(1121)에는 尙書右丞이 되었다. 당시 민간에서는 이렇게 재상에 오른 이방언을 두고 '浪子宰相'이라 칭했

『靖康太學遺錄』에 다음과 같이 적혀 있다.

靖康의 變 당시 충사도는 가장 먼저 그 위기를 구하러 달려갔다. 흠종이 그를 불러 대책을 문의하자, 그는 이렇게 대답했다.

"臣은 和議가 잘못이라고 생각합니다. 都城은 그 둘레가 80리에 달합니다. 어찌 저들이 모두 포위할 수 있겠습니까? 또 성벽은 높이가 數十丈[49]이나 되며, 城內의 식량은 수십 년을 버틸 수 있습니다. 그러하니 도저히 공략할 수 없는 곳입니다. 성내에 진지를 구축하고 성벽 위에서 엄히 지켜 수비하면서 勤王兵들이 도착하기를 기다린다면, 몇 달이 지나지 않아 적들은 스스로 곤경에 직면할 것입니다. 하지만 이미 講和가 체결되어 어찌할 수 없다 하니, 金銀이 부족한대로 그냥 현재의 액수만 저들에게 건네 주십시오. 만일 그들이 이를 받고 물러나지 않는다면 일전을 불사하도록 하십시오. 또 저들에게 주기로 한 4鎭의 땅 가운데 保州[50]는 宣祖[51]의 陵이 있는 곳입니다. 결코 할양해서는 안됩니다."

흠종은 그에게 政事堂[52]에서 大臣들과 함께 논의해 보라 일렀다. 그는 宰相 李邦彦을 만나 말했다.

"제가 西邊에 있을 때에는 도성의 성벽이 이처럼 견고하고 높아서 방어함에 충분한지를 몰랐습니다. 또 수도의 백성들은 비록 전투에는 능하지 아니하나 방어에 임하게 할 수는 있습니다. 다만 식량이 없는 것이

다고 한다. 靖康의 變 당시 太宰의 직위에 있던 그는 主戰論을 반대하고 시종일관 영토 할양에 의한 講和를 주장하였다. 高宗 建炎 元年(1127) 廣西路 潯州(오늘날의 廣西省 桂平縣)로 유배된다.

[49] 1丈은 10尺, 즉 약 3m이다.

[50] 河北西路의 북단에 위치. 오늘날의 河北省 保定市.

[51] 北宋 太祖 趙匡胤의 부친인 趙弘殷.

[52] 中書의 건물로서 朝堂의 서쪽에 위치. 宰相 및 執政이 모여 주요 政事를 의논한다. 원풍 개제 후에는 尙書省의 건물을 政事堂이라 칭했다.

걱정일 뿐입니다. 양식에 여유가 있고 병기만 갖추어져 있다면, 수도의 십만 인구는 모두 병사나 다름없습니다."

이에 대해 이방언이 대답했다.

"내 본디 군사를 몰라서 그러한 사실을 몰랐소이다."

충사도는 탄식하며 말했다.

"승상께서 군사를 모를지라도 어찌 예전의 守城戰 이치를 들어보지 않으셨겠습니까? 제가 듣기에 도성 바깥의 주민들은 모두 적들에 의해 살육되고 약탈되었으며 그 가축도 심히 많았는데 모두 적들에게 장악되었다고 합니다. 적들이 내습한다는 소식을 들었을 당시에, 어찌하여 슘을 내려서 성 바깥의 백성들에게 그 가옥을 철거한 다음 가축들을 끌고 성 안으로 들어오라 하지 않았습니까? 그러한 연후에 성문을 닫아걸었다면 적들이 어디로부터 보급을 받았겠습니까?"

이방언이 대답했다.

"너무나 경황이 없고 창졸간이어서 미처 거기까지 생각이 미치지 못했소이다."

이에 충사도가 웃으며 말했다.

"그저 황망했다고만 말씀하십니다 그려."

좌우의 사람들이 모두 웃었다.

충사도가 이방언과 더불어 의논할 때 생각이 전연 맞지 않았다. 다만 李綱만이 그의 생각과 일치하여, 충사도의 주장대로 할 것을 상주하고 자신이 그 책임을 지겠다고 나섰다. 그 후 이강이 중심이 되어 방어전을 펼치면서 충사도의 계책대로 했다. 그리고 粘罕에게 사신을 보내 금은과 비단을 채울 수 없다고 하자, 점한은 과연 분개하며 군대를 이끌고 성을 공격해 왔다. 이에 맞서 이강이 출전하여 전황이 약간 불리해지자,

이방언 등은 그 잘못을 충사도와 이강에게 돌리면서 방어태세를 풀어 버렸다. 그로부터 이틀 만에 인심은 흉흉해졌지만 흠종은 이를 전연 알 지 못했다.

권3

傅察

부찰이 廷試[1]를 기다리고 있을 때 채경이 재상으로 재임하고 있었다. 채경은 당시 멋대로 그 권세를 부리며 천하에 군림했다. 또 그 의사를 드러내 보이며 자신에게 附會하도록 유도하기도 했다. 이러한 채경이 자신의 딸을 부찰에게 결혼시키기를 강력히 원하여, 아들과 策士 등 수차례나 사람들을 보내 부찰에게 그 혼인을 수락할 것을 윽박질러 요구했다. 하지만 부찰은 이에 따르지 않았다. 그러자 識者들이 이르기를, '부찰이 비록 나이는 어리지만 기량과 식견이 있으며 쉽게 대할 수 없는

---

1 송대 과거시험의 최종 단계인 殿試. 황제가 省試 합격자들을 모아 친히 시험관이 되어 궁중에서 시행한다. 이로써 과거합격자, 즉 進士들에 대한 황제의 보증의 의미가 생기게 되어, 과거제의 비중이 현격히 증대되는 결정적 계기가 되었다. 또 殿試의 도입으로 말미암아 모든 과거 출신 관료와 황제 사이에는, 唐代 이래의 科擧制 관행에 따라 座主─門生關係가 형성되기에 이른다. 御試 혹은 親試라고도 칭한다.

인물이다'라고 했다. 훗날 그가 淸獻公[2]의 사위가 되자 채경은 앙심을 품게 되었다.

부찰이 接伴使[3]가 되었을 때 金은 이미 盟約을 어기고 있는 상태였다. 그가 燕山[4]에 이르러 탐문하니 斡离不은 군대를 이끌고 남침하고 있었다. 이에 주변에서는 그에게 더 이상 나아가지 말라고 권하자, 부찰이 말했다.

"황제의 명을 받들고 나섰는데 어려움이 있다 하여 그친다면, 군주의 명령을 어떻게 수행할 수 있으리오?"

얼마 후 부찰 일행은 斡离不의 남하하는 군대와 마주쳤다. 금나라 사람들이 말했다.

"太子[5]와 만나면 拜禮[6]를 하도록 하시오."

---

2   趙抃(1008~1084). 淸獻은 그에 대한 謚號. 兩浙路 衢州人(오늘날의 浙江省 衢州市)으로 仁宗 景祐 年間의 進士出身이다. 殿中侍御史와 梓州路轉運使, 右司諫 등을 거쳐 神宗 즉위 후에는 부재상인 參知政事가 되었다. 하지만 王安石의 新法에 반대하여 지방관으로 좌천되었다. 저작으로 『淸獻集』이 있다.

3   宋遼間 혹은 宋金間 使臣이 왕래할 때, 사자 일행이 상대방 통치구역에 진입하게 되면 그를 맞이하는 쪽에서 관원이 나가 영접하는데 이 관료를 接伴使라 칭했다. 接伴使는 이 사자 일행을 수도에까지 인도하며, 수도에 도착하면 다른 관원이 나가서 상대하게 된다. 이를 館伴使라 칭한다. 또 사신이 업무를 마치고 수도를 나서면 다시 다른 관원이 나가 국경까지 인도한다. 이를 送伴使라 칭하는데, 送伴使는 통상 接伴使가 겸하는 것이 일반적이었다.

4   徽宗 宣和 4년(1122) 宋側이 金으로부터 넘겨받은 燕京을 가리킨다. 송은 宋金 海上의 盟에 따라 童貫을 파견하여 전후 두 차례에 걸쳐 燕京을 공격하였으나 실패하고, 결국 金의 군사력에 의존하여 함락시킨 다음 넘겨받기에 이른다. 宋은 그 대신 매년 100만貫이란 추가 歲幣를 지급하기로 金側에 약속한다. 송은 이 연경을 넘겨받은 후 燕山府라 개칭하였다.

5   斡离不을 가리킨다. 斡离不은 太祖 阿骨打의 둘째 아들(第二子)로서 漢字名은 完顔宗望이었으며 斡离雅布, 斡魯補라 불리기도 하였다. 둘째 아들인 관계로 통상 二太子라 지칭되었다. 『靖康要錄』 권10, 靖康 元年 윤11월 2일, 『三朝北盟會編』 권11, 宣和 4년 11월 1일 참조.

6   윗사람에게 공경을 표시하는 예법. 통상 손을 땅에 짚고 무릎을 꿇은 다음 머리를

"太子가 비록 존귀하기는 하나 어디까지나 군주가 아닌 신하일 뿐이오. 마땅히 賓禮[7]로 대해야 할 것이오. 어찌 배례를 갖춘단 말이오?"

斡离不이 노하여 말했다.

"너희 나라가 신의를 저버려서 내 군대를 일으켜 남으로 향하는 것이다. 海上之盟[8]은 믿을 수 없다."

이에 부찰이 대답하였다.

"송과 금 두 나라의 강화는 도탑고, 사자들도 상호간 매우 빈번히 왕래하고 있습니다. 어찌 신의를 저버렸다 하십니까? 또 태자께서는 두 나라의 맹약 체결에 직접 간여하셨는데 이처럼 군대를 일으키시다니 어찌된 일입니까?"

그러자 태자의 좌우에 있던 사람들이 그에게 배례할 것을 재촉했다. 주위에는 창검들이 숲을 이루고 있었다. 부찰이 말했다.

"죽는다면 죽을 뿐이다. 어찌 다같이 신하된 몸으로서 황제에게 하듯 배례를 한단 말이냐?"

그러자 금 측에서는 그의 머리채를 짓누르며 강제로 엎드리게 하려 했다. 그는 그럴수록 꼿꼿이 서서 衣冠이 뒤집혀지기까지 했으나 종내 몸을 굽히지 않았다. 이를 보고 斡离不이 노해서 말했다.

허리까지 숙였다.

7 客禮. 빈객이나 붕우를 만날 때 취하는 예법.

8 북송 말기 만주 일대에 신흥강국 金이 발흥하자 宋이 주도적으로 사자를 파견하여 체결한 宋金間의 盟約. 그 내용은 宋과 金이 遼를 남북에서 挾擊하여 멸망시킨다는 것이었다. 徽宗 重和 元年(1118) 宋側이 金에 사자를 보내는 것으로부터 교섭이 시작되어 2년 후인 宣和 2년(1120)에 정식으로 맹약이 체결된다. 이 盟約은 宋과 金 사이의 육로에는 遼가 존재하는 까닭에 이를 피해서 발해만을 경유하여 사자가 왕래하면서 교섭이 이루어졌다 하여 '宋金 海上의 盟'이라 부른다. ①遼 멸망 후 宋側에서 종래 遼에 지급하던 歲幣를 전액 金에게 주는 것, ②遼에 대한 협공 시 하북 일대는 宋側이 공략하고 金은 이곳에 진군하지 않는 것, 즉 燕雲十六州를 宋에게 넘기는 것 등이 골자였다.

"네가 정녕 나에게 배례하지 못하겠다는 것이구나."

그는 깃발을 흔들어 군대를 이끌고 물러갔다.

부찰은 禍를 면치 못할 것을 알고 아랫사람들에게 말했다.

"저들 오랑캐가 나를 윽박질러 배례하도록 했으나 나는 의를 지키며 욕됨을 거부했다. 그러니 내 분명 죽음을 면치 못하리라. 내 부모님들은 평소 나를 극진히도 아껴주셨다. 소식을 들으면 필시 크게 슬퍼하실 것이다. 너희들이 다행히 여기를 벗어나게 되면 내 말을 기억하였다가 나의 부모님께 전하기를 바란다. 내가 나라를 위해 죽었다는 것을 아시면 그 끝없는 슬픔이 조금이라도 덜어질 것이다."

이 말을 들은 주변 사람들은 모두 눈물을 흘렸다. 부찰은 燕山에 머물 때 金人들에 의해 살해되었다.

劉翰

劉翰은 처음 洪州 豊城縣의 縣尉[9]로 관직생활을 시작하였는데 그때 흉년이 들어 도적이 많이 발생했다. 이웃 縣들에서는 포상을 바라고 이 도적들을 포획하여 살해하였다. 이러한 정황을 보고 유겹은,

"이 도적들은 다만 굶주린 백성들이 죽음을 면하기 위해서 그리된 것일 뿐이다"

9　縣에 설치되는 관원. 弓手를 통할하여 縣內 치안을 유지하는 것이 주 임무이다.

라고 말하고, 유력자들에게 곡식을 내어 賑恤하게 했다. 이로 말미암아 생명을 건진 자들이 대단히 많았으며 도적 역시 사라졌다.

方臘이 반란을 일으켜서 杭州와 睦州를 함락시켰다. 유겹이 知州로 있던 越州는 杭州와 江[10] 하나를 사이에 두고 있을 뿐이어서, 이러한 소식을 접하고 越州에서는 큰 소동이 일어났다. 관리들도 모두 도망갔다. 유겹에게도 주변 사람들이 피할 것을 권유하였다. 이에 그가 말했다.

"나는 郡守이다. 움직이지 않고 장차 城과 生死를 같이 할 것이다."

피난갔던 주민들은 유겹의 말을 듣고 점차 다시 돌아왔다. 유겹은 令을 내렸다.

"부자들은 재물을 내고 강건한 자들은 힘을 제공하도록 하라."

백성들은 다투어 기꺼이 나섰다. 이렇게 해서 진지를 구축하고 군사를 훈련시켜 수비태세를 갖추었다. 이듬해 2월 반란군은 衢州와 婺州를 함락시키고, 8일에는 越州城 아래에 당도하였다. 유겹은 주민으로 편성된 군대를 이끌고 나가 싸워서 반란군을 대패시켰다. 반란군의 주검이 들을 뒤덮을 정도였다. 이후로 반란군은 다시는 越州 가까이 접근하지 않았다. 溫州와 台州, 明州는 越州가 바람막이가 되어서 반란의 피해에 휩쓸리지 않을 수 있었다. 越州의 백성들은 서로 힘을 합하여 生祠[11]를 건립하고 건물들을 세웠다. 그리고 유겹의 초상을 그려서 모시고 음식을 바치며 祝願을 드렸다.

"우리를 살린 이는 劉公이로소이다."

10　越州와 杭州 사이에는 浙江, 즉 오늘날의 錢塘江이 가로놓여 있다.
11　功德이 특별한 사람을 기려서 그 生前에 세운 사당.

都城으로부터 中使[12]가 와서 御札을 보이며 전투를 독려했다. 또 장수들과 屬僚들에게 다음과 같이 지시하였다.

"조정에서 금나라와 盟約을 맺어 遼를 협공하기로 한지가 오래되었다. 만일 우리가 전투를 그르치고 저들이 요를 멸망시킨 후 우리와 경계를 맞대게 되면 어찌 장차 책망하는 말이 없겠는가? 또 훗날 저들과의 사이에 틈이 생겨 문제가 발생하면 그 책임을 누가 지겠는가?"

이 말을 듣고 유엽이 말했다.

"夷狄과 더불어 일을 함께 하는 것은 올바른 길이 아니오."

이에 곁에 있던 童貫이 노하여 말했다.

"金과의 맹약은 폐하의 뜻에 따른 것이오. 그대가 올바른 길이 아니라 하는 것은 그 무슨 말이오?"

유엽이 대답하였다.

"예로부터 夷狄과 더불어 일을 함께 하여 후환이 없었던 적이 드물었습니다. 만일 일이 그대로 되지 않는다면, 信義와 威勢가 모두 사라지고 중국 중심의 천하질서는 무너져 버릴 것입니다. 반대로 일이 그대로 이루어진다면 그 이적이 공적을 믿고 반드시 우리에게 물자를 요구해 올 것입니다. 당대에 위구르에 의지하여 안록산의 난을 진압했지만, 위구르로 말미암은 모욕과 난리가 백년 동안이나 그치지 아니하였습니다. 하물며 지금 금나라의 기세는 위구르에 비할 바가 아닙니다."

---

12 帝王이 내밀히 파견하는 사신. 대부분 환관을 가리킨다.

程振

欽宗 靖康 2년(1127) 金軍은 흠종이 자신들의 진영 안으로 건너올 것을 요구해왔다. 이에 程振이 여러 차례에 걸쳐 재상 하율에게, '금 측의 요구를 물리칠 수 있는 방도를 모색해야 한다'고 말하여, 이를 흠종에게까지 보고하였으나 흠종은 이를 물리쳤다. 그 후 하율은, '내일 폐하께서 都城을 나서서 金 진영으로 가신다'고 멋대로 선언했다. 신하들은 이에 경악했다.

얼마 지나서 금 측은 막대한 액수의 金銀과 비단을 요구[13]해왔다. 이에 창고 비축분만으로는 부족하여 백성들로부터 계속 거두어 들여야만 했다. 그래서 尙書 梅執禮와 侍郎 陳知質, 程振, 給事中 安扶 등에게 지시하여 백성들로부터의 공출을 독려시켰다. 하루는 금 측이 성문에 버티고 앉아 네 사람에게 윽박질러 말했다.

"우리나라에서는 백성들에게 양과 말을 부과하여 징수하는데, 늘어선 가옥들을 甲과 乙로 나눈다. 그리하여 만일 갑은 납부하되 을은 그렇지 못한다면 곧바로 을을 잡아 주살한다. 그러니 누가 감히 어기겠는가? 그들이 지금 백성들이 곤궁하여 變亂이 생길지도 모른다고 걱정하는데, 시끄러운 자들은 모두 잡아서 구덩이에 던져 죽여 버려라."

---

13 이러한 금 측의 재물 요구와 이로 말미암은 송 조정의 재원 마련 정황에 대해『宋史紀事本末』에서는, "時金人根括津搬 絡繹道路. 上遣使歸 云. 朕拘留在此 候金銀數足方可還. 於是再增侍從郎中二十四員 再行根括. 又分遣搜掘戚里宗室內侍僧道伎術之家 凡八日 得金三十萬八千兩銀六百萬兩表段一百萬 詔令權貯納. 時根括已申了絶 二月軍前取過. 敎坊人及內侍藍忻等言 各有窖藏金銀 乞搜出. 二酋怒甚. 於是開封府復立賞限大行根括 凡十八日 城內復得金七萬 銀一百十四萬 倂表段四萬 納軍前. 二酋以金銀不足 殺提擧官梅執禮等四人 餘各杖數百. 乃下令曰. 根括已正典形 金銀尙或未足 當縱兵. 於是再括"(권57, 「二帝北狩」)이라 전하고 있다.

네 사람은 똑같은 목소리로 대답했다.

"지금 폐하께서 피난가 계셔서 신하나 백성들은 모두 아무 것도 돌보지 않은 채 그저 죽음만을 생각하고 있을 뿐입니다. 그러니 금은이나 비단을 어찌 그들에게 공출시킬 수 있겠습니까? 진실로 그 수량을 다 채울 도리가 없습니다."

금 측에서는 大怒하여, '책임자가 어디 있는냐?'고 물었다. 그에게 죄를 가하고 나머지는 풀어줄 심산이었다. 정진은 尙書가 연루될까 걱정하여 즉시 앞으로 나가며 말했다.

"우리 모두가 책임자입니다."

금 측에서는 분노를 이기지 못하고 네 사람을 모두 살해했다.

훗날 高宗이 즉위하고 나서, 그 충성스러움을 애도하여 御璽와 文章를 내려서 그들을 기렸다.

宣和 年間(1119~1125) 徽宗은 道敎를 숭상하고 있었다.[14] 정진은 당시 東宮에 있었는데[15] 淵聖皇帝[16]의 질문에 매우 소상히 대답했다. 그 대체적인 내용은 다음과 같다.

"周公이 鴟鴞의 詩를 지었는데 이에 대해 孔子는 正道를 안다고 말씀

---

14 휘종 시기는 송대를 통해 도교 숭배라는 점에서 진종 시대와 더불어 양대 정점을 형성한다. 이로 인해 『宋史紀事本末』에서는 「道敎之崇」(권51)이라는 독립된 편을 설정하고 있을 정도이다. 휘종은 太上老君이 現夢하여 자신에게 도교 진흥을 부탁하였다고 말하며, 京師와 지방의 州郡에 道觀을 광범위하게 修建하라는 詔令을 내리고 있다. 또 正5品의 大中大夫로부터 從9品의 將士郎에 해당하는 26階의 道官을 설치하였으며, 태학과 지방의 주현학에 道學을 설립하고 『황제내경』, 『도덕경』, 『장자』 등의 博士를 두도록 하였다. 또 政和 7년(1117)에는 '敎主道君皇帝'라 자칭하며 이 雅號로 지칭되는 것을 대단히 기뻐하였다.
15 程振은 東宮의 官屬인 太子舍人으로 근무하고 있었다. 『宋史』 권357, 「程振傳」 참조.
16 欽宗을 가리킨다. 建炎 元年(1127) 高宗은 즉위 이후 欽宗에게 孝慈淵聖皇帝라는 尊號를 올렸다. 이로 말미암아 宋人들은 欽宗을 淵聖皇帝 혹은 淵聖이라 칭했다.

하셨습니다. 그 내용은, '하늘에 구름이 끼고 비가 내리기에 앞서, 저 뽕나무 뿌리를 캐어다가, 살창과 지게문을 단단히 얽었나니'라는 것[17]입니다. 또 老子는 道經을 저술하여, '일이 생겨나기 전에 처리하며, 아직 어지러워지기 전에 다스린다'[18]고 말했습니다. 무릇 老子와 孔子의 합치되는 바가 이와 같습니다. 지금 無事한 시절에 근본을 튼튼히 하지 아니하고, 오히려 헛되이 눈 앞의 功만 좇고 있습니다. 이는 노자 및 공자 두 聖人의 뜻이 아니라 생각합니다."

그 뒤 淵聖皇帝는 徽宗에게 그 내용을 말했고, 휘종은 이 말에 따라 무거운 민간 부담을 줄이고 좌우의 측근 신하들을 멀리하고자 노력했다. 그런데 당시 楊戩[19]은 한창 龍德宮과 太一宮[20]의 공사를 벌이고 있는데, 이러한 소식을 듣고 두려운 나머지 감히 멋대로 하지 못했다. 그러다가 東宮의 家令[21] 楊馮을 참소하여, 그가 太子의 특별한 은총을 받고 있어 장차 重職을 맡을 것이라고 말했다. 휘종은 진노하여 양풍을 붙잡아 주살했다. 연성황제의 건의도 묵살해 버렸다.

연성황제가 즉위하여 靖康 年間(1126~1127)이 되었을 때 정진은 開封府尹[22]으로 임명되었다. 그런데 경박한 무리들이 흠종과 上皇인 휘종

---

17 『詩經』「豳風」「鴟鴞篇」第2章에 나오는 구절이다.
18 『道德經』「守微」제64에 나오는 말이다. 원문은 "爲之於未有 治之於未亂."
19 楊戩(?~1121)은 북송 말기의 宦官. 徽宗 즉위이후 총애를 받기 시작하여 知入內內侍省, 彰化軍節度使 등의 요직을 역임하고, 마침내 太傅에 올라 당시 '隱相'이라 칭해지던 환관 梁師成과 그 권세가 필적할 정도가 되었다. 전후 京東西, 淮西北 일대에 파견되어 민간으로부터 조세를 가혹하게 징수하여 큰 원성을 샀던 것은 특히 유명하다.
20 龍德宮은 즉위 이전 徽宗의 저택, 太一宮은 天神인 太一神을 제사지내는 궁전으로 太乙宮이라고도 부른다.
21 皇家의 屬官으로서 家事를 주관하는 職任. 선진 시대 諸侯國에 개설되었으나 이후 太子의 家令만 잔존하게 되었다.
22 후임 天子가 될 인물에게 부여하는 명예 직함. 송대를 통해 開封府尹으로 임명된 사례는 親王 시기의 太宗과 眞宗, 欽宗 뿐이다.

사이를 이간질하려 했다. 정진만은 마음속으로 이들을 천박하다 여기고, 두 父子의 사이를 어떻게든 잘 조절하여 신뢰가 굳게 만들려 노력했다. 이를테면 龍德宮[23]의 近侍 梁忻 등을 국문하라는 명령이 떨어졌을 때 그들에게 특별히 관대한 조치를 취한 것이 그러한 예이다. 이러한 정진의 노력으로 말미암아 흠종과 휘종 사이에는 조금의 의심도 존재하지 않았다. 이를 전해들은 사람들은 탄복해 마지않았다.

李若水

蔡京이 다시 宰相으로 복귀하였다. 하지만 늙어 혼몽한지라 政事는 모두 아들인 蔡絛[24]에 의해 처리되었다. 그러자 少宰[25]인 李邦彦이 병을 핑계로 물러나려 하였다. 이에 李若水가 말했다.

"大臣은 道로써 군주를 섬기다가 그것이 불가한즉 그만두는 것이오. 그 거취 또한 마땅히 主上 앞에서 결정지어야만 하오. 어찌 어물어물 병을 이유로 물러난단 말이오?"

---

23 당시 휘종은 龍德宮에 거주하는 상태였다.

24 蔡京의 季子로서 徽宗 宣和 6년(1124) 채경이 재상으로 복귀했을 때 龍圖閣直學士兼侍讀으로서, 본문에 기록되어 있듯 채경을 대신하여 정무를 주도하였다. 欽宗 靖康元年(1126) 廣南西路 白州로 貶謫된다. 저술로『鐵圍山叢談』『西淸詩話』등이 있다. 이들 저술에서는 대략 舊法黨, 특히 三蘇에 左袒하며 왕안석 신법에 대해 극히 적대적인 태도를 취한다.

25 元豊 改制 後의 尙書右僕射를 徽宗 政和 2년(1112) 개칭한 것. 당시 尙書左僕射는 太宰로 개칭된다. 欽宗 靖康 元年(1126)에는 다시 元豊官制로 복귀하여 太宰와 少宰를 尙書左僕射, 尙書右僕射로 개칭한다.

이약수가 太原에서 粘罕을 만났다.[26] 粘罕은 王汭를 보내 함께 가도록 해서 11월에 조정으로 돌아가려 출발하였다. 그런데 그들이 떠난 지 이틀 후 금군은 남하를 시작했다. 이약수가 副使로서 正使 馮澥와 함께 中牟縣에 이르렀을 때 황하를 지키는 군대는 이미 전열이 무너져서, 금군이 온다는 사실에 경악해 있었다.[27] 이약수의 주변 사람들도 놀라 두려워하며 사잇길을 택해 달아나려 했다. 이약수가 풍해에게 말했다.

"수비병들은 이미 무너졌습니다. 公께서도 그들처럼 달아나서는 안 되겠지요. 저는 죽을지언정 피하지 않겠습니다."

그리고는 길대로 따라가면서 매일 한 번씩 都城에 상주문을 올려 다음과 같이 말했다.

'오랑캐 군대가 장차 이를 것이니, 마땅히 장수를 선발하고 군대를 조련할 것이며 또 유공자를 표창하고 전투병을 권장해야 할 것입니다. 여기에 성곽을 보수하고 수비태세를 굳건히 하여 그들이 오는 것을 대비하도록 하십시오. 和議만으로는 필시 국면을 타개할 수 없을 것입니다.'

懷州에 이르러 金側의 사람들과 함께 묵게 되었다. 금 측의 劉思와 蕭慶이 말하기를, 이미 사신을 東京城으로 파견하여, 황하를 경계로 하자

26　欽宗 靖康 元年(1126) 8월 金은 두 번째로 대군을 파견하여 남침을 시작하였다. 徽宗 宣和 7년(1125) 10월에 시작된 제1차 원정때와 마찬가지로, 宗望(斡离不)과 宗翰(粘罕)이 각각 東路軍과 西路軍을 지휘하고 있었다. 송금전쟁의 첫 번째 군사적 요충지인 太原은 남침이 시작된 지 채 한 달도 되지 않은 9월 3일, 粘罕이 지휘하는 金 西路軍에 의해 함락되었다. 이후 金軍은 직접 宋의 수도인 東京을 공략하기로 결정하고 남하를 개시, 10월에는 汾州(오늘날의 山西省 汾陽縣)와 石州(오늘날의 山西省 離石縣), 遼州(오늘날의 山西省 左權縣)를, 11월에는 衛勝軍(오늘날의 山西省 沁縣)과 平陽府(오늘날의 山西省 臨汾市), 澤州(오늘날의 山西省 晉城市) 등을 함락시켰다. 이처럼 금 측의 위협이 드세지자, 송 측에서는 11월 13일 부랴부랴 知樞密院事 馮澥를 正使로, 徽猷閣學士 李若水를 副使로 삼아 粘罕 진영에 파견하여, 金側이 1차 남침 당시 요구한대로, 中山과 河間·太原 3개진의 할양을 조건으로 和議를 청하였다.

27　欽宗 靖康 元年(1126) 11월의 일이었다(『宋史紀事本末』 권56, 「金人入寇」).

고 요구할 것이라 했다. 이약수는 金軍을 따라 京西路의 땅으로 들어섰다. 그곳에서 耿南仲과 聶昌이 사자로 파견되어 경계를 정하여 할양하는 것[28]을 승낙하기로 했다는 소식을 들었다.

그 얼마 후 粘罕은 都城 바깥에 도착하여, 蕭慶을 파견하여 馮澥와 더불어 성으로 들여보냈다. 그리고는 흠종을 만나 강화 조건을 의논하자고 말하였으나 받아들여지지 않았다. 그러자 다시 道君皇帝를 만나게 해 줄 것을 요구하였으나 이 또한 받아들여지지 않았다. 송 측에서는 다만 宰相과 親王을 보내겠다고 하였다. 며칠 후 조정에서는 두 執政과 두 宗室을 금군 진영에 사신으로 파견하였다.[29]

다시 얼마 후 粘罕은 몸소 화살과 돌맹이를 무릅쓰며 攻城戰을 매우 급하게 독려하여 東京城을 함락시켰다.

金側에서 이약수를 불렀다. 그가 금 측의 두 元帥[30]를 만나니 이렇게 말했다.

"재상 하율로 하여금 이리로 와서 일을 의논하게 하라. 그렇지 아니하면 군사들을 풀어 성내로 들여보내겠다."

이약수는 조정으로 돌아와 흠종을 뵈었다. 그때 좌우에는 다만 하율과 孫傅, 梅執禮, 秦檜,[31] 그리고 환관 몇 사람이 있을 뿐이었다. 그는 금

---

28 金軍이 東京城에 도달한 것은 10월 16일이었다. 그리고 그 이튿날 황하를 경계로 하여 그 이북을 金側에 할양할 것을 강화의 조건으로 내세웠다. 宋側에서는 한동안 응답을 하지 못하다가, 11월 22일 耿南仲을 粘罕에게, 聶昌을 斡离不에게 파견하여, 황하를 경계로 하는 화의안을 수락하기로 결정한다.

29 馮澥・曹輔와 宗室 趙仲溫・趙士訦를 金 진영에 보낸 것은 欽宗 靖康 元年(1126) 윤11월 己酉의 일이다(『宋史紀事本末』 권56, 「金人入寇」).

30 東路軍 사령관인 斡离不과 西路軍 사령관 粘罕.

31 이 시점의 秦檜는, "己巳 詔集從官于尙書省 議割三鎭. 百官多請割與 會李若水使歸 亦慟哭於庭 請與之以紓國禍. 何㮚曰. 三鎭國之根本 奈何一旦棄之? 且金人無信 割亦來 不割亦來. 梅執禮 呂好問 洪芻 秦檜等皆主奠議"(『宋史紀事本末』 권56, 「金人入寇」)라 하듯 對金 강경론을 견지하고 있었다.)

측의 말을 그대로 전하여, 이튿날 하율을 보내기로 결정했다. 濟王 및 陳過庭에게도 명하여 같이 가도록 했다.

하율은 돌아와 금 측의 두 元帥가 道君皇帝를 만나기를 청한다고 말하였다. 이에 흠종이 말했다.

"朕이 마땅히 스스로 가겠노라. 어찌 가히 도군황제로 하여금 도성을 떠나시게 할 수 있겠소?"

이튿날 흠종은 金의 진영으로 가서 사흘을 머물다 돌아왔다.

靖康 2년(1127) 금 측이 사신을 파견하여 서신을 보내 다음과 같이 말했다.

"농사가 이제 시작될 때이니 곧 돌아가려 한다. 徽號의 일[32]과 관련하여 의논하고자 하니 청컨대 황제가 都城을 나서서 이리로 오시라."

그 이튿날 欽宗이 건너가고 이약수가 수행하기로 했다. 얼마 후 금 측은 蕭太師[33]란 자를 보내 御服을 바꾸려 했다. 이에 이약수는 분노하여 흠종을 감싸안고 울부짖으며 큰 소리로 하늘을 불렀다. 몇 번이나 이렇게 크게 부르짖고 나서 울며 금 사자를 꾸짖어 말했다.

"우리 君主는 中華의 진정한 주인이시다. 개 도야지 무리 같은 너희가 어찌 감히 무례히 구는 것이냐?"

金人들은 그의 얼굴을 두들겨서 크게 상처를 내었다. 그는 실신하여 넘어졌다가 한참 뒤 깨어났다. 금 측에서는 사람을 보내 감시하게 하고 하루에 세 번씩 먹을 것과 마실 것을 갖다 주었다. 하지만 그는 음식 먹

---

32 徽號는 尊號 혹은 國號. 여기서 徽號事란 宋朝의 존속 여부에 대한 결정을 가리킨다. 『宋史紀事本末』에서는 당시의 정황에 대해, "金遣二酋還報云. 其主欲立賢君 宜族中別立一人以爲宋國主 仍去帝號"(권57, 「二帝北狩」)라 적고 있다.

33 蕭慶. 당시 蕭慶은, "居尙書省 檢視府庫帑藏 凡朝廷之事 必先關白"(宋史紀事本末』 권56, 「金人入寇」)이라 하듯 사실상 宋 조정에 대한 감독관으로 파견되었다.

기를 거부하였다. 금 측에서는 노하여 그를 가두어 버렸다. 이러할 때 蕭太師란 자가 몇 번씩이나 찾아와서 식사를 권유하였다. 그가 말했다.

"하늘에 두 태양이 없도다. 내게 어찌 두 주인이 있을 소냐?"

갇혀 있는 그에게 집안의 하인이 와서 하소연했다.

"侍郎의 부모님들은 春秋도 많으시고 또 형제도 여럿이 되는데 어찌 이리 하십니까?"

그는 꾸짖어 말했다.

"忠臣이 임금을 섬기는 데 죽음이 있을 뿐 두 임금을 섬기는 법은 없다. 내 끝내 집안 일은 돌보지 않을 것이다. 하지만 내 부모들은 늙으셨다. 너는 돌아가면 쓸데 없는 말을 해서 그분들을 다치게 하지 말아라. 형제들에게 일러 서서히 내가 나라를 위해 죽었다고 말씀드리게 해라."

이약수의 모친 張氏는 그 전말을 듣고 나서 통곡하며 말했다.

"내 자식은 반드시 나라를 위해 목숨을 바칠 아이였다."

다시 열흘이 지났다. 粘罕이 그를 불러 宋朝를 廢하고 異姓皇帝를 세우는 일을 의논하자 그가 말했다.

"道君皇帝께서는 천하 백성들을 위해 자신을 질책[34]하시고 황제자리

---

[34] 宣和 7년(1125) 12월 23일 金軍이 남침하여 북송의 수도 東京城으로 육박해 오고 있는 시점에서, 徽宗은 모든 사태가 자신의 탓이라는 내용의, '자신의 죄를 질책하는 詔(罪己詔)'를 發布하고 황제 자리를 欽宗에게 讓位한다. 하지만 이때의 양위는 실상 李若水가 말하듯 천하백성을 위한 것과는 거리가 멀었다. 徽宗이 欽宗에게 양위하던 시점은, 金의 남침으로 말미암아 北邊 방위가 무너지고 수도 동경성이 풍전등화와 같은 위기에 직면해 있던 때였다. 이러한 때 휘종은 양위하고 淮南東路의 亳州(오늘날의 安徽省 亳縣)에 위치한 道觀 太淸宮에 기원하러 간다는 명목으로 방어전선을 이탈하여 남쪽으로 피신한다. 국가의 안위와 존폐는 아랑곳하지 않고 자신의 생사에만 급급한 구차한 도피였다. 이러한 휘종의 도피는 북송 관원들의 사기에도 심각한 악영향을 미쳐서, 그 직후 尙書 張勸을 위시한 관료 5, 60명이 관직을 버리고 도망가기에 이른다.

를 흠종에게 물려주셨소. 또 현재의 흠종황제는 인자하고 효성스러우며 조심스럽고 검소하셔서 과실이 없소이다. 어찌 가볍게 廢立하는 것을 논의한단 말이오?"

점한이 말했다.

"趙氏 황제들은 신의를 잃었소. 어찌 과실이 없다 할 수 있겠소?"

"만일 신의를 잃은 것을 허물로 삼는다면 그대야말로 참으로 신의를 잃은 사람이오. 그 잘못을 한번 헤아려 보겠소. 그대는 남의 나라를 침략하였소. 또 백성들을 돌보는 것에는 전연 관심이 없고 다만 金銀과 비단을 약탈하는 데만 정신이 팔려 있을 뿐이오. 또한 그대는 살찐 돼지나 긴 구렁이처럼 탐욕스러워서 끝없이 재물을 탐하고 있소. 그대는 참으로 극악한 도적이요."

이약수가 이처럼 꾸짖기를 멈추지 않자 점한은,

"끌고 가라"고 명령하였다.

이약수는 끌려가면서도 돌아보며 더욱 심하게 욕설을 퍼부었다. 郊壇[35]의 곁에 이르자, 자신의 부하인 謝寧에게 말했다.

"내가 나라를 위해 죽는 것은 직분일 따름이지만, 공연히 너희들까지 이렇게 말려들었구나."

金의 장교인 監軍이 말했다.

"제가 公을 위해 이들은 풀어주어 돌아가게 하겠습니다. 그렇다면 公께서 우리를 따를 수 있겠습니까?"

이약수는 다시 꾸짖어 마지않다가 마침내 살해되었다.

---

35 南郊의 제단.

권4

歐陽珣

欽宗 靖康 年間(1126~1127)의 初葉 조정에서는 하북 일대 3鎭의 땅을 金에게 할양하는 대신 강화를 맺는 것에 대해 논의하고 있었다. 구양순은 뜻을 같이 하는 사람 9명을 이끌고 上書하여, '땅을 할양하는 것은 안 됩니다'라고 말했다.

하루가 지나 다시 모여 논의했다. 재상 하율 이하 36인은 아무런 다른 말을 하지 않았다. 구양순이 나서서 강력히 주장하였다.

"땅을 할양하여 오랑캐에게 바치는 것은 옳은 대책이 아닙니다. 저들 오랑캐의 뜻은 다만 땅을 얻는 것에만 있지 않습니다. 저들과 맞서 강력히 싸워야만 합니다. 싸움에 져서 그 땅을 잃은다면, 훗날 우리 군사가 되찾았을 때 그 땅이 바로잡힐 것이지만, 그냥 저들에게 바치게 된다면, 훗날 우리 군사가 되찾았을 때 그 땅은 바로잡히지 않고 굽어질 것입니다."

그때의 재상은 속임수를 써서 할양하기로 결정지은 다음, 오히려 구양순을 파견하여 金에게 하북 일대의 땅을 넘겨주는 일을 처리하게 했다. 당시 深州 등의 郡에서는 도리상 오랑캐의 신하가 될 수 없다고 하며 굳건히 성을 지키면서 항복하지 않고 있었다. 金側에서는 구양순을 深州城 아래로 파견하여 조정의 명령을 전달하게 했다. 그는 통곡하며 성 위의 사람들에게 말했다.

"조정에서는 간신들 때문에 잘못 판단하였도다. 그대들은 忠義를 다하여 나라에 보답하도록 하라. 나 역시 이 한 목숨 아끼지 않고 죽음으로써 조정의 은혜에 보답하고자 한다."

金人들은 노하여 그를 붙잡아 연산으로 보냈다. 그는 그곳에서 죽었다.

처음 구양순이 朝廷에 나아가 國事를 논의하고자 했을 때는, 대략 靖康 元年(1126)의 겨울로서 金의 압박이 한창 드세게 진행되던 시기였다. 그가 도성에 가기 위해 豫章에 이르렀을 때 이곳에서 安撫使가 되어 있는 친구를 만나게 되었다. 그 친구는 그에게, '핑계를 대고 가지 말아라, 가게 되면 禍를 당할 것이다'라고 말했다. 구양순은 탄식하며 말했다.

"내 평생의 근심은 죽을 곳을 잘못 만나게 되는 것은 아닌가 하는 일이었다. 나라가 이처럼 위기에 몰렸고 國事를 처리하는 이들은 날로 구차해지고 있다. 내 장차 조정에 가서 당당히 의견을 개진할 것이다. 그 주장이 배척되어 죽음을 당한다면, 이것이야말로 내가 마땅히 죽을 곳을 찾는 셈이다. 그런데 내 어찌 피하겠는가?"

그가 마침내 조정에 나아가 金 軍營으로 향하는 사신으로 명해지자, 告身文書[1]를 취하여 同年生[2]인 戴特立에게 주면서 말했다.

"이것을 지니고 나의 집으로 가서 알려주게나. 내 아무래도 살아서 돌아오지 못할 것 같으이."

이렇게 말하고 그는 길을 떠났다.

---

1 관직 수여의 사령장.
2 同年의 과거 급제자.

권5

洪皓

徽宗 宣和 6년(1124) 秀州에 홍수가 져서 침수되지 않은 논이 채 1할에 불과하고 부유물이 길을 막을 정도였다. 그런데 州의 창고는 텅 비어서 구제를 시행할 방도가 없었다.

洪皓는 知州에게 아뢰어 자신이 荒政을 담당하겠다고 나섰다.[1] 그는 우선 경내의 식량을 철저히 조사시킨 다음 각각 1년분만을 남기고, 나머지는 모두 징발하여 城의 네 귀퉁이에서 市價보다 한 되에 5文씩 싸게 팔았다. 또 쌀 가게를 계도하여 각각 靑白旗를 내걸고 쌀을 판다는 표시를 하게 했다. 그리고 무시로 순찰을 시켰으므로 깃발을 내건 사람들이 감히 비싸게 팔지 못하였다.

---

1 당시 그의 직위는 秀州 錄事參軍이었다.

또 한편으로 가난하여 쌀을 사먹을 수 없는 사람들에 대해서는, 동쪽과 남쪽의 두 廢寺에 방을 들여서 10인마다 한 방에 수용하였다. 남자와 여자는 물론 방을 달리 하였으며, 부랑배가 뒤섞이는 것을 방지하기 위해 入墨者[2]는 파악하여 동쪽으로 다섯을, 남쪽으로 셋을 수용하였다. 짐을 나르고 불을 지피며 나무를 하고 물을 긷는 일 등은 모두 나누어 수용자들에게 분담시켰다. 그런데 이들이 너무 허기에 지쳐서 매를 가할 수 없었기 때문에, 남을 윽박질러 훔치거나 소란을 피우는 자에 대해서는, 그 손금을 문드러뜨리게 했다. 이렇게 하자 얼마 되지 않아 모두 흔연히 복종하게 되었다.

洪皓는 중앙정부에 發運해야 하는 것으로서 州 당국에서 관장하고 있는 화폐와 물자를 임시로 차용했다. 하지만 그 재원도 다 떨어졌을 때 마침 浙東으로부터 중앙에 보내는 常平米[3] 4만 석이 州城 아래를 지나게 되었다. 홍호는 서리를 파견하여 물길의 길목을 닫아걸고, 知州에게 그 물자를 秀州로 돌리게 해 달라고 요청하였다. 知州는 펄쩍 뛰며 손을 가로저었다.

"이것들은 폐하의 명령으로 운반하는 것이오. 이를 전용하면 필시 사형에 처해질 것이오."

이 말을 듣고 홍호가 대답하였다.

"백성들을 먹일 수 있는 곡식은 여름에야 나는 二麥[4]인데 지금 섣달도 채 지나지 않았습니다. 만일 荒政을 벌이다가 중도에 그만두게 된다

2 　宋代 入墨者는 墨刑을 받은 刑徒 및 병사의 두 종류가 있었다.
3 　常平倉의 미곡. 常平倉은 穀價의 과도한 등락을 막기 위해 지방에 설치한 기구였다. 통상 매년 여름과 가을 곡가가 쌀 때 다소 높은 가격에 매입하였다가, 春季에 가격이 등귀하면 저가로 방매하는 방식으로 운영되었다. 災荒 시기에 賑濟用으로 사용되기도 하였다. 왕안석의 집권 이후 靑苗法이 시행되며 폐지된다.
4 　大麥과 小麥, 즉 보리와 밀.

면 구제를 안 하는 것이나 마찬가지일 것입니다. 차라리 내 한 목숨과 10만 명의 인명을 바꾸겠습니다."

이렇게 하여 마침내 그 물자를 秀州로 돌리게 했다.

얼마 후 廉訪使[5]인 王孝竭이 수주에 와서 이렇게 말했다.

"이웃 平江府에는 굶주림을 호소하는 자들이 번다하기 이를 데 없는데 이곳만은 그렇지 않구료. 어찌된 일이오?"

知州는 그간의 일을 모두 보고한 다음, 홍호로 하여금 왕효갈을 인도하여 두 廢寺를 시찰시키게 했다. 수용자들은 모두 조용하고 아무런 큰소리도 나지 않았다. 이를 보고 왕효갈은,

"내 일찍이 변방을 가본 적이 있는데, 軍政도 실로 이것에 지나지 않았소이다. 듣건대 규정을 어겨서 처벌을 받게 되어 있다던데 그것을 풀어주고 대신 큰 상을 받도록 해주겠소"라고 말하고, 서리를 불러 상주문의 초안을 작성하라 일렀다.

이에 홍호가 말했다.

"죄를 면해 주신다니 그것만으로도 감사할 따름입니다. 어찌 상을 받겠습니까? 다만 식량이 아직 부족한 실정입니다. 公께서 은혜를 베풀어 주시겠다면 2만 석만 더 지원받을 수 있게 해주시면 더없이 고맙겠습니다."

왕효갈은 그대로 상주하여 미곡이 그가 요청한 대로 지급되었다.

이렇게 하여 여름에 다다라 二麥을 거두게 되자, 수용되었던 백성들은 서로를 이끌며 돌아갔다. 이 조치로 인하여 구제를 받은 사람들이 9만 5,000여 명이나 되었다. 州의 주민들은 흉년에 죽음을 면하게 되자, 홍호가 길을 나서면 너나 할 것 없이 손을 이마에 대며 그를 두고, '홍씨

---

5   走馬承受公事. 廉訪使란 명칭은 徽宗 政和 6년(1116)부터 宣和 7년(1125)까지 사용되다가 欽宗 靖康 元年(1126) 走馬承受公事로 환원된다.

성의 부처님'이라 불렀다.

高宗은 國運이 위태롭고 휘종·흠종의 두 황제가 멀리 포로로 잡혀가 있는 것을 근심하고 있었다. 이러한 때 홍호가 다음과 같이 단언하고 나섰다.

"天道에는 마땅한 보답이 뒤따르게 마련입니다. 변방의 오랑캐가 어찌 능히 중국을 오랫동안 능멸할 수 있겠습니까? 지금의 상황은 바로 『春秋』에 기록된 邲郢의 전투[6]와 같습니다. 하늘이 혹시 그때 晉에게 경고하고 楚를 훈계하듯이 하려는 것인지도 모릅니다."

그가 하는 말들은 황제의 뜻에 딱 합치되는 것이었다. 고종이 말했다.

"卿의 의론은 위아래로 史書에 정통해 있구료. 참으로 사신으로 보내 그 처리를 신뢰할 수 있는 인재로다. 짐이 지금 金에 보낼 사신을 찾고

---

6 기원전 597년 晉과 楚 사이에 벌어졌던 邲의 전투와 기원전 506년 楚와 吳 사이에 벌어졌던 郢의 전투를 가리키는 말. 邲의 전투는 晉으로부터 楚로, 그리고 郢의 전투는 楚로부터 吳로 敗業이 넘어가는 轉機를 이룬다. 邲의 전투는 당시 북방에서 霸業을 이루고 있던 晉 景公과 남방에서 신흥 강자로 성장하고 있던 楚 莊王 사이에 벌어진 결전이다. 신흥 강국 楚와 북방의 霸者 晉 사이에 있던 여러 제후국은, 양자의 압력을 받으면서 상황에 따라 楚와 결탁하거나 혹은 晉과 연합하기를 반복하고 있었다. 그러던 터에 楚의 莊王이 기원전 597년 晉을 따르던 鄭의 國都를 3개월에 걸쳐 포위한 끝에 항복시켰다. 이에 晉은 鄭을 원조하기 위해 대군을 파견하였으나 진군 도중 鄭이 항복했다는 소식을 접하였다. 晉의 군대는 이후 진군을 계속하다가 邲에서 楚의 군대에 대패하였다. 이로써 晉의 위신은 크게 실추되고 齊·魯·陳·宋 등이 모두 楚와 동맹을 맺어 莊王이 霸者가 되었다. 이후 약간의 굴곡은 있었지만 초의 패업은 한동안 계속되었다. 그러다 기원전 6세기 말이 되면 양자강 하류 지역에서 吳라는 새로운 강자가 대두하였다. 吳는 闔閭(在位 기원전 514~496) 시기에 楚로부터 망명해 온 伍子胥에게 정치개혁을 주도케 하고 孫武를 장군으로 임명하여 軍備를 정비시켰다. 그 결과 吳는 점차 부강해져서 마침내 기원전 508년에는 楚를 予章에서 격파하고 이어서 기원전 506년에는 吳와 동맹관계에 있던 蔡와 唐 두 제후국을 앞세워 楚에 침공하였다. 楚는 내분에 휩싸여 雲夢澤 방향으로 도망가고 吳가 楚의 수도인 郢을 점령하였다. 이 郢의 전투 이후 楚의 霸業은 무너지고 吳王 闔閭가 霸者로 등장하게 된다.

있는데 그대 만한 인물이 없을 것이다."

홍호는 모친이 연로하고 부친이 돌아가신 사실을 들어 간절히 사양하였으나 받아들여지지 않았다. 그는 徽猷閣待制로 발탁되어 官이 5등급이나 승진[7]되었으며 禮部尙書의 직위를 붙여서 金의 軍營에 사자로 파견하기로 하였다. 그리고 고종은 宰執과 더불어 金側에 보낼 國書를 의논하게 했다. 홍호는 국서의 문안 일부를 고치고자 하였으나 대신들은 그 문안대로 할 것을 고집하며 불쾌해했다. 마침내 대신들은 그의 官을 좌천시키고, 사신으로 파견되기에 앞서 하루의 말미를 주어 집에 돌아가 작별을 고하게 했다. 그는 老母를 붙들고 울며 절하였다.

그 당시 淮南 一帶에 도적이 발생하여 홍호는 사잇길로 해서 太原에 이르렀다. 그는 이곳에서 거의 1년간 머물렀다. 그러는 사이 금 측의 사신에 대한 처우가 날로 소홀해졌다. 이후 그는 雲中으로 옮기게 되었다. 금의 대장 粘罕은 그와 副使에게 僞齊[8]에 出仕하라고 윽박질렀다.

"저는 어명을 받들고 만리길을 떠나왔는데, 두 황제를 모시고 돌아갈 수 없게 되었습니다. 금나라는 중원을 다스리기에 도량이 부족합니다. 마땅히 宋朝에 돌려주어야 할 것입니다. 그런데 지금 제게 하늘을 거슬러 역적 劉豫를 받들라 하십니다. 유예는 磔刑[9]을 가하여 만 조각으로 찢어 죽여야 할 자이나, 내 그럴 힘이 없음이 한스러울 뿐입니다. 그런데 어찌 차마 그를 섬길 수 있겠습니까? 지금 그냥 머물러도 또한 죽고 유예에게 나아가지 않아도 또한 죽을 것이오. 개나 쥐새끼 마냥 삶을 구

---

7 徽猷閣待制는 職名으로 종4품. 官은 寄祿階의 의미이다.
8 북송 멸망 후 金이 화북 일대에 세운 괴뢰 정권. 劉豫(1073~1146)를 황제로 하여 1130년(남송 高宗 建炎 4년)부터 1137년(高宗 紹興 7년)까지 존속했다.
9 五代 시기에 처음 도입된 凌遲의 極刑. 살을 저며 뼈를 드러낸 이후 지체를 자르고 이어 목을 자르는 형벌.

걸하기를 바라지 않습니다. 가마솥의 끓는 물이라도 내 달게 받고 후회하지 않을 것이오."

점한은 노하여 장사로 하여금 그를 대려다 칼로 목을 치라고 명령하였다. 그는 전연 동요하지 않았다. 곁에 있던 금의 귀족이 탄식하며 말했다.

"진정 충신이로다."

그리고 칼잡이에게 눈짓하여 그치라 하고는 점한에게 꿇어앉아 그를 살려 달라 청하였다. 점한는 조금 노려움이 풀려서 홍호를 冷山[10]으로 流遞시켰다. 유체는 중국의 編竄[11]과 같은 것이다.

冷山은 雲中으로부터 걸어 두 달 거리이며 금 국경에서는 2,000여 리가 떨어져 있었다. 기후는 지독하게 추워서, 4월에야 새싹이 돋고 8월이면 눈이 내렸다. 움집이 백여 호가 채 되지 않았는데 모두 금의 陳王 悟室[12]의 일족들이었다. 오실은 홍호에게 그 두 아들들을 가르쳐 달라고 청하였다. 그는 그들에게 때로 2년 동안이나 먹을 것 입을 것을 주지 않기도 했다. 또 한여름에 거친 베 옷을 입히기도 했으며, 네 명의 종들로 하여금 번갈아 뱀이 들끓는 산에서 땔나무를 해오도록 시키기도 했다.

---

10 冷山에 대하여 『松漠紀聞』에서는, "冷山去燕山三千里 去金國所都二百餘里 皆不毛之地"(권2)라 하고 있으며, 『契丹國志』에서는 "長白山在冷山東南千餘里"(권27)라 적고 있다.

11 編管. 관직을 박탈하여 파면하고 이어 入仕 이래의 官告文書를 파기한 다음, 지방에 유배시켜 일정 지구 내에서만 거주하게 하는 것.

12 悟室은 完顔希尹의 異稱. 谷神 혹은 兀室・古新이라고도 칭한다. 金 太祖 阿骨打의 부친 世祖 劾里鉢을 도와 女眞 부족을 통합하는 데 커다란 공을 세웠던 歡都의 아들이다. 태조 阿骨打의 건국 과정에서 많은 전공을 세워 阿骨打로부터 두터운 신임을 받았다. 특히 최초의 여진 문자인 女眞大字를 창제했던 사실은 유명하다. 金代 초기 권력의 핵심인물 가운데 하나였으며 제3대 황제인 熙宗 시기에는 尚書左丞相兼侍中의 지위에까지 올랐다. 정치적으로는 대략 西路軍 계열인 完顔宗翰(粘罕), 完顔宗磐, 撻懶와 동일한 정파에 속해 있었으며, 熙宗의 즉위하고 난 이후 반대편인 熙宗, 完顔宗幹(幹本), 完顔宗弼(兀朮) 등의 세력에 의해 제거되기에 이른다.

언젠가는 오랫동안 눈이 내려 땔감이 떨어지자, 말똥을 모아 태워서 국수를 끓여 먹은 일까지 있었다. 이렇게 고생하기를 10년, 그는 이곳에서 많은 풍자 詩文을 지었는데 그 대부분 나라에 대한 근심과 시절에 대한 한탄을 읊은 것들이었다.

오실은 언젠가 사천 지방을 공략할 수 있는 방략이라는 것을 얻은 적이 있었다. 오실이 이를 갖고 홍호에게 자문하자, 그는 古事를 두루 들어가며 사천 공략을 반대하였다. 그러자 당시 강력하게 중국의 정복을 추진하고 있던 오실은,

"누가 바다를 크다고 말하는가? 내 힘은 가히 바다를 모두 마르게 할 수도 있다. 다만 하늘과 땅이 서로 부딪히게 할 수 없을 따름이로다"라고 말했다.

홍호가 대답하였다.

"전쟁이라는 것은 불과 같아서, 적당한 때 그만두지 않으면 이윽고 저절로 타오릅니다. 자고로 40년 동안이나 전쟁을 지속하고도 온전했던 사람이 있습니까?"

홍호는 또 기회 있을 때마다 자신이 송과 금 두 나라 사이의 선린관계를 위해 파견된 사실을 상기시키며, '지금 사신을 받아들이지 않고, 오지로 보내 어린 아이들이나 가르치게 하고 있습니다. 전쟁이 벌어져 사신이 파견되어 왔는데 붙잡아 두는 것은 禮에 어긋난 일입니다'라고 말했다. 오실은 때로 수긍하기도 하고 때로 마뜩치 않아 하기도 하다가, 하루는 크게 화를 내며 말했다.

"너는 和議를 청하기 위해 온 사신이면서도 발언은 억세기 짝이 없구나. 내 너를 죽일 수 없다고 여기는 것이냐?"

"저는 죽을 각오가 되어 있습니다. 다만 대국인 금나라로 하여금 사신을 죽였다는 오명을 받게 하고 싶지는 않습니다. 여기서 蓮花濼까지는 30리 거리입니다. 저를 배에 태운 다음 아무나 시켜 물에 빠트리게 하고는, '잘못해서 호수에 빠져 죽었다'고 말하면 될 것입니다."

홍호가 이렇게 말하자, 오실이 의롭다 여기고 그만 두었다.

金이 사신을 파견하여 남송과 和約을 체결하기로 약속하였다.[13] 오실이 결정된 화약의 내용 10가지[14]를 홍호에게 자문하자 그는 하나하나 매우 치밀하게 힐난하였다.

"금이 남송의 황제를 책봉해 준다는 것은, 금에게 아무런 실익이 없는 공허한 명분에 불과합니다. 남송이 연호를 사용하도록 허용해 준다는 것도 부질없는 條文에 불과합니다. 송조에는 본디부터 연호가 있었습니다. 金 3,000냥을 제공한다는 조문은 眞宗 景德 年間의 盟約[15]에는 없었던 것입니다. 또한 동북 지방은 양잠에 적당한 곳이며 금이 그 땅을 갖고 있습니다. 絹의 수량을 더 늘릴 필요가 없습니다. 淮北 사람들을 송환시키는 것은 백성들을 동요시키고 재정을 해치는 일입니다. 우리 남송 측에서는 필시 받아들이기 힘들 것입니다. 경덕 연간의 맹약은 송

---

13 紹興 8년(1138) 12월 남송의 秦檜와 金의 撻懶 사이에 합의되어 일단 그 체결이 공포된 宋金間의 和議를 말한다. 소흥 12년(1142) 9월에 최종적으로 체결되는 이른바 紹興和議와 구별하여, 송금간의 제1차 화의라 부르기도 한다. 이때의 和約은 최종 순간에 송금 양국의 내부 사정으로 말미암아 파기되기에 이른다. 송 측에서는 金에 臣事한다는 조건이 胡銓이라든가 太學生 등의 격렬한 반대를 야기했고, 또 金에서는 이때의 화약을 주도했던 撻懶가 이듬해인 1139년 반대 세력인 完顔宗幹, 完顔宗弼 등에 의해 제거되었기 때문이다. 이러한 상황변화로 인해 이때의 화약은 파기되고 송금간에 재차 전쟁이 발발된다.
14 이때 체결된 和約은, 남송이 金에 대해 臣稱하고 매년 銀과 絹 50萬兩匹을 進奉하는 대신, 金은 僞齊가 통치하고 있던 하남과 섬서 지구를 송에 반환한다는 내용이었다.
15 眞宗 景德 元年(1004) 송과 요 사이에 체결된 이른바 澶淵의 盟을 가리킨다.

과 거란의 남북에게 모두 이로움이 되었는데, 지금 사람들이 이를 본받지 않고 있습니다. 책에 전부 기록되어 남아 있으니 한번 살펴보도록 하십시오."

오실이 말하였다.

"내가 적에게 투항한 사람들을 송환시키고자 하는 것은, 그들을 주살함으로써 차후 다시 그런 일이 없도록 징벌하려는 것이다. 왜 안 된다는 것이냐?"

"옛날 魏나라의 侯景이 13州의 영토와 함께 梁에 귀순[16]한 적이 있습니다. 梁 武帝는 이 땅을 갖고 魏에 억류되어 있는 자신의 조카 蕭明과 교환하고자 했습니다. 하지만 후경이 결국 난을 일으키는 바람에 궁성이 함락되고 두 황제가 죽기에 이르렀습니다.[17] 중국은 이 일을 거울로 삼고 있을 것이니 결코 금 측의 요구에 응하지 않을 것입니다."

이에 오실이 마침내 깨닫고 말했다.

"너는 성품이 강직하여 나를 속이지 않는도다. 내 너와 함께 燕州[18]에 갔다가 화약이 체결된 다음 남송으로 보내주겠다."

홍호는 오실을 따라 燕州로 갔다. 얼마 후 남송 측으로부터 莫將이 파견[19]되어 왔으나 금과의 절충이 결렬되었다.[20] 이렇게 하여 화약은 파기

---

16 547년 東魏의 무장 侯景(503~552)이 관할하의 河南 13주를 거느리고 梁武帝에게 귀순한 것을 가리킨다.
17 侯景이 귀순하자 양무제는 이를 받아들이고 연합하여 東魏에 대항하였지만 대패하고 만다. 이후 양무제가 동위와 和約을 맺자 고립된 후경은 548년 반란을 일으켜, 이듬해 梁의 수도 建康을 함락시키고 무제를 사로잡아 아사시켰다. 후경은 훗날 陳을 건립하는 陳霸先 등의 공격을 받아 북으로 도망가다 살해되었다. 侯景의 난은 남조의 정세를 일변시키고, 나아가 귀족의 장원에도 큰 타격을 가하여 귀족제의 구조적 변화를 야기했다.
18 오늘날의 北京. 金이 上京 會寧府(오늘날의 하얼빈 인근)로부터 燕州(燕京)로 천도하는 것은 海陵王 貞元 元年(1153)의 일이다.
19 1차 화의에 따라 高宗의 生母인 韋太后를 모시러 온 奉迎使 莫將 및 韓恕의 일행을

되고 莫將은 잡혀서 涿州에 갇히게 되었다. 형세가 다시 변한 것이다.

그리고 나서 얼마 되지 않아. 兀朮[21]이 오실 및 그 일파들을 잡아 죽였다. 이때 연루되어 죽은 자가 수천 명에 이르렀다. 다만 홍호는 과거 오실과 논쟁하다가 오실의 노여움을 사서 죽을 뻔한 적이 수차례나 되었고, 이러한 사실을 올출이 아는 까닭에 죽음을 면할 수 있었다.

홍호가 燕州에 가자, 그곳 사람들은 그가 절개를 지켰던 일을 중히 여겨 다투어 술과 음식을 지니고 찾아와 노고를 위로했다. 홍호는 이곳에서 은밀히 저자 거리로 다니며 정황을 탐색하였다. 그러다 어떤 사람을 통해 趙德이 기밀사항을 기록한 수만 자로 된 문서를 입수하였다. 홍호는 이것을 낡은 솜옷 속에 감추어 남송에 갖고 돌아와 말하였다.

"順昌의 전투[22] 당시 금 측은 두려움에 넋을 잃을 정도였다. 그들은

일컫는다.

20 金 側이 和約의 최종 확정을 위해 右司侍郎 張通古에게 江南招諭使란 직함을 주어 남송에 파견한 것은 紹興 8년(1138) 8월의 일이었으며, 이후 절충을 통해 최종적으로 和議가 확정된 것은 이해 12월 1일이었다. 이듬해 정월에는 남송의 황제 고종이 내외에 화의의 결착을 고시하였으며, 금 역시 화의의 내용에 따라 이 해 3월 황하 이남으로부터 철수를 완료하였다. 그런데 그 직후인 7월 금 측에 정변이 발생하여 完顔宗磐 및 화약의 금 측 주도자였던 撻懶가 처형되었던 것이다. 이러한 상황변화로 말미암아 제1차 소흥 화의는 파기되고 韋太后의 송환도 실현되지 못하였다.

21 金 태조 阿骨打의 넷째 아들 完顔宗弼의 여진식 이름. 斡啜, 斡出, 晃斡出이라고도 칭한다. 금 초기 유력한 무장이자 정치실력자의 하나이다. 宗望(斡离不) 및 宗幹(斡本), 熙宗 등과 더불어 동일한 파벌을 형성하며, 반대편인 宗翰(粘罕) · 撻懶 · 希尹(悟室) 등과 대립하였다. 희종이 황제로 즉위하고 난 후에는 반대 진영의 인물들을 하나씩 제거하기 시작하여, 마침내 天眷 3년(1140) 마지막으로 남은 希尹 및 蘇慶 등을 제거함으로써 정권을 장악하게 된다.

22 順昌은 金 南京路의 潁州(오늘날의 安徽省 阜陽市). 金의 撻懶와 남송의 秦檜가 주도하여 체결한 소흥 8년(1138) 12월의 이른바 제1차 화의 직후, 宗翰(粘罕) · 宗磐 · 撻懶 세력을 제거하고 정권을 장악한 宗弼(兀朮)은 1140년 5월, 자신이 총사령관이 되어 대거 남송을 향해 진격한다. 개봉을 포함한 하남 일대의 양도라는 1차 화의의 조항을 수정하는 것이 목표였다. 이때 송 측에서는 高宗으로부터 두터운 신임을 받고 있었던 劉錡

전투를 앞두고 燕州의 물자와 재화들을 모두 북쪽으로 옮겨둔 상태였다. 燕州 이남의 땅을 버릴 심산이었던 것이다. 그런데 우리 군대가 서둘러 철수하는 바람에 스스로 기회를 날려버렸다. 우리가 차후라도 다시 하남 일대에 진군한다면 반드시 성공할 것이다."

홍호는 이와 더불어 悟室이 말했던 사실, 그리고 두 황제 및 여러 왕, 공주들의 소재지를 기록하여 황제 고종에게 보고하였다.

이듬해[23] 여름 홍호는 皇太后[24]의 서신을 입수하게 되었다. 그는 邵武 출신의 李微라는 인물을 보내 서신을 가져오게 하였다. 고종은 크게 기뻐하며 經筵의 석상에서 講讀官에게 말했다.

"짐이 母后의 생존 여부를 몰라 애태운 지 거의 20년이 되었도다. 비록 백 번의 사자를 보낸다 한들 이 서신 하나만 못할 것이로다."

고종은 李微에게 관작을 주었다.

홍호는 천성적으로 기억력이 좋았으며 읽지 않은 책이 없을 정도로 好學이었다. 밥 먹을 때에도 손에서 책을 놓지 않았으며, 稗官小說조차 수천 구절을 암송하고 있을 정도였다. 徽宗 宣和 年間과 政和 年間에 이르러 春秋學의 전통이 단절되었을 때, 그는 홀로 『춘추』와 三傳을 치밀

가 출정하여 오늘날의 안휘성 북단에 위치한 順昌府에서 金軍과 결전을 벌인다. 이 전투를 順昌의 전투(順昌之役)라 부르는데, 송군은 이때 潁水에 독약을 풀어 金의 軍馬에 대타격을 가하게 된다. 한편 岳飛도 劉錡를 원조하기 위해 하남 일대로 진군하고 있는 상태였다. 하지만 이러한 승리에도 불구하고 淮水線을 경계로 금과 화약을 체결하고자 했던 秦檜는 더 이상의 진군을 막고 전군에 철수를 명령하였다.

23 고종 소흥 11년(1131). 홍호는 소흥 10년(1130)에 남송 측에 귀환하였다.
24 高宗의 生母인 韋太后를 일컫는다. 靖康의 變으로 말미암아 欽宗 靖康 2년(1127) 徽宗 및 欽宗 등과 함께 金側에 포로로 잡혀갔다가, 紹興和議 직후인 고종 紹興 12년(1142) 8월 남송의 수도 臨安으로 귀환하였다. 남송이 건립된 직후 金에 억류되어 있는 상태에서 皇后로 遙尊되었다.

하게 공부하였다. 金에 사신을 갔다가 冷山에 붙들려 있을 때에는『춘추』의 褒貶과 微言大義를 가려 뽑아서 시 수천 편을 지었다. 金人들은 이를 베껴 전하면서 외우고 익히다가 燕州에서 板刻하고자 하였으나, 그가 허락하지 않았다.

張邵

高宗 建炎 3년(1129)년 9월 張邵는 承奉郎[25]으로 승진하여 고종을 알현하게 되었다. 그때 마침 金에 파견할 사자를 물색하던 중이라서 그는 감연히 자신이 가겠다고 자청하였다. 이에 그에게 임시로 禮部尙書의 직함을 주고 5개의 官階[26]를 특진시켜 直龍圖閣에 除授하였으며, 그를 正使로 삼고 武臣 楊憲을 副使로 삼았다. 張邵의 두 동생 張祁와 張邴은 모두 관직을 주어 祁州와 明州의 添差觀察推官의 직위를 주어 모친을 모시고 살게 했다.

장소는 그 날로 길을 떠나, 濰州에서 金의 監軍郎君인 撻懶를 만났다. 金人들은 장소에게 撻懶를 향하여 拜禮를 갖추도록 윽박질렀으나 그는 '못하겠다'고 버티었다. 그러자 그를 잡아 昌邑縣에 가두었다가 조금 후 密州의 柞山寨에 두고 병사로 하여금 지키게 했다.

---

25 元豊 改制 이전에는 從八品 上의 文散官. 神宗 元豊 3년(1080)의 改制 이후에는 文散官이 아닌 寄祿官이 되었다. 元豊 改制 이후의 承奉郎은 그 이전의 寄祿官인 太常寺太祝, 奉禮郎에 상당한다.
26 官, 즉 寄祿階.

이듬해인 建炎 4년(1130) 여름, 장소는 撻懶가 密州를 지난다는 말을 듣고 편지를 써서 논박하고 나섰다.

"전쟁의 승패는 군대의 강하고 약함에 달려 있는 것이 아니라 이치의 옳고 그름에 달려 있습니다. 徽宗 宣和 年間(1118~1125) 이래로 우리 송조에 군대가 없었던 것이 아닙니다. 처음 무장들이 변경에서 틈을 보였고, 조정의 관원들이 다시 전쟁의 단서를 일으켰던 것입니다. 이러한 까닭에 金이 능히 우리 송조를 이길 수 있었습니다. 그 후 僞楚[27]가 僭濫되이 세워지고 群盜들이 벌떼처럼 일어났으나 모두 얼마나 지속되었습니까? 실로 순식간에 쓸려 아무 것도 남지 않게 되었습니다. 이는 人心이나 하늘의 뜻이 아직 宋朝의 德을 싫어하지 않기 때문입니다. 지금 金國에서는 다시 땅을 나누어 僞齊[28]를 세우고 劉豫를 황제로 封하고 있습니다. 그러면서 전쟁을 끝없이 지속하고 있습니다. 이치의 잘못을 범하고 있는 것입니다."

撻懶는 이 글을 보고 장소를 유예에게 넘겨 처리하도록 했다. 장소는 齊의 궁성에 올라 유예를 보고 황제에 대한 禮를 갖추지 아니하고 揖을 할 뿐이었다. 또 유예를 과거의 官職으로 부르며 지켜야 할 君臣의 大義를 하나하나 지적해갔다. 그의 목소리는 준엄하면서도 격렬하였다. 이에 유예는 노하여 그를 감옥에 가두었다. 副使 楊憲은 견디지 못하고 끝내 투항하고 말았다. 이렇게 반년이 지나자 유예는 그를 굴복시킬 수 없다는 것

---

27 靖康 2년(1127) 3월 金이 漢地의 지배를 위해 張邦昌을 황제로 옹립하여 세운 괴뢰정부 楚를 가리킨다. 장방창은 이해 5월 康王이 南京 應天府에서 고종으로 즉위한 직후 황제위에서 물러나게 된다. 이후 장방창은 고종으로부터 自盡의 命을 받고 자결한다. 楚의 존속기간은 33일에 불과하였다.

28 僞楚가 붕괴된 후 재차 중국 내지의 지배를 위해 金에 의해 수립된 괴뢰왕조 齊를 가리킨다. 劉豫를 황제로 하여 建炎 4년(1130) 설치되었다가 8년 만인 紹興 7년(1137)에 폐지되었다.

을 알고 다시 금 측에 보냈다. 금은 그를 燕山의 圓福寺에 가두었다.

紹興 元年(1131)이 되자 장소는 다시 글을 써서 주장했다.

"유예는 대국인 金의 위세를 끼고 밤낮으로 송에 대해 남침을 지속하고 있습니다. 유예는 이기지 못한즉 마치 쥐가 머리를 내밀고 바깥의 눈치를 살피듯 정세를 엿볼 것이며, 이긴즉 애써 기른 매처럼 배를 채우고 날아갈 것입니다. 유예는 결국 금나라의 이익이 되지 않을 것입니다."

장소는 금과 유예 사이를 이간시키려 했던 것이다. 간수가 은밀히 이 사실을 고하자 금은 그 글을 취하여 간 다음, 그를 동북방으로 천여 리나 떨어진 中京[29]으로 옮겼다가, 조금 후에는 다시 더 북쪽인 會寧府로 옮겨버렸다. 會寧府는 燕京으로부터 3,000리나 떨어진 곳이었다.

그런데 금의 名族이었던 完顔旻이 죽자 그 지위가 동생인 完顔晟에게 전해졌으며, 完顔晟이 죽고나서는 完顔旻의 손자인 完顔亶가 뒤를 이었다. 이들 三代는 군사를 매우 싫어하고 文敎를 흠모하여, 그 후생들이 장소를 좇아 음악과 시가를 배웠다. 또 이들에게 장소는 경전을 가르치며 대의명분을 알게 해 주었다. 그러자 그들은 다투어 돈과 곡식, 布帛을 가져와서 장소는 그곳에서 편안히 지낼 수 있었다.

그러던 중 金이 大赦令을 내려, 억류되어 있는 송조의 사자들로 하여금 원하는 대로 고향에 돌아갈 수 있도록 하였다. 사람들은 금의 눈치를 살피느라 대부분 淮北이라 할 뿐 그 이남을 말하지 못했다. 어떻게든 조금이라도 남쪽으로 가고자 했던 것이다. 오직 장소와 洪皓, 朱弁만이 江南에 집이 있다고 사실대로 말했다.

紹興 12년(1142) 2월 甲子에 金은 홀연히 세 사람을 불러 숙소를 바꾸고

---

29 金의 中京 大定府, 오늘날의 內蒙古自治區 赤峰市 寧城縣 동부에 해당한다.

연회를 베푼 다음 남쪽으로 돌아가게 해 주었다. 장소는 이 해 4월 辛未에 燕山에 이르렀으며, 홍호는 이미 그곳에 있었고, 주변은 5월에 雲中으로부터 도착하였다. 그리고 나서 6월 庚戌에 함께 永平館[30]을 출발하여 7월 壬戌에는 汴京의 都亭驛[31]에 도착하였다. 남쪽으로 귀환하는 도중에 지은 시가들을 모아 훗날 『輶軒唱和集』을 내었는데 여기에 장소가 序文을 붙였다. 8월 庚子에 마침내 行在인 臨安에 이르렀다.

처음 장소가 金에 사절로 파견되었을 때 山東의 昌邑에서 秦檜를 만나 忠과 義로써 서로 勸勉하였다.[32] 이런 까닭에 훗날 장소가 상을 당하자 진회가 문상을 오기도 했다. 하지만 장소가, '금 측이 흠종 및 諸王과 종실 등을 송환할 의사를 지니고 있다'고 여러 차례 주장하며 사절단을

---

30 燕京의 南門 외곽에 있는 館驛. 옛 이름은 碣石館이었으나 北宋 眞宗 연간에 체결된 澶淵의 盟 이후 永平館으로 改名하였다. 이에 대해서는, 『契丹國志』권24, 「宋王曾行程錄」 참조.

31 開封의 西大街 북방에 위치한 館驛. 북송 시대 遼의 사신을 접대하던 곳이다. 남송 시대에도 臨安에 같은 이름의 館驛이 설치되어 金의 사신을 접대하는 용도로 쓰였다. 『東京夢華錄』권2, 「宣德樓前省府宮宇」 및 『乾道臨安志』권1, 「館驛」 참조.

32 秦檜는 靖康의 變 당시 金의 楚國 설립에 반대하다가 두 황제 등과 함께 북으로 연행된 바 있다. 秦檜가 靖康 2년(1127) 金側에 대항하다가 구금되는 정황에 대해 『宋史』에서는, "王時雍時爲留守 再集百官詣秘書省 卽閉省門 以兵環之 俾范瓊諭衆以立邦昌 衆意唯唯. 唯太學生難之 瓊恐沮衆厲聲折之 遣歸學舍. 時雍先署狀 以率百官. 御史中丞秦檜不書 抗言請立趙氏宗室. 且言邦昌當上皇時 專事燕游 黨附權姦 蠹國亂政 社稷傾危 實由邦昌. 金人怒 執檜"(권475, 「叛臣傳 上」 「張邦昌傳」, 제39冊, 13790쪽)라 전하고 있다. 이렇듯 金에 대해 강경한 입장을 견지하던 그는 오늘날의 吉林省 四平市 인근인 韓州에 억류되어 있다가, 그 유능함을 인정받아 유력자 撻懶의 幕下에 들어가게 된다. 이 무렵 撻懶는 劉豫의 齊國 설치 등을 주도하며 남송과의 관계 개선을 통해 자신의 입지 확대를 도모하고 있었다. 이러한 撻懶의 자문역을 수행하며, 진회는 점차 남송과 金 사이 講和가 불가피하다는 인식을 갖게 되었던 것으로 보인다. 진회는 高宗 建炎 4년(1130) 妻 및 휘하의 婢僕들과 함께 귀환하였는데, 그 귀환 과정의 모호함, 갑작스레 강력한 主和論者로 변신해 있었던 사실 등으로 인해, 당시부터 이미 金側이 기획적으로 진회를 송환시킨 것이라는 의혹이 널리 퍼져 있었다.

보내 맞아올 것을 청하면서, 진회는 점차 마뜩치 않게 여기게 되었다.

朱弁

고종 建炎 2년(1128), 북으로 연행되었던 휘종과 흠종 두 황제의 안부를 묻는 사신을 금에 파견하기로 했다. 하지만 관료들 중에는 아무도 가겠다고 하는 자가 없었다. 朱弁은 이를 듣고 용감하게 나서서 가기를 자청하였다. 고종은 그에게 官職을 수여[33]하며 이렇게 명하였다.

"朕은 옛날 晉나라가 魏絳을 써서 오랑캐와 和好했던 전례[34]를 따르고자 한다. 너는 그때 侯生이 太公을 모시고 중국에 돌아왔던 사실을 본받도록 하여라."

주변은 명을 받은 그날로 正使 王倫과 함께 떠났다. 일행은 白水濼[35]에서 粘罕을 만났다. 주변은 곡진한 어투로 말하였으나 점한은 듣지 않고, 그들을 雲中[36]의 客館에 머물도록 했다. 그리고는 사신을 접대하는 賓禮에 따라 식사를 제공하였으나 실상 군사를 붙여 가두어 두는 형국

---

33 당시 朱弁은 入仕하지 않은 상태였으며, 다만 靖康의 變 이전 太學의 內舍生 신분이었다. 이때 그는 通問副使로 파견되며 修武郎의 관직이 수여되었다.

34 魏絳은 춘추 시대 晉나라 사람이다. 晉悼公이 諸侯들을 불러 모았을 때 悼公의 동생 楊幹이 軍陣에서 반란을 일으키자 그 무리를 소탕하고 이어 下軍主將이 되어 政務를 주관하게 되었다. 下軍主將이 되자 그는 山戎과의 화친을 주장하면서 和親을 맺을 때 얻게 되는 다섯 가지 이익에 대해 피력하였다. 그의 주장으로 마침내 동맹을 맺고 王名으로 諸戎을 감독함으로써 晉의 국세를 떨치고 敗業을 이루게 되었다.

35 오늘날의 黃旗海. 내몽고자치구 集寧市 동남방에 위치해 있다.

36 金의 西京인 大同府. 오늘날의 山西省 大同市.

이었다.

그러던 중 紹興 2년(1132) 금 측은 홀연히 宇文虛中을 보내왔다.

"지금 남송과의 사이에 화약이 성립되려 하고 있다. 正使와 副使 두 사람 가운데 하나가 元帥府에 가도록 하라. 이곳에서 國書를 수령하여 남송으로 돌아가 보고토록 하여라."

宇文虛中은 산가지를 던져 점을 쳐서서는 두 사람 중 가는 사람과 남는 사람을 정하려 했다. 그러자 주변이 정색을 하며 말했다.

"이는 시정의 잡배들이나 하는 행위요. 나는 金으로 오면서 죽을 것을 작정하고 왔소이다. 오늘 어찌 먼저 돌아갈 것을 바라겠소이까? 원컨대 正使께서는 서둘러 국서를 받아서 돌아가 보고토록 하십시오. 그래서 천지신명이 휘종과 흠종 두 분 황제를 살려두고 있다는 사실을, 우리 황제로 하여금 하루 속히 아시게 하십시오. 그렇게 된다면 나는 비록 이국 땅에서 죽어 해골로 나뒹구는 꼴이 되더라도 오히려 산 것이나 진배가 없겠습니다."

주변은 왕륜이 길을 나서자 다시 이렇게 청하였다.

"옛날의 使者에게는 符節[37]이 있어 증표로 삼았습니다. 하지만 지금은 符節이 없는 대신 印章이 있으니 인장 또한 증표라 하겠습니다. 正使께서 조정에 돌아가시면 인장이 필요 없을 것이니, 원컨대 그것을 제게 남겨 주십시오. 제게 만일 불행히도 의외의 辱됨이 있거든 인장을 끌어안고 죽겠습니다. 그러면 죽어도 썩지 않을 것입니다."

왕륜은 눈물을 흘리며 인장을 풀어 주변에게 주었다. 그는 이를 받아 간직하며 누우나 일어서나 항상 지니고 다녔다.

---

37 대나무에 글자를 쓴 후 이를 두 조각내어 양인으로 하여금 소지하게 하였다가 후일 다시 맞추어 증표로 삼는 것. 符牌라고도 칭한다.

당시 劉豫가 僞齊의 황제로서 수도를 점거하고 있었는데, 금은 朱弁을 윽박질러 유예의 신하가 되라고 했다. 또,

"그리하면 남으로 돌아가는 것이 빨라질 것이다"라고 유인하기도 했다. 주변은 이렇게 말했다.

"나는 북으로 가라는 명을 받았지, 남으로 가라는 명을 받은 것이 아니다. 그리고 유예는 나라의 역적이다. 나는 늘 그 고기를 저며 먹지 못하는 것을 한스러이 생각한다. 어찌 차마 그에게 北面하여 신하 노릇을 할 수 있을소냐? 내 차라리 죽을지언정 그의 신하가 되지는 않겠다."

금에서는 식량의 공급을 끊어 괴롭혔다. 그러자 주변은 도리어 좌정하고 앉아 驛舘의 문을 걸어 잠갔다. 이렇게 허기를 참고 죽기를 기다리며 굴복하지 않았다. 이에 금 측도 감동하여 위로한 다음, 다시 예전처럼 賓禮를 갖추었다.

朱文公이 말했다.[38]

"政和와 宣和 年間 이래 公卿大臣으로 국가의 남다른 은혜를 입어 부귀영화를 누린 자들이 많았다. 그런데 하루아침에 미치광이 무리들이 國事를 그르쳐 禍亂을 부름으로써, 君父로 하여금 蒙塵하여 멀리 사람조차 없고 고되고 추운 사막에 가게 하였다. 이후 高宗이 즉위하자 金에 사로잡힌 遺臣들 및 오랑캐에게 항복하여 賣國한 자를 제외한 나머지 官員들이 조정에 적지 아니 있었지만, 北으로 가는 使者를 구하자 모두 뻔뻔스럽게 서로 쳐다만 볼 뿐 누구 한 사람 가겠다고 나서지 않았다. 이에 주변은 草野의 諸生으로서 평상시 일찍이 조금의 봉록도 받은 바 없

---

38 『朱熹集』(成都, 四川教育出版社, 1996) 권98, 「奉使直秘閣朱公行狀」에 실려 있다.

지만 홀로 奮然히 몸을 던져, 그 도끼와 창 등의 위협을 무릅쓰고 기약할 수 없는 오랑캐들에게 가겠다고 청하였다. 使臣으로 간 이후에는 죽음을 각오하고 절의를 지키며 굴복하지 않았다. 이러기를 무려 16년 동안, 끝내 僞齊의 官爵으로 몸을 더럽히지 않고 마침내 돌아와 天子를 뵐 수 있었다.[39] 그 忠義와 절의는 시종 凜然하여, 비록 竹帛에 적고 丹靑으로 그린다 할지라도 과하지 않을 것이다. 和議가 이루어짐에 있어, 비록 그가 직접적인 역할을 한 것은 아니지만 오랑캐들을 넌지시 회유하여 또한 적지아니 공을 세웠다. 그러나 그는 결코 자신의 공을 내세우지 않았다. 조정에 귀환하여 건의한 사항들은, 모두 멀리 앞을 보는 深遠한 것으로서 조정으로 하여금 目前의 安逸함을 구하지 않게 하고, 후일에 中興을 기약할 수 있도록 하는 것들이었다. 이와 같은 충의와 심려는, 功을 탐하여 모두를 자신의 힘으로 돌리고 또 조정으로 하여금 江沱[40] 이남에 안주함으로써 원한을 잊도록 만들어 國家를 욕되게 한 자들과는 아득히 달랐다. 이에 高宗皇帝도 그 衷心을 깊이 헤아려 읽고 전후 수차례나 심히 두터운 포상을 내린 바 있다. 하지만 불행히도 權臣에게 가로막혀 그 뜻을 펴보지 못한 채 죽었다.[41] 어찌 天運이라 하지 않겠는가?[42]

---

39 朱弁은 高宗 建炎 2년(1128) 金에 사신으로 파견되어 紹興和議가 타결된 이후인 紹興 13년(1143) 귀환한다(『宋史』 권373, 「朱弁傳」).

40 江沱는 長江의 유역 전체를 가리킨다. 沱는 『詩經』 「國風」 「召南」의 「江有沱」에 나오는 "江有沱 之子歸 不我過"란 귀절에 대해 高亨이 "小水入於大水叫做沱"라 하듯 河川의 지류에 대한 통칭이다.

41 朱弁에 대한 이러한 秦檜의 견제에 대해 『宋史』에서는, "弁又以金國所得六朝御容及宣和御書畫爲獻. 秦檜惡其言敵情 奏以初補官易宣敎郞直祕閣. 有司校其考十七年 應遷數官 檜沮之 僅轉奉議郞"(권373, 「朱弁傳」)이라 적고 있다.

42 朱弁은 朱熹의 族祖로서, 朱熹의 祖父와 朱弁은 三從兄弟(8寸)였다(『朱熹集』 권98, 「奉使直祕閣朱公行狀」 참조).

또 朱文公은 이렇게 말했다.[43]

"建炎과 紹興 연간 무렵 金軍이 침공하여 두 황제가 멀리 끌려가자 天子는 밤낮으로 가슴 아파하였다. 그리하여 충성스러우면서도 言辯이 있는 사람을 구해 戰場을 오가게 함으로써 和好를 성사시키고자 하였다. 그런데 高官들은 몸을 움츠리며 안일함만을 구할 뿐 가겠다고 나서지 않았다. 다만 魏公(魏良臣)과 朱公(朱弁)만이 諸生의 신분으로서 스스로 나서서 감연히 가기를 청하였다. 두 사람은 日傘을 받쳐들고 깃발을 펄럭이며 차례로 떠나갔다. 모두 창검의 위협을 무릅쓰고 오랑캐 땅에서 목숨을 바치겠노라고 각오한 것이었다. 그 얼마 후 魏公은 僞齊의 官爵을 받지 않고 절개를 지키다 죽었다. 朱弁 또한 죽음을 맹세하고 오랑캐에 맞서 절의를 지키다 요행스럽게도 身命을 보전하여 귀환할 수 있었다. 비록 두 사람 가운데 하나는 죽고 하나는 살았지만, 몸을 던져 나라를 위해 殉國하겠다는 가슴 속의 본 뜻은 동일한 것이었다. 나는 두 사람의 충의와 절개가 史書에 기록되어 萬世토록 전해져야만 한다고 생각한다. 두 사람이 絶域에서 風霜에 맞섰던 그 자취는 후세인으로 하여금 반드시 기억하게 해야 한다고 여기는 것이다."

---

43 『朱熹集』권83, 「跋魏侍郎集」에 실려 있다.

권6

張叔夜

  흉악한 도적 宋江이 노략질하며 淮南의 海州에까지 이르렀다. 그들의 무리는 해안을 따라 약탈하며 큰 배 십 수척이나 빼앗아 보유하고 있었다. 張叔夜는 밤에 결사대 천명을 모집하였다. 그리고 난 후 도적 무리로부터 10리쯤 떨어진 곳에 旗幟들을 이리저리 내걸고 이리로 도적들을 유인하여 싸움을 걸어오도록 했다. 한편으로 정예 병사들을 해안가에 매복시켰다가 전투가 벌어질 때를 기다려 도적의 배들에 불을 지르게 했다. 배가 불타자 도적들은 두려워하며 투지를 잃었다. 이를 틈타 복병들이 공격하니 송강이 항복하였다.[1]

---

1 宋江은 北宋 徽宗 시기에 반란을 일으킨 인물이다. 河北, 山東 일대에서 활동하며 梁山泊에 本據를 두었다고 알려져 있다. 강력한 군사력으로 官軍에 심대한 위협을 주었지만 宣和 3년(1121) 2월 淮南東路의 海州(현재의 江蘇省 連雲港市)를 공략하다가 張叔夜의 복병에 말려들어 敗戰하고 투항하였다. 남송 시대가 되면 說話化하여

欽宗 靖康 元年(1126) 금이 재차 남침하자 장숙야는 군대를 이끌고 京師를 지원하기 위해 북으로 나섰다. 그때 어떤 이들이 천천히 행군할 것을 권하자, 그가 대답했다.

"국가의 위태로움이 이와 같은데 어찌 일신만을 돌아볼 수 있겠소?"

장숙야는 尉氏[2]에 이르러 금의 游兵[3]과 맞부딪혔다. 그는 이들과 접전을 벌이며 전진한 끝에 11월 그믐 京師에 도착하였다. 그는 흠종을 알현하고, 唐 현종이 안록산의 난을 피해 몽진갔던 사실을 언급하고 나서, '지금 적들의 기세가 심히 강하니 일단 襄陽[4]으로 蒙塵하였다가 후일에 귀환을 도모하시는 것이 좋겠습니다'라고 진언하였다. 흠종도 이 말에 동의하였다.

하지만 금의 공격이 급박해지자, 흠종은 그에게 전열을 갖추어 守城에 임할 것을 명하였다. 장숙야는 연 나흘간의 대전투를 통해 금의 장수를 2인이나 베었다. 그러나 결국 개봉성은 함락되었고 그 역시 여러 군데에 창을 맞았다. 이 전투에서 장숙야의 父子[5]는 힘을 다해 싸웠고, 병사들 또한 모두 죽음을 각오하고 싸워서 금의 군대를 적지 않게 살상했

話本에 자주 등장하게 되고, 이것이 발전하여 施耐庵에 의해 『水滸傳』이 되었다. 宋代의 史書에는 宋江의 활동에 대해, "宋江起爲盜 以三十六人橫行河朔 轉掠十郡 官軍莫敢攖其鋒. 知亳州 侯蒙上書言 江才必有過人者 不若赦之 使討方臘以自贖. 帝命蒙知東平府 未赴而卒. 又命張叔夜知海州. 江將至海州 叔夜使間者覘所向 江徑趨海濱 劫巨舟十餘載鹵獲. 叔夜募死士得千人 設伏近城 而出輕兵 距海誘之戰 先匿壯卒海旁 伺兵合舉火焚其舟. 賊聞之 皆無鬥志 伏兵乘之 擒其副賊 江乃降.(『宋史紀事本末』권12, 「方臘之亂」)이라 적혀 있다.

2 京畿路의 尉氏縣. 오늘날의 河南省 尉氏縣으로 開封의 남방 약 40km 지점에 위치해 있다.

3 本隊와 떨어져 주변 지역에서 적정의 탐색이라든가 척후활동 등의 임무를 맡은 別動隊.

4 京西南路의 路治. 오늘날의 호북성 襄樊市.

5 당시 張叔夜는 두 아들 伯奮 및 仲熊과 함께 출정하여, 자신은 中軍을 맡고 伯奮에게는 前軍을, 仲熊에게는 後軍을 거느리게 하고 있었다.

다. 하지만 송의 장수들 가운데 어느 한 사람도 군대를 이끌고 개봉에 오는 이가 없었다.

금은 개봉을 함락시킨 다음 和議를 진행시켰고, 그들의 요구에 따라 흠종은 두 번째로 궁성을 나서게 되었다.[6] 장숙야는 太學의 앞에서 흠종의 행렬을 기다렸다가, 말머리를 붙들며 가지 말 것을 간하였으나 끝내 가는 것을 막을 수 없었다. 그는 큰 소리로 통곡하며 두 번 절하였고, 이를 보는 사람들도 울음을 멈추지 못했다. 흠종은 머리를 돌려 그에게 예를 갖추어 字로써 칭하며,

"嵇仲[7]은 온 힘을 다하였소이다"라고 말했다.

이후 금이 송실의 종실이 아닌 異姓의 황제를 세우는 詔令을 반포하자, 장숙야는 백성들의 바람대로 황태자를 황제로 세워줄 것을 청하였다. 그러자 금의 두 元帥[8]가 노하여 그를 붙잡아 軍中으로 데려갔다. 그는 금의 軍中에 이르러서도 처음과 같이 항론하면서 조금도 굽히지 않았다.

장숙야는 마침내 금군에 의해 북으로 연행되었다. 그 도중 그는 국물만 이따금 마실 뿐 곡기를 입에 대지 않았다. 白溝[9]에 이르자 시중꾼이, '황하를 지났습니다'라고 말했다. 그러자 그는 부들부들 떨며 일어나 하늘을 바라보며 크게 부르짖었다. 이후 다시는 말하지 않다가 이튿날 죽었다.

---

6 欽宗 靖康 元年 윤11월 하순 金에 의해 東京城이 함락된 직후, 흠종은 粘罕이 숙영하는 靑城에 나아가 奉表請降한 이후 12월 초순 동경성으로 복귀하였다. 이어 이듬해 정월 초순 두 번째로 靑城의 금 진영에 행차하였다가 다시 복귀하지 못하고 北狩하게 된다.

7 嵇仲은 張叔夜(1065~1127)의 字.

8 靖康의 變 당시 西路軍와 東路軍의 지휘를 맡았던 左副元帥 粘罕(宗翰)과 右副元帥 斡离不(宗望)을 가리킨다.

9 河南省 寧陵縣으로부터 開封에 이어지는 하천으로 睢水라고도 불린다. 寧陵에서 汴河와 연결된다.

張克戩

金軍이 燕山을 함락시키고 말을 몰아 남하하였다. 금은 군대를 나누어 太原을 공격하기 시작했다.[10] 太原은 張克戩이 知州로 있는 汾州로부터 불과 200리밖에 떨어져 있지 않았다. 금의 西路軍 사령관 粘罕은 휘하의 장수 銀朱孛董을 파견하여 汾州를 공격하였다. 금은 군대를 풀어 사방에서 공략해 왔지만 바깥으로부터 송군의 원조는 없었다. 전세는 날로 위태로워갔다. 장극전은 힘을 다해 금의 공격을 막아내면서 밤낮으로 조금도 게을리 하지 않았다.

그러다 태원이 함락되자 분주는 더욱 위태로워졌다. 장극전은 군대와 백성을 불러모아 놓고 말했다.

"태원은 이미 함락되었다. 우리 또한 지게 될 것임을 잘 안다. 하지만 어찌 우리가 조정을 버리고 조상들을 욕되게 하며 자손들에게까지 누를 미치게 할 것인가? 이 城과 디불이 죽음을 같이 함으로써 우리의 절개를 밝히 보여주는 것이 차라리 낫다."

모두 울며 대답하였다.

"知州께서는 저희의 부모입니다. 말씀대로 모두 죽고자 합니다."

장극전은 병사 가운데 하나를 뽑아 사잇길로 京師에 파견하여 상주문을 바쳤다.

"태원이 함락된 이래로 분주는 날마다 적의 공격을 받고 있습니다. 원컨대 폐하께서는 이 외로운 성이 장차 오래 버티지 못할 것을 불쌍히

---

10   徽宗 宣和 7년(1125) 12월의 일이다. 張克戩은 그 직전인 8월 知汾州로 부임한 상태였다(『宋史』 권446, 「忠義 一」 「張克戩傳」 참조).

여기사 급히 軍馬를 파견하여 주십시오. 그들이 신속히 와서 이 성 백성들의 목숨을 구해 주십시오."

하지만 이 요청은 받아들여지지 않았다.

태원이 함락된 이래 汾州의 방어전이 대략 한 달을 넘기고 있었다. 하루는 금의 장수들이 성벽 아래에 주욱 늘어서서 큰 소리로 항복할 것을 재촉했다. 장극전은 성벽 위에 올라 이들에게 크게 욕을 해댔다. 그러던 중 金의 장수 하나가 포에 맞아 그 자리에서 즉사했다. 이튿날 금군의 공격은 더욱 거세졌다. 성은 서북쪽 귀퉁이에서부터 무너졌다. 적군이 들어오자 장극전은 朝服으로 갈아입었다. 남향하여 향을 태운 다음 절하고 춤을 추었다. 그리고 자결하였다. 그의 가족으로 이 난리 가운데 죽은 사람이 여덟이나 되었다.[11]

朱熹가 말했다.[12]

"나는 일찍이 張忠文公 사당의 銘文[13]을 지은 적이 있다. 그때 그의 遺書를 읽으며 그 風采와 功勳에 감탄하였다. 그런데 다시 장극전이 汾州에 있을 때 보낸 家信들을 보니 그 또한 심히 敬慕스럽다. 생각건대 우리 宋朝는 백년 동안 承平을 누려 그 은택이 사방에 두루 미쳤으며 喬木世家[14] 또한 적지 않았다. 하지만 하루아침에 위난의 국면에 당하자 忠義의 절개는 오직 張氏의 一門에서만 장쾌한 모습을 발하였다. 장극전의 커다

---

11 汾州가 함락된 것은 靖康 元年(1126) 10월의 일이었다(『宋史』 권23, 「欽宗紀」, 靖康 元年 10월 庚子 참조).
12 『朱熹集』 권84, 「跋張忠確公家問」에 실려 있다.
13 『朱熹集』 권89, 「旌忠愍節廟碑」를 가리킨다.
14 키 큰 나무와 名門家. 대대로 家格이 높으며 國家와 存亡을 함께하는 家門을 일컫는다.

란 節義는 靑天의 白日과도 같아서 굳이 撰述하여 전하지 않아도 저절로 빛날 것이다. 나는 그가 쓴 筆札의 精謹함 속에서 그의 정신이 얼마나 安閑한지를 여실히 느꼈다. 그는 一族들에 대한 家信에서 죽음을 맹세하는 이외에 死後에 遺子들을 보살펴 달라고만 부탁할 뿐, 그 외에는 티끌 만큼도 사사로운 욕심을 비치지 않고 있다. 嗚呼라, 그 가슴 속에 凡人을 훌쩍 뛰어넘는 氣槪가 있었기 때문이 아니라면 어찌 그럴 수 있겠는가. 옛날의 선각자는, '비분강개하여 목숨을 바치는 것은 쉬우나 조용히 의연하게 義를 지키며 죽는 것은 어렵다'고 말했다. 장극전의 죽음은 진실로 이른바 조용히 의연하게 義를 지키며 죽은 것이 아니겠는가?

권7

孫昭遠

金軍이 太原을 포위하자 宋朝의 많은 군대가 무너져 사방으로 흩어졌다. 欽宗은 折彦質에게 命하여 驛傳을 이용해 潰兵들을 다시 규합하게 하였다. 折彦質이 말했다.

"汾州의 潰兵 2만 명이 황하를 건너려 하고 있습니다. 바라건대 朝臣 하나를 뽑아서 陝西의 帥臣과 함께 招集하게 한 다음 지휘관을 붙여 河東의 汾州로 돌려보내도록 하십시오."

이에 朝廷에서는 孫昭遠에게 그 책임을 맡겼다. 손소원이 말했다.

"군사들이 도망했다면 그 사기는 이미 땅에 떨어져 있을 테니 원래의 위치로 보내기 힘듭니다. 차라리 서쪽으로 보내 西邊의 방비를 맡기는 것이 낫습니다. 그리고 長安과 河中에 대해서는 방비를 서둘러야만 합니다. 현재 이곳의 州縣들은 保甲을 소집하여 城의 수비에 임하고 있는

데 保甲은 사실상 自衛兵에 불과합니다. 守城하는 것 보다는 要害地를 선택하여 그곳을 지키게 하는 것이 좋습니다."

손소원은 任地에 이르러 군대를 지휘하며 말했다.[1]

"天子께서는 처음 四道總管을 임명하면서 군대를 調發하는 것이라든가 官員의 辟召, 財源의 조달 등에 대한 포괄적인 권한을 위임하셨다. 그것은 王室이 위급에 처했을 때 구원하도록 하기 위함이었다. 지금 京師가 위급하여 구원병이 오기를 애타게 기다리고 있다. 머뭇거려서야 되겠는가?"

그의 어조는 비장하기 이를 데 없어서 듣는 사람들이 모두 감동하였다. 그는 주변의 諸帥들에게 격문을 띄워 군대를 이끌고 오라 하였다. 얼마 후 環慶路의 安撫使인 王似와 熙河路의 安撫使인 王倚가 각각 군대를 이끌고 왔다. 하지만 涇原路의 安撫使인 席貢, 秦鳳路의 안무사인 趙點, 鄜延路의 안무사인 張深 등은 모두 오지 않았다. 손소원은 무려 28회나 상주문을 올려 그들을 탄핵하였다. 諸路의 군대를 모으니 10여만에 달하였다. 范致虛는 馬祐昌에게 명하여 이 군대를 지휘하게 하고,[2] 永興軍路의 華陰縣에서 杜常과 夏淑을 斬首하였다.[3] 손소원과 范致虛는 함께 潼關을 나섰다. 그런데 그 직후 馬祐昌이 石壕鎭과 千秋鎭 사이

---

1   이때 孫昭遠은 汾州의 潰兵招集 임무를 띤 것이 아니라 西道副都總管의 직함으로 파견된 것이었다. 이러한 사정에 대해 周必大는 『文忠集』에서, "初公以六月使陝 而以十月末還京師. 十一月十四日 敵陷洛陽 京師戒嚴. 西京留守西道都總管王襄移治襄漢. 欽宗命擇副襄者 使督師陝右. 中書侍郎何㮚以公聞. 特除秘閣修撰西道副都總管 與三路帥臣序官 仍許便宜從事"(권29,「京西北路制置安撫使孫公昭遠行狀」)라 기록하고 있다.

2   范致虛는 靖康 元年(1126) 당시 陝西宣撫使 직위에 있었으며 馬祐昌은 그 휘하의 右武大夫였다(『宋史』권362,「范致虛傳」 참조).

3   이 다음에 등장하는 石壕鎭, 千秋鎭 전투에서의 책임을 물은 것이었다. 이에 대해 『宋史』에서는, "致虛軍出武關 至鄧州 千秋鎭 金將婁宿以精騎衝之不戰而潰 死者過半. 杜常夏倣先遁 致虛斬之"(권362,「范致虛傳」)라 기록하고 있다. 『宋名臣言行錄』의 이 부분 記述은 앞뒤가 뒤바뀌어 있다.

에서 金軍을 만나 싸웠으나 대패하였다. 이후 范致虛는 京兆府로 돌아가고 손소원만이 남아 王似 및 王倚 등과 함께 陝州에 머물렀다. 하지만 陝州 역시 金軍이 병력을 결집시켜 공략하자 함락되었다. 당시 사천 지방으로부터 金帛을 조달하여 河東을 지원하고 있었다. 손소원은 河東이 이미 金側에 넘어간 까닭에 휘하의 副將들과 함께 그것을 저지하고자 하였다. 이를 위해 河池縣에서 모병하여 정예병 수천 명을 확보하자 군대의 사기가 다시 드높아졌다. 하지만 京師가 함락되어 버려, 손소원은 사신을 파견하여 康王의 大元帥府에 나아갔다.

建炎 初 高宗은 손소원에게 詔令을 내려 入覲할 것을 명하였다. 그가 지휘하는 부대는 엄정하였고 지나치는 곳에도 아무 피해를 입히지 않았다. 당시 內鄕縣의 도적들이 수만여의 무리를 이끌고 횡행하고 있었는데 손소원이 그들을 만나 대파하였다.

張南軒이 손소원의 書翰集에 跋文을 적으며 말했다.[4]

"孫公의 몇 개 서한을 보면 본디 국가를 위해 목숨을 바칠 각오가 확고했음을 알 수 있다. 禍亂 이전부터 이렇게 節義를 견지하고 있었으니 어찌 진실된 것이 아니겠는가? 熙寧 年間 이래로 丞相이 釋老의 잘못된 것으로써 孔孟의 진리를 어지럽힌 바 있다.[5] 그로 인해 士人의 心性이 무너졌고 그 해독이 天下에 두루 미쳤다. 훗날 靖康 年間에 變故가 발생했을 때 節義를 지키며 목숨을 바친 신하가 극히 드물었다. 이는 바로 熙寧 연간의 잘못된 학문으로 말미암은 여파였다. 孫公은 여러 아들들

---

4   『南軒集』 권35, 「跋孫忠愍帖」에 실려 있다.
5   王安石의 新學을 지칭하는 것이다. 張栻은 王安石에 대해, "蓋丞相炫於釋氏報應之說 故以長惡惡姦爲陰德. 議國法而懷私利 有所爲則望其報 其心術之所安 蓋莫掩於此 予 故表以出之"(『南軒集』 권35, 「跋王介甫帖」)라 말하고 있다.

에게 經史를 공부할 것을 訓勅하고 있다. 대저 實用된 것을 귀하게 여기고 虛妄한 것에 빠지지 말 것을 경계하고 있다. 그는 時俗의 잘못된 학문에 물들어 있지 않았던 것이다. 그가 節義를 견지할 수 있었던 것은 실로 당연한 것이라 하겠다."

郭永

太原府에서는 그 知府에 대부분 重臣들이 임용되었던 관계로 빈객을 접대하는 호사스런 연회가 많았다. 비용은 府內의 여러 縣에서 무겁게 징발하여 대었다. 太谷縣은 부유했기 때문에 부담이 더욱 무거웠다. 태곡현의 知縣으로 있던 郭永은 서한을 내어 幕府[6]에 항의하였다.

"민간으로부터 10분지 1을 넘겨 징수하는 것은 모두 백성들의 膏血입니다. 이것으로 酒宴의 비용을 대다니, 어진 사람이라면 어찌 차마 그럴 수 있습니까? 만일 되돌려주란 재가를 내리시지 않는다면, 지현인 제가 탄핵을 받을지언정 모두 백성들에게 돌려주겠습니다."

태원부에서는 감히 그를 막지 못하였다.

한 번은 태원부에서 관할하는 縣 마다, '도적을 방비한다'는 명목으로 몇 무리의 병졸들을 파견하였다. 이들은 여러 현의 단점을 잡고 이리저리 행패를 부리며 府로 돌아가려 들지 않았다. 현에서는 감히 이들을

---

6 知府의 관서. 幕府는 본디 出征한 장수의 營帳을 가리켰으나, 軍政大吏의 집무소를 汎指하는 용어로 사용되기도 한다.

제지하지 못하는 형국이었다. 곽영은 이들을 형틀에 가두어서 부로 보냈다. 부에서는 이를 계기로 다른 현에서도 병졸들을 불러들였다.

燕山의 전투가 있기 직전 곽영은 燕山府路[7]의 轉運使로 재직하고 있었다. 당시 郭藥師[8]가 변경에 주둔하면서 휘종의 신임을 믿고 심히 횡포를 부리고 있었다. 백성들로부터 물건을 사고나서 값을 치루지 않는 것은 예사이고, 심지어 값을 요구하면 구타하여 눈을 멀게 하거나 사지를 부러뜨리기 일쑤였다. 그런데도 상관인 安撫使 王安中은 감히 문책하지 못했다. 이를 보고 곽영이 왕안중에게,

"지금 다스리지 않으면 장차 더욱 제어하기 힘들 것이오"라고 말했다.

곽영은 왕안중에게, 곽약사를 불러 따끔하게 견책하겠다고 나섰다. 그는 곽약사에게 말했다.

"폐하께서는 將軍에게 커다란 신뢰와 기대를 걸고 있소이다. 장군에 대한 대우 또한 그 어떤 것도 아끼지 않을 정도로 두텁게 베풀고 있소. 그럼에도 장군은 작은 공적이라도 세워 폐하께 보답한 일이 있소이까? 하물며 지금 부하들을 풀어서 백성들을 괴롭히면서 아무렇지도 않게

---

7 徽宗 宣和 4년(1122) 말 宋金 海上의 盟에 따라 수복한 만리장성 이남의 이른바 '燕雲 十六州'에 설치한 새로운 행정구역. 燕山府(오늘날의 북경)를 路治로 하여 府 1개와 州 9개, 縣 20개를 관할하였다.

8 요동반도 북쪽의 鐵州(오늘날의 遼寧省 湯池) 출신으로서 민족의 내원은 不明. 遼 말기 燕王 淳이 遼東의 饑民을 모아 金에 대항하기 위한 병사를 모집했을 때 이에 응하여 장수로 선발되었다. 燕王 淳은 이 군대를 최초 '怨軍'이라 칭하다가 얼마 후 '常勝軍'이라 개칭하였다. 郭藥師는 상승군의 上將軍으로 있다가 徽宗 宣和 4년(1124) 9월 상승군 및 관할하의 涿州(오늘날의 하북성 涿州市)·易州(오늘날의 하북성 易縣)를 갖고 송조에 투항하였다. 휘종은 '상승군'의 전투력을 높이 사서 그에게 최고의 姬妾들을 제공할 정도로 우대하였다. 송금 간의 전쟁이 발생하여 燕山의 전투가 벌어질 당시, 그가 지휘하는 상승군은 송 측의 주력군 역할을 하였다. 하지만 이 전투에서 패배한 이후에는 금 측에 투항하여, 금으로부터 完顔이란 성을 하사받기도 했다. 『宋史』에는 「姦臣傳」에 立傳되어 있다.

여긴 지가 오래요. 좀 부하들에 대해 단속하는 것이 어떻겠소?"

곽약사는 겉으로 사죄하는 척하면서도 부끄러운 기색이 전연 없었다. 곽영은 왕안중에게 말했다.

"훗날 변경에서 난리를 일으킬 자는 필시 이 오랑캐일 것이오."[9]

金軍이 수도 개봉으로 진군해 가면서 지나는 城邑마다 머물며 약탈하였다. 마침 날씨가 매우 차가워 城의 해자가 모두 얼어 있었다. 그리하여 金軍은 얼음 위에 사다리를 놓고 성벽을 타고 넘어가, 별다른 공격 없이도 성안으로 들어갈 수 있었다. 곽영은 당시 大名府에 있었는데 이를 듣고 서둘러 해자에서의 어로 행위 금지를 풀었다. 그러자 사람들이 다투어 들어가 고기를 잡는 바람에 얼음이 얼 겨를이 없었다. 금군은 대명부의 성 아래에 도달하여 이 모습을 한참이나 노려보다가 탄식하며 지나갔다.

欽宗 靖康 元年(1126) 金軍이 재차 수도 개봉을 공격하였다. 성 내외의 연락도 두절되었다. 그런지 한참 후, 누군가 휘종과 흠종 두 황제가 금에 의해 북으로 끌려갔다는 사실을 곽영에게 알려주었다. 그는 통곡하다가 실신하여 땅에 엎어져서, 집안 사람들이 들추어 안으로 들여놓았다. 그 후로는 며칠 동안이나 음식을 입에 대지 않다가, 元帥府[10]로부터

---

9 실제로 許采의 『陷燕記』에서는, 燕山의 전투에서 송 측이 패배하게 된 요인의 하나로서 민심의 이반을 꼽고 그 배경으로, '常勝軍所至豪橫 四隣不能安居 此燕民之尤怨者'라 하며 곽약사 휘하 상승군의 행패를 들고 있다.

10 欽宗 靖康 元年 12월 康王이 河北西路의 相州(오늘날의 河南省 安陽市)에 개설한 정부. 이에 앞서 康王은 윤11월 개봉이 금에 의해 함락되기 직전 흠종으로부터 河北兵馬大元帥에 임명되어 있었다. 개봉이 함락되고 난 뒤 강왕은 北京 大名府(오늘날의 하북성 大名縣)를 거쳐 南京 應天府(오늘날의 하남성 商丘縣)로 元帥府를 옮겼다가,

義軍의 決起를 요청하는 檄書가 왔다는 소식을 듣고 비로소 억지로 밥을 먹기 시작했다. 그의 충의로움은 천성이었던 것이다.

고종의 행렬이 揚州에 머물고 있었다. 고종은 宗澤에게 命하여 수도 開封을 지키도록 했다. 종택은 兩河 일대[11]를 수복하고자 마음먹고 大名府가 요충지라는 사실을 감안하여, 곽영과 杜充·張益謙[12]에게 檄書를 보내 서로 협조하여 방어에 임하라고 일렀다. 곽영은 격서가 오자 크게 기뻐하며 즉시 밤낮으로 방어 준비에 진력하였다. 한편으로 東平府[13]의 權邦彦과 연락하여 서로 원조하기로 했다. 이렇게 한 지 며칠이 지나지 않아 하북 일대에서 군대가 일어났으며, 이윽고 금에게 빼앗겼던 州縣들이 모두 금에 반기를 들었다. 금 또한 두려워 감히 움직이지 못하였다. 이로 인해 원근 각처가 평온해졌다.

建炎 2년(1128) 7월 宗澤이 죽자 杜充이 東京留守가 되어 北京 大名府를 떠나 京師를 지키게 되었다. 두충을 대신해서는 張益謙이 대명부의 방어를 맡았으며 裵億이 轉運使가 되었다. 장익겸이나 배억은 모두 째째한 소인이었다. 그 무렵 또 范瓊이 權邦彦을 협박하여 같이 南으로 달아났다.[14]

이듬해인 靖康 2년(高宗 建炎 元年, 1127) 5월에 고종으로 皇帝位에 오르게 된다.
11 河東路 및 河北東西路.
12 당시 郭永은 北京 大名府가 路治인 河北東路 提點刑獄의 직위에 있었으며, 杜充은 하북 동로의 安撫使, 張益謙은 하북동로의 轉運使였다.
13 京東西路 북부에 위치. 오늘날의 산동성 東平縣.
14 建炎 2년(1128) 12월의 일이었다. 이에 앞서 하북 일대에 대한 金의 공격이 본격화하자 요충지인 東平府의 방어전을 지원하기 위해 建炎 2년 10월 御營司都統인 范瓊을 파견하였다. 하지만 東平府를 둘러싼 지역인 河北西路의 相州(지금의 하남성 安陽市)와 京東西路의 淄州(지금의 산동성 淄博市)·濮州(지금의 산동성 鄄城縣) 등이

이러한 상황에서 劉豫가 濟南의 병사로써 대명부를 공격해왔다.[15] 대명부는 이제 외로운 孤城과 같은 처지가 되어버렸다. 조금 지나자 또 金軍이 열 배나 되는 군대로 공격하였다. 곽영은 밤낮으로 성 위를 오르내리며 병사들을 지휘했다. 그러다 틈이 보이면 군대를 내어 성밖에 나가 적들을 공격하기도 했다.

누군가 장익겸에게 성을 버리고 도망가자고 권하는 자가 있었다. 이 말을 듣고 곽영이 말했다.

"대명부는 國都인 梁과 宋[16]을 지켜 가로막는 관문이오. 오랑캐들이 이곳을 장악한즉 破竹之勢로 남방으로 향하게 되어 조정이 위태로워질 것입니다. 만일 적들을 막기에 힘이 부족하다면 마땅히 죽을 각오로 지켜야 할 것이오. 사력을 다해 적들의 예봉을 막으면서 원군이 오기를 기다려야 하오. 어찌 이곳을 버린단 말입니까?"

곽영은 병사를 선발하여 帛書[17]를 휴대시켜 조정에 파견하였다. 밤을 틈타 줄을 타고 성에서 벗어나게 한 것이다. 조정에 대명부의 위급함을 알리는 한편 금의 남하에 앞서 미리 예비할 것을 청하였다.

금군의 공격은 더욱 거세졌다. 그들은 東平과 濟南에서 사로잡은 백성들을 성 아래로 끌고와 이렇게 외치게 했다.

"우리 두 郡은 이미 항복했다. 항복한 사람은 부귀를 보장하지만 항복하지 않으면 몰살시켜 버린다."

장익겸의 무리는 서로 돌아보며 항복할 기색을 보였다. 곽영은 큰 소

잇따라 함락되자, 范瓊과 權邦彦은 동평부를 버리고 남하했던 것이다.
15 劉豫는 建炎 2년(1128) 正月 濟南 知府로 임명되었다가 이해 12월 金이 공격을 가해오자 투항하였다.
16 宋朝의 수도인 東京 開封府(大梁)와 南京인 應天府(宋州)를 일컫는다.
17 비단에 글을 쓴 것.

리로 말했다.

"지금이야말로 우리가 節義를 다할 때요."

곽영은 또 성벽으로 가서 장수와 병사들을 다독거리며 말했다.

"조정의 원군이 곧 올 것이다. 또 우리 성은 견고하기 이를 데 없어서 충분히 지켜낼 수 있다. 너희들은 최선을 다 하도록 하여라. 적들은 두려울 것이 없다."

이 말을 듣고 모두 감동하여 눈물을 흘렸다.

새벽녘이 되어 짙은 안개가 사방을 뒤덮었다. 이때 적들은 수레를 이용해서 깨진 비석과 부서진 주춧돌 조각을 쏘아댔다. 돌맹이들이 성 안으로 비처럼 쏟아졌다. 망루들은 모조리 무너졌고 방패를 들고 지키는 병사들도 대부분 머리가 깨졌다. 이렇게 한참이 지나 성이 함락되었다.[18]

곽영은 성의 누각 위에 좌정해 있었다. 그런 곽영을 누군가 부축하고 집으로 데려갔다. 그의 아들들은 둘러싸고 울면서 피신할 것을 청하였다.

"우리는 대대로 나라의 은혜를 받아왔다. 마땅히 죽음으로써 보답하여야 할 것이다. 하지만 새 둥지가 기울어져 알들이 쏟아진 형국이 되어버렸으니 내 너희들을 어찌하면 좋단 말이냐? 하지만 이것이 운명이니 어찌 두려워하겠느냐?"

한편 장익겸과 배억 등은 모두 나가 금에 항복했다. 금군이 물었다.

"성이 무너질 때까지 항복하지 않은 것은 무엇 때문이냐?"

다들 곽영이 동의하지 않았던 것을 핑계로 대었다. 금 측은 騎兵을 보내서 곽영을 불러오게 했다. 그는 의관을 갖춘 다음 남향하여 再拜하였다. 그리고나서 幅巾[19]으로 갈아쓰고 따라갔다. 粘罕이 물었다.

---

18 大名府가 함락된 것은 劉豫의 군대가 공격을 시작한지 나흘만인 建炎 2년(1128) 12월 甲子의 일이었다.

"항복을 가로막았던 자가 누구냐?"

곽영은 한동안 노려보다가 대답하였다.

"항복하지 못하게 했던 사람은 나다. 어찌하여 묻느냐?"

금 측에서는 일찍부터 곽영이 현명하다는 소문을 들었던 데다가 또 그 우람하고 건장한 풍모를 보고, 자기들끼리 여진말로 수십 마디를 나눈 다음, 부귀영화로 그를 유인하여 투항시키고자 하였다. 그는 눈을 부릅뜨고 침을 뱉으며 욕을 퍼부었다.

"무지한 개 돼지 같은 놈들아, 내 너희들의 살을 져며 젓갈로 담가 나라에 보답하지 못하는 것이 한스럽다. 어찌 항복하라 하는 것이냐?"

金人들은 그 말에 불쾌해져서 손짓하여 데리고 가게 했다. 그는 다시 큰 소리를 지르며 말했다.

"왜 나를 빨리 죽이지 않느냐? 내 죽으면 의로운 귀신들을 데리고 와서 너희들을 모두 없애버리겠다."

이 말을 듣고 옥에 갇혀 있던 대명부 사람들 가운데 손을 이마에 갖다 대며 눈물을 흘리지 않는 이가 없었다. 金은 곽영의 팔을 자른 다음 일가족과 더불어 모두 살해하였다.

---

19 隱士나 在野의 선비가 쓰는 頭巾. 城을 지켜내지 못하고 金軍에 포로가 되었으므로 官人의 服色을 하지 않은 것이다.

권8

呂祉

　"서북 지방은 山河를 險要處로 삼습니다. 따라서 山河의 안팎에 대해 마땅히 면밀한 배려를 해야 합니다. 반면 동남 지방은 長江을 險要處로 삼으니, 長江의 안팎에 대해 또 마땅히 면밀한 배려를 해야 할 것입니다. 建炎 3년(1129) 이래로 장강의 안팎은 金軍의 말발굽에 유린되었거나 혹은 도적 떼들에 의해 시달려 피해를 보았습니다.[1] 근래 수년 동안 여러 곳이 전쟁에 휩쓸렸습니다. 하지만 장강 위 아래의 왕래가 원활히 통하지 않으면, 동남 일대를 아울러 영유할 수 없게 됩니다. 이에 대해서는

1　靖康의 變 이래 南宋 高宗 初年에 이르기까지 화북과 강남을 막론하고 각처에서 수많은 민중 반란이 일어났다. 이러한 반란 세력의 준동은, 당시인들이 '四海가 모두 끓고 있는 가마솥과 같다'(孫覿, 『鴻慶居士集』 권35, 「宋故從事郎涂府君墓誌銘」)라든가, "宣和 연간에 國政을 그르친 이래 天下의 安土樂業하던 백성들이 모두 盜賊이 되었다"(『葉適集』 권22, 「故知廣州敷文閣待制薛公墓誌銘」)라고 일컬을 정도였다.

臣이 이전에 상세히 논한 바가 있습니다. 7월중에 일찍이 上奏文을 갖추어 이에 대해 논했습니다. 또 최근에도 「東南形勢箚子」를 올린 바 있습니다.[2]

臣이 말하건대 關中이 천하의 상류라면 강남 일대는 하류입니다. 上下의 기세는 비유하자면 머리와 꼬리입니다. 그 가운데 반드시 氣脈이 서로 이어져야만 합니다. 어찌 한 군데라도 사이가 끊겨서는 되겠습니까? 지금 關中과 섬서 일대를 회복하고자 한다면 반드시 사천과 襄陽·荊南·武昌·九江·池陽·太平州·建康·鎭江 등지의 방비를 확고히 해야 합니다. 이들 지역은 모두 장강 연안에 위치해 있습니다. 마땅히 장수들에게 命하여 군대를 배치하여 방비에 임하게 하고 서로 간에 긴밀히 연대를 갖추게 한즉, 황실의 보위가 반석과 같이 단단해질 것입니다."

여지가 知建康府[3]로 있을 때, 먼저 엄정한 법 집행으로 위엄을 세우고 이어 따뜻하게 위무하는 정치를 폈다. 군대와 백성들은 그를 두려워하면서도 좋아하였다.

한편으로 그는 휘하의 文士들과 더불어 古今의 방어전 사례를 연구하여 『東南利害』를 펴냈다. 이 저술은 「總論」「江流上下論」「江淮表裏論」「建康根本論」의 네 편으로 구성되어 있었다. 그는 여기에 도표를 삽입하여 조정에 바쳤다. 내외의 모든 관원들에게 빠짐없이 읽히게 하기 위함이었다. 책의 내용은 지리적인 형세와 상황에 대해 조목조목 두루 서술한 것이었다.

이 해 겨울 金軍이 회남 일대에 침공하여 강동 지방에도 위험이 닥쳤다. 그런데 이 일대에서는 오직 韓世忠이 정예군대를 이끌고 高郵軍[4]에

---

2   이 부분은 상주문 가운데의 細字, 즉 작은 글자로 註釋을 붙인 부분이다.
3   呂祉가 建康 知府로 임명된 것은 高宗 紹興 3년(1133)의 일이다.

주둔해 있을 뿐이었다. 金軍은 漣水를 함락시킨 데 이어 山陽을 정복하였으며 또 盱眙를 정복하였다. 여지는 상주문을 올려, '마땅히 원군을 보내 한세충을 지원해야 한다'고 말했다. 하지만 한참이 지나도 원군이 오지 않자 한세충은 장강을 건너 鎭江으로 퇴각하였다. 여지는 다시 상주문을 올려 주장하였다.

"양자강의 북방을 도외시하는 것은 조정에서 장수들을 보내 兩淮 일대를 宣撫하는 방침과 부합하지 않습니다. 또 그럴 경우 中原의 민심을 잃게 될까 두렵습니다."

아울러 그는 방어전의 전략을 세세히 개진하였다.

"諸將들을 시급히 파견하여 지원해야 합니다. 또 폐하께서 친히 군대를 이끌고 출정함으로써 상하간에 협심토록 하십시오. 그리하면 싸우지 않고서도 이길 수 있을 것입니다."

그러자 親征하겠다는 詔書를 내리고 고종이 平江府로 나아갔다. 이에 金軍은 물러가고 모두 여지의 말한 바대로 되었다. 사람들은 이때야 비로소 그에게 승복하게 되었다.

"무릇 화북인들이 남방 정복의 뜻을 이루지 못하고 남방이 능히 자립하여 나라를 세울 수 있었던 까닭은, 오직 水軍과 전함에 기대 강남의 장정들을 대거 이용하여 우리의 長技로 저들의 단점을 공략했기 때문입니다. 水戰에서는 반드시 배를 써야 하고 陸戰에서는 반드시 騎馬를 써야 합니다. 배에는 사공들이 있어야 하는데 이는 남방 사람들이 잘 하는 바이며, 騎馬에는 騎士가 있어야 하는데 이는 북방 사람들이 잘 하는

---

4   淮南東路에 위치, 지금의 江蘇省 高郵市.

바입니다. 또 水戰에 배가 없는 것은 마치 陸戰에 騎馬가 없는 것과 마찬가지이며, 사공에 북방 사람들을 쓰는 것은 마치 騎士에 남방 사람들을 쓰는 것과 마찬가지입니다. 모두 그 잘 하는 바가 아닙니다." 이런 등등의 말을 하였다.

"지금 중원을 오랑캐에게 빼앗기고 폐하께서는 吳會[5]에 머물고 계십니다. 그런데 여러 장수들과 주력 부대는 모두 장강의 북방에 주둔하지 않고 강남에 주둔해 있습니다. 이는 다만 大江의 물살에 기대 방어하겠다는 것이지, 강변의 要害處에 있다가 기습하여 승리를 이끌어내겠다는 생각이 없는 것입니다. 그저 강둑에서 기다렸다가 공격하겠다는 소극책일 뿐입니다. 이는 적에 대해 무지하기 때문입니다. 적들은 위험해 진즉 필사적으로 싸우려 들 것입니다. 이것이 바로 杜充의 군대가 싸워 보지도 못하고 궤멸된 이유[6]입니다. 현재 장강 연변에는 위아래로 몇 지점의 要害處가 있습니다. 만일 장수들로 하여금 하나씩 점거하고 주변 지역에 대해 치밀한 척후활동을 하도록 하면, 오랑캐의 말들은 다시 남쪽으로 향하지 못할 것입니다."

---

5 蘇州, 즉 平江府를 가리킨다. 『渌水亭雜識』에서, "世多稱平江爲吳會 意謂吳爲東南一都會也. 自唐以來如此 今郡中有吳會亭 府治前有吳會坊"(권1)이라 하듯 唐代 이래 蘇州는 吳會라 通稱되었다.

6 杜充은 建炎 3년(1129) 윤 8월 江淮宣撫使로 임명되어 金軍의 長江渡江을 차단하라는 임무를 부여받았다. 그는 장강 南岸의 나루터들을 지키며 江岸에 의지하여 도강하는 금군을 공격한다는 전술을 채택하였다. 하지만 金軍은 기습적인 야간 도강 작전으로 두충의 방어선을 뚫고 건강을 점령하게 된다.

송명신언행록 별집 상

宋名臣言行錄 別集 上

권1

李綱

徽宗 宣和 7년(1125) 겨울 金側이 맹약을 어기고 공격해 오자 조정에서는 날마다 이들 오랑캐를 피할 계책을 세우느라 바빴다. 휘종은 勤王兵을 호소하는 詔令을 내리는 한편으로 황태자를 開封牧으로 임명하였다.[1]

李綱은 평소 給事中 吳敏과 사이가 가까웠다. 이강은 저녁에 그의 집을 찾아가 말했다.

"일이 급하게 되었소이다. 太子를 開封牧으로 세운다는 것은 장차 留守[2]로 삼겠다는 것이 아닙니까? 東宮께서는 性情이 조심스럽고 검소하여 현 시점에서 宗社를 지키는 데는 적임자입니다. 하지만 동궁을 개봉목으로 세우는 것은 잘못된 처사입니다. 지금 엄청난 도적이 쇄도하고

---

1   북송 시대를 통해 開封牧이 설치되는 것은 이때가 유일하다.
2   留守에 대해서는 본서 1책, 119쪽, 주 9 참조.

있습니다. 폐하께서 스스로 황제의 자리를 태자에게 넘겨주어, 태자로 하여금 널리 호걸들을 불러모아 이들과 함께 지키도록 하지 않는다면 어찌 이 난국을 타개할 수 있겠소이까? 公은 어찌 폐하께 말씀드리지 않는 것이오?"

"監國[3]으로 삼는 것은 어떻겠습니까?"

"그것은 안 될 일이오. 唐의 肅宗이 靈武에서 군대를 일으킬 당시[4] 帝位를 물려받지 않으면 사직의 위기를 극복할 수 없는 상황이었소. 그런데 양위의 조령이 玄宗으로부터 나오지 않았기에 후세 사람들이 안타까워 하는 바이오. 황제 폐하는 총명하고 인자하므로 혹시 公의 말에 따를지도 모르오. 만일 그렇게 되어 태자에게 양위한다면 金軍 또한 잘못을 깨닫고 군대를 되돌릴 것이오. 그러면 종묘사직이 무사할 것입니다. 어찌 도성 사람들만이 안전해진다 뿐이겠습니까? 천하 사람들 모두가 그 은혜를 입을 것입니다. 이 일은 공과 같이 일신의 安危에 연연치 않고 국가를 위해 身命을 바치겠다는 생각을 갖고 있는 사람이 아니라면 떠맡을 수 없을 것입니다."

吳敏은 이튿날 휘종에게 알현을 청하여 소상히 아뢴 다음 말했다.

"폐하께서 신의 말을 따르신다면 종묘사직은 길이 이어지고 폐하 또한 무궁토록 천수를 다하실 것입니다."

이에 휘종이 말했다.

"어찌 그렇게 말하는가?"

"神宵萬壽宮에서 말하는 바 長生大君이란 폐하이옵니다. 반드시 靑

---

3 太子가 君主를 대신하여 國事를 처리하는 것을 가리킨다.
4 唐 玄宗 天寶 15載(756) 安史의 亂으로 인해 사천으로 몽진하던 도중 靈武에서 玄宗이 肅宗에게 讓位했던 것을 말한다.

華帝君이 도와야 하는 것으로 되어 있지 않습니까? 그 조짐이 지금 보이고 있는 것이옵니다."

휘종은 감복하여 탄식하였다. 오민은 계속하여 말했다.

"李綱의 생각 또한 신과 같사옵니다."

휘종은 勅旨를 내려 이강을 불러서 都堂[5]에 나아가 그 생각을 피력하게 했다. 이강은 상주문을 올렸는데 그 대강은 다음과 같다.

"황태자가 監國이 되는 것은 다만 국가가 태평스러울 때의 典禮이옵니다. 지금 엄청난 적이 쳐들어와 천하가 진동하고 있습니다. 국가의 安危가 실로 절박한 순간으로 몰리고 있는데 태평시의 전례를 사용한다는 것은 아니될 일입니다. 명분이 옳지 않은데 大權을 맡게 되면, 일을 처리함에 있어 일일이 폐하께 주청한 즉 위엄이 서지 않을 것이며, 철저히 재량권을 행사한 즉 폐하께 불효가 될 것입니다. 그러하니 어찌 만분의 일이라도 천하에 호소하여 호걸들을 거느리고 성공을 기할 수 있겠습니까? 폐하께서는 황태자에게 帝位를 양위하여, 그로 하여금 종묘사직을 지켜내고 온 군대의 마음을 모아 오랑캐를 죽음으로 막아내도록 하십시오. 만일 신의 생각을 받아들여 그대로 따르신다면 천하가 가히 보전될 것이옵니다."

이어 그는 어깨를 찔러 血書를 적었다. 그날 휘종은 玉華閣에 행차하여 먼저 宰執 및 吳敏 등을 불러 의논하고, 해질 무렵에 이르러 양위의 결정이 내려졌다. 이강은 다시 휘종을 알현하지 못했다. 이튿날 淵聖皇帝 欽宗이 즉위하였다.

---

5   尙書省의 政廳. 元豊 官制改革 이래 상서성에서 정무를 총괄하게 됨에 따라 朝政을 聚議하는 장소가 되어, 이전까지 政事堂이 점하던 기능을 대신하였다.

靖康 元年(1126) 斡离不이 濬州를 함락시켰다.[6] 上皇인 徽宗은 수도를 탈출하여 南京으로 갔다. 白時中은 欽宗에게 襄陽으로 피신할 것을 주청하였다. 당시 從官[7]으로서 국방과 관련한 진언을 하고자 하는 사람에게는 언제든지 알현이 허락되었다. 兵部侍郎 이강은 延和殿 아래에서 待班[8]하다가 知閣門[9] 朱孝莊에게 말했다.

"긴박한 안건이 발생하여 조정에서 宰執과 더불어 토의하고 싶소이다."

주효장은 이 말을 즉시 흠종에게 아뢰었고, 흠종은 詔令을 내려 이강을 執政의 뒤에 서도록 하였다. 이강은 즉시 상주하여 말했다.

"세간에 들리기를 宰執들이 폐하를 모시고 적군을 피해 지방으로 달아나려 한다고 합니다. 그것이 사실이라면 종묘사직은 위태로워질 것입니다. 또 道君皇帝[10]께서는 종묘사직을 지키기 위해 폐하에게 帝位를 물려주셨습니다. 그런데 종묘사직을 버리고 도망해서야 되겠습니까?"

흠종은 대답 없이 잠자코 있을 따름이었다. 곁에 있던 白時中이 말했다.

"이 시점에서 都城을 어찌 지켜낼 수 있단 말이오?"

이강이 대답했다.

"천하의 城池 가운데 도성만큼 튼튼한 곳이 또 어디 있습니까? 뿐만 아니라 도성은 종묘사직과 百官 및 만백성이 所在하는 곳입니다. 이를 버리고 어디로 간단 말입니까? 만일 군대를 격려하고 민심을 위무할 수만 있다면 어찌 지켜내지 못할 까닭이 있겠습니까?"

---

6 欽宗 靖康 元年 正月 초순의 일이다(『宋史紀事本末』 권56, 「金人入寇」를 참조).
7 侍從官의 簡稱. 侍臣이라 稱해지기도 한다.
8 조회 시 朝堂의 列班을 기다리는 것.
9 知閣門事의 簡稱. 臣僚의 황제에 대한 朝見을 인도하는 직무 및 황제 행차시의 先導 등을 담당하였다.
10 徽宗. 宣和 7년(1125) 12월 휘종은 장자인 欽宗에게 禪位한 후 教主道君太上皇帝라 자칭하였다.

이때 京城所[11]를 통할하고 있던 內侍陳良弼이 內殿으로부터 나와 아뢰었다.

"도성 성벽의 망루 가운데 제대로 보수된 곳이 백에 하나 둘도 되지 않습니다. 또 성 동쪽의 樊家岡 일대에 있는 垓字는 물도 없을 뿐더러 좁아서 결코 보위해 내기 어려울 것입니다. 이러한 사정을 잘 참작하여 논의해 주십시오."

흠종은 이강으로 하여금 蔡懋와 陳良弼을 대동하고 가서 도성의 동벽을 살펴보게 하였다. 흠종은 이들을 延和殿에서 기다렸다. 이강은 돌아와 보고하였다.

"성벽은 견고하고 높습니다. 망루는 진정 미비되어 있습니다만 방어는 망루를 통해 하는 것이 아닙니다. 樊家岡의 해자 또한 얕지만 精兵을 중무장하여 지키게 하면 아무 문제가 없을 것입니다."

흠종이 말했다.

"누구를 방어전의 책임자로 삼으면 좋겠소?"

곁에 있던 白時中이 말했다.

"이강이라야만 될 것입니다."

이강이 말했다.

"폐하께서 신으로 하여금 군대를 거느리도록 명하시면 죽음으로써 보답하겠습니다."

흠종은 즉시 이강을 右丞[12]에 임명하고 東京留守로 삼았다.

내시인 王孝竭이 상주하여 아뢰었다.

---

11 提擧京城所의 略稱. 徽宗 시기에 설립된 기구로서 公私空名牒과 紫衣師號의 出賣를 담당하였다.『宋會要輯稿』職官 13之22 참조.
12 尙書右丞의 簡稱. 元豊 官制改革 이후 부재상인 執政의 일원이 되었다.

"황후께서는 이미 떠나셨습니다."

흠종이 말했다.

"짐은 陝西로 가서 군대를 지휘하고자 하오. 결코 이곳에 머무르지 않겠소이다."

이강은 흠종에게 도성에 머물 것을 강력히 요청하였다. 또 마침 그때 燕王과 越王 두 사람[13]이 도착하여, 도성을 고수하는 것이 옳다고 말했다. 이에 내시를 시켜 황후를 다시 돌아오게 하였다.

흠종은 이강을 돌아보며 말했다.

"군대를 지휘하여 적들을 막아내는 일은 모두 경에게 맡기겠소이다."

그 날 한밤중에 흠종은 다시 宰執에게, 이른 아침에 섬서로 떠나겠다고 말했다. 이튿날 새벽 이강이 入朝하여 보니 禁衛兵이 모두 갑옷을 갖춰 입고 있었다. 이강이 큰 소리로 말했다.

"너희는 도성에 남아 방어전에 임하기를 바라느냐 아니면 폐하를 따라 나서기를 원하느냐?"

모두들 크게 대답하였다.

"죽더라도 도성을 지키고 싶습니다."

이강은 그 길로 들어와 흠종을 알현하고 말했다.

"모든 군사들의 부모와 처자가 도성에 남아 있는데 어찌 그들이 자기만 도성을 빠져나가려 하겠습니까? 만일 폐하께서 도성을 벗어나신 후에 이들이 흩어져 도성으로 돌아온다면 누가 폐하를 호위하겠습니까? 또 적들의 騎兵이 이미 가까이 다가왔는데 저들이 날쌘 기병을 풀어 폐하를 공격한다면 어떻게 막아내시겠습니까?"

13 　燕王은 神宗의 10子이자 徽宗의 實弟인 趙俁, 越王은 神宗의 12子이자 徽宗의 實弟로서 欽宗의 叔父인 趙偲. 『宋史』 권246, 「宗室傳」 3 참조.

흠종은 이 말에 비로소 잘못을 깨닫고 섬서로 가는 것을 그만두었다. 그리고 이강을 親征行營使로 임명하였다.

李梲과 鄭望之가 和議를 청하기 위한 使者로 金側에 갔다. 斡离不은 군대를 犒饋할 물자로 金 500만 냥과 銀 5,000만 냥, 소와 말 1만 마리, 비단 100만 필을 요구하였다. 이밖에 宋의 황제가 金 황제에 대해 伯父라 존칭할 것, 燕雲 地方 사람으로서 宋에 와 있는 자들을 송환시킬 것, 中山府[14]·太原府[15]·河間府[16] 등 3개 지역(三鎭)을 할양할 것, 그리고 재상과 親王을 인질로 할 것을 요구하고, 이러한 조건이 수락되면 군대를 퇴각시키겠다고 했다. 斡离不은 이러한 요구조건이 적힌 문서를 李梲에게 주어 宋 조정에 전달하게 했다. 또 조금 후에는 蕭三寶에게 편지를 보내 耶律忠과 王汭로 하여금 李梲에게 그 실행을 독촉하게 하였다. 欽宗은 어쩔 수 없이 詔令을 내려 皇弟인 康王[17]을 軍前計謀使로 삼고 張邦昌[18]을 副使로 임명하였으며 李鄴과 高世則으로 하여금 서약서를 지니고 함께 金軍 진영으로 가게 했다.

당시 이강은, 伯父의 존칭이라든가 조정의 관료를 송환하는 것은 무방하나, 金의 군대를 犒饋하기 위한 金銀과 비단이 과다하므로 마땅히

---

14 河北西路 북부에 위치, 오늘날의 河北省 定州市.

15 오늘날의 山西省 太原市.

16 河北東路 북부에 위치, 오늘날의 河北省 河間市.

17 후일 남송을 건립하는 高宗 趙構(1107~1187). 徽宗의 第9子로서 휘종 宣和 3년(1121) 康王에 봉해졌다.

18 張邦昌(1081~1127)은 欽宗 시기 재상의 직위에 오른 인물. 金軍이 개봉성을 포위하자 割地請和를 주장하였다가 金의 철수 후 강경파에 의해 社稷의 賊으로 지목되어 좌천되었다. 靖康의 變 이후에는 金에 의해 僞楚 정권의 황제로 옹립되었으나, 金軍이 北歸한 다음 呂好問 등의 주장에 따라 康王을 맞이하여 高宗으로 즉위시켰다. 이후 재상 李綱이 上書하여 그 죄를 極論하였지만 고종에 의해 사면되었다가 얼마 후 賜死된다.

재교섭해야 한다고 강력히 진언하였다. 또 三鎭을 할양해서도 안 된다고 주장하였으며, 인질로 사자를 보냄에 있어 재상은 마땅히 갈 수 있으나 親王을 보내서는 안 된다고 하였다. 이강은 다시 金側으로 사자를 보내 강화 조건을 재협상하여야 주장하였다. '저들은 군대를 이끌고 우리 땅 깊숙히 들어왔으니 반드시 오래 머물 수 없을 것'이라 말했다.

이에 대해 재상들은 모두,

"都城의 함락이 頃刻에 달렸는데 어찌 3개 지방에 연연한단 말인가? 그리고 금은 폐물의 액수도 지금 따질 계제가 아니다"라고 말했다.

흠종은 아무 말 없이 잠자코 있었다. 이강이 자리에서 일어나려 하자 흠종은,

"卿 등은 나가서 군대를 잘 다스려 굳게 지키시오. 金軍이 우리를 속이려 들지도 모르오."

이후 조정에서는 금 측에 서약서를 보냈으며 그들이 요구하는 것을 모두 들어주기로 하였다. 하지만 이강은 三鎭을 할양한다는 詔書를 군영 내에 繫留시킨 채 지방으로 보내지 않았다.

勤王兵이 모두 도착하자 姚平仲[19]은 군대 만 명을 이끌고 金의 진영을 야습하였다가 오히려 패배하고 돌아왔다. 이강도 行營 左右軍을 이끌고 金軍과 싸워 패배하였다.

그러자 재상 및 臺諫[20]이 다투어,

19　姚平仲은 徽宗 宣和 5년(1123) 宣撫司統制官의 직위에 올랐다가 靖康 元年(1126) 援軍을 이끌고 京師에 들어온 인물. 靖康의 變 이후에는 孝宗 시기까지 西蜀에 은거하였다.

20　당송 시대 규탄을 담당하는 御史를 臺官, 建言을 담당하는 給事中과 諫議大夫 等을 諫官이라 불렀다. 양자는 담당 업무가 분립되어 있기는 하지만 직책이 유사하여 '臺諫'이라 泛稱되는 경우가 많았다. "諫官與宰相 等坐乎廟堂之上, 與天子論可否者 宰相也. 立乎殿陛之前 與天子爭是非者 諫官也"(『傳家集』 권69, 「呂獻可章奏集序」)라 하는 것이

"陝西에서 온 勤王兵 및 行營司의 군대가 金에 의해 섬멸되었다"고 말했다. 흠종은 크게 놀라서 다시는 군대를 출병시키지 말하고 명령하고 親征行營司를 폐지하였다. 아울러 이강도 파직시키며 金側에 사죄하였다. 이강을 대신하여 蔡懋가 京城守禦使로 임명되었다. 金側으로부터 宋에 다시 사자가 건너왔으며, 조정에서는 宇文虛中을 이강의 진영에 보내 그가 계류시키고 있던 三鎭의 땅을 金에 할양한다는 조서를 찾아오도록 했다.

이러한 조치가 내려지자 太學生 陳東[21] 및 都城 주민 수만 명이 궁궐 앞에 엎드려 말했다.

"재상 李邦彦 등은 이강의 성공을 질시하여 파직시켰습니다. 적들의 계략대로 말려든 것입니다. 이강과 種師道를 복직시켜 주시기 바랍니다."

마침 이방언이 그 앞을 지나 入朝하자 그의 죄를 꾸짖으며 욕설을 퍼붓고 구타하려 했다. 그들은 세상이 떠나가라 登聞鼓[22]를 울렸다.

耿南仲은 이러한 사정을 서둘러 황제에게 아뢰었다. 開封尹인 王時雍은 太學生 및 도성 주민들을 해산시키려 했지만 말을 듣지 않았다. 이를 보고 殿帥[23] 王宗濋가 變亂이라도 발생할까 두려워 흠종에게 그들의

나, 『宋史』에서 "服文辭勁麗, 宜居翰苑. 朕愛其鯁諤, 顧臺諫中何可闕此人!"(권348, 「蕭服傳」)이라 하는 것 등이 그러한 대표적 사례이다.

21 陳東(1086~1127)은 靖康의 變을 전후한 시기 주전파의 상징과 같은 역할을 한 인물. 휘종 시기 太學에 진학하였으며 欽宗 즉위 후 태학생을 이끌고 伏闕上書하여 이른바 六賊의 주살을 주장하였다. 재상 李邦彦이 李綱과 種師道를 파면시키고 割地議和를 추진하자 陳東은 다시 太學生을 이끌고 宣德門에 나아가 반대 운동을 벌였다. 이로 인해 李邦彦이 면직되고 이강과 種師道가 복직되었다. 고종의 즉위 직후 강경론을 개진하다가 주살된다.

22 臣民의 諫議나 冤情을 청취하기 위해 朝堂의 바깥에 매달아둔 북. 臣民으로 하여금 擊鼓하여 上聞토록 하였다. 靖康 연간 京師 백성들의 擊鼓에 대해 『靖康要錄』에서는, "衆闃然曰 安知非僞耶? 須見李右丞 種宜撫復用而還. 於是 知樞密院吳敏傳宣曰 李綱用兵失利 不得已罷之 使金人稍退 卽令復職 猶不退 時日已旰矣. 百姓乃擧登聞鼓 置東華門外 撾而壞之 山呼動地"(권1)라 기록하고 있다.

말대로 따를 것을 주청하였다. 흠종은 어쩔 수 없이 耿南仲을 군중들에게 보내,

"이미 이강을 복직시킨다는 勅旨가 내려졌다"고 말하게 했다. 內侍인 朱拱之가 이강에게 칙지를 전달하도록 되어 있었는데 그가 머뭇거리는 사이 늦게 떠난 사자가 먼저 전해 주었다. 군중들은 朱拱之를 잡아 죽인 후 그 사지를 찢어 고기를 저며내었다. 또한 內侍 수십 명을 죽여 사지를 모조리 찢어버렸다. 그들은 領開封府 聶山이 포고문을 내서야 비로소 소동을 멈추었다.

이강은 황공해하며 入朝하였다. 그는 눈물을 흘리면서 죽음을 청하였다. 흠종은 즉시 그를 右丞에 복직시키고 京城守禦使로 삼았으며 蔡懋를 파직시켰다. 군중들도 마침내 해산하였다.

种師中이 패배[24]하고 种師道 또한 노쇠함을 이유로 은퇴[25]하자 조정에서는 師道를 대신할 다른 사람을 선발하려 하였다. 새로운 宣諭使를 파견하여 다시 太原을 지원하려 했던 것이다. 이때 耿南仲이 말했다.

"이 시점에서 군대를 파견해보아야 승산이 없다. 3개 鎭을 할양하여 金側에 주어버리는 것이 낫다."

---

23 殿前司의 최고 지휘관인 殿前司都指揮使의 簡稱. 都帥라고도 칭한다.

24 欽宗 靖康 元年(1126) 5월 种師中이 太原을 지원하기 위해 출격하였다가 敗死한 것을 가리킨다(『宋史紀事本末』 권56, 「金人入寇」를 참조). 태원은 徽宗 宣和 7년(1125) 金軍의 제1차 남침 이래 사실상 지속적으로 포위 공격을 받고 있는 상태였다.

25 种師道(1051~1126)는 种師中(1059~1126)의 實兄. 충사도는 欽宗 靖康 元年 正月 金軍이 대거 남침하자 涇原과 秦鳳 일대의 근왕병을 이끌고 경사에 入援하여 同知樞密院事에 임명되었다. 하지만 그는 당시 76살의 노구인 데다가 병세가 심하여 흠종으로부터 肩輿入朝를 재가받을 정도였다. 결국 충사도는 한 달 만인 2월에 同知樞密院事 직위에서 파직되고 河北河東宣撫使로서 太原 등지에 대한 방위책임을 맡았다가 다시 두 달 만인 5월 老病을 이유로 사직하게 된다(『宋史紀事本末』 권56, 「金人入寇」를 참조).

이 말을 듣고 이강은 상주문을 올렸다.

"국초 이래의 땅을 할양하여서는 안 됩니다. 그리하면 덧없이 적들에게 보태주는 것이 될 것이며 그곳의 백성들은 오랑캐에게 짓밟힐 것입니다. 어찌 백성의 부모가 된 조정에서 이러한 일을 할 수 있단 말입니까?"

흠종은 이강의 말을 따라서 太原에 대해 재차 지원병을 파견하기로 했다. 耿南仲 등은 이강이 군대의 파견을 강력히 주장한 것을 이유로 들어,

"지금 태원을 지원하고자 한다면 이강이 아니면 안 됩니다. 마땅히 이강을 宣撫使로 삼아야 합니다"라고 말했다.

흠종은 이강을 파견하기로 마음먹고 睿思殿[26]으로 불렀다. 이강은, '저는 書生입니다. 군사는 알지 못합니다. 지금 대군을 일으키는데 제가 그 직무를 담당하지 못할까 두렵습니다'라고 진언하였다. 흠종은 허락하지 아니하고, 즉시 尙書省에 명하여 勅命을 내게 하고 그 자리에서 임명하고자 했다. 이강이 진언하였다.

"폐하를 위해 使臣을 파견할 때에는 마땅히 날을 잡아 칙령을 부여해야 합니다. 지금 大將을 임명하는데 마치 어린아이를 부르듯 하니 옳은 일입니까?"

흠종은 다른 날을 잡아 칙령을 받들도록 하였다.

이강은 물러나 즉시 상주문을 올려서 병을 핑계로 퇴직을 요청하였다. 또 자신이 장군이 되어서는 안 되는 까닭을 소상히 밝혔다. 이강은, '이는 필시 조정에 날 몰아내려는 음모가 있기 때문이다'라고 말하며 10여 개의 상주문을 올렸으나 그때마다 각하되고 말았다.

---

26   神宗 熙寧 8년(1075)에 건립된 전각이다. 『宋史』 권85, 「地理志」 1 참조.

宣撫司 휘하에 3만 명의 군대가 배속되어 이강은 그 가운데 2만 명을 5軍으로 편성하였다. 그 무렵 勝捷兵[27]이 河北에서 반란을 일으켜 左軍을 파견하여 招撫하게 했으며, 또 右軍을 보내며 劉韐에게 배속시켰다. 劉韐은 唐恪의 추천[28]을 받아 이강도 모르게 宣撫副使에 除授되어 있는 상태였다.[29] 이밖에 解潛이 制置副使가 되어 姚古를 대신하고 있었으며, 折彦質이 河東勾當公事로서 解潛과 더불어 隆德府에서 함께 군대를 지휘하였다.[30] 그리하여 선무사에 직속된 군대는 불과 12,000명뿐이었다.

이강은 조정에 戰費로 銀 100만 냥, 비단 100만 필, 동전 100만 緡을 요청하였으나 각각 20만씩만 지급된 채 6월 22일을 기해 출발하라는 명령이 내려졌다. 이외에는 모든 것이 미비된 상태였다. 이강이 출발의 기일을 늦춰 달라고 요청하자 흠종은,

"기일을 연기시키며 출발을 하지 않는 것은 항명이 아닌가?"라고 말했다. 이강은 놀라 상주문을 올려서 출발할 수 없는 까닭을 소상히 밝혔다. 그리고 말하기를,

"폐하께서는 전에 臣이 專權한다고 지적하신 바 있는데 이제 다시 臣이 항명한다 하십니다. 지금 대군을 파견하여 太原에 대한 金側의 엄중

---

27 勝捷兵은 禁軍 殿前司 휘하의 步軍 부대이다. 『宋史』 권188, 「兵志」 2 참조.

28 欽宗 靖康 元年(1126) 8월 이래 唐恪은 宰相으로 승진한 상태였다. 『宋史』 권212, 「宰輔表」 3 참조.

29 당시 唐恪은 李綱과 반대 입장에 있었다. 그래서 李綱은 出征에 앞서 欽宗에게, "今臣以愚直 不容於朝 使旣行之後 進而死敵 臣之願也. 萬一朝廷 執議不堅 臣當求去 陛下宜察臣孤忠以全君臣之義. 上爲之感動 及陛辭言 唐恪 聶山之姦任之不已 後必誤國"(『宋史』 권358, 「李綱傳上」)이라고 당부하고 있다. 李綱은 唐恪을 聶山과 더불어 경계해야 할 대상으로 지목되고 있었던 것이다.

30 이러한 宣撫使 휘하의 諸將들과 李綱의 관계에 대해 『宋史紀事本末』에서는, "時諸將皆承受御畵 事皆專達 進退自若 宣撫司徒有節制之名 多不遵命. 綱嘗具論之 雖降約束 而承受專達如故"(권56, 「金人入寇」)라 전하고 있다.

한 포위 공격을 분쇄하려 하고 있습니다. 그런데 專權하고 항명하는 사람으로 하여금 지휘하게 해서야 되겠습니까? 원컨대 臣을 知樞密院事의 직위에서 해임시키고 태원지원군 지휘관의 직임에서도 파직시켜 주십시오"라고 했다. 이강은 尚書右丞兼知樞密宣撫使의 임명장을 반납하였다. 흠종은 되돌려주고, 사자를 보내 몇 차례나 이강을 불러 入朝하게 하였다. 이강은 흠종을 알현하고 남의 중상을 받았던 사실을 소상히 아뢰고 나서,

"폐하가 이 때문에 신에 대한 오해가 있지 않을 수 없었습니다. 향후에는 철저히 폐하께 복종하도록 하겠습니다. 이제 명을 받들고 출정하면 향후 다시는 폐하를 뵙지 못할 것입니다"라고 말했다.

흠종은 놀라 대답했다.

"卿은 다만 짐을 위해 국경으로 출정하는 것일 뿐이오. 곧 다시 돌아올 것이외다."

이강이 말했다.

"신이 이번에 출정하게 되면 어찌 다시 돌아올 수 있겠습니까? 옛날 范仲淹이 參政의 직위를 지니고 西邊宣撫使로 파견[31]되어 鄭州를 지나게 되었습니다. 여기서 呂夷簡을 만나 잠깐 조정을 비우는 것이라 말한 바 있습니다. 그러자 여이간은, '參政이 어찌 다시 조정에 복귀할 수 있으리오?'라고 말했는데, 그 후 참으로 그렇게 되었습니다.[32] 지금 신이 우직하여 조정에서 용납되지 못했습니다. 다만 출정한 후에는 방해도 없고 讒言과 비방도 없으며 戰費 부족의 근심도 없게 되기를 바랄 뿐입

---

[31] 范仲淹이 陝西經略安撫副使同管勾都部署司事로 임명되는 것은 仁宗 康定 元年(1040) 5월의 일이다. 『續資治通鑑長編』 권127, 康定 元年 5월 己卯 참조.
[32] 范仲淹은 仁宗 慶曆 3년(1043) 4월에 執政인 樞密副使가 되었다가 같은 해 7월에는 參知政事로 승진한다. 『宋史』 권211, 「宰輔表」 2 참조.

니다. 그렇게만 되면 진군하여 적과 싸워 장렬히 죽는 것이 신의 바람입니다. 하지만 만일 조정의 논의가 흔들려서 신이 판단하건대 戰功을 이룰 수 있는 여건이 아니라 여겨진다면, 즉각 폐하께 사직을 고하고 물러날 것이옵니다. 폐하께서는 신의 고립된 처지와 충성을 헤아려 주셔서 군신간의 신의가 지켜지게 해 주옵소서."

흠종은 매우 감동하여 25일에 출정하도록 일렀다. 그에 앞서 紫宸殿[33]에서 연회를 베풀고 출정 때에는 다시 瓊林苑[34]에서 御筵의 자리를 만들었다. 흠종의 이강에 대한 출정의 위로가 심히 두터웠던 것이다.

이강은 출정하여 먼저 상주문을 올렸다. 그 대략의 내용은 다음과 같다.

"현재 적들의 秋季 공세를 방비하는 것이 가장 큰 문제이며 太原의 포위를 해제시키는 것이 가장 다급한 과제입니다. 지금 대책으로 제시되어 있는 것은 主和論과 主戰論 둘밖에 없습니다. 그런데 金側에서는 우리의 親王과 재상을 인질로 삼아 억류하고 있으면서 한편으로는 태원에 대군을 파견하여 포위하고 있는지가 벌써 반년이나 됩니다. 또 使者를 빈번히 파견하여 3개 鎭을 넘겨받으려는 의도를 더욱 강력하게 보이고 있습니다. 그러니 주화론을 과연 믿을 수 있겠습니까? 그러한 반면 種師中과 姚古가 이끄는 10만 대군은 잇따라 저들과의 전투에서 패배하였습니다.[35] 그러니 전투를 벌여 과연 이길 수 있겠습니까?

---

33 紫宸殿에 대해서는 본서 2책, 74쪽, 주 28 참조.
34 북송의 궁궐 내에 있던 4園의 하나로서 太祖 乾德 2년(964)에 건립되었다. 四園이란 瓊林苑・金明池・宜春苑・玉津園을 가리킨다. 瓊林苑에 대해 『石林燕語』에서는, "瓊林苑 乾德中置 太平興國中 復鑿金明池於苑北 導金水河水注之 以敎神衛 虎翼水軍習舟楫 因爲水嬉. (…中略…) 今惟瓊林 金明最盛 歲以二月開 命士庶縱觀之開池 至上巳 車駕臨幸畢卽閉. 歲賜二府從官燕及進士聞喜燕 皆在其間"(권1)이라 적고 있다.
35 靖康 元年(1126) 5월 河北制置使 姚古와 副使 種師中이 포위된 太原을 지원하기 위해

和議가 본디 취약한 것일진대 가을이 깊어져 말들이 살찌면 저들은 재차 진격해올 것입니다. 또 사람들은 臣의 금번 출정이 적들의 공격을 불러들이는 단초가 될 것이라고 말합니다. 실로 출정하여 승리하지 못하고 만일 군대가 다시 패배를 당하기라도 한다면, 臣은 경거망동하여 국가대사를 그르쳤다는 오명을 씻을 수 없을 것입니다.

신은 폐하와 조정의 뜻이 어떠한 것인지를 모르겠사옵니다. 지금 신은 추계의 공세를 막아내고 태원의 포위를 풀라는 명령을 받고 있습니다. 화의와 전쟁 가운데 신은 어떠한 방도를 취해야 좋을지 판단이 서지 않습니다. 지난날 화의를 택하여 3개 鎭을 할양하기로 결정하였는데 이는 지금까지 큰 문제가 되고 있습니다. 이제 다시 어떠한 결정이 내려져 혹시라도 차질을 빚게 된다면, 천하의 운세는 예측 불가능한 상황으로 빠져들 것입니다.

원컨대 폐하께서는 조정에 있는 5, 6명의 대신들과 숙의하여 대책을 결정하여 주시기 바랍니다. 그리고 이를 친필로 적어서 내려 주셔서 신으로 하여금 遵行토록 해 주십시오."

이강은 언젠가, '보병은 기병을 이길 수 없고 기병은 戰車를 이길 수 없다. 金軍이 중무장한 기병으로 공격해오는데 戰車가 아니면 막아낼 수 없다'고 말한 바 있다. 그런데 張行中이란 자가 새로운 戰車 제작법을 이강에게 바쳤다. 두 개의 긴 장대와 두 바퀴로 되어 있으며 前面에는 그물 같은 울타리를 쳤는데, 아주 가볍고 민첩하게 운전할 수 있었다. 戰車마다 갑옷으로 무장한 병사 25명을 싣고, 이들에게 활과 창·방

출격하였다가 대패하였던 것을 가리킨다.

패 등을 휴대시켜 전투하게 하는 방식이었다.

이강의 군대는 이를 채용하여, 진영을 이루고 행군하다가 鐵騎와 만나면 모두 서둘러 이러한 戰車 1,000여 대를 만들기로 되어 있었다. 이를 위해 매일 훈련하면서 군대가 모두 집결되면 진격하기로 했다. 그런데 조정에서 勅旨가 내려와, 칙령에 의거하여 새로이 모집된 군대는 모두 해산시키라는 명령이 전해졌다.

이강은 상소하여 강력히 항의하였다. 그 대강의 내용은 다음과 같다.

"현재 河北의 적들이 비록 물러갔으나 中山과 河間의 땅은 아직 약속대로 저들에게 할양하지 않은 상태입니다. 또 적들이 출몰했던 변경 지역의 지방들은 寨柵들이 죽 이어져 있는 바 이곳의 병사들은 조금도 쉴 틈이 없었습니다. 太原의 포위도 아직 풀리지 않은 상태이며 河東 지역의 정세도 심히 긴박합니다. 더욱이 이들 지역 부근의 縣鎭들은 모두 적들에게 점령되어 있습니다.

따라서 가을이 깊어져 말들이 살찌게 되면 적의 기병은 필시 이를 타고 깊숙히 진격할 것입니다. 그리하여 三鎭을 할양하기로 했던 약속과 채 지급하지 못한 金銀 및 비단의 액수를 채근하여 올 것이 분명합니다. 그러한 즉 서둘러 천하의 군대를 모아 太原의 포위를 풀고 河北 일대를 방비해야만 합니다. 그렇지 않으면 반드시 올해 봄과 같은 난국이 다시 닥쳐서 종묘사직의 安危를 기약할 수 없게 될 것입니다.

臣이 폐하의 명을 받들고 詔書를 내려 천하 각처의 군대를 불러모았던 바 대략 10여만 명을 얻었을 뿐입니다. 이들을 국경 연변의 河北 주요 지역 20여 곳에 배치하려 합니다. 특히 이 가운데 中山과 河間·眞定·大名·橫海의 다섯 개 帥府[36]는 휘하에 10여 개 州軍이 있는데, 이들 지역은 황하 연변에 위치한 요충지로서 황실을 보위하고 海道를 방어하는 곳입니다. 또 臣이 처리해야 할 업무 중 가장 시급한 일은 太原의 포위를 풀고 忻州[37]와 代州[38]를 수복함으로써 金軍의 남침을 저지하는 것입니다. 이밖에 西夏 또한 군대를 이끌고 도발을 계속하고 있습니다. 실로 臣이 거느린 10만의 군대를 모두 이용한다 해도 이들 시급한 용도를 충족시킬지, 그리하여 적들의 기마가 황하를 건너는 난국이 다시는 없도록 할 수 있을 지 알 수 없는 지경입니다.

지금 臣이 폐하의 명을 받들고 출진하여 폐하의 곁을 떠난 지 얼마 되지도 않았습니다. 그런데 조정에서는 이전에 내렸던 명령을 모두 바꾸어, 金軍 방어를 위해 소집하고 훈련시켰던 군대를 태반이나 해산시키라 하고 있습니다. 장차 金軍이 군대를 소집하여 전과 같이 두 갈래로 진격할 때 어떻게 막아낼 심산입니까? 조정에서는 무엇을 믿고 그에 대한 대비를 하지 않고 있는 것입니까? 또한 兩河路의 州軍들이 날마다 다급함을 고하며 군대의 지원을 요청하였으나, 반 년이 지나도록 그 요청에 부응하기 위해 단 한 사람, 단 한 필의 말도 지원하지 못했습니다. 臣이 金軍 방어를 위해 널리 군대를 모집하였는데 그들을 해산하라 명하니 이게 무슨 까닭인지를 모르겠습니다."

조정에서는 이에 대해 아무런 응답이 없었다.

이강은 解潛 등을 파견하여 太原으로부터 다섯 개 역참 쯤 떨어진 지점에 주둔하게 했다. 그런데 이강의 본진이 채 진군하지 않은 상태에서 解潛 등의 군대가 모두 金軍을 만나 패배하였다. 이강은 강력하게 해직

---

36 安撫使가 배치되었던 州府.
37 河東路 北部에 위치, 오늘날의 山西省 忻州市. 북송 시대에는 太原府와 거란 사이의 국경 지대에 있었다.
38 河東路의 북단에 위치, 오늘날의 山西省 代縣. 북송 시대에는 太原府와 忻州의 북방으로 거란과 접경하고 있었다.

을 요청하였다. 당시 이강에게 10개의 죄목이 있다는 얘기가 나돌았다. 마침내 이강은 파직되고 夔州로 귀양보내졌다.[39]

高宗이 즉위하여 이강을 재상에 임명하자 顔岐가 말했다.

"張邦昌은 金側에서 좋아하는 인물입니다. 그 지위가 이미 三公에 이르러 있지만 마땅히 그에 대한 예우를 높여야 할 것입니다. 이강은 金側에서 싫어하는 인물이니 마땅히 閑職에 두어야 합니다."

이강은 入朝하여 먼저 이렇게 말했다.

"폐하께서 臣을 재상으로 삼았지만 조정 안팎의 여론이 분분하니 臣은 향리로 돌아가기를 원합니다. 하지만 재상을 임명함에 있어 金側의 선호 여부를 기준으로 삼는 것은 재고하여 주시기 바랍니다."

고종이 대답하였다.

"顔岐가 일찍이 그렇게 말했던 것은 사실이외다. 하지만 '朕이 세운 대로 하시오. 金側의 반응 여하가 두렵지 않소이다'라고 말했더니, 顔岐의 말문이 막혔소이다."

이렇게 하여 이강은 조정에 올라 정무를 돌보게 되었다.

당시[40] 群盜 祝靖의 무리가 모두 招安을 받았다.[41] 이강이 말했다.

---

39 欽宗 靖康 元年(1126) 8월 초의 일이다. 李綱의 뒤를 이어 다시 种師道가 兩河宣撫使로서 太原 등지에 대한 지원과 보위를 담당하게 되었으나, 太原은 결국 한 달만인 9월 초 함락되기에 이른다.

40 李綱은 高宗 紹興 2년(1132) 觀文殿學士湖廣宣撫使兼知潭州로 임명되었다. 이 무렵 남송 각처에 수많은 민중반란이 발생하고 있었다. 荊湖 지역도 예외가 아니어서 流民과 潰卒, 기타 暗鹽商 등 다양한 반란세력이 준동하는 상태였다. 이에 대해서는 劉馨珺, 『南宋荊湖南路의 變亂之研究』(國立臺灣大學文史叢刊, 1994) 참조.

41 高宗 建炎 元年(1127) 7월의 일이다. 祝靖의 무리는 勤王兵 출신으로 패주하여 群盜化한 潰兵 집단이었다(『建炎以來繫年要錄』 권7, 建炎 元年 7월 庚寅 참조).

"도적은 모름지기 銅馬[42]와 綠林,[43] 黃巾 등과 같이 그 역량에 따라 대응해야만 한다. 하지만 그 무리들을 분산시키지 않으면 재차 반란을 일으키기 쉽고 무리를 분산시키려 하면 의심을 불러일으킬 것이다. 그러니 적절한 책략으로 다스려야만 한다. 부려 쓰되 알게 해서는 안 된다."

이강은 御營司[44]에 명하여 관료를 파견하여 도적의 무리를 구분짓도록 했다. 또 흩어진 병사로서 군대로 복귀하기를 원하는 자라든가 농민으로서 농촌으로 돌아가기를 원하는 자들은 모두 그 바람대로 들어주었다. 이렇게 돌려보낸 숫자가 수만 명이나 되었다. 또 노약자는 가려내어 방면하였다. 그 나머지는 새로운 규정에 따라 조직을 편성하여 적절한 인물을 골라 지휘관으로 삼았으며 추후 統制官을 배치하기로 하였다. 首領들은 모두 관직을 주어 諸將에게 배속시켰다. 이러한 조치로 말미암아 재차 반란을 일으키는 예가 없었다.

다만 李昱과 杜用・丁順등은 招安에 응하려 들지 않았다.[45] 이강은 그

---

42 王莽 정권 말기 화북 지방에서 일어난 반란이다. 한때 상당한 세력을 떨쳤으나 광무제 劉秀에 의해 蒲陽에서 대파되었다. 그 잔당은 劉秀의 군대에 편입되었다.

43 王莽 정권 말기에 일어난 농민반란 세력이다. 王莽의 급진적인 개혁정책으로 사회가 혼란스러워지자 天鳳 4년(17) 新市 출신의 王匡・王鳳 등이 荊州의 농민을 모아 무장 봉기를 일으켰다. 이들 무리는 수개월 사이에 7,000~8,000명으로 확대되어 綠林山에 근거를 두었기 때문에 綠林軍이라 불렸다. 후에 下江兵과 新市兵으로 나뉘었는데, 南陽에 기반을 둔 劉縯・劉玄 형제와 연합하여 10여만 명으로 세력이 확대되었다. 이윽고 劉氏 일족은 반란군의 지도권을 장악하고 일족 중 劉玄을 更始帝로 옹립하였다. 이후 昆陽 전투에서 왕망의 군대를 대파하였으나, 25년 赤眉軍의 공격을 받아 長安이 함락되고 劉玄이 투항하면서 해체되었다. 이때 綠林軍과 떨어져 河北을 석권하고 있던 劉秀는 25년 6월 장수들에게 추대되어 漢을 부흥하게 된다.

44 남송 초 三衙의 禁軍이 廢弛해진 상황에 대처하기 위해 도입된 기구. 황제를 護從하는 諸軍에 대해 통일적으로 지휘하는 직임을 담당하였다. 휘하에 五軍을 두었으며 재상이 御營使를, 執政이 御營副使를 겸임하였다. 高宗 建炎 元年(1127) 5월에 설치되어 建炎 4년(1130) 6월에 폐지된다.

45 이들의 반란 정황과 그 토벌에 대해 『宋史紀事本末』에서는, "獨進寧之杜用 山東之李昱 河北之丁順 皆擁兵數萬 而拱州之黎驛 單州之魚臺 皆有潰卒數千爲亂. 綱以招安則彼無畏憚勢難遽平 乃白遣 王淵等分討之 旣而光世遣部將擊李昱斬之 淵殺杜用 丁順

럼에도 초안에만 의지할 경우 그들에게 거리낌이 없어져 종내 진압이
힘들 것이라 판단하여, 白遣과 王淵 등을 파견하여 토벌하게 했다.[46]

汪伯彦과 黃潛善 등[47]은 高宗을 부추겨 동남 지방으로 피난가려 했
다. 고종도 마침내, '京師로 돌아가기가 불가능하므로 의당 동남으로 행
차할 것이다'라는 詔令을 내리려 했다. 이강은 조령의 반포를 만류하며
그 부당성을 강력히 지적하였다.

"지금 만일 關中 지역으로 행차하시지 못한다면 마땅히 襄陽과 鄧州
방면으로 가시어 천하의 인심을 안심시켜야만 합니다."

이에 고종은 조령을 내려 鄧州의 성벽과 해자를 보수하게 하고 그 비
용으로 鹽鈔와 錢帛을 하사하였다. 덧붙여 轉運使에게 명하여 軍糧과
馬草를 비축시켰다. 또한 江湖 地方의 綱運이 襄陽과 漢水를 통과하도
록 명하였으며, 사천 지방의 물자를 歸州와 峽州를 통해 鄧州로 운송하
도록 했다.

고종은 이처럼 비록 이강의 의견을 따라 南陽 地方을 행차 대상지로
삼아 대비책을 강구해 갔지만, 조정 관료의 대부분은 동남 지방으로 피
난가자는 汪伯彦과 黃潛善의 의견에 동조하였으며 南陽 地方은 안 된

赴河北招討司自效 盜自是少衰"(권15, 「平羣盜」)라 적고 있다.

46 高宗 建炎 元年(1127) 7월의 일이다. 이에 대해서는 『宋史紀事本末』 권15, 「平羣盜」
참조.

47 汪伯彦(1069~1141)과 黃潛善(?~1130)은 공히 高宗의 康王 시기 歸附하여 그 즉위에
상당한 공이 있는 인물들이다. 欽宗 靖康 元年(1126) 12월 康王이 相州에서 大元帥府
를 개설하였을 때 이들 양인은 모두 副元帥에 임명되었다. 고종의 즉위 이후에는
대금 강경파인 李綱, 張所 등과 대립하며 시종 主和論을 개진하였다. 이러한 왕백
언 · 황잠선 양인과 李綱 사이 대립의 단초에 대해 『宋史紀事本末』에서는, "汪伯彦
黃潛善自謂有攀附之勞 擬必爲相 及召李綱於外 二人不悅 遂與綱忤"(권56, 「金人入寇」
를 참조)라 기록하고 있다. 왕백언 · 황잠선은 建炎 3년(1129) 2월 揚州 패전의 책임
을 물어 파직된다.

다고 생각하고 있었다.

建州의 도적 范汝爲가 回源洞으로 도망가 자살하였고 그 잔당들은 邵武軍 경내로 달아났다. 韓世忠은 副將들을 보내 잔당을 토벌하게 했다. 애초 한세충은 建州 성내의 사람들이 도적들과 한통속이라 의심하여 모조리 도륙하려 했다. 그 무렵 福州에 왔다가 李綱을 만나게 되었다. 이강은,

"建州 성내의 주민들은 대부분 선량한 백성들이오"라고 말했다.

한세충은 이러한 지적을 받아들였고, 이 때문에 백성들이 살아날 수 있었다.

范汝爲의 반란이 진압되고 군대가 철수하려 하자, 父老들은 한세충을 전송하며 그를 위해 生祠[48]를 건립하고 싶다고 청했다. 한세충은,

"너희들을 살려준 사람은 李丞相이시다"라고 말했다.

朱熹는 李綱의 奏議集에 대한 後序에서 이렇게 적고 있다.[49]

"嗚呼라, 하늘의 인간에 대한 사랑이 실로 깊도다. 하늘은 한편으로 인간사의 변화에 感應하면서도 근본적으로는 運勢에 따라 세상을 굽히고 펴며 또 榮枯盛衰를 겪게 한다. 이런 까닭에 常治와 常安이 있을 수 없으며 때로 난리에 빠지기도 하는 것이다. 하지만 그 난리의 시기에 당해서도 하늘은 언제나 그 난리를 걷어올릴만한 사람을 미리 세상에 내놓아 後世를 대비하게 한다. 이는 인간으로 하여금 문드러지고 녹아 사그러들어 어찌할 수 없는 지경에 빠지지 않도록 배려하는 것이다. 또 한

---

48   살아 있는 사람을 모시는 祠廟.
49   『朱熹集』권76, 「丞相李公奏議後序」에 실려 있다.

편으로 그것은 君王된 자로 하여금 그래도 의지하는 바가 있어 그 국가를 보위할 수 있도록 하는 것이기도 하다. 이는 古今의 변화에 있어 모두 동일한 것이며 하늘이 하늘된 소이이기도 하다. 하늘의 면밀한 배려는 실로 이와 같도다.

嗚呼라, 宣和와 靖康의 變亂은 실로 天心의 의도와는 다른 것이었으며, 丞相 이강과 같은 한 시대의 인물은 그 變亂을 걷어올릴 수 있는 인물이었다. 그렇지 아니한가? 무릇 듣건대 政和와 宣和 시대는 國家의 융성이 극에 달해 있었다. 그런데 어느 날 갑자기 都城에 큰 물이 밀어닥쳤을 때 조정의 모든 이들이 돌아보았으되 어느 한 사람 감히 變異라 말하지 않았다. 단지 이강만이 장차 반드시 夷狄의 군대로 말미암은 禍亂이 있을 것임을 알고, 상소하여 아직 禍亂이 발생하지 아니했을 때 걷어없애기를 바란다고 강력하게 주장하였다.[50] 하지만 불행히도 이 상소는 받아들여지지 않고 오히려 그는 파직되어 貶謫되었다.[51] 그리고 그 뒤 불과 7년이 못되어 오랑캐의 騎兵들이 都城으로 들이닥쳤다. 이강은 이때에 당해서도 일개 아득히 미미한 貶謫의 신하로서 天下와 山嶽을 홀로 지는 듯한 막중한 책임감을 느껴 난국을 헤칠 대책을 진언하였다. 이로 인해 徽宗은 欽宗에게의 禪讓을 결심하였고 이어 대논의를 촉발시켜 마침내 欽宗으로 하여금 守城의 방침을 견지하게 하였다. 欽宗은 이강의 주장대로 따르며 흔들리지 않았고 또 그리하여 마침내 오랑캐들을 물리칠 수 있었다. 그러나 金軍의 포위가 풀리자 사람들은 다시 遠慮하는 마음이 사라져 다투어 땅을 할양하여 講和하자는 주장을 폈다.

---

50 徽宗 宣和 元年(1119) 6월 東京의 홍수를 말한다(『宋史』권358, 「李綱傳 上」참조).

51 『宋史』에서는 이때의 정황에 대해, "宣和 元年 京師大水 綱上疏言陰氣太盛 當以盜賊外患爲憂. 朝廷惡其言 謫監南劍州 沙縣稅務"(권358, 「李綱傳 上」)라 기록하고 있다.

구차하게 目前의 안일함을 구하였던 것이다. 이강만은 홀로 그렇지 아니하고, 군대를 출정시켜 오랑캐들과 맞서 싸워야 하며 또 반드시 승리할 수 있다고 진언하였다. 설령 講和한 이후에도 오랑캐들은 필시 다시 침공할 것이라고도 지적하였다. 이렇게 주장하자 讒言이 드세게 일어나 그는 다시 멀리 貶謫되었다.[52] 그리고 몇 달이 못되어 都城은 金軍에게 함락되었다.

建炎 연간 國家가 부흥되자 이강은 맨 먼저 달려가 감연히 정치를 수습하고 夷狄을 몰아내는 일을 자신의 임무로 여겼다. 또 僭逆의 신하를 誅殺[53]하고 經制司를 설치[54]하였으며, 民間에 대한 부담을 경감시키고 士風을 혁신시켰으며, 民心의 파악에 노력하고 弊法을 개혁하였다. 군사를 모집하고 軍馬를 증강하는 것이라든가 재정상태를 개선하는 것, 要害地에 군대를 배치하는 것, 城壁을 보수하는 것 등에도 진력하였다. 이와 더불어 張所를 河北 地方에 파견하여 선무하게 하고, 傅亮을 河東으로 보내 이 지역을 수습하였으며 宗澤으로 하여금 수도 東京을 지키게 하였다. 서쪽으로는 關陝 일대를 鎭撫하고 남으로는 樊鄧 지역을 통제하며, 將帥들로 하여금 적당한 지형을 골라 방비하게 함으로써 장차 中原을 반드시 지켜내고 끌려간 두 황제를 반드시 귀환시킬 계획을 추진하였다. 하지만 재상의 자리에 있은 지 불과 70여 일만에 또다시 讒言으로 인해 罷職되었다. 그 후 紹興 年間의 獻策에서는, 하늘을 두려워하

---

52 欽宗 靖康 元年(1126) 9월의 일이다. 그 貶謫의 이유는 主戰論을 고집하여 事勢를 그르치고 또 財源을 낭비하게 했다는 것이었다. 이에 대해서는 『宋史』 권23, 「欽宗紀」, 欽宗 元年 9월 戊寅 및 권358, 「李綱傳 上」을 참조.

53 高宗 建炎 元年(1127) 9월 李綱 등의 주장에 따라 僞楚의 황제 張邦昌(1081~1127) 및 知樞密院事 王時雍 등에 대해 賜死한 것을 가리킨다.

54 高宗 建炎 元年 6월 李綱의 건의에 따라 설치된 관서. 軍馬의 招募와 지휘, 河東 및 河北 일대에서의 對金 전투 지휘, 반란군의 진압 등을 주된 임무로 하고 있었다.

고 백성을 돌볼 것, 군사력을 증강하여 방비를 굳건히 하고 治世을 구현하려 힘써야 한다고 말했다. 또 講和가 옳지 않다고 강력히 비판하였다. 이강은 시종일관 이상과 같은 자세를 견지하였다. 그의 말은 분명하고도 힘이 있었으며 세세한 사정에까지 曲盡하게 정황을 파악하는 것이었다. 또 구차한 修辭를 잘라 버리고 정곡을 분명하면서도 힘 있게 전달하였다. 그 사이 전후 20여 년 동안 事勢는 크게 변하였지만 그가 견지한 입장은 마치 잠깐 동안 서서 얘기하듯 首尾一貫하였다.

돌아보건대 만일 이강의 말이 宣和 年間의 초엽에 받아들여졌다면 都城에는 오랑캐들에게 포위되는 憂患이 발생하지 않았을 것이다. 만일 靖康 年間에 받아들여졌다면 두 황제가 사로잡히고 왕조가 무너지는 禍亂이 생기지 않았을 것이요, 建炎 年間에 받아들여졌다면 中原이 오랑캐들에게 失陷되는 사태에 이르지 않았을 것이다. 설령 紹興 年間에만 받아들여졌다 하더라도, 옛 京師와 帝王의 陵廟를 더럽히지 않으며 마침내 祖宗의 疆域을 회복하여 이미 오래 전에 不俱戴天의 원수를 갚을 수 있었을 것이다. 그렇게 되었다면 어찌 國家의 강역이 江海 기슭에 치우침으로써 우리 君王으로 하여금 오늘날과 같은 근심을 지니게 했으리오?

돌아보면 이강은 庸劣한 자들에 의해 몇 차례나 가로막혀 마침내 그 뜻을 이루지 못하였다. 이는 어찌 하늘이 인간을 사랑하심이 때로 運勢의 힘을 이기지 못하는 것을 보여주는 일이 아니겠는가? 이는 또한 인간사의 변화에 대한 하늘의 感應이 때로는 깊고 때로는 얕아서, 세상으로 하여금 서로 엇물리며 돌아가 그냥 그대로 勝負를 결정짓게 하는 것을 보여주는 일이 아니겠는가? 아아 슬프도다. 저 옛날 蒯通[55]은 樂毅[56]의 책을 읽을 때마다 책을 덮고 눈물을 흘리지 아니한 적이 없다고 한다. 훗

날의 사람들 가운데 李綱의 일로 인해 책을 덮고 크게 탄식하며 눈물을
흘리는 자가 어찌 없으리오? 설령 이렇게 아쉽다 할지라도, 현재 天子는
모든 方策을 동원하여 中原의 수복에 진력하고 있다. 그러니 이강의 奏
議를 엮은 이 책이 한가한 때에라도 다행히 어쩌다 主上의 관심을 끌게
되다면, 뜻있는 선비들은 장차 그것이 예전에 채택되지 못했음을 한스
러이 여기지 않게 되리라. 그리고 하늘이 이강을 낳음이 진정 우연이 아
니었음을 알게 될 것이다."

朱熹는 또 李綱의 祠堂記를 지어 대략 이렇게 말했다.[57]

"天下의 大義 가운데 가장 큰 것은 君臣之間이다. 君臣之義가 단단히
묶여 있어 종내 풀어헤칠 수 없음은, 그것이 人心의 本然에서 생겨난 것
이며 무슨 다른 이유로 인해 발생하는 것이 아니기 때문이다. 하지만 세
상이 衰微해지고 風俗이 刻薄해진다든가 學問이 무너져 익히지 못하는
상태가 되면, 비록 君臣之義가 사람들의 中心에는 자리 잡고 있으되 파
묻혀 밖으로 발현하지 못하게 된다. 그리하여 세상에는 왕왕 一身을 보
전하고 妻子를 지키는 데에만 급급하면서 君王은 뒤로 돌리게 되는 자
가 줄을 잇게 되는 것이다. 하지만 그러한 와중에서도 奮然히 떨치고 일

---

55 蒯通은 秦末漢初의 인물. 陳勝이 반란을 일으키고 武臣을 보내 趙地를 장악하자 蒯
    通은 蒼陽令을 설득하여 항복토록 하였다. 이로써 武臣은 손쉽게 燕趙의 30개 성을
    차지할 수 있었다. 후에는 韓信에게 모반하고 자립할 것을 권했지만 듣지 않자 광
    인처럼 행세하며 숨어 지냈다고 한다.
56 樂毅는 전국 시대 燕나라 사람이다. 燕昭王 때 亞卿 직위에 올랐으며 齊가 燕을 침
    공하자, 樂毅는 韓·魏·趙·楚·秦의 연합군을 구성하여 齊를 공격하고 臨輜를 점
    령하였다. 이로써 齊는 겨우 몇 개 성만을 유지하는 궁지에 빠졌다. 이 공로로 악의
    는 昌國에 봉해져 昌國君이란 호칭이 붙었다. 그런데 昭王이 죽고 惠王이 즉위한 다
    음 齊나라 田單의 이간책에 희생되어 혜왕의 의심을 사서 趙로 망명하였다.
57 『朱熹集』 권79, 「邵武軍學丞相隴西李公祠記」에 실려 있다.

어나는 사람도 있다. 바로 李綱과 같은 사람이 그렇다. 그는 君父가 있음을 알 뿐 자신의 몸을 돌아보지 않았으며, 天下의 安危만을 걱정할 뿐 자신의 몸에 재앙이 미치는 것에는 연연해 하지 않았다. 그는 讒言으로 말미암아 貶斥되어 이루 헤아릴 수 없으리만치 숱하게 죽을 위기에 몰렸지만, 그 君王을 사랑하고 國家를 근심하는 마음은 종내 없어지지 않았다. 그러니 가히 一世의 偉人이라 할 수 있을 것이다."

권2

呂頤浩

呂頤浩에게 簽書樞密院事[1]의 직함이 주어져 江東制置使兼知江寧府에 임명되었다. 당시 그의 아들 呂撫이 兩浙運幹으로 있었는데 蠟書[2]를 보내 苗傅 등이 반역을 일으킨 상황[3]을 소상히 알려 왔다. 여이호는 즉시

---

1   知樞密院事의 副職, 즉 樞密院의 次官에 해당한다. 知樞密院事는 樞密院의 長官으로서, 또 다른 장관인 樞密使와 교차해 설치되거나 혹은 병치되기도 했다. 元豊 연간의 관제개혁 시 樞密使는 폐지되고 知樞密院事만 임명되었다. 하지만 남송 초 이후에는 元豊 官制改革 이전과 마찬가지로 樞密使가 부활되어 知樞密院事와 교대로, 혹은 병존하여 임명되기에 이른다.

2   비밀의 누설이라든가 혹은 습기로 인한 훼손을 방지하기 위해 밀랍으로 밀봉한 문서나 서신.

3   高宗 建炎 3년(1129) 3월에 발생한 政變. 당시 고종은 揚州에 머물다가 金軍의 압박을 피하기 위해 鎭江을 거쳐 막 杭州에 도착한 상태였다. 建炎 3년 3월 초 高宗은 朱勝非를 尙書右僕射兼中書侍郎에, 王淵을 簽書樞密院事로 임명했는데, 이러한 조치에 대해 고종을 호위하고 있던 무장들, 즉 苗傅와 劉正彦 등이 강력히 반발하고 이것이 政變으로까지 발전한 것이다. 王淵은 貪將으로 정평이 나있는 데다가 揚州 공방전의 패배에 있어 중대한 책임이 있었기 때문이다. 또 고종이 즉위 이래 부친인 徽宗과 마

밀정을 杭州로 보내 賊黨의 상황을 탐지하게 했다. 또 한편으로 張浚과 劉光世에게 서신을 보내 그 정황을 알리면서 張浚에게는 특히,

"상황이 이와 같으니 우리가 힘을 합하여 해결해야 하지 않겠소?"라고 말했다.

이렇게 하여 거병하기로 방침이 정해졌다. 여이호는 丹陽으로 나아갔고 이곳으로 장준 등도 모두 모였다. 장준은 여이호에게 향후의 방침을 물었다. 여이호는,

"일이 잘못된다 해도 一族이 주살되는 것에 불과하다"라고 말했다.

장준은 이 장렬한 말에 감동하였다. 이후 군대를 진격시키기로 결정하였으며 각처로 격문을 띄웠다.

苗傅와 劉正彦이 반란을 일으킬 때 그 방략을 세운 것은 王世脩였다.[4] 여이호의 군대가 진군을 계속하여 吳江에 다다르자 이 소식을 듣고 왕세수가 진영으로 달려와, '폐하께서 이미 정변을 진압하셨다'고 말했다.[5] 여이호와 장준은 이 말을 듣고 單身으로 조정에 달려갔다. 여이호는 즉

찬가지로 宦官을 심복으로 삼아 중용하고 있었던 사실도 내외에 큰 불만을 불러일으키고 있었다. 建炎 3년 3월 5일 거병한 苗傅와 劉正彦은 고종으로 하여금 퇴위하고 3세의 황태자에게 양위할 것을 강요했다. 아울러 王淵을 주살하고 환관들을 대거 살해하였다. 연호도 建炎에서 明受로 고쳤다. 이 정변은 결국 채 한 달이 지나지 않아 진압되기에 이르는데, 이를 史書에서는 '苗劉의 變' 혹은 '明受의 變'이라 칭한다.

4 明受의 變에서 王世脩의 역할에 대해 『宋史紀事本末』에서는, "中大夫王世脩亦嫉內侍恣橫 言於正彦. 正彦曰會當共除之 及王淵入樞府 傅等疑其由內侍以進 遂與世脩謀 先斬淵 然後殺宦者 議旣定. 明日癸未 値劉光世進殿前都指揮使 百官入聽宣制. 傅正彦令世脩 伏兵城北橋下 俟淵退朝 卽扯下馬 誣以結宦者謀反 正彦手斬淵. 卽與傅擁兵至行宮門外 梟淵首于行闕. 分捕內侍百餘 皆殺之 履馳入宮."(권15, 「苗劉之變」)이라 적고 있다.

5 정변 직후 呂頤浩를 위시하여 張浚·劉光世·張俊·韓世忠 등이 공히 군대를 이끌고 항주에 육박하자, 4월 1일 苗傅와 劉正彦은 고종을 復辟시키고 연호도 다시 建炎으로 돌이켰다. 고종은 묘부와 유정언에게 면죄의 '鐵券'을 賜與하였지만, 勤王의 군대가 속속 항주에 입성하는 상황에서 이들은 4월 3일 항주를 탈출할 수밖에 없었고 결국에는 6월 초 모두 살해되고 만다.

시 상주문을 올렸다.

"臣等이 이끄는 장병들은 忠義에 넘치고 있어 가히 한 데 합할 수는 있으되 서로 떨어뜨리는 것은 불가능합니다. 원컨대 이들 군대를 이끌고 폐하를 보위하게 해 주십시오."

묘부 등은 대책이 궁해져서 더욱 두려워 떨었다. 그후 여이호의 군대가 臨平에 주둔하자 묘부 진영의 苗翊 등이 나와 맞서 싸웠다. 여이호는 갑옷을 입고 물가의 진영 곁에서 전투를 지휘하였다. 직접 병졸들 사이를 오가며 督戰하기도 했다. 결국 苗翊 등은 패주하였고 묘부와 유정언도 군대를 이끌고 도성 밖으로 달아났다. 여이호는 근왕병을 이끌고 도성에 들어왔다. 사람들은 이 모습을 거리에 주욱 늘어서서 바라보며 이마에 손을 갖다대고 경의를 표하였다.

여이호가, '尙書左右僕射를 同中書門下平章事와 병합하고, 門下侍郎 및 中書侍郎을 모두 參知政事로 고칠 것, 그리고 尙書左右丞의 직위를 모두 폐지할 것'을 奏請하였다.

神宗 元豊 年間(1078~1085)에 官制를 개혁[6]하면서 최초로 三省을 설립한 바 있다. 이후 모든 정무는 中書省에서 살펴 논의를 일으키고, 門下省에서 심의하여 결정지은 다음, 尙書省에 보내 시행시켰다. 다만 이들 三省에는 모두 官長을 두지 않고 尙書左右僕射로 하여금 門下侍郎과 中書

---

6   宋代 官制史의 일대 전기를 이루는 대대적인 관제개혁. 宋初의 복잡다단한 官制를 개혁하여 전면적으로 『唐六典』의 규정으로 복귀시키는 것을 지향하였다. 따라서 실제 직무인 '差遣'과 명목상의 업무인 '官'이 일치하지 않던 것을 고쳐 兩者를 합치시켰으며, 실제 업무는 없이 명목만 남은 '官'은 모두 폐지하였다. 이러한 개혁으로 宰執制度 역시 변화하였다. 이전까지의 宰相이었던 同中書門下平章事 및 執政이었던 參知政事 대신에, 尙書左僕射門下侍郎・尙書右僕射中書侍郎이 각각 左相과 右相으로 되었으며 門下侍郎・中書侍郎・尙書左丞・尙書右丞이 執政으로 되었다.

侍郎을 겸하게 했다. 이들 두 재상이 업무를 나누어 관장하므로 이후 首相[7]은 조정의 정책논의에 필요하지 않게 되었다.

신종 시대가 지나고 宣仁太后가 수렴청정할 때가 되어 대신들이 비로소 이 제도의 불편함을 깨달았다. 그래서 三省이 연합하여 정책을 논의하되 각성이 독립적으로 업무를 처리할 것을 청하였다. 하지만 哲宗 紹聖 年間(1094~1097) 이래 徽宗 崇寧 年間(1102~1106)에 이르기까지 종내 그러한 방향으로 고쳐지지 못하였다. 이를 두고 識者들은, '門下相이 이미 같이 정책 논의 과정에 참여하여 입안하였는데, 이를 다시 심의하여 스스로 封駁[8]할 수는 없을 것이다. 따라서 東省[9]의 직무는 이미 사라진 것이다'라고 말했다.

그러다 이때에 이르러 고종이 여이호 등의 말을 받아들여서 비로소 三省을 하나로 합하였다. 이렇게 되어 祖宗 以來의 전통과 동일하게 되었다. 論者들은 이를 옳다고 여겼다. 이후 여이호는 同平章事에 올랐다.[10]

처음 張浚이 武昌 일대에 병력을 집중하고 高宗의 御駕도 옮긴 다음 이곳을 발판으로 섬서 일대를 수복한다는 계책을 제시했을 때 여이호

---

7   元豊 官制 개혁 이전의 宰相 가운데 최선임자에 대한 지칭. 당시 宰相인 同中書門下平章事, 즉 同平章事로서 昭文館大學士를 帶職한 자를 首相, 혹은 昭文相이라 일컬었다. 반면 監修國史를 帶職한 재상은 史館相・亞相이라 칭했으며 集賢殿學士를 帶職하면 集賢相・末相이라 불렀다.

8   부당하다 판단되는 詔勅을 封還하는 것. 송대에는 門下省에 封駁權이 부여되어 있었다. 이러한 구조에 대해 司馬光은, "蓋以中書出詔令 門下掌封駁 日有爭論 紛紜不決 故使兩省先於政事堂議定 然後奏聞"(「乞合兩省爲一箚子」)이라 말하고 있다.

9   門下省의 別稱. 左省이라고도 한다. 이에 반해 中書省은 西省・右省이라 稱했다.

10 이후 宰相은 尙書左僕射同中書門下平章事 및 尙書右僕射同中書門下平章事로 되었으며 執政은 參知政事로 칭해졌다. 이러한 제도는 孝宗 乾道 8년(1172)에 다시 변화하여, 執政은 이전과 마찬가지로 參知政事라 하였지만 宰相의 지칭은 左丞相・右丞相으로 변하게 된다.

는 이에 동조하였다. 이후 이 계책이 실행에 옮겨지게 되어 張浚은 川陝
宣撫處置使로 파견되었다.[11]

그런데 얼마 후 江浙 일대의 士大夫들이 동요하여 마침내 여이호 역
시 처음의 생각을 바꾸게 되었다. 그 날 여이호는 황제의 곁으로 불리워
갔다. 한편으로 都堂[12]에는 수많은 무장 및 百官들이 모였다. 저녁까지
25封의 上奏文이 황제에게 올려졌다. 그 대부분은, '岳州 및 鄂州[13]는 길
이 멀어 군량을 이어 대기 어렵다. 또 폐하가 이곳으로 거동하게 되면
江北의 群盜들이 그 틈을 타고 長江을 건너 내려올 것이다. 그렇게 되면
東南 地方은 더 이상 조정의 지배하에 남아나지 못할 것이다'라는 내용
이었다.

이튿날 輔臣들이 들어가 고종을 알현하였다. 고종은 여전히 마음을
정하지 못하고 여이호에게 물었다.

"上奏文의 의견이 제각각이어서 갈피를 못잡겠소이다. 臣僚들이 자
기 一家의 安危가 아니라 오로지 국가만을 고려하여 판단한다면 모든
문제가 바람직스러운 방향으로 해결될 것이외다."

여이호가 말했다.

"金軍의 계략은 폐하께서 향하는 곳을 목표로 삼다는 것이옵니다. 마

---

11 高宗 建炎 3년(1129) 5월 明受의 變이 진압된 직후의 일이다. 당시 고종은 杭州를 떠
    나 建康에 가 있는 상태였다. 張浚에게는 '便宜黜陟'이라는 專權을 부여하며 섬서 일
    대의 수복을 위한 전폭적인 지원이 행해졌다. 張浚은 이후 1년여의 준비를 거쳐 이
    듬해인 建炎 4년(1130) 9월 총 40만 대군을 이끌고 진격하였으나, 耀州 富平의 전투
    에서 金에 참패하고 만다. 이 富平의 전투는 섬서 일대에 대한 영유권을 金에게 최
    종적으로 넘기는 계기가 되었다.
12 尙書省의 官衙인 大廳堂.
13 岳州는 長江 연안에 위치한 荊湖北路 南端 지역으로 오늘날의 湖南省 岳陽市. 鄂州
    는 岳州의 동부에 면한 지역으로 오늘날의 武漢市. 岳州와 鄂州 공히 張浚이 陝西攻
    略의 거점으로 삼고자 했던 武昌의 인근에 위치해 있었다.

땅히 한편으로는 싸우고 또 한편으로는 피하면서 우선 폐하를 모시고 안전한 곳으로 가야만 합니다. 臣은 常州와 潤州에 남아 그곳을 死守하겠나이다."

고종이 대답하였다.

"朕의 좌우에 재상이 없어서야 되겠습니까? 卿은 朕의 곁에 남아 주십시오."

또 고종이 말했다.

"張守가 말하기를, '杜充을 建康에 남겨두십시오. 그리고 長江을 건너 북으로 가시면 안 됩니다'라고 하더이다."

여이호가 대답하였다.

"臣과 韓世忠의 판단 또한 그것과 같사옵니다."

"좋소이다." 고종이 말했다.

이렇게 해서 마침내 吳越 地方으로의 행차가 결정되었다.

宰執들이 駐蹕[14]의 장소에 관해 고종에게 물어보았다.[15] 고종은,

"이곳 會稽[16]는 다만 잠시 머물 곳일 뿐이오. 그런데 이곳에 너무 오래 있게 되면 사람들의 마음이 안일해져서 다른 곳으로 옮기는 것을 꺼리게 될 것이오"라고 말했다.

여이호가 이 말을 받아 말했다.

"장차 마땅히 浙西로 옮기시어 천천히 四川 일대로 들어가는 것을 도모하셔야만 합니다."

---

14 駐駕, 곧 御駕를 멈추는 것.
15 高宗 建炎 4년 4월에 있었던 논의이다. 『宋史紀事本末』 권63, 「南遷定都」 참조.
16 오늘날의 浙江省 紹興市. 북송 시대에는 越州라 지칭되다가 南宋 高宗 建炎 4년 (1130) 4월 駐蹕하며 紹興府로 승격된다.

"朕 또한 雍州[17] 일대의 강력함에 기대고 사천 일대의 富饒함을 취하는 것이 진실로 좋다고 생각하오. 다만 張浚이 상주하기를, '漢中[18] 지역은 단지 만 명의 양식밖에는 비축할 수 없다'고 하니 너무 적은 것이 아니오? 그렇다면 양절 지역으로부터 물자를 보급받아야 할 터인데, 만일 사람이나 錢帛이라면 또 강을 거슬러 서쪽으로 날라올 수 있을 것이오. 하지만 糧斛이라면 어찌 이렇게 강을 거슬러 漕運할 수 있겠소?"

이강이 대답했다.

"뿐만 아니라 만일 폐하께서 대군을 이끌고 사천으로 들어가시게 되면, 兩淮와 兩浙, 江東·江西로부터 福建과 兩廣에 이르기까지 모두 도적의 소굴이 되어, 이들 지역은 국가의 소유가 아니게 될 것입니다."

여이호가 다시 재상이 되었다.[19] 그는 맨 먼저 이렇게 말했다.

"먼저 안에 있는 도적들을 소탕해야 합니다. 그래야만 다음으로 外侮를 막아낼 수 있습니다. 지금 李成은 진압되었고, 李允文·革面·張用은 招安되었으며, 李敦仁은 이미 패배시켰습니다. 江淮 지역에 다만 張琪와 邵清 두 賊黨이 남아 있으나 오래지 않아 가히 소탕할 수 있을 것입니다.

그런데 福建 일대의 반란세력은 하나 둘이 아니며, 또 孔彦周가 湖北의 鄂州에서 소란을 일으키고 있고 馬友는 湖南의 潭州를 擾亂시키고

---

17 『尚書』「夏書」「禹貢」에 나오는 九州의 하나. 대략 오늘날의 甘肅과 陝西 일대를 가리킨다.

18 오늘날의 陝西省 남부와 湖北省 북서부 일대. 秦代 이 지방에 漢中郡을 설치했던 것에서 유래하는 지명이다.

19 高宗 紹興 元年(1131) 9월의 일이다. 呂頤浩는 高宗 建炎 3년(1129) 4월에 재상이 되었다가 이듬해인 建炎 4년(1130) 6월에 罷職된 바 있다. 두 번째의 재상 재임 기간은 紹興 3년(1133) 9월까지였다. 『宋史』 권213, 「宰輔表」 4 참조.

있습니다. 아울러 曹成과 李宏은 湖南과 江西의 접경 지역에서 횡행하고 있고, 鄧慶과 龔富는 南雄州와 英州·韶州 등[20]의 제지방을 멋대로 약탈하고 있습니다.

도적 무리의 규모는 제각기 다릅니다. 하지만 福建 일대의 도적이 가장 시급하고 廣東의 도적이 다음으로 급합니다. 복건은 行在로부터 멀지 않으며 兩廣 地方의 도적은 아직까지 한 번도 진압된 적이 없기 때문입니다. 만일 이들 지역의 반란세력을 신속히 제거하지 않으면 훗날 커다란 근심이 될 것입니다."

고종은 樞密院으로 하여금 조치하도록 명령하였다.

여이호가 말했다.

"국가의 미래는 불투명하고 中原은 탈취당해 있으며, 江淮 일대에는 아직도 큰 도적들이 남아 있습니다. 현재의 급선무는 駐蹕의 장소를 정하는 것입니다. 그리하여 四川과 陝西 일대로 조정의 명령이 신속히 전달되도록 하고, 장병들이 長江의 흐름을 따라 순조로이 폐하의 곁에 이를 수 있게 하여야만 합니다. 또한 漕運이 어렵지 않은 지점이어야만 합니다."

이에 따라 高宗은, 會稽는 漕運이 심히 불편하므로 臨安으로 옮겨간다는 조령을 내렸다.

이전에 桑仲이 朝廷에 사람을 보내, '마땅히 온 군대를 결집시켜 京師를 수복해야 한다'고 제의한 바 있었다. 여이호는 이를 옳다고 여겨 그 실행을 수차례나 요청하였다. 그러면서 여름을 기해 거병하여 북진하면

---

20 南雄州·韶州·英州는 廣南東路의 북부 산간지대인 大庾嶺에 위치. 오늘날의 廣東省 韶關市 일대.

中原 일대를 수복할 수 있을 것이라 말했다. 또 다음과 같이 말했다.

"人事와 天時를 헤아려 볼 때 지금이야말로 가히 북벌에 나설 때입니다. 무엇 때문인가? 지난번 揚州의 變故[21] 당시에 군사와 장비를 열 중여덟 아홉이나 잃었습니다. 또 그 얼마 후 金軍이 세 갈래로 나누어 침공했을 때 江浙의 군대는 모두 흩어져 도적이 되었습니다. 하지만 이후폐하가 軍政에 심혈을 기울여 군대의 군더더기를 제거하고 器甲을 갖추는 데 노력하면서 양상은 급변하였습니다.

지금 張俊의 군대는 3만 명이고 이 가운데 완벽히 무장을 갖춘 자만 2만 명입니다. 이들 2만 명의 군대는 칼과 창·활·화살 등을 모두 갖추고 있습니다. 또 韓世忠의 군대가 4만 명, 岳飛의 군대가 2만 3,000명, 王瓛의 군대가 1만 3,000명입니다. 이들은 비록 張俊의 군대만은 못하나이들 역시 모두 정예군대들입니다. 이밖에 劉光世의 군대가 4만 명입니다. 劉光世의 군대에는 노약자가 적지 않으나 이들을 가려낸다 해도 나머지가 절반은 될 것입니다. 神武中軍[22] 및 楊沂中의 後軍, 陳思恭의 군대도 모두 만 명을 넘어섭니다. 그리고 御前忠統軍 가운데 崔增과 姚端·張守忠 등이 지휘하는 군대도 역시 2만 명이나 됩니다.

臣이 살피건대 太祖께서 천하를 취할 당시 정식 군대는 불과 10만 명

---

21 高宗 建炎 3년(1129) 2월, 金 粘罕과 兀尤의 공격으로 高宗이 황급히 揚州를 떠나 江南으로 피신했던 소동을 일컫는다. 고종은 당시 너무도 창졸간에 金軍을 피해 도망하느라 크게 놀라 이후 生殖 능력을 상실하게 되었다고 한다(『說郛』 권29, 「朝野遺記」 「高宗無子思明受」 참조). 이에 앞서 建炎 元年(1127) 10월 金軍을 피해 揚州로내려온 이래 고종 일행은 이곳에 行宮을 건설하는 등 장기적인 체재를 계획하고있었다. 하지만 2년 7월 이래 고종을 직접적인 공격의 목표로 삼는 粘罕 및 兀尤의군대가 급습하자, 고종은 불과 수 명만을 대동한 채 揚州를 탈출하여 小船에 몸을싣고 長江을 건넜다. 고종의 탈출 소식이 전해지며 揚州 市內는 아수라장으로 변모하였고, 주민들이 다투어 탈출하는 와중에 수많은 사상자가 발생하였다.
22 高宗 建炎 4년(1130) 御營使司를 폐지하고 대신 설치한 군대. 御營使司는 建炎 元年(1127) 禁軍이 潰散하여 새로이 설립한 황제의 직속부대였다.

뿐이었습니다. 그런데 지금은 군대가 17만 명이나 됩니다. 무엇을 꺼려 북벌을 하지 않을 까닭이 있겠습니까?

원컨대 폐하께서는 속히 결단을 내리시어, 韓世忠·張俊 및 臣 등으로 하여금 함께 논의하여 북진의 전략을 결정하도록 해 주십시오. 그리하여 韓世忠은 宿州와 泗州[23]를 통해, 劉光世는 徐州와 曹州[24]를 통해 진군하게 하십시오. 또한 明州에 海船 300척을 집결시켰다가 范溫과 閻皐로 하여금 4월의 南風을 이용해 진격하여 登州와 萊州[25]를 점령하게 하십시오. 이들 진격로들은 모두 軍糧을 當地에서 확보할 수 있는 노선이니 백성들을 동원하여 불필요하게 군량을 운반시킬 필요가 없을 것입니다. 이렇게 하여 대군이 출동하면 劉豫[26]는 필시 북으로 달아날 것입니다. 수복한 지방들은 土豪를 선택하여 金軍을 방비하게 하십시오. 이들로 하여금 군대를 모아 그 땅을 지키다가, 金軍이 출격하면 들어가 숨고 金軍이 물러가면 다시 군대를 일으키는 식으로 하여, 몇 년 만 금군을 괴롭히게 하면 中原을 가히 되찾을 수 있을 것입니다.

하물며 지금 전투를 일으켜야 하는 데에는 또 다른 이유가 있습니다. 지금 군대의 정예 병사들은 모두 中原 출신들입니다. 세월이 흘러 이들이 노쇠해지면 북벌을 시도하려 해도 불가능해질 것입니다. 이 또한 깊

---

23 宿州와 泗州는 모두 淮南東路 북부에 위치. 宿州는 오늘날 安徽省의 宿州市, 泗州는 오늘날 江蘇省의 盰眙縣.

24 徐州는 京東西路 동남부에 위치, 오늘날의 江蘇省 徐州市. 曹州는 京東西路의 서남부에 위치, 오늘날의 山東省 菏澤市.

25 登州와 萊州 공히 산동반도의 동부에 위치, 登州는 오늘날의 山東省 蓬萊縣이며 萊州는 오늘날의 山東省 掖縣이다.

26 建炎 2년(1128) 金에 의해 건립된 괴뢰국가 大齊國의 황제. 金은 북송 멸망 후 劉豫를 내세워 화북 일대를 간접 지배하고자 하였으나, 남송정권이 안정되어 가면서 정책을 바꾸어 紹興 7년(1137) 齊國을 廢하고 직접통치에 나선다. 남송 측에서는 齊國을 '僞齊'라 지칭했다.

이 고려해야만 할 것입니다.

지금 듣자하니 桑仲이 대군을 내어 진격하기로 결정하고 자신은 이미 직접 군대를 이끌고 북진에 나섰다고 합니다.[27] 또한 그는, '근래에 듣건대 金軍과 劉豫가 연합하여 사천과 陝西 일대로의 공략을 넘보고 있다고 합니다. 만일 이들이 진격하기 전에 군대를 일으켜 공격한다면 가히 섬서 일대의 위급함을 막아낼 수 있을 것입니다. 우리 군대가 劉豫를 몰아낸다면 金軍은 놀라 두려워할 것이 분명합니다. 韓世忠으로 하여금 京師를 거쳐 關中으로 진군하게 하십시오'라고 말하고 있습니다. 이 또한 하나의 기발한 방략이라 생각됩니다.

고종이 두 재상에게 일렀다.

"呂頤浩는 군사 관련 업무를 전담하고 秦檜는 일반 정무를 전담하여 처리하도록 하시오. 마땅히 文種[28]과 范蠡[29]가 직무를 분담했듯이 해야

---

27 高宗 紹興 2년(1132) 桑仲의 주도로 시작된 북벌계획은, 그 개시 며칠 후 桑仲이 어이없게도 副將인 霍明이란 자에 의해 살해되면서 종료되고 만다.

28 本文의 文種은 文鍾의 誤植이다. 文鍾은 춘추 시대 楚나라 출신으로 越王 句踐을 섬기다가 吳와 越이 전쟁을 벌여 越이 패한 후 句踐과 함께 吳나라에 끌려가 吳王 闔閭의 종노릇을 했다. 句踐이 본국으로 돌아와 臥薪嘗膽할 즈음 그는 大夫의 벼슬로서 句踐 대신 政事를 맡았다. 句踐이 吳나라를 정벌할 때에도 文鍾의 공이 매우 컸다. 功을 이룬 후 文鍾은 范蠡로부터 兎死句烹의 신세가 되지 않도록 관직에서 떠날 것을 권유받았으나 듣지 않다가 마침내 모함을 받아 처형되었다.

29 范蠡는 春秋 시대 楚나라 출신으로 宛令 文鍾의 친구였다. 文鍾을 따라 越나라로 가서 越王 允常을 섬기다가 뒤를 이어 句踐이 즉위하자 그의 謀臣이 되었다. 越나라가 吳나라에게 패한 다음, 文鍾은 나라를 지키고 그는 吳나라에 화해를 요청하여 句踐을 따라 3년 동안 吳나라에서 臣僕으로 있었다. 귀국해서는 文鍾과 함께 富國强兵에 최선을 다했다. 드디어 句踐 15년 吳나라의 都城을 격파하고 22년에는 吳나라를 포위한 뒤 3년 뒤에 멸망시켰다. 이 공로로 그는 上將軍에 올랐으나, 句踐과 함께 영화를 같이하기 어렵다는 사실을 깨닫고 벼슬을 내놓은 후 미인 西施와 함께 西湖에 배를 띄우고 놀았다고 한다. 나중에는 스스로 鴟夷子皮라 일컬으며 재물을 모았다가 그 재물을 모두 백성들에게 나눠주고, 다시 陶땅에 가서 호를 陶朱公이라 일컫고 수만금을 모아 대부호가 되었다고 한다.

할 것이오."

진회의 黨與가 이러한 조치에 편승하여 건의하였다.

"저 옛날 周宣王은 內修外攘[30]한 까닭에 능히 中興을 이룰 수 있었습니다. 지금 두 재상은 마땅히 內外의 업무를 分任해야만 할 것입니다."[31]

고종은 이에 여이호에게 명하여 군대를 총괄하도록 하고 鎭江에 都督府를 설치하게 했다. 여이호는, 참모 이하의 文武 관원 77명의 辟召와, 都督府 인장의 주조를 요청하고, 아울러 포상용으로 쓸 銀과 비단 2만 匹兩 및 經制錢 상공액 가운데 30만 緡, 그리고 미곡 600만 석, 度牒 800道, 매달 公帑錢 용도 2,000緡의 지급을 청하였다. 또한 諸州의 지방장관들을 임시로 자신의 관아에 불러 업무를 부여할 수 있게 해 달라고 요청하였다. 고종은 이러한 요청을 모두 받아들인 다음 여이호에게 일러 말했다.

"卿은 국가에 공로가 있는 원로올시다. 지금 군사업무 총괄이란 大事를 卿에게 맡겼으니 세세한 일에는 일일이 신경쓰지 말도록 하시오."

여이호는 황공해 하며 그 명령을 받들었다.

여이호는 江上에서 臨安으로 돌아온 이래[32] 秦檜를 파직시키려 노력

---

30 周宣王은 厲王의 아들이다. 厲王이 國人들에 의해 쫓겨났을 때 召公의 虎家에 숨어 있었다. 厲王이 죽자 귀국하여 즉위했다. 軍旅를 정비하고 尹吉甫를 기용하여 玁狁을 격퇴했다. 또 方叔과 召虎 등에게 명령해 荊楚와 淮夷 일대에서 군사 작전을 벌여 승리를 거두었다. 在位 46년 동안 召穆公과 方叔·尹甫·仲山甫 등에게 안팎의 정치를 맡겨 王의 敎化가 크게 일어나 周나라 초기의 성대한 모습을 회복했다고 한다. 그가 죽은 뒤 아들 幽王 때 西周는 이민족의 침입으로 鎬京이 함락되어 東遷하게 된다.

31 秦檜는 이러한 高宗의 명령에도 불구하고 呂頤浩가 재상임을 이유로 일반정무에까지 간여할까 두려워 呂頤浩를 오로지 軍政만을 담당하는 존재로 못박아 두고자 했던 것이다. 이러한 정황을 『宋史』 권362, 「呂頤浩傳」에서는, '二人同秉政 檜知頤浩不爲公論所與 多引知名士爲助 欲傾之而擅朝權'이라 적고 있다.

32 都督江淮荊浙諸軍事로서 鎭江에 都督府를 개설하고 군사업무의 총괄을 위임받았던 呂頤浩는, 紹興 2년(1132) 3월 북벌을 추진하던 襄陽鎭撫使 桑仲이 살해된 직후 병을 핑계대고 都督 업무를 사직하게 된다. 高宗은 紹興 2년 6월 이러한 여이호를 臨安으

하다 뜻을 이루지 못했다.[33] 그 후 平江府를 들렀을 때 知州 席益이 말했다.

"黨羽로 지목이 되어도 좋습니다.[34] 하지만 黨羽의 우두머리인 秦檜가 조정의 한가운데 있는데 마땅히 그를 먼저 제거해야만 할 것입니다."

여이호는 크게 기뻐하며 平江府에 비축되어 있던 재물을 멋대로 끌어다 쓰고 그 일할 이할도 되돌려 갚지 않았다. 이로 말미암아 이들 지방에서는 재정을 확보하기 위해 백성들에게 온갖 명목으로 부담을 지웠다. 그리하여 이 문제가 동남 지방에 커다란 근심거리가 되었다. 현재 江浙 지방의 月椿錢은 바로 이때, 즉 紹興 2년(1132)부터 시작되었다.

당시 각 지방의 盜賊들은 점차 진압되어 갔다. 대신 지방관들의 不正이 심각한 수준을 보이고 있었다. 여이호는 이를 염려하여 御史를 파견하여 각 지방을 감찰하고 다니도록 하자고 청했다. 고종은 이를 받아들여, 三省으로 하여금 强明하고 廉謹한 관리를 선발하여 감찰시키라고 명령했다. 만일 이 조치로 부족할 경우에는 郎官[35]을 대신 파견하되 황제가 친히 불러들여 面前에서 親書와 御寶를 지급하도록 했다. 이들 郎官은 임기가 끝났을 때 그 실적을 평가하여 賞罰을 행하게 했다.

로 불러들였다.

[33] 紹興 2년 6월 呂頤浩가 臨安에 돌아온 이후 呂頤浩와 秦檜 사이에는 치열한 권력 쟁탈전이 벌어졌다. 양인 사이의 대립은 이 해 8월 秦檜가 宰相의 직위에서 물러나는 것으로 일단락된다.

[34] 이 무렵 呂頤浩와 秦檜 양인 사이의 대립이 심각해지고 이들을 둘러싸고 朋黨이 결성되는 기미를 보이자, 급기야 高宗이 나서서 '詔以戒朋黨'(『宋史』 권362, 「呂頤浩傳」)이라는 조치를 취했다. 席益의 발언은 이러한 정황을 배경으로 하고 있는 것이다.

[35] 尙書省 휘하 各部의 郎中과 員外郎에 대한 총칭. 이들 郎中과 員外郎, 즉 郎官들은 尙書丞 및 各部侍郎 다음 직위의 官員들로서 各部의 업무를 처리하고 관장하는 중추 요원들이었다.

처음 李綱이 湖廣宣撫使가 되었을 때 그는 관할 지역 내 州軍에서 酒造하는 것을 허락해 달라고 청하였다. 조정에서는 이를 재가해 주었다. 이를 두고 여이호가 나서서 문제를 제기하였다.

"茶와 鹽, 酒의 전매제도는 현재 군대유지비의 주요 재원입니다. 만일 三代의 井田制라든가 唐代의 府兵制를 부활시킬 수 있다면 전매제도를 폐지해도 좋지만, 그렇지 않다면 이것 말고 어디에서 필요한 재원을 조달할 수 있단 말입니까?"

朱勝非가 말했다.

"술 전매제는 漢武帝 시기 軍備를 확충하면서부터 있어 왔습니다."

고종이 대답하였다.

"전매제도를 무려 1,000여 년 동안이나 시행하고 폐지하지 않았다면 거기에는 무언가 長久한 이익이 있었기 때문일 것이오."

高宗 紹興 5년(1135) 여름 가뭄이 들었다. 湖南 일대가 특히 심했다. 당시 여이호는 湖南安撫制置大使兼知潭州로서 荒政의 시행에 진력하였다. 우선 조정에 상주하여 上供米 3만 석의 裁減을 요청하고, 廣西의 安撫使와 轉運使에 부탁하여 5만 석을 마련해 水運으로 호남에 보내서 賑濟用으로 사용하였다. 또 조정에 度牒의 지급 및 민심 선무를 위한 포고령의 반포를 청하였다. 이밖에 上戶로 하여금 미곡의 방매를 유도하고 종자가 없어 경작을 못하는 백성에게는 종자를 대여해 주었다. 夏稅 또한 보류하였다가 秋稅와 함께 거두도록 하였다. 이러한 조치로 인해 목숨을 부지한 사람들이 심히 많았다.

朱勝非

刑書 楊應誠[36] 등이 고려에 使臣으로 갔다가 돌아와 고려의 君臣들로부터 거절을 당했던 전말을 소상히 아뢰었다. 宰執들은 모두 그 배은망덕함을 추궁하려 했다. 고종 또한 안색에 노기가 가득해졌다. 朱勝非가 말했다.

"이전까지 고려를 매우 후대해 오다가 지금에 이르러 어떻게 갑자기 견책할 수 있겠습니까?"[37]

黃潛善이 말했다.

"巨舟에다가 정병 2만을 싣고 가서 그 나라를 짓밟으면 저들이 어찌 두려워하지 않겠습니까?"

주승비가 다시 말했다.

"바다를 건너 원정하는 것은 과거 燕山의 전쟁[38]으로 가히 鑑戒를 삼

---

36 刑書란 刑部尚書의 簡稱. 秋官이라고도 한다. 이때(高宗 建炎 2년) 楊應誠의 現職이 刑部尚書였던 것은 아니다. 高麗에 國信使로 파견하면서 刑部尚書란 假銜을 부여했던 것에 불과하다.

37 高宗은 그 즉위 이래 高麗와 結盟하여 金을 견제하려는 방침을 취하고 있었다. 建炎 2년(1128) 楊應誠을 使臣으로 파견한 것 또한, "浙東路馬步軍都總管楊應誠上言 由高麗至女眞路甚徑 請身使三韓 結鷄林以圖迎二聖 乃以應誠假刑部尚書充高麗國信使"(『宋史』 권487, 「高麗傳」)라 하듯 고려와 연합하여 金을 공격하고자 하기 위해서였다. 그것이 고려 仁宗 및 그 朝臣들에 의해 거절되었던 것이다.

38 북송 말기 金과 盟約(海上의 盟)을 체결하여 遼를 남북에서 협공하기로 하고, 이것에 의거하여 원정에 나섰다가 참패했던 것을 일컫는다. 북송의 燕京 일대에 대한 원정은 두 차례에 걸쳐 행해졌다. 첫 번째는 徽宗 宣和 4년(1122) 4월 太師領樞密院事 童貫을 사령관으로 하여 10만 대군을 파견한 바 있었고, 다음으로는 童貫의 원정이 실패로 끝난 직후인 7월 劉延慶을 사령관으로 하여 20만 대군을 파견하였다. 하지만 兩次의 원정 공히 멸망 직전의 상태였던 요에게조차 戰勝을 거두지 못하고 참담한 패배를 거듭하였다.

아야 할 것입니다."

이 말에 고종의 노기도 조금 풀렸다.

그 후 두 달이 지나 고려에서 사신을 보내 사죄해왔다. 예의도 극히 공손하고 조심스러웠다. 고종은 그 사죄를 받아들였다.

王淵이 簽書樞密院事에 除授되었다. 이에 주승비가 말했다.

"王淵이 임명되면 諸將들 사이에 이런저런 불평이 있을 것이다."

劉正彦은 왕연이 발탁되는 것을 보고 분개한 나머지 金軍이 위협하는 난국을 이용하여 마침내 모반을 꾀하였다. 苗傅 또한 왕연이 자신의 부하 출신이기 때문에 몹시 불평하고 있었다. 이에 앞서 고종이 揚州에 있을 당시 內侍 康履가 총애를 바탕으로 크게 위세를 부려 諸將들이 모두 증오하였다.

劉正彦과 苗傅 등은 그 부하들을 협박하여 반란을 일으켰다.[39] 그리고 王淵 및 內侍 수십 명을 붙잡아 살해하였다. 주승비 등은 급히 고종의 거처로 달려갔다. 묘부와 유정언 및 그 일당들은 고종의 거처 앞에 주욱 늘어서 있었는데 모두 갑옷을 입고 칼을 뽑아든 채였다. 康允之가 고종에게 거처의 樓閣으로 나올 것을 청하였다. 百官들도 모두 집결해 있었으며 군대는 모두 심하게 동요하고 있었다. 묘부는 康履의 주살을 요구하였고, 고종이 강리를 붙잡을 것을 명하여 묘부 등에게 넘기니 그들은 즉시 살해하였다. 묘부의 무리는 그러고도 물러나지 않았다. 그들은 金 側에 사신을 파견할 것과 隆祐太后[40]의 垂簾聽政을 요구하고 나섰다.

---

39 高宗 建炎 3년(1129) 3월의 일이다.

40 哲宗의 孟皇后(1077~1135). 哲宗 元祐 7년(1092) 16세의 나이로 황후에 冊立되었다가 紹聖 3년(1096) 신법당 정권에 의해 구법당 시기 책립되었다는 이유로 廢后되어 女道士로 瑤華宮에 거주하게 되었다. 元符 3년(1100)에 황후로 復位되어 元祐皇后라 칭해

高宗이 퇴위하여 太上皇이 되고 皇太子인 魏國公이 황제로 등극할 것, 그리고 金과의 화의 체결을 요구했던 것이다.

주승비가 고종을 알현하고 울면서 말했다.

"역모가 이 지경에까지 이르렀으니 臣은 재상의 자리에 있는 만큼 마땅히 국가에 죽음을 바쳐야 할 것입니다."

그는 나가서 賊黨의 副將과 幕僚들에게 큰 소리로 말했다.

"그대들은 묘부와 유정언 두 장군의 이번 일이 나라를 위한 忠義에서 비롯된 것이라 생각하는가, 아니면 다른 개인적인 야욕에서 비롯된 것이라 생각하는가?"

그러자 모두가,

"나라를 위한 충의 때문입니다"라고 대답하였다.

주승비가 말했다.

"만일 진실로 국가를 위한 충의 때문이라면 상하가 한 마음이 되어야 하며, 또한 모두 조정의 처분대로 따라야만 할 것이다. 딴 마음을 품는 자가 있으면 주살할 것이다."

모두가,

"알았습니다"라고 대답하였다.

그때 또 李邴이 나서서 국가에 대한 충성의 도리로써 이들을 회유하였다. 그러자 賊黨의 기세가 조금 누그러져서 조금 후 물러갔다.

주승비는 고종에게 돌아와 말했다.

졌으나, 徽宗 崇寧初에 다시 폐출되어 瑤華宮에 거주하게 되었다. 靖康의 變때는 廢后되었기 때문에 金軍에 의해 북으로 끌려가는 것을 모면할 수 있었다. 이후 張邦昌의 僞楚政權에서 元祐皇后로 복권되어 수렴청정을 촉탁받았고, 고종의 稱帝 후에는 元祐皇太后라 칭해졌다가 곧 隆祐太后로 개칭되었다. 『宋史』 권243, 「后妃下」에 立傳되어 있다.

"내일 반드시 사면령을 내려야 할 것입니다. 저들 흉포한 무리들이 王淵을 죽인 데다가 노략질까지 하였으니 필시 사면을 바랄 것입니다. 하지만 아무리 사면을 받는다 해도 모역의 죄는 결코 씻어지지 않는다는 것을 모르고 있습니다."

고종은 주승비의 말을 재가하였다. 그리고 말했다.

"康履는 諸將들을 업수이 여겼으니 죽을만한 잘못을 저지른 것이오."

"康履에게 들러붙은 자들은 분명히 그에게 무언가 덕을 볼 심산이었을 것입니다. 하지만 아무 것도 얻지 못하자 원망하게 된 것이지요." 주승비가 말했다.

"그건 그렇고 대체 이 일을 어떻게 해야 하겠소?"

"臣이 묘부와 유정언의 심복인 王鈞甫를 알고 있습니다. 그가 일찍이 臣에게, '두 장군은 충성심이 넘치지만 배움이 부족합니다'라고 말한 적이 있습니다. 이 말을 통해 보건대 필시 조금 시간이 지나면 무언가 방도가 생길 것입니다."

고종이 말했다.

"내일 일찍이 太后께서 조정에 나가 정무를 주재하시게 될 것이오."

"母后가 수렴청정할 때에는 반드시 臣僚 두 명이 같이 정무를 아뢰는 것이 관례입니다. 하지만 이는 태평 시의 전례이니 지금과 같은 난국에는 원용할 수 없을 것입니다. 태후께 獨對할 수 있도록 허가해 주십시오. 또 묘부를 위시하여 그 무리들을 매일 한 사람씩 어전에 불러 친견하도록 하십시오. 이로써 저들이 의심을 품지 않도록 하는 게 좋습니다."

또한 주승비는 태후에게 賊黨들이 어떠한 책동을 보이더라도 적당히 격려하는 척할 것을 요청하였다. 고종과 태후는 '그렇게 하겠다'고 약속하였다. 태후가 고종에게 말했다.

"이 사람을 믿고 따를 만하오. 만일 예전의 재상들[41]이 아직까지 있었다면 사세는 이미 수습할 수 없는 상태가 되었을 것이오."

甲申日이 되었다. 고종에게는 '睿聖仁孝皇帝'라는 尊號가 올려져 睿聖宮에 거처하게 하였다. 杭州의 顯慶寺가 睿聖宮으로 되었다. 그리고 태후가 조정에 나아가 수렴청정하고 魏國公이 황제로 등극하였다. 이어 천하에 대사면령이 내려졌다. 태후가 이 날부터 시작하여 매일 묘부 등을 불러 접견하며 격려하자 그들은 모두 기쁜 내색을 보였다. 그러는 한편으로 태후는 믿을 만한 신료들과 獨對하며 기밀사항을 의논하였다.

그러는 사이 呂頤浩와 張浚 등이 平江에서 함께 勤王兵을 일으키기로 약속하였다. 이 소식을 듣고 묘부와 유정언 등은 御駕를 建康으로 옮길 것을 요청하였다. 이에 주승비가 말했다.

"근왕병이 아직 멀리 平江에 있으니 그대들과 맞부딪치는 일은 없을 것이오. 안심하도록 하시오."

묘부와 유정언 등은 또 급히 주승비에게 사람을 보내 말했다.

"金側에 사자를 보내야 하겠는데 그 將帥의 소재를 모르니 마땅히 먼저 사신을 보내 찾아보도록 해야 할 것이오. 또 '炎'이란 두 개의 '火'로 되어 있기 때문에 도적이 많은 것이오. 마땅히 改元함으로써 도적을 진정시켜야 할 것이오."

주승비는 이 두 가지 애기를 태후에게 아뢰었다. 태후는 연호를 바꾸자는 애기 정도는 받아줄만 하다고 말하고, '明受'로 改元하였다. 주승비가 말했다.

"高宗을 復辟시키는 反正의 일은 이제 가닥이 잡혀갑니다. 다만 저들

---

41 汪伯彦과 黃潛善. 『宋史紀事本末』에서는 이를, "賴相此人 若汪 黃在位 事已狼籍矣"(권 65, 「苗劉之變」)이라 기록하고 있다.

두 兇徒가 말하기를, '지난번에 金側과 和議를 맺기로 한 바 있으니 사신을 보내야만 합니다'라고 하고 있습니다. 하지만 金軍이 양자강 北岸 가까이 있는데 만일 사신을 보내 그들로 하여금 조정에 變故가 있다는 사실을 알게 한다면, 그들은 이를 기화로 공격해 올 것이 분명합니다. 그렇게 되면 反正에 좋지 않은 영향을 미칠 것입니다. 이미 金側에 파견하기 위해 두 명의 사자를 지명한 상태인데, 臣은 그들이 오게 되면 강력히 고사하라고 권유할 예정입니다. 앞서 파견했던 사신들에게도 勤王兵의 소재지로 가 있으라고 은밀히 명령해 두었습니다. 따라서 이렇게 되면 저들 일당의 음모는 무너질 것이니 근심하지 않으셔도 될 것입니다."

태후가 말했다.

"하늘이 丞相을 내린 것은 이 患難에서 우리를 구해내려 함인가 보오."

얼마 후 앞서 金側에 파견되었던 사신은 平江에 당도하였으며, 새로이 사신으로 임명된 盧益은 使節行을 고사하였다. 이렇게 해서 묘부와 유정언 등의 기도는 좌절되었다.

張浚은 묘부와 유정언 두 兇徒에게 편지를 보냈다. 두 兇徒는 편지를 받고 난 다음 그 부하들과 더불어 都堂[42]으로 와서 말했다.

"張浚이 우리를 역적이라 매도하였다. 참을 수 없다."

주승비는 또 다른 변고가 생길까 우려하여 즉시 上奏하여 張浚을 郴州[43]로 좌천시킬 것을 상주하였다.

이에 앞서 張浚은 馮輅를 파견하여 두 흥도를 만나 여러 상황을 잘 주

---

42 尙書省의 관아.
43 원문은 '彬州'로 되어 있으나 『宋史』 標點校勘本(권361, 「張浚傳」)에 의거하여 郴州로 고쳤다. 『建炎以來繫年要錄』 권21, 高宗 建炎 3년 3월 辛丑條 및 『宋名臣言行錄 別集 上』의 권3, 「張浚」에도 마찬가지로 郴州로 되어 있다.

지시키도록 했다. 주승비는 馮輔에게 兵部員外郞 職을 수여할 것을 주청하였다. 이어 주승비는 두 홍도와 그 무리를 불러 함께 얘기를 나누었다. 이 무렵이 되면 두 홍도는 勤王의 군사가 쇄도하고 있다는 소식을 듣고 매우 두려워하고 있었다. 이에 馮輔은 두 홍도를 가히 움직일 수 있겠다고 판단하고, 주승비에게 復辟의 일을 의논해 보라고 제언하였다. 주승비는 馮輔 및 두 홍도에게 명령을 내려 의논하게 했다. 두 홍도 또한 받아들일 의사를 보였다. 그리하여 百官을 이끌고 고종의 復辟을 주청하기로 했다. 주승비는 묘부 등 6인을 불러 軍中에서도 스스로 復辟의 상주문 하나를 올리라 일렀다. 묘부는 아무 대답도 하지 않았고 유정언은 아직 의심스러워 하는 기색이었다. 주승비가 말했다.

"勤王의 군대가 아직 도래하지 않는 것은 우리로 하여금 스스로 복벽의 反正을 하도록 잠깐 여유를 주고자 하는 것이오. 그래서 그대들을 불러 의논해서 상하가 모두 화합하여 하나가 되고자 하오. 만일 그렇지 않으면 百官과 모든 군대에게 명령을 내려 그들을 이끌고 폐하의 환궁을 청할 것이오. 그대들도 어떻게 처신할 것인지 결정하도록 하시오."

주승비는 王世脩로 하여금 복벽의 상주문 초안을 작성하게 해서 이를 軍中으로 갖고가 諸將들의 서명을 받았다. 또 李邴과 張守로 하여금 百官들의 章奏 및 태후의 手詔, 사면령의 문안[44] 등을 작성하게 했다. 이들 문안이 모두 갖추어지자, 丁未 日에 문무백관이 모두 睿聖宮으로 나아가 고종을 맞아 복벽을 단행하였다.

4월 초 1일 고종이 조정을 주재하게 되었다. 태후는 곧 정무를 고종에게 되돌리고자 하였다. 고종은 이 일을 주승비에게 물었다. 주승비는,

---

[44] 苗傅·劉正彦에게 문죄하지 않겠다는 내용이었다. 『宋史紀事本末』에서는, "賜傅 正彦鐵券"(권65, 「苗劉之變」)이라 기록하고 있다.

"수렴청정을 廢하는 詔令이 먼저 내려져야만 합니다."

이에 태후로 하여금 잠시 조정을 떠나게 한 후, 조령을 내려 이튿날로 수렴청정을 폐하는 것과 建炎의 연호로 복귀하는 것을 선포하였다. 또 주승비는, 두 兇徒에 대한 처분이 결정되지 않았으니 함께 淮南西路制置使로 임명할 것을 주청하였다. 그들에게 휘하의 군대를 이끌고 가는 것이 허용되었다. 조정의 장수들은 모두 군대를 이끌고 皇城의 문 밖에 집결하였다. 康允之가 주승비에게 말했다.

"사람을 보내 두 흉도로 하여금 속히 군대를 이끌고 가라고 이르십시오."

두 흉도는 성문을 열고 창황히 달아났다.

이렇게 일이 일단락되고 난 후 주승비는 宰相 직위로부터의 사직을 강력히 요청하였고, 마침내 觀文殿學士知洪州가 되어 지방관으로 나갔다.

江州黔轄 張忠彦에게 詔令을 내려 주승비의 통제를 받게 하였다. 그리고나서 고종이 宰執에게 말했다.

"주승비는 苗劉의 變 당시 공훈이 없다고 할 수 없다."

范宗尹이 대답하였다.

"주승비는 두 兇徒로 하여금 의심이 없이 勤王의 군대를 맞이하게 하였습니다. 사람들은 모두 그 처리가 매우 용의주도하였다고 말하고 있습니다."

고종이 말했다.

"당시 오직 주승비와 鄭殼만이 저들에게 대항했을 뿐이오. 顔岐와 같은 인물은 비록 좋은 선비이기는 하나 역시 怯弱하여 아무런 역할도 하지 못했소. 그래서 옛사람들이 위세와 무력으로 굴복시킬 수 없는 사람을 大丈夫라 했던 것이오."

江西路와 湖南路·湖北路에는 正賦 외에 부가세가 많았다. 미곡에는 正耗[45] 이외에 補欠과 和糴[46]·斛面[47] 등이 있어 1石의 正稅가 5, 6石에 이르기도 하였다. 동전에는 大禮錢·免夫錢[48]·綱夫錢·檐夫錢·贍軍錢 등이 있어 1緡의 正賦가 7, 8緡에 이르기도 했다. 여기에다가 胥吏들이 조세징수시 농간을 부려 그 명목이 날로 새로이 늘어났다. 또한 壯丁들을 징발하여 요해지의 경비와 寨柵의 보수 등을 담당하게 하였으며, 부자에게는 돈을 내게 하고 가난한 자에게는 노동력을 내게 하여 백성들이 감당할 수 없을 지경이 되었다. 그리하여 險要地를 근거지로 삼아 무리를 지어 국가권력에 저항하고 나섰다. 이렇게 하면 稅役의 고통에서 벗어날 수 있을 뿐만 아니라 노략질의 이익도 생기기 때문에 많은 백성들이 도적이 되었다. 이러한 상황이 되자 주승비는 심각하게 문제점을 제

45 　조세로 징수한 물품이 저장이나 운송 과정에서 손상될 것에 대비하여 正量보다 조금 더 징수하는 것. 加耗라고도 부른다. "諸受納稅租 一斛加一升 蒿草十束加一束爲耗 卽折變爲見錢者 其耗不計"(『宋會要輯稿』「食貨」35, 「經總制錢」食貨 35之26)라 하듯 正額의 1할을 增徵하는 것으로 규정되어 있었다. 하지만 시간이 흐를수록 加耗가 커져서 때로 본래의 세액보다 많아지는 경우도 있었다. 심지어 "以目前利害言之 蠹民之財 莫甚於輸納二稅之弊. 大率較之 逐年秋租加耗之入 或過于正數 官收一歲之租 而人輸兩倍之賦"(『宋會要輯稿』「食貨」9, 「受納」, 食貨 9之7)라 일컬어질 정도였다.
46 　관아에서 민간으로부터 적정한 대가를 지급하고 미곡을 매입하는 것. 관아의 미곡 매입을 市糴, 혹은 糴買라 하지만 통상 관아에서 强權을 동원하여 민간에 손해를 입혔으므로, 적정한 가격으로 보상한다는 점을 강조하기 위해 和糴이라는 용어를 사용하기 시작하였다. 그러나 和糴이 도입되고 약간의 시간이 흐르면, 사실상 이전과 다를 바 없어져서 민간에 대한 막심한 부담으로 변모하였다. 和糴이란 용어는 일찍부터 출현하나, 그 수량이 대규모화하는 것은 唐 중엽 이후이다. 宋代가 되면 和糴, 市糴이 비약적으로 발전하여 博糴·結糴·兌糴·寄糴·便糴·折糴·對糴 등 다양한 형태가 등장하였다. 또 점차 조세화하여 戶等이나 稅錢에 의거하여 강제 배당되었다.
47 　조세액을 도량형기로 측량할 때 그 上面을 높이 쌓아 올려서 규정보다 더 징수하는 것. 때로는 표준 형기보다 대형을 사용하는 것을 가리키기도 한다. 이러한 斛面의 관행으로 말미암아, "湖南人戶納苗 往往州縣高量斛面 一石正苗 有至三石 少至一倍"(『宋會要輯稿』「食貨」9, 「受納」食貨 9之6)라는 정황도 발생하였다.
48 　夫役을 면제받기 위해 납입하는 부가세. 徽宗 宣和 6년(1124)의 경우 北方은 每夫 당 20貫이었으며 南方은 30貫이었다.

기하고 나섰다. 하지만 范宗尹은 지방의 州縣을 직접 돌아본 적이 없기 때문에 民間의 疾苦를 잘 알지 못해다. 그래서 朝廷에서 내리는 사면령에 의거하여 의례적인 조치만을 취했을 뿐이다.

紹興 2년(1132) 주승비가 知紹興府로 되었을 때 呂頤浩는 그를 都督荊襄諸軍으로 추천하였다. 고종이 말했다.

"주승비가 재상이 되었을 때 마침 苗劉 일당이 亂을 일으켰는데, 당시 그는 난의 진압과 짐의 호위에 큰 공을 세웠소이다. 짐이 어찌 그것을 모르겠소? 在京 宮觀의 祠祿職[49]을 주어 經筵에 入侍하게 하시오."

당시 여이호는 어떻게든 주승비를 끌어들여 秦檜를 견제하고자 했다. 주승비는 마침내 提擧醴泉觀兼侍讀이 되었다.

49　祠祿職에 대해서는 본서 1책, 343쪽, 주 50 참조.

권3

張浚

장준이 平江府秀州控扼副使가 되었다.[1] 그때 苗傅 劉正彦의 改元 敕
書가 平江府에 도착하였다. 장준은 즉시 杭州로 사람을 보내 賊黨의 동
태를 탐문하게 했다. 江寧府에 이르자 呂頤浩가 장준에게 서신을 보내
와서 함께 거병하기로 약속하였다. 鄭穀 또한 심복 謝嚮을 평복으로 위
장시켜 平江으로 보내왔다. 鄭穀은 장준에게 엄밀하게 준비하되 천천
히 進攻하라고 일렀다. 장준은 묘부·유정언 등의 군사가 위로부터 平
江을 제압해 올 경우 대항이 불가능해질 것을 우려하여, 張俊으로 하여
금 먼저 정병 2,000을 파견하여 吳江[2]을 확보하게 하였다.

---

1   高宗 建炎 3년(1129) 正月의 일이다. 이때 朱勝非가 平江府秀州控扼使로 임명되었다.
     『續宋編年資治通鑑』 권2 참조.
2   兩浙路 蘇州의 吳江縣, 오늘날의 江蘇省 蘇州市 吳江縣.

그리고 나서 장준은 상주문을 올렸는데 그 대략의 내용은 다음과 같다.

"지금은 국가가 위기에 당하여 실로 황제가 馬上에서 다스림을 도모하는 때입니다. 원컨대 睿聖皇帝께서는 수고로움을 마다하지 마시고 친히 정무를 총괄하며 묘부·유정언에게 咨詢하시기 바랍니다."

한편으로 장준은 조정에 辯士를 파견하여 더 이상의 변고가 발생하지 않도록 분위기를 잘 이끌게 하였다. 또 평소 친분이 있었던 사천 출신의 馮轓을 묘부·유정언에게 보내, 그들에게 忠順과 거역의 도리를 說諭하게 하였다. 이에 앞서 묘부·유정언은 장준에게,

"지금 이 시국에서 侍郎[3]이 아니면 누가 능히 伊周의 직임[4]을 담당할 수 있겠소?"

라고 말했다. 이에 대해 장준은 대략,

"자고로 불충스런 언사를 하는 자는 늘 주상의 잘못을 지적했을 뿐이라 하며, 불충스런 행동을 한 자는 늘 궁궐을 놀라게 하여 미리 경계하게 했을 뿐이라 변명한다. 지금 폐하의 춘추는 아직 강건하심에도 불구하고 하루아침에 帝位를 양위하게 한 것은 적절하지 않도다. 하늘이 우리 宋朝를 保佑하고 폐하의 一身을 保佑하시는 것은 여러 일에서 역력히 드러나고 있다. 지난날 金側에 인질로 가셨을 때인즉 그들이 敬畏해하며 감히 붙잡아두지 못했으며,[5] 使臣으로 가셨을 때인즉 백성들이 열

3　張浚은 고종 즉위 후 예부시랑을 역임한 바 있다. 『朱熹集』권95 上, 「少師保信軍節度使魏國公致仕贈太保張公行狀 上」 참조.

4　商의 伊尹과 西周의 周公 旦, 양인 모두 天子를 輔政하였기 때문에 伊周라 幷稱된다. 또 朝政을 장악한 大臣의 대명사로 쓰이기도 한다.

5　欽宗 靖康 元年(1126) 正月 중순 金의 남침에 굴복하여 康王 趙構와 次相 張邦昌을 인질로 금의 진영에 보냈던 것을 가리킨다. 당시 송 조정은 太原·中山·河間의 三鎭을 할양하고 親王과 재상을 인질로 보내기로 했었다. 康王 趙構는 2월 초 宋將 姚平仲의 金에 대한 夜襲이 실패한 이후 欽宗의 五弟인 肅王 趙樞가 대신 인질이 되며 풀려났다.

렬히 환호하며 歸附해 왔다.[6] 하늘이 함께 하시는데 누가 감히 廢할 수 있으리오?"

라고 답장을 보냈다.

묘부·유정언은 이 답장을 받고 나서,

"장준이 우리를 역적이라 매도하였다. 도저히 참을 수 없다"고 말했다.

朱勝非는 다른 변고가 발생할까 우려하여 장준을 郴州로 좌천시킬 것을 주청하였다. 이 무렵 고종과 황태후 사이의 연락이 거의 두절되어 있는 상태였다. 태후는 몰래 어린 내시를 보내 고종에게 말했다.

"부득이하여 장준을 郴州로 좌천시켰소이다."

고종은 이 말을 듣고 국물을 마시다 놀라서 손에 엎질렀다.

呂頤浩가 江寧府로부터 오자 장준은 작은 배를 타고 나가 역참에서 마중하였다. 장준은 여기서 堂帖[7]을 받아본 바 좌천의 명령서였다. 장준은 다른 장병들이 볼까 두려워 얼른 소맷부리에 넣으며 서리에게 말했다.

"폐하께서 곧바로 行在[8]로 오라고 명하셨다. 즉시 떠날 것이라고 아뢰도록 하여라."

이날 밤 함께 城 바깥에서 묵게 되었는데, 呂頤浩가 자신의 부하 李承을 불러 檄文의 초안을 작성하고 여기에 장준이 加筆하였다. 이때 諸將들이, '賊黨이 궁지에 몰리면 御駕를 앞세우고 바다로 향하게 될 것입니

---

6   정강 원년(1126) 11월 16일 金側에 강화를 요청하기 위해, 康王 趙構를 金의 東路軍 元帥인 斡离不에게 사신으로 보냈던 것을 가리킨다. 康王 趙構는 11월 20일 奉命하여 磁州에 이르렀으나, 磁州 知州인 宗澤의 만류에 따라 금 진영으로 가는 것을 중지하고 22일 相州로 물러났다. 康王은 閏11월 하순 개봉이 금에 의해 함락된 후, 12월 1일 相州에 大元帥府를 개설한다.
7   재상이 서명하여 하달한 문서. 堂帖子라고도 부른다.
8   天子가 巡行하여 머무는 곳. 남송인들은 東京 開封에 대해 杭州를 行在, 혹은 行在所라 불렀다.

다’라고 말했다. 이 말에 따라 장준은 陳思恭 등을 파견하여, 海道를 따라 수군을 배치해서 적당이 동남 지방으로 도주하는 것을 차단하게 했다. 이후 격문을 각처로 띄웠다.

勤王의 군대 5만은 平江을 떠나 秀州에 이르렀다. 그날 밤 帳幕으로 자객이 들었다. 장준은 주변 사람 모두 잠든 것을 보고 물었다.

“네 무엇을 하려는 것이냐?”

“제가 약간이나마 책을 읽어 忠順과 悖逆을 알고 있습니다. 어찌 賊黨의 패거리가 될 수 있겠습니까? 하물며 충절을 지키시는 侍郞께 어찌 감히 해를 입히겠습니까? 다만 제가 보건대 방비가 너무도 허술하여 혹시라도 뒤에 무슨 일이 생길까 걱정한 것입니다.”

장준은 내려가 그의 손을 잡으며 이름을 물었다.

“말씀드리고자 하는 것은 철저한 주변 경계입니다. 저는 河北 사람이고 그곳에 어머니가 계십니다. 이제 빨리 돌아가도록 하겠습니다.”

이튿날 장준은 郡의 감옥에서 사형수 하나를 데려와 참수하며, ‘이 자가 자객이다’라고 말했다. 이후 자객과 같은 아무런 다른 일이 생기지 않았다.

묘부・유정언은 근왕군이 온다는 말을 듣고 매우 두려워했다. 이를 보고 馮轓은 이들을 움직일 수 있겠다 판단하고 朱勝非에게 말했다.

“張侍郞은 국가가 위급한 상황에 직면해 있다고 여기고 실로 군대를 이끌고 馬上에서 일을 도모하고 있습니다. 그런데 지금 主上께서 어린 아들에게 양위하셨으니 불미스런 변고가 생길까 두렵습니다. 주상께서는 淵聖皇帝 欽宗의 명령을 받들고 兵馬大元帥가 되셨습니다.[9] 그리

9　欽宗 靖康 元年(1126) 윤11월의 일이다.

니 이번에 새로이 등극한 황제[10]를 皇太姪이라 바꾸어 칭하고 태후로 하여금 垂簾聽政하시게 하며, 大元帥인 주상으로 하여금 바깥에서 군대를 총괄하며 군사를 담당하시게 하는 것이 최상의 책략이라 판단됩니다."[11]

이에 따라 묘부·유정언을 오게 하여 都堂에서 이 방안을 함께 의논하였다. 처음 장준은 馮轓에게 일러서 鐵券[12]을 묘부·유정언에게 지급하여 그들의 의심을 풀도록 한 바 있었다. 馮轓은 이 일을 태후에게 아뢰어 허락을 받아냈다. 이렇게 해서 제반 방침이 결정되었다.

癸卯 日이 되었다. 百官이 睿聖宮에 모여 고종에게 奏請하였다. 사람들은 모두 환호하며 復辟이라고 말했다. 丁未 日에 고종의 御駕가 行宮으로 돌아왔다. 사람들이 모두 크게 기뻐하였다. 조금 후 묘부·유정언을 淮西制置使와 副使로 임명하였다. 당시 장준의 군대는 臨平에 주둔해 있었다. 이곳에 苗翊이 대군을 이끌고 나가 장준의 군대와 맞서 싸우다 패주하였다. 묘부와 유정언은 援軍을 보내 묘익을 지원하였으나 장준의 군대를 물리칠 수 없었다.

이날 저녁, 마침내 묘부와 유정언은 湧金門을 열고 바깥으로 달아났으며 장준 등이 군대를 이끌고 들어왔다. 도성 사람들은 이 모습을 거리에 주욱 늘어서서 바라보며 이마에 손을 갖다대고 경의를 표하였다.

고종은 장준을 접견하면서 궁중으로 불러 말했다.

10　苗傅와 劉正彦은 고종을 퇴위시킨 후 3살의 황태자를 황제에 즉위시켰다.

11　형식상 國體를 靖康의 變 이전 상태로 복귀시켜 欽宗을 황제로 받든다는 것이었다. 이에 대해『建炎以來繫年要錄』에서는, "癸卯 太后詔睿聖皇帝宜稱皇太弟 令天下兵馬大元帥 復封康王. 皇帝稱皇太姪監國 (…中略…) 當以淵聖皇帝爲主 睿聖皇帝嘗受淵聖詔爲大元帥 宜仍舊. 少主爲皇太姪 太后垂簾"(권21, 高宗 建炎 3년 3월)이라 적고 있다.

12　高宗을 復辟시키는 대신, 정변의 주역인 苗傅와 劉正彦의 행위를 斷罪하지 않겠다는 내용을 담고 있었다. 『建炎以來繫年要錄』권22, 高宗 建炎 3년 4월 庚戌 참조.

"隆祐皇太后께서 卿의 忠義로움을 아시고 卿의 얼굴을 한 번 보고자 하시오. 주렴을 드리우고 그 안에서 경을 보실 터이니, 경은 궁정의 아래로 지나가도록 하시오."

장준은 황공해 하며 그 말에 따랐다.

고종은 장준을 재상으로 삼고자 하였으나, 장준은 장차 서서히 仕進할 것을 이유로 사양하였다.

고종이 장준에게 당면한 방략을 자문하니, 장준은 자신이 직접 陝西와 四川으로부터 북벌을 도모하는 일을 맡겠다고 하였다. 秦川에 制置司를 두고, 이와 별도로 大臣과 韓世忠으로 하여금 淮東에 주둔하게 한 다음, 呂頤浩로 하여금 高宗의 御駕를 모시고 武昌으로 나아가고 이를 張俊과 劉光世가 호위하게 하여, 이들 모든 군대가 秦川과 수미일관하게 호응하여 진군토록 한다는 것이었다. 고종이 이를 윤허하여 장준을 川陝等路宣撫處置使에 임명하고 四川과 陝西·京西·湖南·湖北 등지를 통할하게 하였다.

처음 金軍이 京東에 침입했을 때 范瓊으로 하여금 방어하게 했었다. 이후 范瓊은 군대를 이끌고 江西로 들어갔다. 그러다 고종이 불러 알현하게 되었을 때, 그는 휘하의 군대를 대동하고 와서 殿前司[13]의 관직을 除授해 달라고 요청하였다. 장준은 范瓊이 大逆無道하다고 주청하였다. 고종은 그 일을 장준에게 맡겼다.

---

13 禁軍의 兩司 가운데 하나. 북송 시대 殿前司와 侍衛親軍司를 합하여 兩司라 칭했고, 또 侍衛親軍司가 馬軍都指揮使와 步軍都指揮使로 나뉘어져 있었으므로 여기에 殿前司를 합하여 三衙라 칭하기도 했다.

장준은 물러나 劉子羽와 함께 대책을 숙의하였다. 장준은 밤에 서리를 자신의 府中에 잡아두고 여러 공문서를 작성하게 하였다. 그리고 거짓으로 張俊에게 천 명을 이끌고 양자강을 건너가 다른 도적을 포획하게 한 것처럼 꾸몄다. 그런 다음 張俊과 범경·劉光世를 都堂으로 불러 사후대책을 논의하자고 하였다. 張俊은 무장한 병사들을 이끌고 왔으며 범경 또한 수많은 휘하의 병사를 이끌고 와서 뜰에 가득 찰 정도였다. 범경의 군대는 방자한 태도를 보이고 있었다. 식사가 끝난 후 劉子羽는 처마 밑에 앉아 있다가 갑자기 黃紙로 된 勅令을 들고 본부의 진영 앞으로 나와,

"범경 장군으로 하여금 大理寺에 나아오라는 칙령이 내려졌습니다"

라고 말하고, 장준에게 범경의 죄목을 하나둘 지적하였다. 범경은 놀라 눈이 휘둥그레졌다. 장준은 張俊으로 하여금 군사를 시켜 이러한 범경을 포박해 大理寺로 데려가게 했다. 그리고 劉光世를 내보내 범경의 군대를 진정시켰다. 범경의 통솔을 받고 있었던 八字軍[14]은 王彦이 지휘하게 하였으며 나머지 군대는 어영사[15]에 나누어 소속시켰다. 이러한 일들이 잠깐 동안에 진행되었으며, 고종은 범경에게 사형을 내렸다.

---

14 高宗 建炎 元年(1127) 河南의 太行山 일대에서 편성된 抗金의 義軍. 建炎 元年 8월 河北招撫使 휘하의 王彦은, 李綱의 계획에 따라 황하를 도하하여 전투를 벌이다 金軍의 역공을 받아 太行山 지구로 패퇴하였다. 당시 王彦의 휘하에는 불과 700의 군대밖에 남아 있지 않았다. 그런데 이 王彦의 휘하에 화북 각처에서 일어난 이른바 '忠義民兵' 10여만이 가세해왔다. 왕언은 이들 군대를 회유하여 金에 대한 결사항전의 표시로 안면에, '赤心報國 誓殺金賊'이라는 여덟 글자를 새겨 넣게 하였다. 이를 八字軍이라 칭하게 되는 것이다. 八字軍은 이후 金軍과의 대소전투에서 상당한 전과를 올리다가, 建炎 2년 5월 汴京을 거쳐 揚州에 체재하고 있던 高宗의 幕下에 합류하였다. 王彦은 揚州에서 조정을 향해 총력 북벌을 주장하다가, 黃潛善·汪伯彦 등의 반감을 불러일으켜 兵權을 삭탈당했다. 그 후 팔자군은 范瓊의 통솔을 받게 되었고, 范瓊의 사후에는 다시 王彦의 지휘를 받으며 재차 金軍과의 전투 일선에 배치되기에 이른다. 八字軍은 紹興 2년(1132) 이후 분산되어 여러 부대에 흡수되었다.

15 御營司에 대해서는 본서 3책, 129쪽, 주 44 참조.

장준이 서쪽으로 파견될 때 高宗은 그에게, '3년이 지난 다음에 작전을 시작하라'고 명했었다. 그런데 이 무렵[16]이 되어 韃辣과 兀朮이 모두 淮東에 있으면서 가을에 접어들면 대거 남침하기로 서로 약속해 두고 있었다. 장준은 兀朮이 淮東 지방에 주둔하며 동남 지방으로 재차 침공해 갈 것이라는 소식을 듣고, 자신이 군대를 내어 공격함으로써 그 세력을 분산시키려 했다. 주변 인물들은 모두 이러한 계획에 승산이 없다며 만류하였지만 장준은 듣지 않았다. 劉子雨 또한 강하게 공박하며 말했다.

"相公께서는 과거 출발에 임하여 폐하께서 하신 말씀이 기억나지 않습니까?"

장준이 대답했다.

"일에는 구애받아서 안될 것도 있다. 이를테면 지난번 폐하가 海道로 행차[17]하셨을 때 만일 무슨 變故라도 생겼더라면, 우리가 비록 陝西를 수복하고자 한들 명령이 諸將들에게 먹혀들겠는가?"

劉子雨는 대답이 궁해져서 더 이상 말을 잇지 못했다.

장준은 마침내 방침을 결정한 다음 전열을 가다듬고 河東 일대로 격문을 띄웠다. 이 격문에서는 金側에 대해 問罪하며 永興軍路의 수복을 호언하고 있었다. 이에 金側은 크게 놀라서 급거 兀朮을 京西로부터 差出하여 陝西로 달려가게 했다. 兀朮은 섬서에서 婁室 등과 합류하였다.

---

16 高宗 建炎 4년(1130) 여름 시점의 일이다.

17 建炎 3년(1129) 10월 이래 兀朮이 이끄는 金軍의 대거 남침으로 말미암아 高宗 일행이 越州(紹興)를 거쳐 明州(寧波)까지 피신하고, 급기야 이듬해 正月에는 明州로부터 海舟를 타고 台州, 溫州까지 전전했던 것을 일컫는다. 建炎 4년 4월 金軍이 모두 양자강 이북으로 철수한 이후, 高宗은 溫州로부터 明州를 거쳐 越州로 돌아와 紹興 2년(1132) 2월 臨安으로 옮기기까지 이곳 越州에 駐蹕하게 된다. 이러한 金軍의 남침 및 高宗의 피신은, 建炎 3년 5월 張浚이 川陝宣撫處置使로 파견되고 난 이후에 발생한 사건이었다.

장준 또한 諸路의 군대 도합 40만을 징발한 후 金側과 약속하여 耀州에서 만나 일전을 겨루기로 하였다.

　장준이 군대를 내어 공격하기로 방침을 정한 후 휘하의 副將들은 모두 그것이 잘못되었음을 알지만 감히 입 밖으로 말하지 못했다. 高宗 또한 金軍이 군사를 淮南 일대에 집결시키고 있기 때문에, 장준에게 명하여 길을 나누어 同州와 鄜延으로부터 진군하여 金側의 빈틈을 공격하라고 했다.

　장준은 諸路에 격문을 보내 군대를 불러모았다. 도합 6개 路에서 병사 40만과 馬匹 7만이 집결되었다.[18] 이를 劉錫으로 하여금 통솔하게 하여 富平縣[19]에 이르렀다. 이곳에서 전투를 벌이기에 앞서 거짓으로 曲端의 깃발을 내세움으로써 金軍에게 위협을 주고자 했다. 이를 보고 金의 장수 婁室이 말했다.

　"저것은 우리를 속이고자 하는 것이다."

　당시 장준은 이미 曲端을 파직하여 萬州로 좌천시켜두고 있었다.

　癸亥 日에 婁室은 군대를 이끌고 갑자기 진격해 왔다. 그들은 수레에 장작더미를 싣고 와서 그것으로 땅을 메우고 진흙을 덮으며 宋의 군대 앞으로 압박해 왔다. 劉錫 등은 나아가 이에 맞서 싸웠다. 특히 劉錡는

18　당시의 군대 규모에 대해『建炎以來繫年要錄』(권37, 建炎 4년 9월 癸丑)에서는 本文과 마찬가지로 步兵 40만 및 馬匹 7만으로 적고 있으나,『齊東野語』(권2,「富平之戰」)에서는 步兵 40만에 馬匹 11만으로,『三朝北盟會編』(권142, 建炎 4년 9월 20일)에서는 步兵 20만에 馬匹 7만이라 적고 있다.

19　永興軍路 耀州에 위치. 오늘날의 陝西省 富平縣. 이때(高宗 建炎 4년 9월) 벌어졌던 張浚의 宋軍과 兀朮·婁室이 지휘하는 金軍 사이의 전투를 이곳의 지명을 따 '富平의 戰鬪'라 부른다. 이 富平의 전투 결과 陝西 일대는 金의 지배영역으로 확정되기에 이른다.

몸소 副將과 병사들을 거느리고 싸우며 수많은 金의 군사들을 베었다. 승부가 아직 갈려지지 않았을 때 金側의 鐵騎가 불의의 습격을 가해서 環慶路[20]의 군대를 공격하였다. 他路의 군대는 채 지원할 수도 없는 상태였다. 또 마침 그때 環慶路의 군대를 지휘하고 있던 趙哲은 부대를 이탈해 있었다. 趙哲의 군대는 金軍의 습격을 당해 먼지를 일으키며 놀라 달아났다. 이어 諸將의 군대 또한 퇴각하였고 金의 군대는 승세를 몰아 진군해 왔다.

富平의 戰鬪에서 패배한 후 장준은 諸軍을 수습하여 邠州에 이르렀다. 여기서 劉錫 등을 불러 사후책을 논의했다. 장준은 堂上에 서고 諸將들은 堂下에 도열하였다. 장준이 물었다.

"國事를 그르친 일은 중대하다. 누구에게 그 책임이 있는가?"

사람들이 모두 대답했다.

"環慶軍이 가장 먼저 패주했습니다."

장준은 趙哲을 붙잡아 참수하라고 명하였다. 趙哲은 이에 불복하며, '復辟 당시에 공이 있지 않았느냐?'고 말했다. 이를 보고 장준의 軍校가 채찍으로 그 입을 치고, 봉화대 아래에서 참수하였다. 이로 인해 군대의 사기는 크게 沮喪되었다.

이어 장준은 黃色 榜文을 내걸고, '죄인 趙哲이 이미 죽었으니 諸將들은 令을 따르라'고 일렀다. 장준은 各軍으로 하여금 각각 소속 路로 돌아가 휴식을 취하라고 명했다. 이 명령이 입에서 떨어지자마자 諸路의

---

20 仁宗 康定 2년(1041) 최초로 설치하고 經略安撫使를 임명함. 路治는 慶州(오늘날의 甘肅省 慶陽縣). 대략 京兆府의 서북부와 邠州·寧州·慶州·環州 일대를 그 영역으로 했다. 처음에는 經略安撫使만 배치되었으나 神宗 元豊 4년(1081) 이후 轉運使도 함께 설치되기에 이른다.

군대는 떠나가기 시작하여 잠깐 사이에 모두 사라져 버렸다.

장준은 직속 군대를 이끌고 秦州로 물러났다. 이 일로 하여 陝西의 민심은 크게 흔들렸다.

장준은 曲端이 陝西에서 여러 차례 金軍을 격퇴시켰던 사실을 알고, 처음에는 그의 威望을 이용하고자 했다. 그래서 曲端을 불러 宣撫處置司의 都統制로 임명하였다. 곡단이 都統制로서 단 위에 서자 諸將과 군사 할 것 없이 모두 우레와 같이 환호성을 질렀다.

그런데 이에 앞서 조정은 곡단이 王庶를 살해하고자 했던 일[21]로 인해 그에게 모반의 뜻이 있는 것이 아닌가 의심하였다. 그리하여 御營使司의 提擧官으로 그를 불러들였지만 곡단은 의심을 품고 응하지 않았다. 사람들은 곡단이 모반했다고 떠들어 댔다. 이때 장준이 수차례나 곡단을 변호하는 상주문을 올리고 또 이루 헤아릴 수 없을 정도로 그를 보증하였다. 그러다 곡단이 彭店原에서 패배[22]하자, 王庶는 이를 기화로 참언하였다. 吳玠 또한 이때의 패배[23]로 곡단에게 원한을 갖고 있었다.

---

21 建炎 2년(1128) 11월 陝西六路軍馬節制司의 都統制인 曲端이 직속상관 王庶를 구류하고 살해하려 기도했던 사건을 말한다. 建炎 2년 6월 王庶가 節制陝西六路兵馬로 부임하고 曲端이 그 휘하에 배속된 이래 양인 사이의 알력은 끊임없이 계속되었다. 曲端이 王庶를 무시하며 전연 그 명령에 따르려 하지 않았기 때문이다. 급기야 建炎 2년 11월에는 王庶가 曲端의 軍中에 이르렀을 때 그 무장을 해제하고 살해하려 하였다가 주변의 만류로 중지하였던 것이다. 그 자세한 전말에 대해서는, 『宋史』 권369, 「曲端傳」을 참조.

22 원문에는 白店原으로 되어 있으나 『宋史』 권366, 「吳玠傳」 및 권369, 「曲端傳」에 의거하여 정정하였다. 『三朝北盟會編』 권137, 高宗 建炎 4년 3월조 및 『建炎以來繫年要錄』 권32, 高宗 建炎 4년 3월 乙巳條에도 마찬가지로 彭原店이라 적고 있다.

23 원문에는 彭衙로 되어 있으나 위에 든 자료들에 의거하여 수정하였다. 이 彭店原의 전투는 吳玠가 曲端의 명령을 받고 출동하여 金의 침공에 對敵한 것이었다. 당시 曲端은 吳玠를 후방에서 지원하기로 되어 있었는데, 지원은커녕 오히려 전투의 결정적인 고비에서 철수해 버림으로써 吳玠의 군대가 패퇴하게 되는 단서를 제공하

오개는 '曲端謀反'이라는 네 글자를 손바닥에 적었다가, 장준을 모시는 기회에 손을 펴서 보여주었다. 장준은 본디 곡단과 王庶를 함께 부릴 수 없다는 사실을 잘 알고 있었다. 또한 당시 吳玠를 중용하고 있던 터에 오개가 불안해 하지 않도록 배려하고 있었다. 王庶 등은 이러한 것을 알고 말했다.

"곡단이 일찍이 詩를 지은 적이 있는데, 그 가운데 황제 폐하를 질책하는 내용이 있었습니다. '關中을 향하여 사업을 일으키기는커녕, 오히려 長江의 강물 위로 고깃배를 띄우는구나(不向關中興事業 却來江上泛漁舟)'란 구절이 그것입니다."

장준은 이에 곡단을 恭州의 감옥에 보내 가두게 했다. 당시 武臣으로 康隨란 인물이 있었는데, 鳳翔에 재직할 때 일찍이 곡단의 뜻을 거슬러 곡단으로부터 등에 채찍을 맞은 적이 있었다. 康隨는 이 일로 해서 원한이 뼈 속 깊숙히 사무쳐 있는 상태였다. 장준은 康隨를 提點夔州路刑獄에 임명하였다. 곡단은 이 사실을 듣고,

"내 이제 죽는구나"라고 말하며 몇 차례나 하늘에 대고 외쳤다.

또 곡단에게는 '쇠 코끼리(鐵象)'이란 이름의 愛馬가 있었는데 하루에 400리를 달렸다. 곡단은 애처로운 목소리로 애마의 이름을 수차례나 불렀다.

康隨는 부임한 다음 獄吏를 시켜 곡단을 붙들어 오게 해서, 줄로 그 입을 동여매고 불로 그을르게 했다. 곡단은 이렇게 말라비틀어져 죽어 갔다.[24]

였다. 『三朝北盟會編』에서는 이때의 정황에 대해, "先是陜州旣陷 金人長驅關中 曲端 遣吳玠屯於彭店原 端自擁大兵次邠慶間 以策應玠. 玠與金人戰 勝負未決 而端退走自 邠至涇 玠遂敗績 玠大罵端 由是二人有隙"(권137, 高宗 建炎 4년 3월)이라 적고 있다.

24 高宗 紹興 元年(1131) 4월의 일이다. 『建炎以來繫年要錄』권43, 紹興 元年 4월 丁亥 참조.

이 소식을 듣고 인근의 사대부들은 애석해 하지 않는 이가 없었다. 軍民들 또한 모두 비통해 하며 한스러이 여겼다. 섬서 일대의 사람들은 이 일로 해서 더욱 장준을 못마땅해 했다.

『西事記』[25]에서는 이렇게 적고 있다.

"장준의 사람됨은 충성이 넘치되 재능이 부족했다. 또 知人들의 말에만 따랐으며 用兵에는 능력이 모자랐다. 하지만 청렴하고 신중하였으며 天下事에 대한 기개는 옛 사람이라 할지라도 미치지 못할 정도였다. 또 어떠한 일을 행하기로 한 번 마음을 결정한 이후에는 어떠한 副將일지라도 감히 막아 세울 수 없었다.

곡단은 처음 五路統制로서 威武將軍에 임명되었을 때 金軍과 전투를 벌이며 그들에 맞서 일진일퇴의 공방전을 벌였다. 이로 인해 섬서의 사람들은 유능하다고 여겼다. 하지만 마음속으로는 늘 장준을 업수이 여기고 있었다. 이로 인해 장준이 그를 버린 것이다. 또 어떤 사람들은 이렇게 말하기도 한다. '곡단이 죽지 않고 언제든 뜻을 이루게 되었다면, 그 욕됨을 당하고 버림받은 원한을 펼쳐서 큰 소란을 일으켰을 것이고, 그렇게 되면 섬서와 사천 일대는 더 이상 조정의 영토가 아니게 되었을 것이다. 죽이는 것이 불가피하였다.'"

兀朮은 熙河 지역에 병력을 주둔시킨 후 秦州와 雍水 일대에서 잇따라 寨柵을 운반하며 사천 지방의 공략을 엿보기 시작했다. 장준은 吳玠로 하여금 鳳翔府의 和尙原[26]으로 이동하여 먼저 유리한 고지를 선점하

---

25 王之望의 저작이지만 현재는 전하지 않는다.
26 오늘날의 陝西省 寶鷄市와 大散關 사이에 위치한 지역. 渭水流域에서 秦嶺을 넘어 漢中地域으로 들어가는 요충지이자 동시에 陝西로부터 四川地域으로 통하는 길목이기도 하다. 이러한 和尙原의 전략적 위치, 특히 四川地域 보위에 있어서의 중요성에 대해

고 그리로 金軍을 끌어들이도록 했다.

兀朮은 10여만의 무리를 동원하여 寶鷄縣에 浮橋[27]를 만들고 渭水를 건너 공격해 왔다. 吳玠는 吳璘과 雷仲을 보내 諸將을 이끌고 맞서게 했다. 이들은 강건한 弓手 및 弩手를 선발하여 組를 나누어 번갈아 화살을 쏘도록 하고 이를 '駐隊矢'라 불렀다. 화살은 끊이지 않고 연달아 발사되었으며 조밀하기가 빗방울과 같았다. 이로 인해 金軍이 조금씩 밀리자 기습부대를 편성하여 나누어 공격하게 함으로써 金側의 軍糧 보급로를 차단하였다. 한편으로 金의 寨柵을 깨부수며 30여 차례나 전투를 거듭하였다. 兀朮은 이 과정에서 화살에 맞아 퇴각하였으며 그 副將인 羊哥孛堇이 포로로 잡혔다. 이밖에 金의 장수 300여 명과 갑주로 무장한 군사 800명도 생포되었다. 적들은 수없이 죽어서 그 시체가 들판을 덮을 정도였다. 이 전투[28] 후 兀朮은 일만 리나 물러나 燕山으로 돌아가 버렸다. 전투는 사흘 간 계속되었는데 金軍은 전체병력 절반이상이 타격을 입고 신음하며 서로 부축해 돌아갔다. 또 兀朮에게는 애초 호위 騎兵이 수백이나 되었지만 전투 후에는 그 가운데 겨우 여섯이 남았을 뿐이다. 兀朮은 平陽府를 거쳐 돌아갔다. 僞齊의 平陽府 太守 蕭慶이 말 세 마리를 兀朮에게 바쳤고, 兀朮은 이후 북으로 향하여 燕山으로 돌아갔다.

『西事記』에서는 이렇게 적고 있다.

南宋人들은, "和尙原最爲要衝 自原以南 則入川路散 失此原 是無蜀也"(『建炎以來繫年要錄』권134, 高宗 紹興 10년 3월 丙戌條)라 말하고 있을 정도이다.

27 배나 뗏목을 죽 잇대고 그 위에 판자를 걸쳐 부설한 목재 다리. 하천이나 개울 바닥에 기둥을 세워 만드는 橋梁과 비교하여 浮橋, 혹은 浮梁・舟橋라 부르기도 했다.

28 이 전투는 그 戰場의 이름을 따서 '和尙原의 전투'라 불린다. 宋側으로서는 徽宗 宣和 7년(1125) 金의 남침이 시작된 이래 金軍과의 전투에서 수립한 최대의 승전이었다. 남송정권은 이 전투의 승리로 말미암아 사천 지역의 保衛를 기할 수 있었다. 한편 이 전투에서의 승리를 계기로 사천 지역 내 吳玠를 위시한 吳氏의 세력이 강고해져서 이윽고 사천 일대가 吳氏의 세력권화하기에 이른다.

"장준의 패배는 吳玠의 승리로 말미암아 비로소 상쇄될 수 있었다. 吳玠의 一軍이 和尙原에 의거하며 지키자 金軍은 수차례나 공격했지만 이를 패퇴시키지 못했다. 그 후 吳玠는 金軍을 대파하고 그 장수들을 수 없이 죽였다. 사람들이 사실 여부를 의심하리만치 戰勝은 혁혁한 것이었다.

무릇 陜西에서의 패배는 모두 張浚으로 인한 것이었다. 하지만 金軍이 끝내 四川을 점령하지 못하게 하였던 것 또한 吳玠를 중용한 장준의 공훈이라 할 것이다."

장준이 陜西 一帶에 있을 때 모든 일에 대한 재량권을 행사하고 있었다. 그런데 鄕黨과 親知들에 대해서 관용이 적었다. 이로 인해 장준의 宣撫處置司에 청탁을 했다가 거절당한 士大夫들이 東南 일대에서 비방의 여론을 일으켰다. 조정에서도 장준을 의심하여, 소환하기에 앞서 일단 副使를 파견하기로 했다. 이에 따라 王似를 川陜等路宣撫處置副使로 임명하고 장준에게 명하여 그와 협의해 업무를 처리하도록 하였다.

그러자 조금 후 장준이 상주문을 올렸다.

"鎭重하고 관대하여 백성들 사이에 소란을 일으키지 않는 것, 이는 王似의 장점입니다. 하지만 장수들을 부리며 군사적인 중요 업무를 처리하는 데 있어 그는 전연 능력이 없기 때문에 더불어 논의할 수 없습니다. 그리고 한편으로 劉子羽 및 吳玠 등의 장수는 金과 원수지간일 정도이며 臣의 幕下에 있는 張深과 程唐 등은 臣을 밤낮으로 보좌하고 있습니다. 이들은 모두 金軍을 격파하는 데 공을 세운 사람들로서 향후 상위 직위로의 승진을 바라고 있습니다. 그런데 지금 하루아침에 아무 공로도 없는 인물이 폐하의 侍從이라 해서 갑자기 宣撫處置副使에 임명되었으니, 그들의 마음 상태가 어떠하겠습니까? 臣은 劉子羽 등의 무리가 실망하여 물러가고 범용한 王似가 남아 종내 일을 그르치게 되지 않을까 두렵습니다. 臣 等이 밤낮으로 군사업무에 매달리는 것은 장차 폐하를 받들어 모시고 中原을 수복하고자 함입니다. 그런데 어떤 무리들이 서로 朋黨을 이루어 臣의 권한을 뒤흔들고, 그리하여 臣의 거취가 가벼이 결정된다면 국가의 장래를 위해서도 바람직스럽지 않게 되지 않을까 걱정스럽습니다."

장준이 鎭江에 있을 때 兀朮은 군사 10만을 거느리고 淮陽에 주둔해 있었다. 韓世忠은 兀朮에게 서신을 보내, '張樞密[29]이 이미 이곳에 와 있도다'라고 말했다. 金軍은 장준이 죄를 얻어 멀리 貶謫되었다는 소식을 들었던 까닭에 전력을 기울여 침공해 왔었다. 그런데 장준이 와 있다는 소식을 듣자 兀朮은 韓世忠이 파견하였던 副將 王愈에게,

"내 듣기에 張樞密이 멀리 嶺南 地方으로 貶謫되었다 하였는데 어떻게 이미 이곳에 와있단 말인가?"라고 물었다.

王愈는 장준이 내려보낸 공문서를 꺼내 보여주었다. 兀朮은 장준의 공문서를 보고 안색이 변하며 즉시 큰 소리로, '날짜를 잡아 당장 싸우자'고 말했다. 장준은 재차 王愈를 파견하여 韓世忠의 이름으로 서신을 보내게 하였다. 이를 통해 전투의 날짜를 잡아 오도록 하였다.

그런데 王愈가 돌아오고 하루만에 金軍은 새벽을 틈타 도망갔다. 金의 병사와 말들은 식량이 부족하여 갈팡질팡하다가 수없이 죽어갔다. 장준은 諸將을 파견하여 추격하였고 이 과정에서 수많은 포로들을 사

---

29 張浚은 紹興 4년(1134) 3월 罷職되어 福州居住의 명령을 받았다가, 이 해 11월 知樞密院事에 임명되어 鎭江에서 諸軍을 지휘하고 있었다.

로잡았다.

장준이 말했다.

"荊湖의 도적 楊么가 洞庭湖의 상류 일대를 근거지로 삼아 횡행하고
있습니다. 속히 이들을 진압하지 않으면 가슴 한가운데의 근심이 되어
장차 국가의 기틀을 뒤흔들 것입니다."

장준은 스스로 가서 진압하기를 청하였고 고종이 이를 허가하였다.

이에 앞서 席益이 楊么의 첩자 수백 명을 붙잡아 모두 먼 곳으로 송치
해두고 있었다. 장준은 醴陵에 도착하여 죄수들을 불러 심문한 후 모두
풀어주었다. 그리고 이들에게 문서를 주어 양요의 각 부대로 돌려보냈
다. 그 문서는 양요의 부하들에게 조속히 투항할 것을 권유하는 것이었
다. 죄수들은 모두 환호하며 흩어져 갔다.

그 후 岳飛의 군대가 도착하자, 장준은 악비에게 鼎州와 澧州·益陽
등지에 군대를 나누어 주둔시킨 다음 이 軍勢를 이용해 도적을 강하게
압박해 가라고 명령하였다.[30] 그러자 賊黨의 장수 楊欽[31]이 투항해 왔
고, 장준은 이 승세를 타고 급하게 적당의 水寨에 대해 공격하도록 했
다. 양요는 궁지에 몰린 나머지 물에 투신하여 죽었다. 이로써 荊湖의
도적은 모두 평정되었으며, 그 투항자 가운데 强壯한 자 5, 6만과 노약자
10여만을 얻었다. 장준은 이들에 대해 誠信을 다해 위무하였다. 또 선후

---

[30] 高宗 紹興 5년(1135) 2월의 일이었다. 『建炎以來繫年要錄』권85, 高宗 紹興 5년 2월 丙
戌條 참조.

[31] 楊欽은 楊么의 반란군내 최고 부장 가운데 하나였다. 楊欽의 투항으로 인해 楊么軍
은 대타격을 받아 결국 와해되기에 이른다. 이러한 정황에 대해 『宋史紀事本末』에
서는, "黃佐招楊欽來降 飛喜曰. 楊欽驍悍 旣降 敵腹心潰矣. 表授欽武義大夫 禮遇甚厚
乃復遣歸湖中. 兩日 欽說全琮 劉詵來降 飛詭罵欽曰. 賊不盡降 何來也! 杖之 復令入湖.
是夜 掩賊營 降其衆數萬"(권66, 「平群盜」)이라 기록하고 있다.

조치로서 郡縣의 姦臟 서리를 교체하고 조세의 감면을 약속하였다. 악비에게는 荊襄 地方으로 나아가 주둔하면서 中原의 회복을 꾀하게 하였다. 그리고 나서 장준은 官屬을 이끌고 洞庭湖를 지나 돌아왔다.

渡江[32] 이후 三衙[33]는 이름만 남아 있을 뿐 실체는 없었다. 그러다 장준과 趙鼎이 함께 재상이 되면서,[34] 楊沂中 휘하의 군대를 殿前司로 삼았으며 解潛의 군사를 馬軍司로 편성하고 統制官 顔漸의 군사를 步軍司로 편성하였다. 楊沂中의 군대는 본디 辛永宗에게 소속되어 있었는데 여기에 다른 군사를 더한 것이어서 그 숫자가 제일 많았다. 解潛의 군대는 겨우 2,000여 명이었으며 顔漸의 부대는 烏合之卒이었다.

장준은 양자강 연변에 이르러 여러 장군들을 소집하고 이들과 향후의 대책을 논의하였다.[35] 이후 韓世忠에게 명하여 楚州에 머물며 淮陽

---

32 北宋의 滅亡과 南宋 건국, 즉 宋室의 남하를 南宋人들은 이렇게 지칭하였다. 이밖에 南渡, 南遷이라 稱하기도 했다.

33 宋代 禁軍 관할하에 있던 부대의 통칭. 즉 殿前都指揮使司(殿前司, 殿司)·侍衛親軍馬軍都指揮使司(侍衛馬軍司, 馬司)·侍衛親軍步軍都指揮使司(侍衛步軍司, 步司)를 합하여 三衙라 불렀다. 侍衛親軍은 五代 後梁 시기에 최초로 설치되었으며 後周 시기에 殿前司가 증설되었다. 북송 시대에 들어와서는 侍衛親軍司를 馬軍司와 步軍司로 나누고, 殿前司를 포함한 三衙에 각각 都指揮使·副都指揮使·都虞候를 두어 지휘하게 했다. 본문에서 말하고 있는 바와 같이 북송이 멸망하면서 해체되었던 三衙制는 남송 초 재건되었지만, 남송 시대의 三衙는 북송과는 달리 전국의 군대에 대한 통제권을 상실하고 行在 臨安內에 주둔하는 정규군만을 지휘했을 뿐이다.

34 高宗 紹興 5년(1135) 2월의 일이다.

35 紹興 5년(1135) 2월 張浚은 宰相인 右僕射로 발탁된 직후, 邊境으로 나가 직접 邊防을 총괄하겠다고 自請하였다. 당시 張浚은 재상이면서 동시에 知樞密院事의 직위를 겸임하고 있었고 또 都督諸路軍馬의 권한을 부여받고 있었기 때문이다. 고종은 이러한 장준의 요청을 받아들이고 그에게 南宋의 모든 군대에 대한 절대적인 지휘권을 위임한다. 『宋史』에서는 이러한 조치에 대해, '命張浚詣江上措置邊防 詔諭諸路宣撫制置司 示以專任之旨'(권28, 「高宗本紀」5, 紹興 5년 2월 壬辰)라 기록하고 있다.

으로의 진격을 도모하게 하고, 劉光世에게 명하여 盧州에 주둔하며 僞齊의 군대를 招撫하게 하였다. 張俊에게는 建康에서 군대를 훈련시켜서 향후 盱眙로의 진군을 대비하게 하였고, 楊沂中은 精兵을 이끌고 후방에서의 지원 역할을 담당하게 하였으며, 岳飛는 襄陽에 주둔하면서 中原으로의 진격을 꾀하게 하였다. 이로써 각군의 전열이 갖춰지고 위세가 크게 고무되었다.

高宗은 裵度傳을 사신으로 보내 장준에게 御書를 내림으로서 자신의 뜻을 알려주었다. 장준은 대사를 도모함에 있어 여러 장군들 가운데 오직 韓世忠과 岳飛만이 의지할 만하다고 上奏하였다.

이때 劉豫가 산동 지역에서 군대를 모집하여 남침을 준비하고 있다는 소식이 전해졌다. 이에 韓世忠이 楚州로부터 군대를 이끌고 淮河를 건너 진격하여, 승전을 거두고 淮陽에까지 이른 다음 돌아왔다. 고종은 장준에게 친서를 보내 말했다.

"한세충이 승전을 거두고 전열을 정비한 후 돌아왔소이다. 진격과 철수가 참으로 적절하였습니다. 이 또한 卿이 내린 지침 때문이었을 것이오. 卿은 앞으로도 저들의 허실을 살펴서 서서히 일을 도모해가기 바라오. 혹은 악비로 하여금 陳州와 蔡州 일대를 공략하게 함으로써 저들에게 미처 전열을 정비할 틈이 없도록 하는 것도 좋지 않을까 생각하오."

張浚은 처음 淮南에 이르렀을 때 淮河를 건너 북으로 진격하고자 하였다. 장준이 이 작전에 韓世忠의 군대를 동원하려 하자 한세충은 병력이 적다는 이유로 사양하며, 張俊의 副將 趙密을 데려와 그 지원을 받게 해 달라고 청하였다. 張浚은 行府[36]의 문서를 통해 張俊에게 趙密의 차출을 명령하였지만 張俊은 거절하면서, '한세충이 자신의 군대를 빼앗아가려 한다'고 말했다. 張浚은 상주하여 이 문제에 대한 고종의 지침을 하달해 달라고 요청하였다. 張俊 또한 조정에 탄원하였다.

이렇게 되자 趙鼎이 고종에게 아뢰었다.

"張浚은 재상으로서 諸軍을 통솔하고 있습니다. 만일 그 號令이 서지 않는다면 어떻게 직무를 수행할 수 있겠습니까? 張俊이 그 명령에 항거해서는 안 됩니다. 張俊을 견책하고 마땅히 張浚의 명령에 따르라 명해야 할 것입니다. 그런데 張俊이 行府의 命에 불응하고 조정에 탄원하고 있으니, 張浚에게 모든 문제를 재량적으로 專決하고 조정에 보고할 필요가 없다는 회답을 주어야 할 것입니다. 그렇지 아니하면 大事를 그르치게 될까 우려되기 때문입니다."

사람들은 이러한 趙鼎의 말을 두고 이치에 맞는 것이라 말했다.

장준이 말했다.

"東南 地方의 형세를 보건대 建康만한 곳이 없다. 建康은 실로 中興의 근본이 될 수 있다. 帝王이 이곳에 있은 즉 북쪽으로 中原을 바라보며 항상 분함과 두려움을 마음속에 지닐 것이다. 그리하여 스스로 감히 여유롭게 안락을 추구하지 못하게 될 것이다. 반면 臨安은 한 귀퉁이에 치우쳐 있어, 안으로는 쉽게 안일에 빠질 우려가 있고 밖으로는 원근 각지를 지휘하여 중원 회복의 마음을 유지하도록 하기에 부족하다."

장준은 이러한 판단에 의거하여 高宗에게 가을이나 겨울을 기해 建

---

36 宰相 겸 知樞密院事인 張浚이 都督諸路軍馬의 권한을 띠고 江上에 부임하여 설치한 官衙.『建炎以來繫年要錄』에서는 張浚의 江上 파견 전후의 事情에 대해 呂中의『大事記』를 인용하여, "鼎又薦浚可當大事 以樞府視師江上. 將士見浚來 勇氣百倍 而軍聲大作矣. 自五年楊么旣平 東南無盜區 於是鼎左浚右 並平章事 兼領樞密 俱帶都督. 浚出視師 以行府爲名"(권106, 高宗 紹興 6년 10월 甲辰)이라 적고 있다.

康으로 옮겨갈 것을 주청하였다. 그리하여 三軍을 선무한 후 中原의 수복을 도모하자고 주장했다. 당시 韓世忠은 淮陽으로 진격했다가 이미 楚州로 귀환한 상태였으며, 張俊은 盱眙에 성채를 건설하고 泗州로 나아가 주둔해 있었다. 岳飛 또한 군대를 파견하여 蔡州에서 적들의 군량 비축분을 불태워 버렸다. 이러한 상황에서 장준은 高宗의 命을 받아 入朝하여, 高宗에게 建康으로 행차하는 것을 늦추어서는 안 된다고 강력히 진언하였다. 하지만 조정에서 이에 동조하는 사람은 거의 없었다. 다만 고종만이 결연하게 그 주장을 심사숙고하였다. 그런데 마침 그때 劉豫가 남침한다는 전갈이 전해져서, 장준은 다시 양자강 연안으로 나아가 군대를 지휘하게 되었다.

劉豫는 高宗이 親征할 것이라는 소식[37]을 듣고 급히 金의 황제에게 알린 다음 지원병을 요청하였다. 하지만 金의 황제는 들어주지 않고 劉豫로 하여금 독자적으로 처리하라고 하였다. 劉豫는 어쩔 수 없이 그 부대를 몇 갈래로 나누어 침략하기 시작했다.

이에 앞서 劉麟[38]은 鄕兵들[39]에게 거짓으로 胡服을 입히고 河南 일대의 각처에 열씩 백씩 무리를 짓게 하였다. 그러자 사람들은 모두 僞齊와 金이 연합하여 공격하는 것이 아닌가 의심하였다. 장준은 이에 대해 상주문을 올려,

---

37 劉豫는 紹興 5년 여름 이래 山東 一帶에서 군사를 징집하고 나서 南宋에 대해 단속적으로 침공을 감행하였다. 이러한 움직임에 대해 高宗은 張浚의 종용에 따라 이듬해인 紹興 6년 8월 親征을 선포하고 나선다.
38 劉豫의 아들로서 紹興 6년(1136) 10월의 남침 당시 壽春府에서 合肥를 향해 진공하는 中路軍을 지휘하고 있었다.
39 이때 劉豫의 남침군 대부분은 紹興 5년의 여름 이래 山東 一帶에서 징집한 60세 이하 20세 이상의 鄕兵으로 구성되어 있었다.

"金軍은 이런저런 일로 지쳐 있습니다.[40] 결코 大軍을 이끌고 다시 침공해 올 상황이 아닙니다. 이는 필시 모두 유예의 군대일 것입니다"라고 말했다.

하지만 金軍도 함께 남침한다는 일선에서의 보고가 하나 둘이 아니었다. 劉光世는 방어의 대책을 상주하며, '廬州를 방어하기 어렵다'고 말했다. 張俊은 泗州에 주둔하고 있었는데 그 또한 상주문을 올려 지원병의 파견을 요청하였다. 張俊은 더욱이 군대 내의 동정이 흉흉하다고 하며 肝眙에서의 주둔을 그만두고 合肥로 물러나 지키려 하고 있었다. 조정의 일부에서는 漢中 地域에 주둔하고 있는 岳飛의 군대를 동쪽으로 불러야 한다고 주장했다.

이러한 상황에서 장준만이 그렇게 해서는 안 된다고 생각했다. 그는 서신을 띄워 張俊 및 劉光世에게 말했다.

"賊黨 유예의 군대는 悖逆으로써 順理를 침범하고 있소이다. 만일 이를 일소하지 않는다면 어떻게 국가를 바로 세울 수 있겠습니까? 또 평일에 養兵에 힘쓰는 것은 오늘과 같은 일에 대비하기 위함이 아니겠소이까? 진격이 있을 뿐 물러나 지켜서는 안 되오."

그런데 趙鼎과 折彦質 등은 모두 서신을 보내 장준의 방침에 반대하며 신속하게 악비의 군대를 불러와야 한다고 주장했다. 그들은 또 이런저런 방침을 정하고, 고종으로 하여금 장준에게 親書를 하달하라고 요청하였다. 그들의 주장은 대략, 長江 이북의 군대를 江南으로 철수시켜

---

40 金側에서는 최초 劉豫의 요청에 따라 대규모의 지원군을 파견한다는 방침을 결정하였다. 이에 따라 대규모로 군대를 징집하는 한편 水戰에 대비해 선박도 건조하기 시작했다. 하지만 이후 金 내부에 농민반란이 繼起하고 또 몽고 초원 유목민들의 동향도 심상치 않은 기색을 보이자 어쩔 수 없이 劉豫의 남침에 대한 지원을 철회하기에 이른다.

양자강을 따라 지키게 한다는 것이었다. 상황이 변화한 만큼 이전에 결정한 것[41]을 따를 필요가 없다고 주장하였다. 이 무렵 韓世忠은 군대를 이끌고 淮水를 건너 진군하다가 訛里也가 이끄는 金의 기병대를 만나 전투를 벌였다. 韓世忠은 얼마 후 퇴각하여 楚州로 돌아왔다. 그때 누군가 고종이 臨安으로 돌아갈 것[42]을 奏請하였다. 이에 장준이 상주문을 올려 말했다.

"만일 諸將들이 長江을 건너 철수하게 되면 淮南을 잃게 되고, 그렇게 되면 長江의 험준함을 賊들과 나누어 갖게 될 것입니다. 우리 군대가 淮南에 주둔하는 것은 바로 장강을 엄호하기 위해서입니다. 만일 적들이 회남 지방을 얻게 된다면 그들은 그곳의 식량을 날라다 쓰게 될 것입니다. 그렇게 되면 어떻게 강남을 지켜낼 수 있겠습니까? 지금 침략해온 淮西의 적들은 마땅히 병력을 집중시켜 격퇴시켜야만 합니다. 하물며 지금 우리 군대의 사기는 매우 진작되어 있습니다. 반드시 승리를 거두고 淮南을 지켜낼 것입니다. 만일 조금이라도 물러날 뜻을 보이게 된다면 일은 그것으로 그르치게 될 것입니다. 또 岳飛가 움직인즉 漢中에 문제가 발생했을 때 또 어떻게 대처하겠습니까? 원컨대 조정은 중앙에서 모든 것을 처리하지 않도록 해 주십시오. 그리하여 諸將으로 하여금 중앙의 조치만을 觀望하지 않게 하십시오."

이에 고종은 장준에게 친서를 주어 말했다.

"향후 邊防과 관련하여 의심나는 일들은 모두 卿에게 諮問하겠소이다. 지금 卿이 올린 상주문을 보니 심히 명확히 깨우치고 있어, 朕으로

---

41 紹興 5년 2월 張浚이 江上에 부임한 이래 韓世忠・劉光世・張俊・岳飛 등과 협의하여 各軍의 배치를 정하고 장차 中原의 수복을 도모하기로 결정했던 것을 일컫는다.
42 高宗은 紹興 6년 9월 親征의 방침에 따라 臨安을 출발하여 平江에 머무르고 있었다.

하여금 모든 일을 이해하고 근심이 없도록 해 주었소이다. 卿의 높은 학식과 심원한 통찰력, 그리고 범인의 의표를 찌르는 판단이 아니라면 어떻게 이러한 의견을 제시할 수 있겠소?"

장준에게 이 手詔가 내려지니 모든 異議가 다 잠잠해졌다. 당시 劉光世는 이미 廬州를 버리고 퇴각하고 있었다. 장준은 즉각 질풍같이 말을 달려 采石에 이르렀다. 여기서 사람을 보내 유광세의 군대에게 포고했다.

"만일 누구라도 강을 건너면 즉시 참수할 것이다."

이어 유광세를 압박하여 廬州로 되돌아가게 했다. 유광세는 어쩔 수 없이 王德을 파견하여 군대를 이끌고 廬州로 향하게 했다. 王德의 군대는 前羊市에 이르러 劉麟의 游兵을 만나 패주시켰다.

얼마 후 적들의 군대 수십만이 濠州와 壽州 사이에 주둔하고 이를 張俊이 대적하게 되었다. 이때 楊沂中이 張俊의 統制官으로 있었다. 張浚은 즉시 楊沂中을 濠州로 파견하여 張俊과 함께 작전을 수행하게 하였다. 張浚은 양기중을 보내며 말했다.

"폐하께서는 楊統制를 몹시 남다르게 대하고 있소이다. 마땅히 이 긴박한 때 큰 공을 세워야 할 것이오. 만일 조금이라도 차질을 빚게 된다면 나로서도 楊統制를 사사로이 용서할 수 없을 것이오."

동시에 張浚은 張宗顔 등을 파견하여 泗州로부터 가서 張俊 군대의 배후를 지원하게 했다. 이윽고 劉猊[43]가 군대 수만을 이끌고 建康을 공격하고자 했다. 이에 楊沂中은 군대를 이끌고 나가 대파하였다. 적군의 시체는 들판에 가득찰 정도였다. 京東 일대로부터 침공하였던 金軍의 기병들도 조금 후 모두 퇴각하였다. 이러한 소식을 듣고 劉豫와 金은 매

---

43 劉豫의 조카로서 당시 劉豫軍의 東路軍을 지휘하고 있었다.

우 두려워했다.

戰勝 이후 고종은 장준에게 親書를 내렸다.

"흉악한 賊黨이 壽州와 濠州를 침범하였을 때, 卿은 군대를 격려하여 이끌고 나가 싸웠도다. 적을 앞에 두고서는 더욱 장한 모습을 보여, 마침내 賊黨의 우두머리는 달아나고 그 군사들은 사그러들게 하였다. 잠잘 때나 깨어 있으나 忠勤스럽기 그지 없으니 어찌 가상하고 경탄스럽지 아니하겠는가?"

아울러 고종은 장준에게 都督府의 隨行 관리 및 병사들의 이름을 上奏하여 포상을 추천하도록 하였다. 이에 장준은, '포상이 남발되면 군대의 마음가짐이 해이해질 수 있다'고 하며 오직 유공자들의 이름만 상주하였다.

道君皇帝[44]가 멀리 沙漠[45]에 가 있는 까닭에 장준은 問安使를 파견하자고 上奏한 바 있다. 이에 따라 何蘇이 金國으로 가서 道君皇帝의 근황을 탐문하고 돌아왔다. 이로써 비로소 道君皇帝 및 寧德皇后[46]가 이미 잇따라 上仙[47]했음을 알게 되었다. 장준은 상주문을 올렸다.

---

[44] 徽宗. 政和 7년(1117) 4월 徽宗은 道觀의 주청에 따라 教主道君皇帝라 자칭하기 시작하였다. 이 전후의 사정에 대해 『宋史紀事本末』에서는, "道籙院上章 冊帝爲教主道君皇帝. 初 帝諷道籙院曰. 朕乃上帝元子 爲神宵帝君 憫中華被金狄之敎 遂懇上帝 願爲人主 令天下歸於正道. 卿等可上表章 冊朕爲教主道君皇帝. 於是道籙院上表冊之 然止於道敎 章疏內用 而不施於政事"(권51, 「道敎之崇」)라 기록하고 있다.

[45] 徽宗과 欽宗은 劉豫의 冊立을 전후하여 韓州(오늘날의 吉林省 四平市)로부터 奧地인 五國城(오늘날의 黑龍江省 依蘭縣 인근)으로 끌려가 있는 상태였다. 兩人은 이곳 五國城에서 自耕生活을 하다 死去하기에 이른다.

[46] 徽宗의 鄭皇后(1082~1133). 靖康의 變으로 금에 끌려가 五國城에서 死去하였다.

[47] 帝王의 사망. 崩御. 南宋에 徽宗의 死去 소식이 전해진 것은 紹興 7년(1137) 正月이었다. 徽宗은 이보다 1년 9개월 전인 紹興 5년(1135) 4월에 54세의 나이로 死去했다(『宋史紀事本末』 권72, 「秦檜主和」 참조). 靖康의 變으로 인해 金으로 끌려가 억류된 지 8년 만의 일이었다.

"臣은 이번에 이 소식을 듣고 원통하고 분함을 이기지 못하겠나이다. 하지만 폐하께서는 원컨대 강건함을 유지하시며 당장의 성과나 成敗, 이로움에 연연하지 않으시기 바랍니다. 더욱이 폐하의 孝悌는 하늘에 이를 정도로 지극하시기 때문에, 이러한 마음가짐으로 매사에 임한다면 福이 있을 뿐 禍가 미치는 것을 臣은 보지 못했습니다."

장준이 국정을 전담하게 되었다.[48] 그는, '무엇보다 일선 지방관들의 爲政 자세가 긴요하다. 그런데 근래 중앙관직만 중시할 뿐 지방관직은 경시되고 있다'고 말하고, 郡守와 監事[49]ㆍ省郎[50]ㆍ館閣[51]의 인물들을 순환제로 보임하는 규정을 만들어 그 시행을 奏請하였다. 郡守와 監司로서 治績이 있는 사람에게는 郎官을 제수하고, 郎曹로서 자질이 좋지 못한 자는 監司와 郡守에 임명하며, 館職 가운데 일선 지방관직을 경험하지 않는 자는 通判에 임명하기로 하였다. 또 太陽의 氛氣가 四合[52]하

---

48 張浚은 紹興 6년(1136) 12월부터 이듬해인 紹興 7년(1137) 9월까지 혼자 재상의 자리에 있었다. 그는 紹興 5년(1135) 2월 재상으로 발탁되었다. 이에 앞서 趙鼎은 紹興 4년(1134) 9월부터 재상의 직위에 있었는데, 紹興 6년 12월 趙鼎이 罷相되어 知紹興府로 나가면서 張浚만 남게 된 것이다. 『宋史』권213, 「宰輔表」 4 참조.

49 郡守란 知府ㆍ知州ㆍ知軍 등의 통칭이며 監司란 路 단위의 지방관들인 轉運使ㆍ安撫使ㆍ提刑使(提點刑獄)ㆍ提擧常平倉 등의 통칭이다. 郡守는 또 太守 혹은 守ㆍ知郡ㆍ守臣ㆍ州牧 등으로 지칭되기도 했으며, 監司는 職司ㆍ臺府ㆍ外臺ㆍ部使者ㆍ部使 등으로 칭해지기도 했다.

50 尙書省 六部의 24司에 배치된 郎中ㆍ員外郎의 통칭. 郎官ㆍ尙書郎ㆍ郎曹ㆍ郎員 등으로 불리기도 했다.

51 宮中의 도서관인 昭文館ㆍ史館ㆍ集賢院ㆍ秘閣의 총칭. 崇文院이라 칭하기도 했다. 宋初에는 昭文館ㆍ史館ㆍ集賢院의 三館만 있었으나 太宗 端拱 元年(988) 秘閣이 증설되었다. 三館秘閣에는 각각 直館ㆍ直院ㆍ修撰ㆍ校勘 등의 관원, 즉 館職이 배치되어 編書 및 校書 등의 업무에 종사하였다. 이들 館閣에서는 名流賢俊들의 著書를 관장하며 황제의 諮詢 및 訪問에 대비하였던 까닭에 館職은 상위 관직으로 진출하는 이른바 '淸貴之選'이라 불렸다.

52 氛氣는 凶邪한 기운, 四合은 주위를 빙 에워싸는 것. 氛氣에 대해 『漢書』의 「董仲舒傳」에서는 "今陰陽錯繆 氛氣充塞"(권56)이라 적고 있는데, 이에 대해 顔師古는 "氛 惡

여 賢良方正科의 부활을 奏請하였다. 이러한 요청은 고종에 의해 모두 받아들여졌다.

그 후 고종은 平江을 출발하여 建康에 이르렀다.[53] 일상 정무는 모두 장준에게 위임한 상태였다. 장준은 홀로 국정을 담당하였으며, 사람들은 이렇게 장준이 정무를 처리하는 것을 편안히 여겼다. 장준은 고종을 알현할 때마다 金에 대한 讐怨와 치욕을 수없이 되풀이하여 심각하게 상기시켰다. 고종은 이러한 얘기를 들을 때마다 안색을 고치며 눈물을 흘렸다.

당시 고종은 온 정성을 기울여 治世를 구현하려 노력하고 있었다. 모든 일을 언제나 장준에게 諮問하였으며, 심지어 諸將에 대해 詔勅을 내릴 때에는 왕왕 장준에게 명하여 그 초안을 만들게 할 정도였다. 또 고종은 사방에 명하여 災異는 반드시 上聞하게 하였고 祥瑞는 일체 上奏하지 못하게 했다.

장준은 淮西에서 돌아와[54] 趙鼎과 더불어 함께 재상의 지위에 있으면서 좋은 인재를 발탁하는 일을 급선무로 여겼다. 이로 인해 황제의 近臣이나 要職에는 當代의 인망을 모으는 인물들이 많았다. 사람들은 이 시기를 '小元祐의 시대'[55]라고 불렀다. 또 황제는 마땅히 학문에 힘써서 修

氣也"라 주를 달고 있다.

53 紹興 7년(1137) 正月 平江에 머물던 高宗은 建康으로의 移蹕을 下詔한 후 2월에 平江을 떠나, 3월에 建康에 도착했다. 고종은 이곳 建康에 이듬해인 紹興 8년 2월까지 머물다 재차 臨安으로 돌아가, 정식으로 臨安을 行在所로 선포하기에 이른다.

54 紹興 5년(1135) 2월 尙書右僕射 겸 知樞密院事의 직위에 올라 都督諸路軍馬로서 江上에 부임하여 劉豫의 남침을 저지하고 宰相으로 복귀한 것을 말한다.

55 여기서 元祐란 哲宗 즉위 후 太皇太后 高氏, 즉 宣仁太后(1028~1089)가 섭정하던 시대를 가리킨다. 宣仁太后는 섭정을 맡으며 사마광을 발탁하여 親子인 神宗의 정사를 모두 파기하고 일체를 舊法으로 복귀시켰다. 이러한 舊法으로의 회귀를 전통

身과 治人의 모범이 되어야 한다고 생각했다. 그래서 조정은 尹焞을 經筵의 侍讀官으로 추천하였다. 고종은 勅旨를 내려 尹焞을 급히 궁중으로 불러들였다.

그런데 그 후 旱災가 발생하고 酈瓊의 變[56]이 일어나자 장준은 강력히 사직을 청했다. 또 周祉 등도 많은 상주문을 올려 장준을 탄핵하고 나섰다. 마침내 장준은 파직되고 祠祿職[57]이 부여되었다. 하지만 周祉 등은, '장준은 황제를 무시하고 멋대로 하며 신하된 도리를 지키지 않은 죄가 크다'라고 탄핵을 계속하며 멀리 유배시킬 것을 청하였다. 이에 고종은 장준에게 散官[58]을 주고 嶺南으로 내보냈다. 이때 趙鼎 등이 매우 강하게 장준을 변호하였다. 趙鼎은 또 장준의 노모가 살아있음을 들며 고종에게 처벌의 완화를 요청했다. 고종 또한 마음이 조금 풀려서 마침내 分司의 職[59]을 주어 永州에 거주하게 했다.

사가들이 상찬하여 그녀를 '女中堯舜'이라 칭하기도 한다.

56 紹興 7년(1137) 8월 行營左護軍副都統制 酈瓊이 반란을 일으켜서 兵部尙書 呂祉 및 中軍統制 張景 등을 살해한 후 군사 4만을 이끌고 劉豫의 僞齊에게 투항한 사건. 이에 앞서 紹興 7년 5월 酈瓊은 副都統制에 임명되었던바 당시 都統制의 직위에는 그와 宿怨 관계에 있었던 王德이 재임하고 있었다. 그리하여 酈瓊과 王德 사이에는 많은 알력이 생겼고, 酈瓊은 이를 兵部尙書 呂祉에게 탄원하였다가 받아들여지지 않자 반란을 일으킨 것이다. 병부상서 呂祉는 張浚의 심복이었고 酈瓊 및 王德을 통솔하는 직위에 있었기 때문에 이 반란의 여파가 張浚에게까지 미친 것이다.

57 이때 張浚에게는 觀文殿大學士提擧興國宮의 직위가 내려졌다.

58 貶降되어 安置된 관원에게 부여되는 명예함. 徽宗 政和 3년(1113) 도입되어 남송 시대까지 사용되었다. 散官은 納粟人에 대한 관직 부여, 恩例 내지 恩澤에 의한 授官, 特奏名 授官 등의 용도로 사용되기도 했다.

59 그리하여 재차 부여된 직위가 朝奉大夫秘書少監分司西京이었다. 宋代에는 京師(東京)를 제외한 나머지 三京(西京·南京·北京)에 御史臺·國子監·秘書監 등의 官衙를 分設시키고 이곳에 관원을 배속시켰다. 分司란 바로 이들 기관에 보임된 관원을 지칭하는 것이었다. 分司에는 宰執이나 侍從 등의 직위에서 물러난 官員이 임명되었으며, 이들 직위의 업무는 매우 간단하였기 때문에 사실상 관원들에게 일시 휴식을 부여하는 용도로 이용되었다.

和議가 결정되었다.[60] 당시 金側에 보내는 國書 가운데, '함부로 大臣을 경질하지 않는다'는 구절[61]이 있었다. 秦檜가 張浚의 재상 복귀를 두려워했기 때문이다. 이후 秦檜는 더욱 장준을 견제하여, 臺臣[62]인 王珉과 徐嘉에게 命해서 어떠한 일이든 비판하게 되면 그 비판이 반드시 장준에게까지 미치게 하였다. 심지어 진회는 장준을 '國賊'이라고 지목하고 기어이 죽이려 했다. 그러는 한편 張柄을 知譚州로, 汪召錫을 湖南提擧로 임명한 다음 장준에 대한 공격을 기획하게 하였다.[63] 또 張常先을 江西運判으로 삼아서, 그로 하여금 張宗文이 장준에게 바쳤던 獻壽의 詩를 트집하여 文字獄을 일으킨 다음 여기에 장준을 연좌시키라 명했다. 또 趙鼎의 아들 趙汾을 체포하여 大理寺에서 鞫問하며, 그에게 장준 등과 더불어 역모를 꾸몄다고 거짓 자백하게 했다. 이 사건의 조작이 거의 완료되어 갈 즈음 秦檜는 臥病하였고 이로 인해 중단되었다.

秦檜가 죽자 高宗은 비로소 庶政을 親覽하게 되었다.[64] 장준도 관직

---

60 金과 南宋 사이에 최종적으로 和議가 타결된 것은 紹興 12년(1142) 9월의 일이다. 이를 史書에서는 '紹興의 和議'라 부른다.

61 紹興和議의 부대조건으로 이처럼, '不許以無罪去首相'이란 구절이 있었다. 이에 대해서는,『四朝聞見錄』권2,「吳雲壑」및『鶴林玉露』甲編 卷5 참조.

62 御史臺 관료에 대한 汎稱. 臺史 · 臺官 · 憲官 · 臺憲 · 爭臣 등이라 불리기도 했다.

63 提擧는 提擧常平倉事의 略稱. 提擧官이라고도 불렀다. 汪召錫은 秦檜의 조카 사위였다(『中興小紀』권36, 高宗 紹興 25년 10월 참조). 張浚은 紹興 20년 9월 이래 湖南의 永州에 寄居하고 있었다. 그런 까닭에 秦檜는 湖南의 지방관들에게 張浚에 대한 가해를 命했던 것이다.

64 秦檜는 紹興 8년(1138) 3월 尙書右僕射兼樞密使로 宰相의 직위에 오른 이래 紹興 25년(1155) 10월에 病死할 때까지 무려 17년 반 동안이나 宰相의 자리에 있었다. 더욱이 紹興 8년 10월 趙鼎이 宰相職에서 해직된 이후에는 獨相으로서 정무의 전반을 專決하며 전권을 휘두르게 된다. 이러한 秦檜의 권력은 심지어, "高宗所惡之人 檜引而用之 高宗亦無如之何. 高宗所欲用之人 檜皆擯去之. 擧朝無非檜之人 高宗更動不得"(『朱子語類』권131)이라 할 정도였다. 그렇기에 고종은 秦檜의 사후, "懲大臣之盜權 收還威福之柄"의 조치를 취해 '更化'를 천명하기에 이른다(『宋宰輔編年錄校補』권16).

에 복직되어 判洪州⁶⁵가 되었다. 그런데 그 직후 모친상을 당하여 장사를 치르기 위해 돌아가다 江陵에 이르렀다. 이때 별자리가 이상한 모양을 보였고, 이에 고종은 直言을 구하는 詔令을 내렸다. 장준은 다시 상주문을 올렸다. 그 대강의 내용은 다음과 같다.

"지난날의 講和는 폐하께서 무엇보다 太母⁶⁶의 송환을 중하게 여겼기 때문입니다. 다행히 梓宮도 신속하게 돌아왔습니다.⁶⁷ 이는 講和로 말미암은 소득이라 하겠습니다. 하지만 이후 불행히도 國政을 장악한 신하가 오랑캐의 명령에 따르며 몰래 그 사악한 마음을 펼쳐 갔습니다. 그러기에 그가 죽던 날 천하가 모두 기뻐했습니다. 무릇 악함의 말로는 이렇습니다. 그는 富貴를 독차지하고 보배와 재물을 긁어 모았는데,⁶⁸ 이는 모두 자기 일신만을 위한 것이었지 결코 폐하를 위한 것이 아니었습니다. 이렇게 가만히 앉아서 大事를 失機한 지 20여 년이나 됩니다. 뜻있는 선비들은 모두 마음속으로 원통해 마지않았습니다. 또한 그 기간 동안 어진 인재는 등용되지 않았고 정치는 어지러워졌으며 군사적인 방비도 허술해졌습니다. 그리고 오로지 오랑캐의 말대로 따를 뿐이었습니다. 그 결과 저들로부터 輕侮를 받기에 딱 적당한 상태가 되어, 마침내 그들의 계략에 맞아 떨어진 것입니다."

---

65 洪州의 判州. 宋代 宰相 등이 州, 府의 지방장관으로 임명되는 것을 判州, 判府라 칭했다.

66 高宗의 生母인 韋太后. 韋太后는 靖康의 變 당시 포로로 끌려가 金의 宗室 將軍인 完顔宗賢의 妾이 되어 두 아들을 출산한 상태였다. 韋太后가 송환되는 것은 紹興 12년(1142) 8월의 일이었다.

67 梓宮은 帝王의 棺柩. 여기서 말하는 梓宮이란 徽宗 및 鄭后의 靈柩를 말한다. 두 梓宮이 南宋側에 송환된 것도 韋太后의 귀환과 마찬가지로 紹興 12년(1142) 8월의 일이었다.

68 이러한 秦檜의 貪慾 및 蓄財에 대해, 『宋史』에서는 "開門收略 富敵於國 外國珍寶 死猶及門"(권473, 「秦檜傳」)이라 적고 있으며, 심지어 『建炎以來繫年要錄』에서는 "其家富於左藏庫數倍"(권169, 高宗 紹興 25년 10월 丙申條)라고 말하고 있을 정도이다.

万俟卨과 湯思退 등[69]은 이를 보고 大怒하였다. 그들은 金側에 아무런 잘못도 없는데 장준은 마치 불원간 그들이 침공해 올 것이라 상주했다고 주장했다. 혹자는 장준이 미쳤다고 비웃기도 했다. 湯鵬擧 등은 수없이 상주문을 올려 장준을 공박하며 죄를 씌우려 하였다. 異議를 일으켜 國是인 講和를 뒤흔들려 하였으니 멀리 유배시켜야 한다고 주장했다. 이에 장준은 永州에 謫居하게 되었다.

金의 海陵王은 죽었지만 그 餘黨들이 여전히 鷄籠山에 雄據하고 있었으며 李顯忠의 군대는 沙上에 있었다. 장준은 沙上에 가서 군대를 위로하고 建康으로부터 많은 물자를 내어 군사들을 犒饋하였다.[70] 그때 어느 부대인가 장준을 보고, '마치 하늘에서 내려온 듯하다'고 말했다. 장준은 李顯忠에게 말했다.

"폐하의 御駕가 장차 이곳으로 巡幸을 하실 터인데,[71] 적들을 아직 물리치지 못했으니 큰 걱정이 아닌가?"[72]

高宗이 建康에 이르자 張浚은 길의 왼쪽으로 비켜서 맞았다. 황제를 호위하고 온 衛士들은 장준이 다시 기용된 것을 보고 손을 이마에 갖다

---

[69] 이들은 공히 秦檜에 의해 발탁된 인물들로서, 秦檜의 사망 당시 万俟卨은 落職한 상태였으며(『宋史』권474,「万俟卨傳」), 湯思退는 參知政事의 직위에 있었다. 이후 万俟卨은 紹興 26년(1153) 3월 參知政事가 되었다가 그 바로 뒤인 5월에 재상이 되며, 湯思退는 紹興 27년(1157) 6월에 재상이 된다(『宋史』권213,「宰輔表」4 참조).

[70] 紹興 31년(1161) 9월 海陵王 完顔亮이 남송에 대한 공격을 개시한 직후 張浚은 觀文殿大學士判潭州로 복직되었다가(10월), 11월에는 判建康府兼行營留守가 되어 있었다.

[71] 高宗은 金 海陵王의 남침 직후인 紹興 31년(1161) 10월 親征計劃을 下詔하고 12월 臨安을 출발하여, 平江과 鎭江을 거쳐 이듬해 正月 建康에 이르렀다. 建康에서는 불과 한 달 남짓 머무르고 2월에 臨安으로 귀환한다.

[72] 高宗 紹興 31년(1161) 12월에 있었던 일이다(『建炎以來繫年要錄』권195, 紹興 31년 12월 乙巳 참조).

대며 경의를 표했다. 장준은 황제를 뵙고 말했다.

"나라는 신체와 같습니다. 元氣가 충만한즉 바깥의 나쁜 기운이 저절로 멀어집니다. 나라에 있어 元氣는 朝廷입니다. 人材를 가려 쓰고 政事에 힘쓰며, 군대를 양성하고 재정을 節儉하는 것이야말로 모두 元氣를 키우는 길입니다."

고종이 기뻐하며 받아들였다.[73]

高宗이 張浚에게 江淮의 군사를 총괄하는 업무를 맡기려다 이윽고 중지하였다. 대신 楊存中을 江淮等路宣撫使로, 虞允文을 宣撫副使로 임명하려 하였다. 그런데 中書舍人 劉珙이 錄黃[74]을 하지 않은 채 '不可하다'고 주장하였다. 劉珙은 劉子羽의 아들이었다. 이에 高宗이 재상에게 말했다.

"劉珙의 부친은 張浚에게 知遇를 입었다. 이 上奏는 오로지 장준을 위한 것이다."

그리고 楊存中을 宣撫使로 임명하는 것을 그만두고 다만 措置兩淮使로 임명하였다가 얼마 후에는 그를 소환하고 張浚으로 대신하게 하였다.[75] 高宗이 臨安으로 돌아가자, 누군가 장준에게 사직할 것을 권하였다. 하지만 장준이 판단하기에, 舊臣들 가운데 자신을 제외하고는 아무도 남아 있지 않으며 더욱이 사람들이 자신의 去就를 安危의 기준으로 삼고 있어, 감히 사직을 말하지 못했다.

그는 매일 관아에 나가 업무를 처리하며 큰 일이든 작은 일이든 모두 친히 검토하였다. 그는 將帥와 宰相으로 활동하기를 30년, 평소 士卒로

---

73 高宗 紹興 32년(1162) 正月에 있었던 일이다(『朱熹集』 권95下, 「少師保信軍節度使魏國公致仕贈太保張公行狀 下」 참조).
74 黃紙에 勅令을 기록하여 문서화하는 것.
75 紹興 32년(1162) 4월의 일이다. 熊克, 『中興小紀』 권40 참조.

부터 두려움과 애정을 함께 받고 있었다. 그러한 그가 이때 다시 軍政을 총괄하자 모두 즐거이 그의 지휘에 따랐다.

장준은, '오랑캐들의 강점은 騎兵에 있고 우리의 강점은 步兵에 있다. 騎兵을 제압하는 데는 弩만한 것이 없으며 弩兵을 호위하는 데는 車만한 것이 없다'고 말하고 弩와 車를 만드는 데 전력을 기울였다.

장준은 또 다음과 같이 말했다.

"三國時代 이후로 북으로부터 남을 엿볼 때 淸河와 渦口 두 길[76]을 따라 배로써 군량을 조달하지 아니한 적이 없다. 淮北 지역은 광활하기 이를 데 없어서 군량을 실은 배를 兩淮 地域에 대지 않으면, 이 지역에서 淸野策을 쓸 경우 아무 것도 입수하지 못하여 곤경에 빠져버리기 때문이다. 그러므로 동쪽으로 盱眙와 楚州·泗州에 군대를 주둔시켜 淸河를 확보하고 서쪽으로 濠州와 壽州에 군대를 주둔시켜 渦潁을 확보한다면, 人心이 모두 돌아오고 精兵 또한 모집될 것이다."

장준은 이러한 주장을 상주하고, 아울러 '福建으로부터 많은 海船을 모아 東海를 통해 登州와 萊州 지역을 공략하고, 또 淸河를 거쳐 淮陽 일대를 공략하자'고 上奏하였다.

孝宗이 즉위하였다. 孝宗은 다음과 같은 내용의 親札을 내려서 張浚을 行在로 불렀다.

"朕은 이제 막 帝位에 올라 작은 一身으로 萬機의 번요한 업무를 담당해야 한다. 밤낮으로 두렵기만 할 뿐 어찌해야 할지 모르겠도다. 公은

---

[76] 淸河는 대운하와 淮水가 교차하는 곳으로 오늘날의 江蘇省 淮陰市이며, 渦口는 渦水가 淮水로 들어가는 입구로서 오늘날의 安徽省 懷遠縣 인근이다.

元老이니 마땅히 朕의 初政을 보필해야 할 것이다. 속히 당도하여 朕의 뜻을 돕도록 하라.”

장준은 길에 올라 行在에 도착하자마자 즉시 효종의 부름을 받게 되었다. 효종은 자세를 바로잡고 말했다.

“오래 전부터 公의 이름을 들어왔소. 지금 조정에서 믿는 바는 오직 公 뿐이오.”

효종은 장준의 자리를 마련하게 하고 몇 가지를 질문하였다. 장준이 대답했다.

“人主는 학문에 힘쓰는 것을 급선무로 여겨야 합니다. 또 그 人主의 학문은 一心에 근본을 두어야 합니다. 一心이 하늘과 합치된다면 무슨 일이 처리되지 않겠습니까? 이른바 하늘이라는 것은 天下의 公理일 따름입니다. 반드시 萬事에 조심하며 스스로를 지킴으로써 淸明함을 얻는다면 모든 조치와 賞罰에 부당함이 사라져, 人心이 저절로 돌아오고 가증스러운 오랑캐들 또한 저절로 信服하게 될 것입니다.”

효종은 조심스럽게 말했다.

“公의 말을 절대 잊지 않도록 하겠소이다.”

장준은 또 上言하였다.

“현재는 마치 創業의 초기와 다를 바가 없습니다. 매사를 처리할 때 太祖를 본받도록 하십시오. 一身과 一家에 대한 다스림으로부터 시작하여 天下를 통치하도록 하십시오.”

장준은 효종의 天品이 英武하다는 사실을 알고, 和議의 잘못됨을 강력히 陳言하는 한편 효종으로 하여금 굳센 의지로써 功業을 도모할 것을 권하였다. 또 新政은 人才를 얻는 것이 급선무이며 훌륭한 人才란 剛正함이 제일이라고 말하였다. 그리고 상주문을 올려, 당시의 大小 臣僚

들 가운데 역경을 거치면서도 좌절하지 않았으며 평소 그 所論이 올바른 자 십여 명을 효종에게 추천하였다. 이 직후 효종은 장준을 江淮宣撫使로 임명하여 그는 다시 변경 지방으로 가게 되었다.[77]

장준은 高宗에게 建康으로 행차함으로써 中原 사람들의 마음을 움직일 것을 청하였다. 그리고 군대를 내어 淮堧을 공략하고 水軍으로 하여금 山東을 공격하여 멀리 吳璘을 원조해야 한다고 주장하였다.[78] 이 즈음 효종은 陳俊卿 등을 불러, 장준의 動靜과 식사 상태, 그리고 顏色 등을 물으며 말했다.

"朕은 魏公(張浚)을 마치 長城처럼 믿고 있소이다. 누구든 뜬 소문으로 그를 흔드는 것을 결코 용납하지 않겠소."

효종은 장준을 樞密使에 除授하고 都督府를 開設하게 하였다.[79]

당시 金의 장수 蒲察徒穆 및 金의 知泗州 大周仁이 虹縣에 주둔해 있었고 또 都統인 蕭琦가 靈壁縣에 주둔해 있었다. 장준은, '가을이 되면 반드시 오랑캐들의 침입으로 말미암아 변경에 환란이 생길 것이다. 그전에 소탕해야만 한다'고 말했다.

77　紹興 32년(1162) 7월의 일이다(『宋史』권33, 「孝宗紀一」).
78　張浚이 이러한 上奏文을 올린 것은 紹興 32년(1162) 9월의 일이다. 당시 吳璘이 지휘하는 宋軍은 金軍의 반격에 맞서 힘겨운 전투를 벌이고 있었다. 이에 앞서 金軍은 紹興 31년 6월 海陵王의 남침 당시 사천 일대로 西路軍을 파견하였으나 吳璘 주도의 宋軍에게 패배하여 오히려 17개 州軍을 상실하였다. 하지만 이듬해인 紹興 32년 4월 이래 반격을 개시해 宋軍을 대패시키고 잃었던 州軍을 모두 수복하였던 것이다. 紹興 32년 당시의 전황에 대해 『宋史』에서는, "先是 適帥合喜寇鳳州之黃牛堡 吳璘擊走之 遂取秦州 連復商 陝 原 環等十七郡. 敵以璘精兵皆在德順 力功之. 時陳康伯秉政 方議罷德順戍 虞允文爲宣諭使 力爭不從 上以手札命璘退師. 之望旣代允文宣諭使 贊璘命諸將棄德順 倉卒引退. 敵乘其後 正兵三萬 還者僅七千人 將校所存無幾 陣營慟哭 聲震原野"라 전하고 있다(권372, 「王之望傳」).
79　孝宗 隆興 元年(1163) 正月의 일이다. 『宋史』권33, 「孝宗紀一」 참조.

당시 李顯忠에게 명하여 濠州로부터 靈壁縣을 공략해 가라고 하고 邵宏淵에게 명하여 泗州로부터 虹縣을 공략해 가도록 하였다. 張浚 자신도 그 뒤를 따라갔다. 하지만 전쟁의 승패는 장담할 수 없는 것인지라 혹시라도 일이 그르쳐질 것을 대비하여, 효종에게 상주하여 諸葛亮이 建興 6년(228)에 올린 문장[80]을 左右에 두고 늘 읽을 것을 권하였다. 李顯忠은 靈壁을 포위하여 蕭琦를 패퇴시켰으며 邵宏淵은 虹縣을 포위하였고, 이어 蒲察徒穆과 大周仁을 항복시켰다. 宋軍은 승세를 타고 전진하여 宿州를 함락시켰다. 그러나 장준은 한여름에 병사들이 피로해질 것을 우려하여 李顯忠 등으로 하여금 급히 회군할 것을 지시하였다. 孝宗 또한 諸將들에게 신중할 것을 깨우쳤으나, 이러한 지침이 모두 채 도달되기 전에 金의 副元帥 紇石烈志寧이 군대를 이끌고 宿州에 당도하였다. 이현충은 이에 맞서 며칠간이나 전투를 벌였으나 승부가 결정되지 않았다. 그럴 때 오랑캐들이 장차 河南 일대로부터 大軍을 이끌고 도래할 것이라는 정보가 전해졌다. 더욱이 당시 李顯忠과 邵宏淵 사이의 협조도 극히 원만하지 못하여 마침내 군대를 이끌고 귀환하였다. 오랑캐들 또한 군대를 풀고 물러갔다. 장준은 당시 盱眙에 머물고 있었는데 宿州로부터 400리도 채 떨어지지 않은 곳이었다. 이곳에 장차 오랑캐들이 쇄도할 것이란 소문이 들려왔다. 장준은 서둘러 北으로 향하여 淮河를 건너 泗州로 들어가 군대를 宣撫한 다음 揚州로 돌아와 待罪하였다.[81]

80　諸葛亮이 北征에 앞서 後主 劉禪에게 올린 「出師表」를 가리킨다.
81　이것이 바로 孝宗 隆興 元年(1163) 5월 張浚의 주도하에 단행되었던 北伐의 始末이다. 이 전투는 宋代의 史書에서 '符離之師' 혹은 '符離之役'이라 불리는 바, 宿州로부터 퇴각하던 宋軍이 符離에 이르러 결정적인 패배를 당했기 때문이다. 이때 전투의 과정은, 周密, 『齊東夜語』권2, 「符離之師」 및 李心傳, 『建炎以來朝野雜記』, 甲集 권20, 「癸未甲申和戰本末」에 상세하다.

누군가 朱熹에게 趙鼎과 張浚 두 사람 사이의 우열을 물으니 이렇게 대답하였다.[82]

"만일 朝廷의 정치를 이해하여 人材를 가려 쓰는 것을 두고 따진다면 趙鼎이 훨씬 나아서 思慮가 깊고 또 실수하는 것도 적을 것이다. 하지만 만일 大事를 담당하여 온 힘을 다해 앞으로 나아가는 것을 두고 따진다면 趙鼎이 張浚만 못하다. 비록 힘을 다해 앞으로 나아갔지만 張浚은 능력이 부족했던 까닭에 大事를 처리하는 데 소홀하고 잘못된 점이 많았다. 그는 비록 온 힘을 다 기울였지만 능력 부족으로 인해 제대로 大事를 처리할 수 없었다. 趙鼎 또한 軍事를 알지 못하였으므로 大事를 담당할 수는 없었다. 만일 오랑캐들이 들이닥친다면 어떻게 해야 할지 몰라 心弱한 말만 했을 것이다."

---

82 『朱子語類』 권131, 「本朝 五」 「中興至今日人物 上」에 실려 있다.

권4

趙鼎

趙鼎이 말했다.

"吳越은 한 귀퉁이에 끼어 있어 나가서 中原을 수복할 만한 입지를 지니고 있지 못하다. 荊襄은 왼쪽으로 四川과 陝西를 굽어보고 오른쪽으로 京師와 洛水를 바라보아, 일찍이 三國時代에 이를 획득하기 위해 치열하게 다투던 곳이다. 참으로 帝王이 머물 만한 땅이다. 마땅히 公安[1]을 行闕[2]로 삼고, 襄陽에 大軍을 주둔시켜 그 앞의 울타리 역할을 하게 해야 한다. 그렇게 하면 江浙地方의 식량을 날라오고 川陝地方의 병사를 징발하여 中原收復의 大業을 준비해 갈 수 있다. 이보다 나은 방략

---

1 荊湖北路 江陵府의 중앙 부근에 위치. 오늘날의 湖北省 公安縣. 洞庭湖 북방 약 100km의 漢水 연변에 위치해 있다.
2 帝王의 임시 궁궐 내지 거처. 行宮 혹은 行在라고도 한다.

은 없다."

金軍이 揚州와 楚州를 공략하는데 그 형세가 위급하였다.[3] 鎭撫使 趙立이 사람을 보내 위급함을 알려 왔다. 簽書樞密院使인 趙鼎은 그 구원을 위해 張俊을 보내려 했다. 이에 張俊이 말했다.

"金의 오랑캐들이 軍備를 확충하여 공격에 나선 데다가 그 장수인 韃辣은 군대를 잘 지휘하는 인물입니다. 저들의 예봉을 당해낼 수 없습니다. 揚州와 楚州는 고립된 성채와 같아 언제 함락될지 모를 만큼 위태롭습니다. 만일 군대를 내어 지원한다면 부질없이 모두 망하고 말 것입니다."

조정이 대답했다.

"楚州는 金의 공격을 막아내는 요충지로서 兩淮 地域을 엄호하고 있소이다. 만일 저렇게 위기에 처했는데 내버려두고 구원하지 않는다면, 이를 보고 다른 군대들 또한 동요할 것이오."

張俊이 말했다.

"구원해야 되는 것은 참으로 옳습니다. 하지만 南渡 이래로 국가의 기틀이 굳건하지 못하고 군대의 수효는 적어 민심이 쉽게 흔들리고 있습니다. 이번에 구원에 나서서 잘못된다면 그 다음에 어떠한 문제가 생길지 모르는데 그것을 어떻게 하시겠습니까?"

이 말을 듣고 조정은 高宗에게 말했다.

"지금 江東에 국가를 새로이 재건하여 오로지 兩浙에 의존하고 있습니다. 만일 楚州를 잃는다면 만사를 그르치게 될 것입니다. 이번 일은 다만 위기에 처한 일개 성을 구원하는 것일 뿐만 아니라, 여러 장수들로

---

3   建炎 4년(1130) 9월의 일로서 이때 공격을 지휘하던 金側의 장군은 韃辣(撻懶)이었다.

하여금 힘을 다하게 하여 金軍의 기세를 억누르고 또 장수들이 자신의 병력만을 지키려 하는 폐단을 막는 일이기도 합니다. 만일 張俊이 출정을 꺼린다면, 臣이 그와 함께 가도록 해주십시오."

고종은 岳飛로 하여금 가서 엄호 공격하게 했다.[4]

李橫 等으로 하여금 東京 開封을 직접 공격하거나 혹은 長安을 경유하면서 宣撫使와 더불어 동경을 挾攻하는 전략을 취하라고 下詔하였다. 그때 江西安撫使인 趙鼎이 上奏하였다.

"襄陽은 江淮 地方의 上部에 위치하여 川陝 地方으로 통하는 要害地입니다. 이곳을 李橫으로 하여금 鎭撫하게 하는 것이 최선의 방책입니다. 그런데 들으니 근래에 李橫과 牛皋에게 함께 군대를 일으켜 東京을 공략하게 했다고 합니다. 또 僞齊가 金과 연합하여 李成을 서쪽으로 보내 군대를 이끌고 남침하게 할 것이라는 얘기도 들었습니다. 이러한 일들로 말미암아 어지러이 소란이 계속될 경우, 烏合之卒인 李橫의 군대는 통제가 안 되어 무너져 버릴 수도 있습니다. 그렇게 되면 襄陽은 失陷되고 川陝으로 가는 길은 끊어져 江湖 一帶가 震動할 것입니다. 그 害가 얼마나 클지 어찌 이루 다 말로 할 수 있겠습니까?"

金과 僞齊의 군대가 襄陽을 공격해 왔다.[5] 이곳을 지키고 있던 京西招

---

4 당시 張俊과 劉光世 등은 출정 명령을 거부하였고 결국 揚州와 楚州는 金側에 失陷되고 만다. 이 전후의 경과에 대해 『宋史紀事本末』에서는, "九月 金人攻楚州 趙立遣人告急. 朝廷欲遣張俊救之 俊辭不行 乃命劉光世督進南諸鎭救楚. 海州 李彦先 首以兵至淮河 扼不得進 光世諸將王德酈瓊多不用命 惟岳飛僅能爲援 以衆寡不敵. 帝覽立奏以書趣光世會者五 光世迄不行. 金人知外援絶 進攻東城 立登礮道以觀 飛礮中其首 左右馳救之 立曰. 我終不能爲國殄賊矣 言訖而絶. 金人疑立詐死 不敢動 越旬餘城始陷"(권64, 「金人渡江南侵」)이라 전하고 있다.

撫使 李橫은 식량이 떨어져서 襄陽城을 버리고 도망하였다. 그 후 그는 荊南으로 가서 조정의 명령을 기다리려 했다. 이때 그의 副將인 趙棄疾과 閻大鈞 등은 그에게 사람을 보내, 조정으로 돌아가 그 처분을 기다리는 것이 좋겠다고 말했다. 이에 李橫이 말했다.

"우리의 군대는 오합지졸이오. 지나치는 곳마다 우리 스스로 의식을 확보하여야 하니 사람들은 모두 우리를 도적과 진배없이 생각하오. 만일 각 지방마다 우리가 지나가는 것을 허용하지 않겠다고 하면 어찌하겠소?"

두 副將이 말했다.

"그래도 우리 또한 官軍입니다. 어찌 그렇게까지야 하겠습니까?"

조금 후 湖南의 安撫使인 劉洪道가 과연 이횡의 군대를 거절하였다. 이횡은 大怒하여 劉洪道를 죽이려 했는데 두 부장이 그를 말리며 말했다.

"江西의 安撫使인 趙樞密[6]이라면 우리를 받아줄 것입니다."

이횡은 이 말을 듣고도 한동안 머뭇거렸다. 그런데 趙鼎이 먼저 쌀을 실은 배를 보내주었고 이에 이횡의 군대는 안정을 되찾았다. 조정은 이후에도 다시 銀을 보내 이횡의 군대를 犒饋하였으며, 또 黃州의 知州인 鮑貽遜에게 공문을 띄워 이횡의 군대를 그 경내로 받아들이게 하였다. 이횡은 크게 기뻐했다.

趙鼎에게 知樞密院事川陝宣撫制置使의 직위가 除授되었다.[7] 조정은 '非才'를 이유로 固辭하였다. 이에 고종이 말했다.

---

5 이때가 高宗 紹興 3년(1133) 10월의 일이다.
6 江南西路安撫使兼知洪州인 趙鼎.
7 高宗 紹興 4년(1134) 8월의 일이다. 『中興小紀』 권16 참조.

"四川의 땅은 천하의 절반이오. 이를 모두 卿에게 맡기는 것이오. 卿에게 임시 전권을 부여하니 모든 것을 재량대로 처리하여도 좋소."

당시 吳玠가 이미 宣撫副使로 除授되어 있었다. 조정이 상주하여 말했다.

"臣이 이번에 맡은 직무는 吳玠와 함께 업무를 처리하는 것입니다. 마땅히 그를 통솔할 수 있어야만 할 것입니다."[8]

고종이 뒤늦게 깨닫고 조정의 직위을 都督川陝諸軍事로 한 단계 격상시켰다. 조정은 또 상주하였다.

"荊襄은 四川의 後門과 같습니다. 마땅히 이곳도 함께 관할해야만 합니다.

고종은 이를 옳다고 여기고, 조정을 다시 都督川陝荊襄諸軍事로 임명하였다. 고종의 勅命이 내려지던 날 識者들은 서로 말하기를,

"이러한 조치 하나만 보더라도 조정의 그릇은 보통 사람을 훨씬 넘는도다"라고 했다.

高宗이 輔臣들에게 말했다.

"朕은 두 皇帝들께서 멀리 계시고 또 백성들의 생활이 오랫동안 도탄에 빠져 있던 것 때문에 몸을 굽혀 저들에게 講和를 청하였소. 그럼에도 오랑캐들이 다시 침공[9]해 왔으니, 朕은 친히 六軍을 거느리고 長江에 나

---

8 당시 吳玠는 四川 일대의 軍民들로부터 전폭적인 신뢰를 받고 있었다. 이러한 정황에 대해 『宋史』에서는, "御下嚴而有恩. 雖身爲大將 卒伍最下者得以情達 故士樂爲之死. 選用將佐 視勢能爲高下先後 不以親故權貴搖之. 自富平之敗 金人專意圖蜀 微玠身當其衝 無蜀久矣 故西人思之 立祠以祀"(권366, 「吳玠傳」)라 전하고 있다.
9 紹興 4년(1134) 6월 金·僞齊 연합군의 남송 공략을 일컫는다. 이때 金側에서는 僞齊의 요청을 받아 訛里也와 撻懶를 左右副元帥로 하는 5만 명의 군대를 파견하였으며, 僞齊는 劉麟을 諸路大總管兼尙書左丞相으로 삼아 남침군을 총지휘케 하고 있었다.

아가 저들과 一戰을 겨루어야만 할 것이오."

조정이 말했다.

"우리가 계속하여 물러나 피하기만 했기 때문에 오랑캐들의 마음이
더욱 교만해져 있습니다. 하지만 이제 폐하께서 직접 親征을 결단하셨
으니 군대의 上下가 모두 분발하여 功을 이룰 수 있을 것입니다. 臣들도
모든 힘을 다바쳐 폐하게 보답하도록 노력하겠습니다."

고종이 이 말을 듣고 말했다.

"蔡를 정벌할 수 있었던 것은 憲宗이 능히 결단을 내렸기 때문[10]이오."

그리하여 詔令을 내려 張俊의 부대로 하여금 韓世忠을 지원하도록
하고 劉光世는 建康으로 옮겨 주둔하게 했으며, 날짜를 정하여 親征에
나서기로 했다. 그런데 얼마 후 劉光世가 은밀히 屬官을 보내 조정에게
말했다.

"相公께서는 본디 사천으로 가게 되어 있었는데 위급상황이 생겨 머
물고 있습니다.[11] 무엇 때문에 남들과 더불어 이 위험한 일을 담당하려
하십니까?"

韓世忠 또한 주변 사람들에게 이렇게 말했다.

"趙丞相은 참으로 용감한 사람이다."

조정은 이러한 말들을 듣고 고종의 마음이 흔들릴까 걱정되었다. 그
는 다시 적당한 기회를 이용하여 말했다.

"지금의 형세에서 만일 오랑캐로 하여금 長江을 건너게 한다면 다른

---

10 唐 憲宗이 江淮 일대의 藩鎭을 정벌하였던 사실을 가리킨다. 憲宗의 江淮 정벌에 대
해 韓愈도, "凡此蔡功 惟斷乃成 旣定淮蔡 四夷畢來"(「平淮西碑」)라 하여 그 공적을 憲
宗의 결단 때문으로 돌리고 있다.
11 紹興 4년(1134) 8월 趙鼎은 川陝宣撫制置使에 임명되어 四川 지역으로 부임하기로
되어 있었는데 이해 9월 金·僞齊 연합군의 남침으로 취소되고, 대신 尙書右僕射兼
知樞密院事에 임명되기에 이른다.

큰 사태가 벌어질지도 모릅니다. 예전처럼 다시 軍勢를 진작시켜 맞서는 것이 좋습니다. 전쟁은 본디 위태로운 일이어서 敗戰도 있을 수 있고 勝戰도 있을 수 있습니다. 그렇다 해도 물러나 망하게 되는 것보다야 낫지 않겠습니까? 그리고 오랑캐와 僞齊가 함께 공격해 오는데, 이와 우리의 역량을 비교해 본다면 우리가 상당히 뒤지는 것이 사실입니다. 하지만 漢이 王尋을 물리쳤던 것이나 晉이 苻堅을 물리쳤던 것[12]은, 모두 민심을 결집시켰기 때문입니다. 폐하께서 직접 親征의 詔勅을 내리시면 군대의 사기가 모두 고무될 것입니다. 폐하께서 10년 동안 養兵하신 것도 바로 오늘 같은 때를 대비함이 아니었습니까?"

이로 인해 떠도는 말이 다시는 고종에게 들어가지 않게 되었다.

金軍이 滁州[13]에서 戰船을 만들어 長江을 건너고자 하였다. 조정은 은밀히 진언하였다.

"지금의 일은 비록 하늘이 돕고 사람 또한 전력을 다하고 있으나, 자고로 전쟁이란 반드시 승리를 보장할 수 없는 것입니다. 마땅히 계책을 먼저 정해두어야만 할 것입니다. 그래야 어떠한 경우이든 즉각 대응이 가능할 것이며 허둥대지 않게 될 것입니다.

만일 적들이 長江을 건너게 되면, 폐하께서는 친히 衛士들[14]을 거느

---

12 東晉 孝武帝 太元 8년(383) 前秦 苻堅의 군대를 물리친 淝水之戰을 가리킨다. 苻堅은 화북 지방을 통일한 다음 90만의 군대를 이끌고 일거에 東晉을 滅하려 시도했으나, 東晉의 謝安과 謝玄은 北府兵을 이끌고 前秦軍에 궤멸적 승리를 거두었다.

13 淮南東路 남부의 양자강 北岸에 위치. 오늘날의 安徽省 滁州市. 金과 僞齊는 남침 한 달 보름여만인 紹興 4년(1134) 11월 戊午에 이곳을 함락시켰다.

14 天子의 侍衛兵. 禁軍 三衙(殿前司・侍衛馬軍司・侍衛步軍司)・三衛府(親衛府・勳衛二府・翊衛二府) 및 六統軍(左右龍武軍統軍・左右羽林軍統軍・左右神武軍統軍) 등을 일컫는다. 남송 초에는 그 대부분이 四散되어 유명무실한 상태였다.

리고 常州와 潤州로 나아가 諸將들을 독려하며 敵들이 채 집결하기 전에 힘을 다해 血戰을 벌여야만 할 것입니다. 그리하면 반드시 승리하게 될 것입니다. 혹시 이렇게 해서도 적들을 막아 세우지 못한다면, 폐하께서는 다른 길로 臨安에 돌아와 吳江을 굳건히 지켜야 합니다. 그러면 오랑캐들 또한 더 이상 깊이 침입하지는 못할 것입니다. 그때 臣과 張浚이 諸將들을 나누어 지휘하며 적군의 허리를 공격하거나 혹은 후미를 습격하겠습니다. 동시에 각각의 부대들로 하여금 유리한 地勢에 의거하며 불시에 나가 공격하게 할 것입니다. 이렇게 한다면 저들은 예전과 같이 멋대로 횡행[15]할 수는 없을 것입니다.

다만 敵들이 長江을 건넜다는 소식을 들은 즉시 도망가서는 안 됩니다. 그리하면 諸將들도 흩어져 제각기 활동하게 될 것이고 따라서 天下의 일은 두 번 다시 도모하지 못할 것입니다."

그 뒤 殿帥[16] 劉錫과 神武中軍統制 楊沂中이 조정을 찾아와 말했다.

"상황이 이 지경에 이르렀으니 한시 바삐 御駕를 움직여야 합니다."

조정이 대답했다.

"僞齊와 오랑캐가 長江을 건너게 되면 두 장수를 常州와 潤州로 파견할 것이오. 그리하여 병사들을 이끌고 나가 힘을 다해 적들과 싸워 최후의 결전을 벌이게 할 생각이오. 다른 생각은 하지 마시오."

이 말을 듣고 劉錫 등이 한 목소리로 말했다.

"相公은 진정 대담하십니다."

---

15 建炎 3년(1129) 10월 이래 이듬해인 4년 2월까지 金軍이 東西 兩軍으로 나뉘어 대거 남침하였던 것을 가리킨다. 당시 金軍은 江西와 湖南 일대를 유린하였으며, 동쪽으로는 建康과 平江을 거쳐 臨安 및 明州에까지 이르며 약탈을 자행하였다. 高宗은 이러한 金軍의 공격을 피해 浙東 남부의 台州와 溫州에까지 피신한 바 있다.
16 殿前司都指揮使의 약칭.

조정이 말했다.

"일이 그 지경에 이르게 되면 그렇게 하지 않으면 안될 것이오. 두 장수는 御駕를 모시는 親衛兵들이오. 일이 다급할 때나 그렇지 않을 때나 언제든 폐하의 手足이 되어야만 하오. 그런데 어찌 먼저 그런 말을 한단 말이오?"

劉錫 등은 부끄러워하며 물러갔다. 朝野에서는 이렇게들 말했다.

'조정이 폐하에게 親征을 권하는 것도 진실로 至難한 일이며, 그렇다고 이러한 때에 움직이지 않는 것은 더욱 至難한 일이다'라고.

紹興 5년(1135) 2월 御駕가 臨安으로 돌아왔다.[17] 이때 처음으로 방침이 결정되었다. 張浚을 右揆[18]로 삼아 荊湖 地方으로 가게 해서 楊么의 亂을 평정하도록 했다. 한편 조정은 左揆로 올렸다.[19] 이러한 방침이 정해진 날 막 집무가 끝나갈 무렵 조정이 은밀히 상주문을 올렸다.

"재상은 어느 일이든 통할하지 않는 것이 없습니다. 따라서 오로지 邊事만을 담당하지 않도록 하는 것이 올바릅니다."

그리하여 張浚과 조정을 재상으로 임명한다는 두 칙령이 내려질 때, 張浚은 軍功이 있으므로 邊事를 전담시킨다는 말이 특별히 덧붙여졌다. 또 고종은 邊事를 張浚에게 맡긴 다음, 일반 정무 및 人才의 進退 등은 모두 조정에게 맡겼다.

---

17 紹興 4년(1134) 9월 金 및 僞齊 연합군의 남침에 맞서 親征을 선포한 후, 10월 臨安을 출발하여 平江에 머물다가 돌아온 것을 말한다.
18 宰相인 尙書右僕射. 右相이라고도 稱했다.
19 趙鼎은 紹興 4년(1134) 9월 이래 尙書右僕射에 除授되어 있었다. 左右僕射는 공히 宰相이나 左僕射가 上相이므로 '올렸다(陞)'고 적고 있는 것이다.

參政인 沈與求와 孟庾로 하여금 함께 樞密院의 업무를 관장하게 했다.[20] 조정이 말했다.

"仁宗 시기 陝西에서 西夏와 전쟁이 벌어졌을 때 宰相으로 하여금 樞密院의 관직을 겸하게 한 적이 있습니다.[21] 이미 재상이 知樞密院事를 겸하고 있으므로[22] 參知政事로 하여금 樞密院의 직함을 겸하게 한 즉 업무가 통합되어 일체화할 것입니다. 그렇게 되면 옛 사람들이 말하듯, '樞密院이 군대를 출동시키는데 三省이 알지 못하며 三省의 財政이 고갈되었으되 樞密院에서 끝없이 전쟁을 도모한다'[23]는 폐단은 없게 될 것입니다."

이에 고종이 말했다.

"지난날 三省과 樞密院은 함께 업무를 협의하거나 보고하지 않았소이다. 따라서 대부분 업무를 서로 관여하지 않았습니다. 하지만 조정에서 업무를 결정하는데 어찌 장벽이 있어 대신들끼리 서로 업무를 몰라서야 되겠습니까?"

당시 張浚은 江上에 나가 군사를 총괄하며 行府라는 명칭을 쓰고 있었다.[24] 한편 조정은 중앙에서 정무를 총괄하여 兩人은 表裏와 같이 相

---

20 高宗 紹興 5년(1135) 윤2월의 일이다.『宋宰輔編年錄』권15 참조.
21 仁宗 慶曆 2년(1042) 宰相 呂夷簡으로 하여금 樞密使를 겸하게 한 것을 말한다.『宋史』권211,「宰輔表」2 참조.
22 高宗 紹興 5년(1135) 2월, 당시의 재상이었던 趙鼎과 張浚으로 하여금 공히 知樞密院都督諸路軍馬를 겸하도록 한 것을 가리킨다.『宋史』권213,「宰輔表」4 참조.
23 동일한 내용이 ①『宋宰輔編年錄』권15, 高宗 紹興 5년 윤2월, ②『山堂肆考』권44,「兼樞密院」, ③『宋史全文』권34, 理宗 淳祐 6년 2월, ④『古今事文類聚』,「古今事文類聚新集」권8,「兼樞密院」 등에도 나온다.
24 紹興 5년(1135) 2월 張浚이 尙書右僕射로 임명되어 知樞密院事兼都督諸路軍馬의 직함을 지니고 揚子江 연변 지역에 나아가 邊防을 총괄하고 있었던 것을 말한다.

應하고 있었다. 그런데 장준이 처리하는 업무 가운데는 당연히 三省 및 樞密院과 관련된 것이 있었다. 이에 대해 孟庾 및 沈與求가 불평하며 말했다.

"三省과 樞密院이 行府의 문서나 奉行하는 곳인가?"

이듬해 兩人은 잇따라 병을 핑계로 사임을 청했다.

지진이 발생하여 罪己詔[25]를 내리고 直言을 구했다. 고종이 말했다.

"故事에 의하면 지진이 일어나면 궁전을 옮기고 음식의 수효를 줄여야만 하오. 그런데 지금은 궁전이 하나 뿐이고 평상시의 음식 또한 극히 儉薄하오. 그래도 음식을 더 줄인다 하여 해로울 것은 없지 않겠소?"

조정이 말했다.

"그것은 단지 형식적인 문귀만을 따르는 것일 뿐입니다. 마땅히 天變에 따라 政事를 개선해야만 할 것입니다. 현재 재정 지출은 많고 백성에 대한 징발은 무겁습니다. 이것이야말로 자연의 질서를 가장 크게 해치는 것입니다."

營田官[26]인 王㳫이 문안차 고종을 알현했다. 고종은 그를 접견하고 난 후 宰執들에게 말했다.

"王㳫에게 소상히 일러서 전력을 다해 오랫동안 그 직임을 담당하라 하시오. 향후 1, 2년이 지나면 營田은 자리를 잡을 것이고, 그렇게 되면 백성에 대한 부담도 조금은 경감시킬 수 있을 것이오. 朕이 전에 會稽에

---

25 帝王이 자신의 허물을 자책하는 詔書.
26 營田이란 屯田과는 달리 농민들을 安着시켜 국유 토지나 無主田地를 경작시키는 제도. 하지만 북송 초기 이래 이미 營田 경작에 병사를 동원하는 사례가 적지 않았으며, 神宗 이후의 시기가 되면 사실상 營田과 屯田의 구별이 모호해 지기에 이른다.

있을 때[27] 일찍이 趙充國에게 서신을 내려 諸將들에게 營田을 하사하며, '몇 년간 열심히 경영하라'고 이른 적이 있었소. 이제 서서히 그 營田의 이익이 얻어지고 있소이다."

조정이 대답하였다.

"국가의 미래를 위한 근본적인 대비책으로서 이보다 나은 것이 없습니다."

고종이 말했다.

"그런데 王莘은, '江淮 地域의 守令들을 모두 오랫동안 유임시켜 달라'고 요청하고 있소이다. 짐이 옛날 元帥로 있을 때[28] 州縣의 관리들이, '관직의 재직 연한이 3년인데 그중 1년은 威信을 세우느라 보내고 1년은 제반 법도를 지키게 하느라 보낸다. 임기 3년은 인심을 수람하는 데 몹시 촉박하다'라고 말하는 것을 들은 적이 있습니다. 하물며 지금처럼 2년을 임기로 해서야 되겠습니까? 비록 아무리 의욕적인 치적을 이루려 해도 도저히 그럴 만한 시간이 되지를 않습니다. 王莘이 말하는 바는 심히 타당하니 마땅히 그대로 거행해야만 할 것이오."

고종이 宰執들에게 말했다.

"백성들이 窮迫하여 도적이 되고 있소이다. 여기에다가 좋지 못한 守令들이 民生을 더욱 힘들게 만들고 있소. 만일 백성들이 鄕里에 안주할 수 있다면 어찌 도적이 되려 하겠오? 卿들은 守令을 선택하는 데 유의하여 백성들이 生業에 만족하며 살 수 있도록 해야 할 것이오."

---

27 建炎 3년(1129) 10월의 金軍 남침으로 말미암아, 建炎 4년(1130) 4월부터 紹興 2년(1132) 2월까지 越州에 行在를 두었던 것을 말한다.
28 欽宗 靖康 元年(1126) 11월 康王의 신분으로 河北兵馬大元帥 직위에 올랐던 것을 가리킨다.

조정이 대답하였다.

"臣 등이 어찌 감히 폐하의 가르침을 따르지 않겠습니까?"

고종이 또 말했다.

"淮北의 백성들이 襁褓를 지고 귀순하고 있소이다.[29] 朕은 백성의 부모인데 그들에게 살만한 터전을 내려주어야만 하지 않겠소? 그들에게 田土를 지급하고 잘 보살펴 주어서, 더 많은 백성들이 귀순하도록 해야만 할 것이오."

조정이 대답했다.

"저들은 이제 막 내려온 관계로 거주할 만한 곳이 없습니다. 더욱 잘 구제하고 도와주도록 하겠습니다."

南渡 이래로 모든 정부 부서들이 날마다 업무를 보고하는데 이에 대해 모두 그때그때 임시로 결재하였다. 따라서 처음에는 고정된 원칙과 제도가 없었다. 三省과 樞密院이 더욱 번잡하고 심한 난맥상을 보이고 있었다. 이때에 이르러 조정은 치우치지 않는 中制로써 원칙을 세워 관리들에게 준수하도록 하였다. 이로 말미암아 서리들이 농간을 부리지 못하게 되었다.

楊沂中이 勝捷을 알려오자[30] 조정은 즉시 재상직의 사임을 요청하였

---

29 이렇게 金의 통치 지역에서 남송으로 귀순하는 士民을 일괄하여 歸正人이라 칭했다. 관원의 경우에는 원래의 관직으로 복귀시켰으며, 일반민에게는 官田을 지급해주었다.

30 紹興 6년(1136) 10월 張浚이 淮南西路 濠州 藕塘에서 劉麟·劉猊의 군대를 격파하고 僞齊의 남침을 저지시킨 다음 楊沂中을 파견하여 그 승전을 보고하였던 사실을 말한다.

다. 고종이 허락하지 않자 조정이 말했다.

"臣은 처음 張浚과 형제처럼 친했습니다.[31] 하지만 근래 呂祉의 무리가 이간질하면서[32] 마침내 서로 으르렁거리는 사이가 되어버렸습니다. 현재 같이 宰相의 직위에 있으니 둘 중 하나는 물러나야만 할 것입니다. 그런데 폐하께서는 中原의 회복을 꾀하고 계시므로 마땅히 軍事를 중요하게 여기실 것입니다. 또 지금 張浚이 淮南에서 功을 이루어서 그 氣槪가 심히 충만한 상태입니다. 마땅히 그로 하여금 역량을 모두 펼쳐서 폐하의 뜻을 뒷받침하도록 해야 할 것입니다. 그에 반해 臣은 단지 詔令을 奉行하고 庶務를 처리하는 존재에 불과합니다. 장준은 유임되고 臣이 떠나야만 하는 것이 당연한 도리입니다. 장차 조만간 장준이 조정으로 돌아올 터이니, 臣으로 하여금 체면을 지키며 물러나게 하는 것이 또한 장준과의 우의를 손상시키지 않도록 하는 조치이기도 합니다. 그렇지 않고 훗날 어떠한 물의가 생겨 누군가 물러나게 되면, 둘 사이의 우의는 사라질 것입니다."

張浚이 재상 직위로부터의 사직을 청하였다. 고종이, '누가 뒤를 이을만 한가?' 하고 묻자 장준은 대답하지 않았다. 고종이 말했다.

"秦檜는 어떻소이까?"

"근래 같이 일을 처리하며 그가 暗愚하다는 사실을 알게 되었습니다." 고종이 말했다.

---

31 『宋史』 권360, 「趙鼎傳」에서, "高宗卽位 除權戶部員外郎, 知樞密院張浚薦之 除司勳郎官"이라든가 "張浚久廢 鼎言浚可大任 乃召除知樞密院"이라 하듯 張浚과 趙鼎은 일찍이 서로를 천거하며 이끌어주던 사이였다.

32 呂祉로 말미암은 張浚·趙鼎의 관계 악화에 대해 『宋史』 권360, 「趙鼎傳」에서는, "浚在江上 嘗遣其屬呂祉入奏事 所言誇大 鼎每抑之. 上謂鼎曰 他日張浚與卿不和 必呂祉也"라 적고 있다.

"그렇다면 趙鼎을 임용해야 되겠소이다."

고종은 장준에게 인사명령서를 작성하도록 하여 趙鼎을 재상으로 불러들였다.

당시 秦檜는 반드시 자신을 천거할 것이라 여기고, 퇴근 후 都堂에 이르러 장준과 오랫동안 이야기를 나누었다. 그러다 고종이 사람을 보내 인사명령서를 하달하자 이를 보고 당황해 하며 나갔다.[33]

張浚은 처음 秦檜를 천거하여 같이 정무에 임하였다. 이후 같이 朝廷에 있게 되면서 그의 표리부동함과 기회주의적인 면모를 깨닫게 되었다. 이런 까닭에 고종의 下問에 대해 그렇게 답하였던 것이다.

侍御史 蕭振은 본디 趙鼎의 천거에 의해 발탁된 인물인데 후에는 다시 秦檜의 천거로 御史臺에 들어가게 되었다. 당시 朝廷에서는 金과 강화를 추진하고 있었지만 劉大中과 趙鼎만은 이에 반대하였다. 진회는 노하여 蕭振으로 하여금 劉大中을 탄핵하여 파직시키고 이로써 조정도 압박하고자 하였다. 劉大中이 파직된 후 蕭振이 사람들에게 말했다.

"趙丞相의 경우는 굳이 탄핵을 제기할 필요가 없을 것이다. 스스로 그 거취를 결정하기를 기대한다."

그 무렵 秦檜는 高宗에게 강력하게 和議를 권유하고 있었다. 하지만 趙鼎은 반대론을 견지했기 때문에 마침내 파직되기에 이르렀다.[34] 조정은 사직 후 고종에게 조용히 진언하였다.

"臣은 지난번 宰相職에서 파직된 지 반년 만에 폐하의 은혜를 입어

---

33 이를 계기로 秦檜는 張浚에 대해 반감을 지니게 되었으며 紹興 8년(1138) 宰相으로
   복귀한 이후에는, "秦檜怙寵固位 懼浚爲正論以害己 令臺臣有所彈劾 論必及浚 反謂浚
   爲國賊 必欲殺之"(『宋史』 권361, 「張浚傳」)하기에 이르렀다고 한다.
34 소흥 8년(1138) 10월의 일이다.

다시 조정에 돌아왔습니다. 하지만 돌아온 이후 폐하의 의향이 예전과는 상당히 달라졌다는 사실을 알게 되었습니다. 이제 臣이 재차 사직하고 난 다음에는, 사람들이 반드시 孝悌의 논리[35]로써 폐하를 몰아세워 講和로 나아가게 할 것입니다.

臣이 보건대 凡人이라면 마음속에 아무 주견 없이 남의 얘기를 들을 경우 쉽게 그 말에 따르게 됩니다. 그래서 어떤 주장을 내세우는 사람은 남의 허점을 이용하여 유혹하는 것입니다. 하지만 폐하께서는 본디 英明하시고 天下의 是非와 善惡을 통찰하고 계십니다. 한 번 의향을 결정하시고 난 후에는 다시 흔들리지도 아니하십니다.

그렇지만 이제 臣이 국정에서 떠나게 되면 폐하의 마음도 조금 흔들리실 것입니다. 이를테면 史書의 편찬은 본디 황제의 의향이 반영되는 것이며 群臣들이 감히 의견을 주장할 수 없는 것이지만 얼마 후 改修하는 것과 같은 이치입니다. 이는 실로 애석한 일입니다.

삼가 살피건대 폐하께서는 어떤 선입견이 없었습니다. 그런데 秦檜를 재상으로 임명한 이후 그의 의사를 굳이 거스를 수 없었기에, 정책을 의논하고 결정하는 과정에서 어쩔 수 없이 짐짓 따랐던 것입니다. 이러한 즉 재상이 정무를 주관하는 것이지 폐하께서 정무를 주도하는 것이 아닙니다."

---

35 金과의 강화 명분으로서 金의 五國城에서 死去한 徽宗 및 鄭太后의 梓宮 송환, 그리고 고종과 형제지간인 欽宗의 송환을 제기하는 것을 말한다.

권5

宗澤

斡离不이 慶源府를 점령하고 北京 大名府를 공격하기 위해 李固鎭에서 濟河를 건넜다. 이때 康王 趙構가 淵聖皇帝의 명령을 받들어 斡离不의 진영에 講和를 요청하는 사신으로 파견되었다.[1] 王雲이 副使로서 수행하였다. 康王이 도성을 나섰을 때 王雲이 말했다.

"京城의 성루는 천하에 비할 바가 없습니다. 그런데 眞定府의 성벽 높이는 또 이것의 몇 배나 되었습니다. 제가 金側에 사신으로 갔을 때 그들이 저를 비롯한 몇몇을 앉아서 보게 하고는 일시에 그 성벽을 무너뜨려 버렸습니다. 이 도성의 성루는 마치 그림과 같지만 결코 믿을 바가 못됩니다."

---

1 欽宗 靖康 元年(1126) 11월의 일이다.

康王은 아무 대답도 하지 않았다.

이에 앞서 宗澤은 靖康 元年(1126) 宗正少卿[2]이 되어, 재상이 마땅한 인물이 아니라는 것과 宣撫副使가 군대를 거느리고 진격하지 않은 것[3] 등을 공박하였다. 또한 王雲이 적들의 기세를 부추겼다[4]고 탄핵했다. 아울러 邢州·洺州·磁州·相州·趙州의 5개 주에 각각 정병 2만씩을 육성하여, 金軍이 어느 州에 침공하면 나머지 4개 주로 하여금 곧바로 지원하게 하자는 내용의 상주문을 올렸다. 欽宗은 이를 좋은 의견이라 여겼다. 그 후 王雲이 京師에 돌아오자 欽宗은 宗澤의 章奏를 내어 보여주었다. 王雲은 이에 宗澤에게 원한을 갖게 되었다.

康王이 磁州에 이르렀을 때 종택은 磁州의 知州로서 그들을 맞이하게 되었다. 副使인 王雲이 종택을 책망하며 말했다.

"公이 이전에 나를 탄핵한 것은 무엇 때문이오?"

"진실로 公이 탄핵받을 만하지 않다 여기는 것입니까? 대저 오랑캐들의 기세를 부추긴 자는 천하 사람들이 모두 싫어하고 있습니다. 어찌나 혼자 뿐이겠습니까?"

이어 종택은 康王에게 말했다.

"군사들은 모두 山村에 있습니다. 유사시에 부르면 모이기 때문에 특별히 양식이 필요하지도 않습니다."

이때 磁州 사람들은 康王의 말을 막아서며 북으로 가지 말라고 간언

2　宗正寺의 次官(종5품)으로 장관인 宗正寺卿(정4품)을 보좌하는 역할을 하였다. 宗正寺는 宗室과 宗廟, 陵墓를 관리하는 업무를 담당하였다.

3　이에 대해서는『九朝編年備要』권30, 靖康 元年 11월 및『宗忠簡集』권7,「遺事」참조.

4　『東都事略』에 "先是 雲奉使歸過磁 相 勸二郡爲淸野計 二郡從之 撤近城民舍 令運粟入城 磁人以是怨雲"(권109,「王雲傳」)이라 적혀 있듯, 王雲은 金의 남침에 대비하기 위해 磁州와 相州에서 堅壁淸野策을 쓴다는 명분으로 민간에 피해를 주어 원성을 산 바 있다. 宗澤은 이를 지적한 것이다.

하였다. 강왕을 호위하는 從臣들도 모두 相州로 돌아가자고 권하였다. 마침 그때 京師로부터 사자가 와서 欽宗의 密詔를 전했다. 강왕을 兵馬 大元帥로 임명하고 종택을 副元帥로 임명하여 속히 군대를 이끌고 경사로 돌아오라는 내용이었다. 강왕은 詔令을 받들고 오열하였으며 이를 보고 軍民들 모두 감동하였다.

靖康 元年(1126) 12월 乙亥日에 강왕은 相州를 떠나 황하를 건너 北京 大名府에 이르렀다. 종택은 2,000명의 군사를 이끌고 도착해서, 곧장 군대를 거느리고 開德府로 나아가 京城의 포위를 풀겠다고 요청하였다. 汪伯彦 등은 講和論을 강력히 주장하며 강왕에게 군대를 東平府로 옮기자고 말했다. 강왕은 이들의 의견을 좇아 마침내 동쪽으로 갔다.

종택은 따로 군대를 거느리고 東平府에 가겠다고 요청하였다. 강왕이 이를 허락했다. 종택은 東平으로 갔다가 이후 開德府로 나아가 주둔하며, '大元帥가 軍中에 계시다'라는 말을 퍼뜨렸다.

壬申日에 강왕은 諸路의 군대를 통합하고, 휘하의 幕僚들과 의논하여 東平이 京師로부터 조금 멀기 때문에 濟州로 나아가 주둔하기로 했다.

癸未日에 종택은 군사를 거느리고 韋城에 이르렀다. 이곳에서 金軍 과 큰 전투를 벌여 격퇴시켰다. 강왕은 종택을 徽猷閣待制에 除授해 달라고 奏上하였다. 이때 使臣인 曹勛이 河北으로부터 도망하여 귀순하였다. 그는 道君皇帝의 御札을 강왕에게 바쳤다. 거기에는,

"속히 와서 부모를 구하라"라고 적혀 있었다.

강왕은 통곡하고 절하며 받았다.

濟州의 父老들은 강왕에게, '濟州에서 卽位해달라'고 청하였다. 이를 보고 종택은,

"南京에서 즉위하도록 하십시오. 南京은 太祖와 太宗께서 受命한 땅[5]

일 뿐더러 사방으로부터 물자를 漕運하기에도 매우 편리합니다"라고 말했다.

　종택은 앞서 磁州의 知州로 있으면서, 군대를 모아 李固鎭을 빼앗음으로써 적들의 공격로를 단절시키자고 여러 번 주장한 바 있다. 하지만 다른 사람들이 모두, '불가능하다'고 말했다. 이에 종택은 스스로 副將인 秦光弼과 張德을 보내 군대를 이끌고 李固鎭으로 진격하게 했다. 이들이 安城縣에 이르렀을 때 金軍의 騎兵 1,000여 명이 北城을 지나가는 것이 보였다. 두 장수는 西門으로 나서 협공하였고 적들은 무너져 흩어졌다. 적병 수백 급을 참수하고 그들이 지니고 있던 군량도 노획하였다.

　바로 그때 元帥府에서 公文을 보내 大名府로 집결하라고 하였다. 종택은 군대를 철수시켜 맨 먼저 大名府에 당도하였다. 康王은 종택의 戰勝에 크게 기뻐하였다. 종택은 군대를 진격시켜 京師를 구원하자고 요청하였지만 汪伯彦 등은, '종택이 狂妄스럽고 정세를 알지 못한다'고 말했다. 종택 또한 汪伯彦 등이 실책을 범하고 있다고 비난하였다.

　종택이 말했다.

　"적들은 교활하기 이를 데 없다. 어찌 믿을 수 있겠는가? 속히 군대를 진격시켜 곧바로 都城으로 나아가야만 한다."

　이에 다른 사람들이 모두 말했다.

　"온 軍民들이 君父 뵙기를 원하고 있다. 그리고 金과 우리 사이에 강

5　宋 太祖 趙匡胤은 後周 世宗이 病沒하고 恭帝가 즉위한 후 歸德軍節度使에 晉升된다. 歸德軍節度使의 治所는 宋州였고, 바로 이러한 연유에서 조광윤은 後周를 찬탈하고 난 후 새 왕조의 국호로 '宋'을 선택하였던 것이다. 宋州는 眞宗 景德 3년(1006) 應天府가 되었으며, 眞宗 大中祥符 7년(1014) 정월 29일에는 '王命之初基'였던 것을 기려 다시 南京으로 승격된다(『宋會要輯稿』「方域」, 2之1, 「南京」).

화가 맺어지면 서둘러 군대를 퇴각시켜도 좋을 것이다. 하지만 저들에게 음모가 감춰져 있다면 援兵이 도착한다 해도 어차피 어찌할 수 없을 것이다."

汪伯彦 등은 和議를 고집하며 물러서지 않았다. 종택은 어쩔 수 없어 마침내 독자적인 활동을 요청하였고 康王이 이를 허락하였다.

朝廷에서는 金側의 강요에 못이겨 曹輔를 河北으로 파견하여 康王을 맞아 데려가려 했다. 이때 하율이 欽宗에게 요청하여, 曹輔를 통해 은밀히 만든 密旨를 전하게 했다. 曹輔는 돌아가 康王을 만나지 못했다고 말했다. 金側에서는 다시 독촉하였다. 조정에서는 다시 元帥府에 張澂을 보내 密詔를 내렸다. 張澂은 開德府에 이르러 諸將들에게, '앞으로 군대를 진격시켜서는 안 된다'고 말했다. 이를 보고 종택이 노하여 副將들로 하여금 화살을 쏘게 하였다. 張澂 및 동행하던 金側 사람들은 모두 달아나 버렸다.

종택은 여러 장수들과 약속하여 군대를 결집시키기로 했다. 하지만 50일이 지나도록 어느 한 사람 오지 않았다. 종택은 혼자서라도 오랑캐를 공격하고자 諸將들을 불러모아 의논하였다. 陳淬가 말했다.

"오랑캐들의 기세가 한창 드세니 가벼이 움직여서는 안됩니다."

이 말을 듣고 종택이 노하여 그를 斬하려 하자 諸將들이 줄지어 절하며, 陳淬로 하여금 身命을 바칠 기회를 주라고 청하였다. 이에 종택은 陳淬에게 명하여 선봉을 맡아 속죄하라고 일렀다. 이렇게 하여 마침내 진격하기에 이르렀는데 채 10리도 가기 전에 金軍과 마주쳤다. 종택은 불의의 습격을 감행하여 金軍을 長垣澤에서 격파하였다. 金軍은 패배후 물러나 韋城縣을 점령하였다. 그리고 나서 金軍은 종택의 군대에 대해

夜襲을 하고자 했다. 종택은 이를 알고 해가 진 다음 南華縣으로 군대를 옮겼다. 적들이 이르러 보니 빈 성벽만이 있을 뿐이었다. 금군은 깜짝 놀랐다. 그들은 다시는 밖으로 나오려 하지 않았다.

종택은 軍中에 있으며 士卒과 함께 同苦同樂하였다. 이러한 까닭에 사람들이 즐겨 따랐다. 종택은 각 지방의 勤王兵에게 서신을 띄워, 병사들을 독려하여 京師를 구원해 달라고 요청하였다. 이를 보고 趙犫와 范訥은 모두 미친 소리라 여기며 답하지 않았다.[6]

종택은 여러 차례 상주문을 올려 高宗의 東京 귀환을 요청하는 한편, 義軍을 모집하여 東京城 방어에 임했다. 必勝을 위해 戰車 1,000여 乘을 확보하였다. 각각 55명씩으로 하여금 운전하게 하고 11명이 병기를 들고 戰車를 호위하게 하였으며, 이밖에 44명을 배치하여 주변을 선회하다가 戰車를 지원하게 하였다. 또한 地勢를 이용하여 城 바깥에 34개의 벽을 쌓고 군사 수만 명을 주둔시켰다.[7] 종택은 이러한 곳들을 거듭 돌아다니며 시찰하였다. 황하의 연변에는 조밀하게 堡壘를 쌓아 兩河 地方[8]의 山寨 및 水寨들과 연결되게 하였다. 그리고 陝西의 義軍들로 하여금 五丈河[9]를 開浚하여 서북 지방의 商旅들이 東京에 오갈 수 있도록 했다. 京畿路의 黃河 연변 70리 지역에는 16개 縣에게 命해서 나누어 지키게 하였다. 各縣들은 모두 1丈 남짓의 너비와 깊이로 된 垓字를 파고 그

---

6 당시 趙犫와 范訥은 각각 北道總管과 東北路宣撫의 직위에 있었다. 이에 대해서는, 『宋史』 권360, 「宗澤傳」 참조.
7 高宗 建炎 元年(1127) 6월 宗澤이 知開封府로 임명된 후 開封城의 방어를 위해 취한 이러한 방략에 대해 『宋史』에서는, "造戰車千二百乘. 又據形勝 立堅壁二十四所於城外"(권360, 「宗澤傳」)라 기록하고 있다.
8 河北과 河東.
9 開封의 북방으로 흐르는 강, 廣濟河라고도 부른다.

남쪽에 木柵을 설치했다. 또 班直의 諸軍[10] 및 民兵 중 强壯한 자들을 가려 따로 부대를 편성해 두었다.

그리고 나서 종택은 다시 상주문을 올렸다. 그 대략의 내용은 다음과 같다.

"지금 오랑캐들의 기세가 매우 드세고 각지에서는 群盜들이 끊임없이 발생하여, 원근 각처에서 위급한 소식이 잇따라 들려오고 있습니다. 그런데 폐하께서는 이미 東南 地方으로 巡幸을 가셨습니다. 이 巡幸은 진실로 皇室의 安危와 직접적으로 관련되며 天下의 안정 여부와도 곧바로 이어지는 일입니다. 또한 '兩河 地方을 도외시하고 그곳이 떨어져 나가도 개의치 않는다'는 천하 사람들의 의심을 더욱 증폭시키게 되지 않을까 걱정스럽습니다."

이에 대해 高宗은 아무런 응답을 보이지 않았다.

종택은 마침내 극렬한 어조의 상소를 올렸다.

"京師는 祖宗 이래 200년 王業의 터전입니다. 폐하께서는 어찌 이곳을 버려서 바다 한 귀퉁이의 미친 오랑캐에게 떼주려 하십니까?"

종택의 상주문이 올라올 때마다 고종은 中書省에 내려보냈다. 汪伯彦과 黃潛善 등은 모두 웃으며, '미쳤다'고 말했다. 다만 張愨만이,

"종택과 같은 忠義心을 지닌 사람이 몇 명만 더 있어도 천하는 안정될 것이다"라고 말했다. 汪伯彦과 黃潛善은 말문이 막혔다.

金軍이 세 갈래로 나누어 남침하였다. 그 가운데 하나가 滑州[11]를 공

---

10 殿前諸班 및 御龍諸直의 合稱. 殿前司의 예하부대로서 황제를 최일선에서 호위하는 近衛兵 집단이다.
11 京西北路의 北端에 위치. 京畿路에 바로 인접한 곳으로서 東京에서 東北方으로 80여km 정도 떨어져 있으며, 그 북쪽으로 黃河가 흘렀다.

격해왔다. 종택은 이를 듣고 말했다.

"滑州는 요충지로서 반드시 지켜야만 하는 곳이다. 이곳을 잃으면 京城이 위태로워진다."

그는 직접 가서 구원하고자 했다. 이를 보고 張撝가 나서서 자기가 가겠다고 청했다. 종택은 크게 기뻐하며 즉각 정예병 5,000을 내주었다. 張撝는 滑州에 이르러 金軍과 맞서 싸웠다. 그런데 金軍의 숫자는 거의 10배나 되었다. 諸將들은 그 예봉을 조금 피하자고 말했다. 하지만 張撝는,

"물러나 비겁하게 삶을 도모한다면 무슨 면목으로 宗澤 元帥를 뵐 것인가?"라고 말했다.

종택은 장위를 보낸 후 王宣을 파견하여 5,000騎로써 구원하게 했다. 王宣이 다다르기 전, 장위는 두 번째로 전투를 벌이다 죽었다. 그 이틀 후 왕선이 滑州에 이르러 적들과 큰 전투를 벌였다. 적들은 밤을 이용하여 황하를 건넜다. 왕선은 다시 이들에 맞서 수많은 적들을 살상하고 격퇴시켰다. 종택은 왕선을 知滑州에 임명하였고, 金軍은 왕선이 전투에 능하다는 것을 알고 다시는 그 경내를 침범하지 못했다.

金軍은 대신 鄭州를 거쳐 白沙鎭으로 육박해 왔다. 白沙鎭은 京城으로부터 불과 수십 리밖에 떨어져 있지 않았다. 都城의 주민들은 매우 두려워했다. 그때 종택은 어떤 손님과 더불어 바둑을 두고 있었다. 屬僚들이 종택에게 방어의 대책을 수립하자고 청하였으나 종택은 아무 대답이 없었다. 諸將들은 어쩔 수 없이 물러나, 요소에 병사들을 배치하고 弔橋[12]를 걷어올렸으며 군대에게 갑옷을 입혀 성벽 위에 오르게 하였다. 이를 보고 도성 주민들은 더욱 두려워했다. 종택은 이러한 사실을

---

12 일부분 혹은 전부를 들어올렸다 내렸다 할 수 있는 교량. 통상 성의 垓字 위에 설치되었다.

전해듣고 군사들의 갑옷을 벗겨 막사로 귀대시키고는 말했다.

"왜 이리 당황해 하는가?"

당시 종택은 이미 劉衍과 劉達로 하여금 각각 戰車 200乘과 戰士 2만 인을 거느리고 鄭州와 滑州 사이에 나가 방비하게 해둔 상태였다. 종택은 이밖에 정예병 수천 명을 선발하여 이들을 지원하게 하였다. 이러한 명령이 전해지자 성내 거리의 燈은 다시 평시와 다름 없이 켜졌으며 주민들은 비로소 안도하였다.

종택은 또 部將 李景良과 閻中立, 郭俊民을 파견하여 군사 만여 명을 이끌고 滑州와 鄭州 인근으로 가게 했다. 이들은 金軍을 만나 전투를 벌였지만 패배하고 말았다. 閻中立은 전사하고 郭俊民은 항복하였으며, 李景良은 도망쳐오고 말았다. 종택은 李景良을 포박하고 말했다.

"이기고 지는 것은 전쟁에서 언제나 있을 수 있는 일이다. 따라서 이기지 못하고 돌아오는 것은 죄이나 용서할 수 있다. 하지만 멋대로 몰래 도망치는 것은 군대에 장수가 없게 만드는 일이다."

종택은 즉각 李景良을 斬首하였다.

얼마 후 金에 항복했던 郭俊民과 史씨 성을 지닌 金의 장수, 그리고 燕州 출신의 인물인 何祖仲[13] 등이 八角鎭으로 들어왔다. 都巡檢丁進이 그들을 만나 사로잡았다. 이들은 金側으로부터 사자로 파견되어, 종택에게 투항을 권유하는 서신을 전달하고자 했다. 종택이 郭俊民에게 말했다.

"네가 전투에서 불리하여 전사했다면 충의심을 지닌 귀신이라도 되

13　『宋史』권360,「宗澤傳」및 『宗忠簡集』권7,「遺事」에는 本文과 달리 何仲祖로 되어 있다. 반면 『建炎以來繫年要錄』(권13, 建炎 2년 2월 丙辰) 및 『宋史全文』(권16下, 建炎 2년 2월 丙辰)에는 何祖仲으로 되어 있다.

었을 것이다. 그런데 지금 나서서 오랑캐를 위하는 말을 하고 있구나. 무슨 면목으로 날 보자는 것이냐?"

종택은 곧장 그의 머리채를 잡고 참수하였다. 이어 史씨 성의 金側 사자에게 말했다.

"지금 폐하께서는 重兵을 이끌고 近畿 일대에 주둔하고 계시며 난留守를 맡고 있다. 내게는 전사만이 있을 뿐이다. 어찌 죽음을 건 전투로 나에게 맞서지 않고 도리어 아녀자의 말따위로 날 협박하는 것이냐?"

그 역시 참수해 버렸다. 그리고 나서 말했다.

"何祖仲은 본디 우리 송나라 사람으로 다만 오랑캐의 협박에 못이겨 따라온 것일 뿐이다."

종택은 묶은 줄을 풀고 何祖仲을 방면하였다. 이러한 조치에 諸將들은 모두 탄복하였다.

종택은 判官 范延世를 보내 상주문을 바치고 高宗의 還京을 요청하였다. 종택은 이렇게 상주하였다.

"京師는 太祖와 太宗께서 통일을 이루신 근본의 땅입니다. 원컨대 祖宗 이래 200년 王業의 터전이었음을 염두에 두시고, 조속히 回鑾[14]하여 주십시오. 그러한 즉 天下가 폐하의 귀경을 알게 되어, 도적도 모두 사라질 것이며 오랑캐들 또한 남침의 음모를 그만둘 것입니다. 臣이 만일 國事를 그르치게 되면 아들 하나와 손자 셋까지 모두 달게 극형을 받겠습니다."

이것은 종택의 열세 번째 상주문이었다. 고종은 곧바로 北으로 돌아

---

14 帝王이나 后妃가 외출했다가 궁성으로 복귀하는 것. 제왕 및 후비의 車駕를 鑾駕라 칭하는 것에서 유래한다.

가겠다는 뜻을 담은 批答을 내렸다. 종택은 다시 상주문을 올려 謝禮를
표했다.

종택은 河南의 群盜들을 招撫하여 城 아래에 모았으며 또 사방에서
義軍을 모집하였다. 이렇게 하여 도합 100여만 명과 이들을 먹일 군량
반년 분을 확보하였다.

종택은 또, '兩河 일대의 州縣에 金軍이 불과 수백여 명만 주둔해 있
을 뿐이며, 주민들은 협박을 받아 胡服[15]을 입은 채 밤낮으로 宋軍이 도
래하기를 기다린다'는 소식을 듣고, 즉시 諸將들을 소환하여 날짜를 잡
아 황하를 건너가기로 약속하였다. 諸將들은 모두 손으로 얼굴을 가리
고 울며 종택의 명령에 따랐다.

그리고 다시 몇 차례나 상주문을 올려 高宗의 還京을 요청하였다. 아
울러 龍德宮[16]과 寶錄宮[17]을 보수하여 徽宗 및 欽宗 두 황제의 귀환에 대

---

15 金軍은 화북 일대를 점령한 후 일부 지역에서 한족 고유의 풍습을 금지하고 대신
여진족의 풍습에 따를 것을 강요하였다. 剃髮이나 여진족의 服色을 채용하도록 규
정하고 이를 어길 때에는 사형에 처하였던 점(『中興小紀』 권7, 建炎 3년 9월)이 바로
그러한 예이다. 특히 高宗 建炎 3년(1129), 즉 金 太宗 天會 7년에 발포하였던 剃髮令
은, 군대를 거리에 배치하여 法式에 조금이라도 어긋나거나 혹은 이마의 머리가
약간이라도 길 경우 즉시 斬할 정도로 엄격히 시행되었다(『建炎以來繫年要錄』 권
28, 高宗 建炎 3년 9월). 이러한 풍속의 강요로 인해, "사람마다 憤怒와 怨恨을 품고
날마다 남쪽으로 歸順할 것을 생각하였다"(『中興小紀』 권7, 建炎 3년 9월)고 한다.
漢人들에 대한 이러한 여진족 衣冠의 강제는, 12세기 중엽 중국문화 내지 중국풍속
에 대한 적극적인 수용론자이자 동시에 金朝의 중국 정통왕조로의 발전을 지향했
던 海陵王 시기에 철회된다. 이 점에 대해서는, 『大金國志』 권13, 「紀年」 「海陵煬王 上」,
天德 2년 3월 참조.
16 徽宗이 즉위 이전 거주하던 潛邸이다(『宋史』 권19, 「徽宗紀」 1, 元符 3년 丁月 참조).
徽宗은 宣和 7년 12월 上皇으로 물러난 이후에도 龍德宮으로 거처를 옮겨 起居하였
다(『宋史』 권22, 「徽宗紀」 4 참조).
17 徽宗 政和 5년(1115)에 만들어진 上淸寶錄宮을 가리킨다. 徽宗은 그 앞에 仁濟亭과
輔正亭을 짓게 하고 그곳에서 道士로 하여금 백성들에게 符籍과 藥을 나눠주게 하
였다고 한다. 『宋史』 권85, 「地理志」 1 참조.

비하자고 청하였다. 高宗은 中使[18]를 파견하여, 詔書와 차·약품 등을 보내주고 撫慰하였다.

종택은 王彦이 太行山에 군사를 모아두고 있다는 말을 듣고 즉시 王彦을 兩河制置使로 임명하였다. 王彦 휘하의 勇士들은 수만 명이었는데 얼굴에, '맹세코 金나라 賊黨을 모두 죽이겠다. 趙氏 황제를 배반하지 않겠다(誓殺金賊 不負趙主)'라는 여덟 글자[19]를 刺字하고 있어, '八字軍'이라 불렸다. 王彦은 그때 막 甲兵[20]들을 조직하여 期日을 정해 太原으로 진격하려 했다. 종택 또한 諸將들과 의논하여 6월을 기해 진격하기로 하였다. 이와 더불어 각처의 山寨와 水寨에 있는 民兵들도 결집시켜 마찬가지로 期日을 정해 진격시키기로 하였다. 종택은 이러한 사정을 上奏文으로 보고하였다. 上奏가 올라가자 黃潛善 등은 종택이 功을 이루는 것을 시기하여, 그 계획을 중간에서 가로막아 버렸다. 종택은 탄식하며 말했다.

"내 뜻을 종내 펼칠 수 없구나."

종택은 근심과 울분으로 인해 마침내 병이 들었다.

---

18 궁중에서 파견된 사자. 대부분 환관을 가리킨다.

19 八字軍이 얼굴에 새겼다고 하는 八字에 대해서는 諸書의 기록이 다르다. ①『文獻通考』(권156, 「兵考」 8)와 『中興小紀』(권6, 建炎 3년 7월), 『文忠集』(권46, 「高宗御批陳思恭奏箚跋」)은 본문과 같이 '誓殺金人 不負趙主'라 하고 있다. 하지만 ②『宋史』(권368, 「王彦傳」)는 '赤心報國 誓殺金賊'으로, ③『三朝北盟會編』 권113(建炎 元年 10월 乙酉)에서는 '赤心報國 誓殺金人'으로, ④『三朝北盟會編』 권198(紹興 9년 10월 丙寅)에서는 '誓殺金人 不負趙主'로, ⑤『宋史紀事本末』(권14, 「宗澤守汴」)에서는 '赤心報國 誓殺國賊'으로, 그리고 ⑥『浪語集』(권33, 「論國服箚子」)에서는 '盡忠報國 誓殺金人'으로 전하고 있다. 이 가운데 金人, 國賊은 淸代의 流傳 과정에서 金賊을 고쳐 쓴 것이라 판단된다.

20 甲冑를 갖춘 병사.

종택은 근심과 울분으로 등에 종기가 돋았다. 병이 심해지자 楊進을 위시한 諸將들이 찾아와 문병하였다. 종택은 두리번거리며 일어나 말했다.

"나는 아무 병이 없다. 다름 아니라 근심과 울분이 병으로 되었을 뿐이다. 너희는 날 위해 저 못된 오랑캐들을 섬멸할 수 있겠느냐? 그리하여 主上께서 國勢를 회복하고자 하시는 뜻을 이루도록 해준다면, 내 비록 죽어도 한이 없을 것이다."

모두 눈물을 흘리며 대답하였다.

"목숨을 다해 노력하겠습니다."

諸將들이 나가자 종택은 다시 말했다.

"내 판단하건대 이 병에서 다시 일어나지 못할 듯하구나. 옛 사람이 이르기를, '군대를 일으켜 승리를 거두기 전에 몸이 먼저 죽으니, 길이 英雄으로 옷깃에 눈물이 가득하게 하는도다(出師未捷身先死 長使英雄淚滿襟)'[21]라 했었지."

그리고는 마침내 죽었다.[22] 이 날 이상하게도 비바람이 몰아치고 날조차 어두웠다.

朱文公이 말했다.[23]

"建炎 初에 公은 東京의 留守로 있으면서 群盜 수백만을 招撫해 두고 있었다. 만일 公이 움직여 河北의 수개 郡만이라도 수복하였더라면, 당

---

21 잘 알려진 杜甫의 詩「蜀相」, '丞相祠堂何處尋 錦官城外柏森森 映階碧草自春色 隔葉黃鸝空好音 三顧頻煩天下計 兩朝開濟老臣心 出師未捷身先死 長使英雄淚滿襟'의 일부이다.
22 高宗 建炎 2년(1128) 7월에 病死한다. 당시 종택의 나이는 70살이었다.
23 『朱子語類』권136, 「歷代 三」에 실려 있다.

시 상황은 반전되고 위기는 즉시 극복되었을 것이다. 그런데 그 계획이 汪伯彦과 黃潛善 두 재상에 의해 억눌려져, 公은 원망을 안고 죽었다. 그 때 京師의 주민들 가운데 통곡하지 않는 사람이 없었다. 이후 群盜가 사방에서 일어났으며 山東과 淮南은 특히 극악한 도적의 소굴이 되었다.

권6

楊沂中

李成이 반란[1]을 일으켰다. 당시 江東大帥[2]인 呂頤浩는 左蠡에 군대를

---

1 남송 초기에 빈발하던 이른바 '流寇'의 대표적 존재 가운데 하나. 流寇란 반란세력
   화한 潰兵集團을 가리키던 당시의 용어이다. 남송 초에 발생한 流寇의 대부분은 본
   디 북송 말 金軍의 침공 당시 화북 일대에서 조직되었던 民兵 집단이었다. 남송정
   권은 건립 초 金軍의 공격이 긴박하게 전개되던 시기, 이들 華北出身의 民兵集團을
   대거 정규군으로 편입시켜 金軍의 남침 방어에 이용한다는 정책을 취했다. 하지만
   이들 부대에 대한 보급이 원활치 못한 데다가 이에 덧붙여 남송 조정도 점차 이들
   집단에 대해 경계하는 자세를 보이면서, 그 가운데 적지 않은 존재가 반란집단화
   했던 것이다. 李成은 河北東路 雄州 출신으로서 靖康의 變 당시 雄州 歸信縣의 縣令
   으로 있었다. 북송 멸망 후에는 수만 명의 民兵을 이끌고 남하하여 京東河北路都大
   捉殺使에 임명되었다가 建炎 2년(1128) 8월 이후 반란을 일으키게 된다. 하지만 建
   炎 3년(1129) 5월 남송정권의 招安을 받아들여 知泗州에 임명되었다가, 그 해 9월 재
   차 반란을 일으키고 이듬해까지 江淮 一帶의 6, 7개 州와 江西의 江州・洪州・筠州
   등지를 점령하였다. 당시 남송정권은 金의 대대적인 남침에 대한 방어에 급급한
   상태였으므로 이러한 李成의 반란에 본격적인 대응을 취하지 못하였다. 그러다 金
   軍의 공격이 일단락된 紹興 元年(1131) 3월 이후에야 비로소 李成의 반란에 대한 진
   압작전에 나섰다. 반란이 진압된 후 李成은 僞齊에 투항하여 관직을 수여받고, 金

주둔시키고 그 境內를 지키고 있었다. 그래서 江南招討使 張俊이 諸將을 불러모아 賊黨을 격파할 방략을 논의하게 되었다. 諸將들은 모두들 각각 길을 나누어 독자적으로 진격하고자 했다. 楊沂中은 당시 右軍都統制官으로 있었는데 그것을 보고 이렇게 말하였다.

"군대를 나누면 세력이 약해집니다. 또 諸將들의 지위가 비슷하기 때문에 서로 남의 밑에 들려 하지 않을 것입니다."[3]

그때 岳飛가 은밀히 계책을 제시하여 張俊은 그에 따르기로 하고, 급히 南昌으로 나아가 贛水를 사이에 두고 賊黨과 마주보고 주둔하였다. 악비는 스스로 선봉이 되기를 청하고 진격해 갔다. 양기중은 상류에서 生米渡를 점령하여 賊勢를 차단하고 불시에 적을 습격하였다. 양기중의 군대는 賊黨의 선봉과 마주쳐 격퇴시켰다. 그러자 賊將 馬進이 정예병 수만을 이끌고 공격해왔다. 이에 양기중이 張俊에게 말했다.

"저들은 수가 많고 우리는 적으니 기습작전으로 승리해야만 합니다. 제게 騎兵을 배속시켜 주십시오."

張俊은 보병을 이끌고 앞에서 공격하고 양기중은 騎兵 수천을 거느리고 神武後軍統制 陳思恭과 함께 산을 돌아 뒤에서 공격하기로 했다. 張俊은 진열을 삼엄히 추스리고 나가 앞뒤에서 적을 협공하였다. 이 전투에서 적군은 대패하였고 수만 명이나 포로로 잡혔다.[4] 張俊은 포로의

및 僞齊政權의 南宋에 대한 공격이 전개될 때 수차례나 동원되기에 이른다.

2   大帥란 按撫大使의 別稱. 高宗 建炎 4년(1130) 6월 이래, "三省請. 自今帥臣二品以上者 卽除按撫大使 繫階如鎭撫使例 以示區別. 從之"(『建炎以來繫年要錄』권34, 高宗 建炎 4년 6월 丙戌條)라 하듯, 정2품 이상의 文臣이 安撫使에 임명될 때에는 按撫大使란 직함을 수여하기 시작한다.

3   諸將들 사이에 상하 통속관계가 없기 때문에 독자적으로 작전을 펼치게 하면, 서로 간 상대방에게 호응하지 않아 유기적이고 통일적인 진격이 불가능할 것이라는 주장이다. 『宋史』에서는 이때 楊沂中의 발언을, "賊勢如此 兵分則力弱 諸將位均勢敵 非招討督之 必不相爲用"(권367, 「楊存中傳」)이라 기록하고 있다.

숫자가 너무 많아 그들이 다시 반란을 일으키게 되지 않을까 우려했다. 이날 밤 張俊은 陳思恭에게 명령하여 포로들을 모두 죽여 버리게 하였다. 이렇게 하여 마침내 江州가 수복되었다.

이후 양기중은 江州와 筠州·蘄州 사이[5]로 李成을 추격하였으며, 統制官 趙密과 더불어 같이 공격하여 대파하였다.

神武中軍은 과거 3개의 부대 뿐이었다가 楊存中[6]이 殿岩[7]을 맡으면서 비로소 5군으로 늘어났다. 그 후에 다시 護聖軍·踏白軍·選鋒軍·策選軍·鋒遊軍·弈神軍·勇馬步軍이 두어져 모두 12군이 되었다. 당시 전국에 盜賊들이 연이어 일어나고 있었다. 그래서 泉州의 左翼軍, 贛州의 右翼軍, 循州의 摧鋒軍, 明州의 水軍 등과 같이 각 지방에 여러 군대를 分置하여 도적을 제압하게 하였다. 이들 부대는 모두 殿前司에 예속되어 있었으며 총 병력이 7만여 인이나 되었다. 이로 인해 殿前司의 총병력은 천하의 으뜸이 되었다. 楊存中은 또 각 부대마다 적을 이길 수 있는 장비를 갖추게 하였다. 이를테면 쇠뇌(弩)는 비록 강력하기는 하지만 병사들이 발사하는 데 애를 먹었다. 그래서 馬黃[8]으로 쇠뇌를 만들

---

4 李心傳의 『建炎以來繫年要錄』에서는, 이때 사로잡힌 포로들의 숫자에 대해 일부 문헌에서 수만 명이라 적고 있기도 하나, 몇 개의 문헌 및 기록들을 종합적으로 검토한 결과 당시의 포로 수는 8,000이었다는 결론을 내리고 있다(권43, 高宗 紹興 元年 3월 庚戌條).

5 원문에는 '江均蘄之間'이라 되어 있으나, 『建炎以來繫年要錄』 권43, 高宗 紹興 元年 3월 庚戌條의 校勘記에 의거하여 정정하였다. 均州는 京西南路의 西北端에 위치해 있으며 江州로부터는 서북방으로 700여km나 떨어져 있다. 筠州는 江西路의 중부에 위치한 지역이다.

6 紹興 年間 高宗이 楊沂中에게 下賜한 이름. 『宋史』에도 「楊存中傳」으로 立傳되어 있다(권367).

7 殿前司의 別稱. 殿司, 殿前 등으로 略稱되기도 한다.

8 거머리.

고 장치를 정밀하게 조정하였다. 원래의 쇠뇌는 채 한 발이 발사되기도 전에 이 馬黃 쇠뇌는 세 발이나 발사할 수 있었다.

처음 張浚이 江上에 있었을 때[9] 그는 淮水를 건너 북진할 것을 기획하며 오로지 韓世忠의 군대만을 신뢰하여 이를 이용하고자 하였다. 그런데 韓世忠은 군대 수효가 적은 것을 이유로 거절하며, 張俊의 部將인 趙密을 뽑아 지원해 준다면 따르겠다고 하였다. 한세충은 行府[10]의 명령서를 張俊에게 보냈으나 張俊은 趙密의 파견을 거부하였다. 張浚은 조정에 돌아와 보고하며, 張俊이 끝내 군대를 떼어 내놓으려 하지 않는 것을 근심하였다. 이를 보고 趙鼎이 張浚에게 말했다.

"한세충이 바라는 인물은 趙密이오. 그런데 楊沂中의 武勇은 조밀에 결코 뒤지지 않소이다. 하지만 그가 御前軍을 거느리고 있으니 누가 어찌 감히 탐낼 수 있었겠소? 조밀 대신 양기중으로 하여금 한세충을 지원하게 하고, 조밀은 들어와 御前軍을 맡게 하는 것이 어떻겠소? 그러면 張俊은 감히 거부할 수 없을 거외다."

張浚이 대답하였다.

"이야말로 上策이오."

劉猊가 東路軍[11]을 이끌고 淮東에 이르렀다. 하지만 韓世忠이 거느린

---

9   高宗 紹興 5년(1135) 2월 張浚이 尙書右僕射兼知樞密院事에 발탁된 후 都督諸路軍馬의 직함을 지니고 양자강 연변에 나가 邊防을 총괄하던 것을 일컫는다.

10   都督諸路軍馬의 직함을 지니고 張浚이 江上에 부임하여 설치한 官衙.

11   僞齊는 高宗 紹興 6년(1136) 10월의 남침 당시 鄕兵 30만을 동원하여 東路軍과 中路軍, 西路軍의 세 갈래로 나누어 南侵하였다. 東路軍은 劉豫의 조카인 劉猊가 지휘하여 紫金山으로부터 渦口를 거쳐 定遠으로 진격하고, 中路軍은 劉豫의 아들인 劉麟이 지휘하여 壽春府로부터 廬州(合肥)로 진격하며, 마지막으로 西路軍은 孔彦舟의 지휘하에

楚州 군대에 가로막혀 더 이상 진격해오지 못했다. 劉猊는 다시 順昌으로 돌아갔다.

한편 中路軍인 劉麟은 淮西로부터 浮橋를 부설하고 淮河를 건넜다. 당시 적군의 수효는 수십만이나 되었으며 모두 濠州와 壽州 사이에 주둔하고 있었다. 江東宣撫使인 張俊이 이에 맞서고 있었다. 조정에서는 즉시 詔令을 내려 淮西의 모든 병력으로 하여금 張俊의 명령에 따르게 했다. 이 무렵 양기중은 張俊의 統制官으로 있었다. 尙書右僕射兼知樞密院事인 張浚은 즉시 양기중을 濠州에 파견하여 張俊과 합류하도록 하였으며, 또 張宗顔 등을 泗州로부터 소환하여 그 후원군 역할을 하도록 하였다. 이때 劉猊는 군대 수만을 이끌고 定遠縣을 지나 宣化로 가서 建康을 공격하고자 했다. 양기중은 劉猊의 선봉대와 越家坊에서 만나 이를 격퇴시켰다. 양기중은 이어 藕塘에서 劉猊의 본대와 만났다. 양기중은 吳錫을 파견하여 정예병 5,000을 이끌고 劉猊의 軍中으로 돌격하게 했다. 이에 놀라 적의 군대는 무너졌다. 양기중은 승기를 잡고 대군을 풀어 공격하였다. 張宗顔 등도 함께 진격해 들어갔다. 적군은 대패하였으며 그 널부러진 시체가 들판에 가득하였다.

劉猊는 고개를 가로저으며 謀士인 李諤에게 말했다.

"구렛나루가 난 장군과 맞부딪혔는데 어찌나 기세가 드센지 못당하겠더이다. 알고보니 殿前司의 楊將軍이었소이다."

劉猊는 곧바로 騎兵 불과 몇명만을 데리고 달아나 버렸다. 그 잔당은 아직도 만여 명이나 되었는데, 모두 빳빳이 서서 놀라 주변을 돌아보고 있었다. 양기중은 말을 달려 나아가 꾸짖으며 말했다.

光州와 六安 등지를 공격하기로 되어 있었다.

"너희들은 모두 趙氏 황제의 백성들이 아니더냐? 어찌 속히 항복하지 않는 것이냐?"

이 말에 모두 엎드려 항복하였다. 양기중은 李諤과 僞齊의 장군인 李亨 등 수십 명을 사로잡았다.

劉麟과 孔彦舟 등은 劉猊가 패전했다는 소식을 듣고 철수하였으며, 金과 僞齊는 크게 두려워했다.

右司諫 陳公輔가 말했다.

"濠州가 위급해지자 張浚은 양기중을 파견하여 지원하게 했습니다. 양기중은 마침내 적의 군대를 격파하였는 바 이 功은 결코 만만한 것이 아닙니다. 또 劉光世는 廬州를 지키지 않고 후퇴하였고 또 濠州의 병사들도 곧바로 철수시켰습니다. 渦口는 요충지임에도 또한 모두 철수시켜 아무도 방어에 임하지 않았습니다. 만일 양기중의 군대가 淮西로 나아가지 않았다면 어찌 이들 지역을 지킬 수 있었겠습니까? 劉光世는 결코 죄가 없지 아니합니다. 그리고 양기중의 勝戰 당시 吳錫이 선봉에 섰으며, 劉光世가 달아나는 적을 추격할 때에는 王德이 큰 공을 세웠습니다. 吳錫과 王德 두 사람 또한 큰 포상이 주어져서 모든 군대의 귀감이 되게 해야만 합니다."

조정에서도 張俊과 양기중의 공이 두드러졌으므로 큰 상을 내렸다. 張俊에게는 三鎭節度使의 직함이 덧붙여졌고 양기중에게는 保成節度使의 직함이 덧붙여져서 殿前司를 주관하게 하였다.[12]

---

12   이때 楊沂中은 殿前司都虞候로 임명되었다. 殿前司都虞候(從五品)는 殿前司都指揮使(從二品) 및 殿前司副都指揮使(正四品)에 뒤이은 殿前司內 세 번째의 고위직이다.

海陵王 完顔亮이 침략해와서 원근 각처가 크게 두려워했다. 高宗은 內殿으로 양존중과 宰執을 함께 불렀다. 고종은 百官들을 해산시키고 적을 피해 바다로 蒙塵가고자 하였다. 陳康伯이 말했다.

"아니됩니다."

이어 양존중이 말했다.

"오랑캐들은 나라를 비우고 멀리서부터 공격해 와서 이미 淮南 一帶를 범했습니다. 지금은 바로 모든 明賢과 智士들이 바삐 움직여도 부족한 위기 국면입니다. 臣이 원컨대 將士들을 이끌고 북으로 가서 적과 죽음으로 맞서겠습니다."

고종은 기뻐하며 마침내 親征의 방침을 정하고 양존중을 御營宿衛使에 임명했다.

海陵王 完顔亮이 瓜洲鎭[13]에 머물고 있었다. 高宗은 급히 楊存中을 파견하여 長江 방어에 임하게 했다. 양존중과 虞允文은 혹시라도 車船[14]이 딱 당해서 사용할 수 없게 되지나 않을까 우려하여 강으로 끌어와 시험하기로 하였다. 양존중 등은 戰士들에게 명하여, 車船을 타고 곧장 瓜洲로 향하였다가 기슭에 이르면 돌아오게 하였다. 敵兵들은 瓜洲에서 모두 활시위를 당긴 채 기다리고 있었다. 車船은 강 한가운데로 오르내리며 金山을 세 바퀴 돌았다. 마치 나는 듯 회전하는 모습을 보고 적들은 경악을 금치 못했다. 그들은 서둘러 사람을 보내 海陵王에게 보고하였다. 해릉왕은 와서 본 후 웃으며 말했다.

---

13 양자강을 사이에 두고 鎭江과 마주보고 있는 鎭. 淮南東路 揚州에 소속되어 있었다.
14 南宋 初 高宣 등이 건조한 戰船. 선체의 좌우측으로 23개의 踏輪이 설치되어 있었다고 한다.

"저것은 종이로 만든 배일 뿐이다."

해릉왕은 이어 諸將들을 주욱 앉게 하였다. 그중 한 部將이 나와 무릎을 꿇으며 말했다.

"南軍을 보니 이미 대비가 되어 있습니다. 섣불리 움직여서는 안됩니다. 또 采石渡는 매우 좁아서 아군에게 너무나 불리합니다. 揚州로 돌아가 주둔하면서, 농사를 짓고 군대를 훈련시키며 장차 서서히 공략하는 것이 좋겠습니다."

해릉왕은 진노하여 칼을 뽑아들고 욕설을 퍼부었다. 그리고 참수하라고 명했다. 그 장수가 오랫동안 사죄한 다음에야 비로소 해릉왕은 杖刑 50대를 가해 풀어주었다. 이후 해릉왕은 李寶가 金의 戰艦을 모두 불살랐다는 소식[15]을 듣고, 또 成閔이 하류 쪽으로 내려오자 더욱 화를 내며 揚州로 돌아갔다. 여기서 그는 諸將들을 불러, '3일 내 長江 도하를 마쳐라. 기한이 지나면 모두 죽이겠다'고 말했다. 이에 諸將들은 해릉왕의 弑害[16]를 모의하게 되었다.

---

15 高宗 紹興 31년(1161) 10월 하순 남송의 沿海制置使 李寶에 의해 산동반도 密州에서 金側의 戰船들이 궤멸된 것을 말한다. 海陵王은 남송공략을 위해 水夫를 징발하고 戰船을 건조하여 海上을 통한 杭州로의 직접공격을 계획하고 있었다. 그런데 그 船団이 開戰 2달이 채 되기도 전에 李寶의 기습을 받아 완전히 와해되어 버렸던 것이다.

16 海陵王은 남침 개시로부터 약 3개월이 지난 紹興 31년(1161) 11월 28일 金軍 장수들의 쿠데타로 弑害되고 만다. 당시 海陵王의 나이는 40살이었다. 이 쿠데타에 앞서 10월 8일, 金 내부에서는 政變이 발생하여 外征中인 海陵王을 축출하고 葛王이 황제에 즉위한 상태였다.

韓世忠

方臘이 반란을 일으켜 江浙이 진동하였다. 한세충은 王淵을 따라 토벌에 나서게 되었다. 杭州에 이르러 보니 賊黨의 기세가 드세서 장수들이 두려워했다. 한세충은 王淵에게 2,000의 병사를 달라고 청하여 매복했다가 반란군을 기습하였다. 이에 반란군들은 도망해 버렸다. 왕연이 감탄하며 말했다.

"참으로 만 명이라도 감당할 수 있는 인물이로다."

왕연은 자신이 지니고 있던 白金의 器物들을 상으로 주었다.

달아난 반란군들은 睦州 淸溪洞이라는 깊은 골짜기에 웅거하고 있었다. 한세충은 계곡을 따라 몰래 진격해 가다가 토착민 여인에게 물어 길을 알아냈다. 한세충의 부대는 창을 들고 갑자기 근거지에 들이닥쳤다. 그리고 몇 사람을 쳐 죽이고 方臘을 사로잡아 나왔다.

勝捷軍[17]이 河北에서 패배하였다. 勝捷軍에 軍校인 李福이란 자가 있었는데 그가 무리를 이끌고 반란을 일으켰다. 그래서 宣撫使 李彌大는 한세충을 파견하여 토벌하도록 하였다. 한세충은 반란진영에 들어가 李福을 참수였다. 하지만 아직도 나머지 무리들이 거의 만 명에 가까웠다. 한세충은 單騎로 그들 속에 들어가 말했다.

"우리는 모두 陝西[18] 사람들이다. 평생 동안 오직 서쪽 오랑캐들을 죽이는 일만 해왔다. 그런데 어찌 반란을 일으킬 수 있단 말이냐? 우리 황

---

17   勝捷軍은 禁軍의 殿前司 휘하 步軍 부대이다. 『宋史』 권188, 「兵志」 2 참조.
18   韓世忠은 陝西 延安 출신이다.

제께서는 나를 보내 너희를 招安하라 하셨다. 만일 너희가 항복한다면 그 죄를 모두 사면해 주겠다."

반란군들은 모두 절하고 조정의 명령에 따를 것을 약속하며 항복하였다.

고종이 濟州[19]에 머물고 있었다. 한세충은 거느리는 부대를 이끌고 고종에게 南京으로 행차할 것을 권하였다. 그때 金軍이 濟州城을 공격해와서 民心이 흉흉해졌다. 한세충은 西王臺에 올라가 맞서 싸워 金軍을 물리쳤다. 이튿날 金의 장수가 수만 명을 이끌고 다시 공격해왔다. 한세충의 군대는 불과 1,000명 뿐이었다. 한세충은 즉각 單騎로 돌진하여 적의 장수를 베어 버렸다. 金軍은 크게 무너져 흩어졌다. 濟州의 知州는 父老들을 이끌고 한세충을 마중나와 感泣하며 濟州로 모시고 갔다. 이후 한세충은 고종의 御駕를 호위하고 南京으로 갔다.

한세충이 賤微하던 때 王淵은 매우 각별하게 대해주었다. 그런데 苗傳가 王淵을 살해하고 반란을 일으키자, 한세충은 이들 賊黨을 토벌하는 데 더욱 전력을 다했다. 그는 즉각 海路를 통해 平江府[20]로 갔다. 張俊 등은 한세충이 당도하였다는 것을 알고 서로 기뻐하며,

"韓公이 왔으니 이제 이 일은 반드시 해결될 것이다"라고 말했다.

---

19 康王은 靖康 元年(1126) 12월 河北西路 相州(현재의 河南省 安陽市)에서 大元帥府를 개설한 후 이듬해 京東西路 濟州(현재의 山東省 巨野縣)로 옮겨왔다. 이곳에서 약 약 3개월 가량 머물다, 5월에 南京 應天府(현재의 河南省 商丘市)로 건너가 皇帝位에 즉위하게 된다.

20 原文은 行在所로 되어 있으나 정정하였다. 建炎 3년(1129) 3월 苗劉의 變 당시 行在所, 즉 高宗의 滯在地는 杭州였다. 또 本文에도 기록되어 있듯 苗劉의 변 발생 소식을 듣고 韓世忠이 海路를 통해 나아간 곳은, 張浚 等이 勤王兵을 지휘하고 있던 平江이었다.

한세충은 常熟에 이르러 張俊의 서신을 받고 통곡하였다. 그리고 神에게 酹酒[21]하며 말했다.

"맹세코 이 賊黨들과 함께 하늘을 머리 위에 두고 살지 않겠나이다."

士卒들은 이 말을 듣고 모두 분발하였다. 한세충은 張浚을 만나 말했다.

"저는 곧 떠나서 우리 황제를 구하겠습니다."

張浚이 말했다.

"投鼠忌器[22]라 했소이다. 일을 급하게 서두를 것이 없습니다. 이미 사람을 보내 좋은 말로 賊黨을 유인[23]하라 해두었소이다."

당시 한세충의 군대는 수가 적었다. 그래서 張浚은 張俊의 병사 2,000을 떼내어 한세충에게 빌려주었다.

그 무렵 苗傅와 劉正彦의 二凶이 勅令을 위조하여 한세충을 杭州로 불렀다. 한세충은 짐짓 좋은 말로 답했다.

"군대수가 많지 않지만 이들을 거느리고 行在로 가겠습니다."

二凶은 이를 허락했다. 그때 張俊 역시 吳江에 군대를 파견해 두고 있었는데, 그 가운데 步兵 장수 安義가 몰래 二凶과 내통하고 있었다. 安義는 張俊을 밀어내고 그 군대를 빼앗으려 하고 있었다. 安義는 吳橋를 파괴하고 賊黨에 內應하였다. 이에 張俊은 한세충을 파견하여 秀州에 주둔시켜 그 음모를 분쇄하려 했다. 한세충은 二凶의 명령대로 行在로 가는 척하고 秀州에 도착하여, 病을 칭하고 더 이상 나아가지 않았다. 그리고 秀州에서 공격 채비를 갖추어 갔다. 二凶은 이를 보고 비로소 놀랐다.

---

21 술을 땅에 뿌리며 제사하는 것.
22 쥐를 잡고 싶으나 그 곁의 器物을 깰까 두렵다는 의미. 帝王 곁의 奸臣輩를 제거하고 싶으나 帝王이 상할까 걱정되는 것을 비유적으로 표현하는 말이다.
23 馮輙을 파견하여 苗傅와 劉正彦 등을 회유하였던 것을 말한다. 상세한 것은 본서 3책, 162쪽 참조.

한세충이 주둔하고 있던 秀州에 呂頤浩도 도착하였다. 한세충은 교외까지 나가 그를 맞았다. 呂頤浩가 물었다.

"賊黨의 계략에 무슨 다른 걱정은 없겠소?"

한세충이 대답하였다.

"저들은 조정을 장악하고 있다는 것에 의지하고 있습니다. 그러면서도 두려움에 우리로부터 鐵券을 얻어내어 스스로 죽지 않을 것이라 말하고 있습니다. 그러니 무슨 다른 근심이 있겠습니까?"

여이호가 다시 물었다.

"반드시 이길 수 있겠소이까?"

"順理로써 역적을 토벌하는 데 어찌 이기지 않을 리 있겠습니까?"

당시 한세충의 妻 梁氏와 아들 韓亮은 苗傅의 군대에 인질로 잡혀 있었다. 하지만 한세충은 전연 이를 돌아보지 않았다. 隆祐太后는 梁氏를 불러 그 손을 잡고 울며 말했다.

"太尉[24]가 와서 한시 바삐 궁궐의 근심을 깨끗이 헤쳐 주었으면 좋겠소."

苗傅는 자신의 동생 苗翊을 보내 臨平鎭에 赤心軍을 매복해 두었다가 勤王兵의 동태를 엿보아 공격하게 했다. 이를 보고 한세충이 말했다.

"젖 비린 내 나는 어린아이가 감히 맞서겠다는 것이로다."

苗翊은 한세충의 군대에게 도발하여 전투가 벌어졌다. 한세충은 창을 쥐고 돌격하며 將士들에게 말했다.

"오늘 모두 죽음으로써 국가에 보답하라. 만일 얼굴에 화살이 박히지 않는 사람은 모두 참수하겠다."

이 전투에서 苗翊은 패배하여 도망하였고, 苗傅와 劉正彦은 군대를

---

24 太尉는 秦漢時代에 두어졌던 三公의 하나이지만 宋代에는 武人의 階官으로서 아무런 職任이 없는 직함이었다. 통상 武官의 존칭으로 사용되었다.

이끌고 杭州를 빠져나와 달아났다. 한세충은 항주성에 입성하여 賊黨인 王世脩와 吳湛 등을 붙잡아 모두 죽였다.

한세충이 江浙制置使가 되어 부대 하나를 이끌고 苗傅와 劉正彦 등을 追捕하는 일을 담당하게 되었다.[25] 묘부 등은 福建 浦城縣으로 들어갔다. 한세충도 군대를 이끌고 저녁 무렵 縣의 북방 10리 지점에 도달하였다. 賊黨들은 계곡과 험산에 의지하며 각처에 복병을 매설해 두고 있었다. 한세충은 統制官 馬彦輔로 하여금 공격하게 했으나 賊黨은 伏兵을 출동시켜 죽여 버렸다. 賊黨은 승세를 타고 한세충의 中軍에까지 공격해왔다. 한세충은 親兵을 이끌고 분전하여 묘부의 군대를 대패시켰다. 劉正彦도 사로잡았다.

그때 묘부의 진영 내에는 程宓라는 崇安出身의 擧人 하나가 포로로 잡혀 있었다. 그가 제시한 계책에 따라, 묘부는 남은 군대를 이끌고 사잇길로 해서 崇安縣으로 들어갔다. 그리고나서 밤을 이용하여 군대를 버리고 姓名을 바꾼 다음 장사꾼으로 변장하였다. 묘부는 程宓 및 자신의 副將 張政과 함께 서쪽에 있는 劍鋒村으로 가서 土豪 詹標의 집에 숨어들었다. 묘부는 이곳에서 수일을 머물렀다. 程宓는 점차 불안해져서 종내 발각될 것이라 생각하고 詹標에게 몰래 말했다.

"이 사람은 묘부요."

詹標는 즉각 福建提刑[26] 林杞에게 알렸고, 마침내 묘부를 사로잡았다는 소식이 조정에 전해졌다.[27]

25　高宗 建炎 3년(1129) 4월의 일이다. 『宋史』 권25, 「高宗紀」 2 참조.
26　提刑은 提點刑獄公事의 簡稱. 憲使·憲·憲臣 등이라 簡稱되기도 한다.
27　생포된 苗傅와 劉正彦은 建炎 3년(1129) 7월 초 誅殺된다. 『宋史』 권25, 「高宗紀」 2 참조.

高宗이 張俊과 韓世忠, 辛企宗 등을 불러 함께 蒙塵할 장소에 대해 의논하였다.[28] 張俊과 辛企宗은 고종에게 서둘러 潭州로 갈 것을 권유하였다. 한세충은 좀 늦게 도착하여, 마땅히 吳越로 가야 한다며 이렇게 말했다.

"폐하께서는 이미 河北과 山東 지방을 상실하셨습니다. 여기에다가 만일 또 江淮 地方까지 버리게 된다면 그 다음에는 어느 땅이 남겠습니까?"

고종은 內侍에게 명해서 세 사람을 都堂으로 인도하여 宰執들과 함께 의논하게 하였다. 여기에서 고종이 말했다.

"아까 한세충은 吳越로 가자고 했소이다. 吳越은 우리가 싸워 지켜낼 수 있을 것이라 하였소. 하지만 張俊과 辛企宗은 오랑캐에 맞서 대적할 수 없다고 하오. 그러니 湖南으로 가야한다고 말하고 있소."

呂頤浩가 말했다.

"진실로 폐하의 말씀대로입니다."[29]

한세충은 미리 鎭江의 焦山寺에 주둔한 채 金軍이 북으로 돌아가는 것[30]을 막고 기다렸다. 兀朮은 사람을 보내 날짜를 잡아 전투를 벌이기

28　建炎 3년(1129) 閏8月 丁亥日에 행해진 의논이다(『建炎以來繫年要錄』 권27). 당시 高宗은 苗劉의 變 직후인 建炎 3년 4월 杭州를 떠나 5월 이래 建康府에 머물고 있었으며, 한편 金軍이 兀朮의 지휘 아래 이해 7월 말부터 대거 남침하여 建康府를 위협하고 있는 상태였다. 高宗은 이 논의 직후 建康을 떠나 杭州와 明州를 거쳐, 이듬해인 建炎 4년(1130) 正月에는 浙東의 台州와 溫州에까지 피난하기에 이른다. 建康府는 建炎 3년 11월 金軍에 의해 점령된다.

29　여기에 다소의 脫漏가 있는 것으로 보인다. 『建炎以來繫年要錄』에서는 이 직전 高宗의 발언을, "俊 企宗不敢戰 故欲避於湖南. 朕以爲金人所恃者騎衆耳 浙西水鄉 騎雖衆不得騁也. 且人心一搖 雖至川 廣 恐所至皆敵國爾"(권27, 高宗 建炎 3년 閏8月 丁亥)라고 기록하고 있다. 高宗의 이러한 浙西로의 移蹕 방침 천명에 대해 呂頤浩가 동조하였던 것이다.

30　建炎 3년(1129) 10월 兀朮의 지휘하에 대거 남침하였던 金軍은 이듬해 2월 활동을 종결짓고 北歸를 선언하였다. 이후 兀朮의 本陣 10만여 명은 建炎 4년(1130) 3월 鎭江에

로 약속했다. 한세충은 諸將들에게 말했다.

"이 주변의 지형을 보건대 金山의 龍王廟만한 곳이 없다. 오랑캐들이 필시 이곳에 올라가 우리의 虛實을 정탐하려 할 것이다."

한세충은 偏將[31]을 보내 300명의 병졸을 거느리고 龍王廟 속에 매복하게 했다. 또 따로 300명의 병졸을 보내 강 기슭에 매복하고 있게 했다. 그런 다음 이들에게 사람을 파견하여 일렀다.

"강에서 북소리가 들리거든 기슭에 매복한 병사들이 먼저 나오고, 뒤를 이어 龍王廟 속에 들어있는 병사들이 나오도록 하라."

金軍이 鎭江이 도착한 후, 과연 말 5기에 탄 사람들이 龍王廟 쪽으로 다가왔다. 이를 보고 廟 내부에 있던 복병들이 기쁜 나머지 북소리도 들리기 전에 밖으로 나왔다. 5기의 사람들은 채찍을 휘두르며 도망쳤고, 그 가운데 겨우 둘만을 사로잡았다. 그 외에 붉은 도포를 입고 玉帶를 두른 인물이 하나 있었는데, 말에서 떨어졌다가 다시 말 위에 올라타고 달려 도망갔다. 사로잡은 두 사람을 다그쳐 물은 결과 그가 바로 兀朮이었다.

얼마 후 약속대로 전투가 벌어져 서로 간 수십 차례 격돌하였다. 이 전투에서 한세충의 군대가 승리를 거두어 수많은 군사들을 사로잡았다. 또 兀朮의 사위로서 僞齊로부터 龍虎大王에 봉해졌던 자도 포로로 잡았다. 金軍의 戰船은 천여 척에 이르렀는데 결국 長江을 건너지 못했다.

兀朮은 사신을 보내, '江南에서 약탈한 물건들을 다 돌려줄테니 길을 내어 달라'고 청했다. 한세충은 거절했다. 그러자 名馬를 더 주겠다고 나섰다. 한세충은 역시 거절하였다.

이르러 渡河의 채비를 갖추었다. 이러한 올출의 군대에 대해 한세충은 8,000명의 군대를 거느리고 먼저 鎭江에 주둔하였다가 저지하고 나선 것이다.

31 副將.

당시 撻懶는 濰州에 있었는데 이러한 소식을 듣고 孛堇[32] 太一을 淮東 地方으로 이동시켰다. 兀朮을 성원하기 위한 조치였다.

한세충과 兀朮은 建康府의 黃天蕩에서 대치를 계속하였다. 한세충은 海舟를 金山 아래에 정박시켜 두고 있었다. 한세충은 전투에 앞서 쇠줄을 주욱 연결하여 길다란 밧줄을 만들고 여기에 큰 갈고리를 하나씩 꿰어 두게 했다. 이것을 날쌔고 강한 병사들에게 지급해 주었다. 날이 밝자 金軍은 배들을 떼 지어 진군시켰다. 한세충은 海舟들을 두 갈래로 나누어 그 배후를 습격하게 했다. 그리고 쇠밧줄로 적의 배를 하나씩 끌어당겼다.

金軍은 결국 長江을 도하하지 못하고 한세충과의 대화를 청하였다. 한세충은 아주 느긋하게 대답하며, 이따금 鳳이 그려진 金甁으로 술을 마시는 모습을 보여주기도 했다. 兀朮은 한세충의 整然하면서도 여유로운 모습을 보고 더욱 의기가 소침해졌다. 兀朮은 심히 공손하게 길을 내어 달라고 청했다. 한세충이 대답했다.

"그것 별로 어려운 일 아니다. 다만 두 황제를 송환하고 옛 강토를 되돌려주면 폐하께 아뢴 다음 보내주겠다. 그러면 서로 다치지 않을 것이다."

兀朮은 이렇게 한세충에게 가로막히고 나서 建康으로부터의 長江 도하를 시도하였으나 역시 실패하였다. 그때 누군가 계책을 내어 蘆場地에 큰 운하 20여 리를 파라고 했다. 위로 長江으로 이어지게 한 다음 배를 강의 뒤쪽에서부터 불시에 출발시키려 한 것이었다. 한세충의 군대는 장강의 안쪽에 있었다. 金軍은 冶城의 서남쪽 귀퉁이에서부터 운하

---

32 여진족의 부족장. 金太祖 시기 猛安謀克이 군사조직화하면서 孛堇은 군사조직의 장교나 혹은 영예 爵位로 바뀌게 된다. 孛堇은 熙宗 시대에 제도가 개편되면서 폐지된다.

를 파기 시작하여 어느 날 밤 완성시켰다. 이튿날 아침 兀朮은 배들을 출발시켜 장강도하를 시도했다. 한세충은 크게 놀라 방비에 나섰다. 金軍은 이에 막혀 建康으로 이동해 갔으며 한세충 군은 그 후미를 공격하여 패퇴시켰다. 金軍은 이번에도 종내 장강을 건너지 못했다. 한세충의 군대는 바람을 따라 돛대를 사용하였다. 海舟들은 나는 듯 강물 위를 왔다갔다 하였다. 兀朮은 이를 보고 諸將들에게 말했다.

"배를 마치 말 부리 듯하니 어떻게 깨부술 수 있겠느냐?"

兀朮은 궁리 끝에 榜을 내걸고 海舟를 격파할 방책을 구했다. 이를 보고 福州 사람인 王某가 나섰다. 그는 배 속에 흙을 채우고 뱃전에 판자를 두른 다음, 배 바깥으로 구멍을 내어 노와 상앗대를 사용하라고 가르쳐 주었다. 그리고 바람이 그치면 출동시키고 바람이 조금이라도 불면 움직이지 못하게 했다. 海舟는 바람이 없을 경우 움직일 수 없기 때문이었다. 또 王某는, '불화살로 海舟의 돛대를 쏘아 맞추면 공격하지 않아도 저절로 무너질 것'이라고 말했다.

兀朮은 불화살을 준비시킨 후 밤을 이용해 배들을 이끌고 장강으로 나섰다. 그 빠르기가 나는 듯하였다. 하늘은 갠 상태였고 바람 한 점 없어서 海舟는 전연 움직이지 못하고 있었다. 金軍이 불화살로 海舟의 돛대를 맞추자 그 불길이 치솟으며 마치 해가 이글거리듯 하였다. 사람들은 어지러이 흩어지며 소리를 질렀고 말들은 놀라 울부짖었다.[33] 이렇게 불길에 휩싸인 배들이 강을 뒤덮으며 흩어졌다. 한세충은 어쩔 수 없이 나머지 군대를 이끌고 眞州의 瓜步鎭으로 가서 배를 버리고 육지로

---

[33] 당시 韓世忠의 海軍은, "世忠海船 本備水陸之戰 人皆全裝 馬皆鐵面皮甲 每船有兵有馬有老少有糧食有輜重"(『三朝北盟會編』 권138, 高宗 建炎 4년 4월 24일)이라 하듯 陸上 전투에 대비하여 騎馬와 각종 병기까지 搭載하고 있었다.

올라갔다가 서둘러 鎭江으로 되돌아갔다. 兀朮은 이렇게 하여 장강을 건너 달아날 수 있었다.[34]

淮東宣撫使인 한세충이 上奏하여, 이미 長江을 건너 적과 맞서고 있다고 보고하였다.[35] 고종이 말했다.

"한세충은 忠勇스러우니 반드시 공을 세울 것이다. 戶部에 명하여 銀과 비단을 지급하도록 하라. 長江을 건넌 將士들에게 상을 주어 격려해야 할 것이다."

그 얼마 후 한세충이 다시 상주하여,

"지금 揚州에 있으나 마침 계속 비가 내리기 때문에 진군시키지 못하고 있습니다. 이로 인해 조정에서 戰功이 더딘 것을 의심하지나 않을까 우려됩니다"라고 말했다.

이에 고종이 말했다.

"軍事의 문제를 어찌 멀리 앉아 통제할 수 있으리오?"

고종은 詔勅을 내려 한세충으로 하여금 상황에 따라 臨機應變하라고 했다.

한세충이 군대를 거느리고 揚州에 머물고 있었다. 그때 金으로 가는 使臣 魏良臣[36]이 그의 軍營을 지나게 되었다. 두 사람이 한 잔 두 잔 이별

---

34 이렇게 하여 建炎 4년(1130) 4월 25일, 兀朮 휘하의 10만 대군은 무려 40여 일간이나 한세충 군대에 가로막혀 있다가 가까스로 長江을 渡河하여 北歸할 수 있었다.

35 高宗 紹興 4년(1134) 10월의 일이다. 이에 앞서 9월 金과 僞齊의 연합군이 남침을 개시하자 承州에 주둔하던 韓世忠은 長江을 건너 鎭江府로 후퇴한 바 있었는데, 10월 高宗의 御札을 받고 재차 淮南의 揚州로 진군하였던 것이다.

36 高宗 紹興 4년(1134) 8월에 金으로 파견된 通問使이다. 金과의 和議 타진 및 徽宗·欽宗 二帝의 소식 탐문을 임무로 하고 있었다.

주를 마시고 있는데 流星의 庚牌[37]가 沓至하였다. 魏良臣이 그 까닭을 물으니 한세충은 이렇게 말했다.

"朝廷에서 詔勅이 내려와서 군대를 후퇴시켜 長江을 수비하라고 합니다. 그래서 全軍에 명하여 취사용 화덕을 철거하고 철수 준비를 시키는 중입니다."

魏良臣이 金側으로 떠나가자 한세충은 그가 국경을 벗어났을 때 쯤을 헤아려 말 위에 올라탔다. 그리고 군대에 명령을 내렸다.

"내 채찍이 가리키는 곳으로 나아가도록 한다."

한세충은 군대를 모두 모아 大儀鎭으로 나아갔다. 이곳에서 精兵을 다섯 개의 진영으로 나누어 20여 개 지점에 매복시켰다. 그리고 이들에게 북소리가 들리거든 떨쳐 일어나 공격하라고 일렀다.

魏良臣이 金軍의 진영에 도착하자 그들은 宋軍의 동태에 대해 물었다. 魏良臣은 보고 들은 대로 대답하였다. 兀朮은 심히 기뻐하며 군대를 이끌고 양자강 기슭으로 나아갔다. 大儀鎭까지는 채 5리밖에 안 되는 곳이었다. 특히 兀朮의 副將인 孛堇 撻也는 鐵騎를 이끌고 한세충 군대가 매복한 지점의 동쪽을 지나갔다. 한세충은 작은 깃발을 통해 북을 울리게 하였고, 이에 따라 매복한 병사들이 사방에서 일어났다. 군대가 서로 뒤섞이고 宋軍의 깃발과 金軍의 깃발이 어지리이 엉겼다. 金軍은 무너지면서 칼과 활을 어떻게 사용해야 할지 몰라 갈팡질팡하였다. 반면 宋의 군대는 대오를 지어 번갈아 진격하였다. 背嵬軍[38]은 각각 긴 도끼

37　庚牌는 군대를 파견할 때 장수에게 주는 증빙. 庚符, 혹은 虎符라고도 한다. 流星은 流星馬, 혹은 流星報馬로서 통신병을 지칭한다. 따라서 流星의 庚牌란 통신병을 통한 軍令의 전달을 의미한다.

38　韓世忠 부대와 岳飛 부대에 있었던 將軍의 親衛軍. '皆勇鷔絶倫者'(『宋史』 권364, 「韓世忠傳」)라 하듯 최고의 정예병으로 구성되었다. 背嵬라 일컬어지는, 가죽으로 만든 둥그런 방패를 소지하고 있었다. 淸代의 王士禎는 『分甘餘話』에서, "韓蘄王 岳鄂王 皆

들 들고 위로는 적군의 가슴을 찌르고 아래로는 말의 다리를 내리쳤다. 金軍의 병사들은 무장한 채 그대로 진흙탕 속에 빠져 사람과 말이 함께 죽어갔다. 孛菫 撻也까지 생포되었다.[39]

兀朮은 달아나 泗州로 되돌아와서는 魏良臣을 불렀다. 그리고 자신을 속였다고 꾸짖으며 죽이려 했다. 魏良臣은 그럴듯한 구실을 붙여 가까스로 살아났다.

이어 한세충의 提擧官 董旼은 天長軍에서 金軍과 전투를 벌였으며, 統制官 解元 및 成閔은 承州에서 金軍과 싸웠다. 이들은 모두 金軍을 격퇴시키고 100여 명을 포로로 잡았다. 한세충은 屬官인 陳桷와 董旼 등을 보내 포로들을 모두 배에 실어 行在로 이송시켰으며, '使臣[40] 30여 명이 戰死하였다'고 보고하였다.

이러한 한세충의 捷報를 접하고 沈與求가 말했다.

"建炎 年間 이래로 將士들은 일찍이 한번도 적들과 맞서 싸우려 들지 않았습니다. 그런데 이번에 한세충이 잇달아 승리하며 저들의 예봉을 꺾었으니 그 功이 결코 작지 않습니다."

趙鼎도 말했다.

"폐하께서는 全軍을 총괄하시니 만큼 다른 때보다는 좀 달리 論功行賞을 행하셔야 할 것입니다."

有背嵬軍. 范石湖云 燕中謂酒餠曰嵬 其大將酒餠 皆令親隨人員負之 故號背嵬 韓 岳取 其名 以名親軍爾"(권2)라 적고 있다.

39 이것이 후일 宋人들에 의해 中興以來 十三處戰功의 하나로 꼽히는 高宗 紹興 4년 (1134) 10월에 있었던 大儀鎭 전투이다. 이 승리에 대해 당시 南宋의 朝廷에서는, "論者以此擧爲中興武功第一"(『宋史』 권364, 「韓世忠傳」)이라고까지 稱揚하였다.

40 8品과 9品의 무관을 총칭하는 용어. 통상 정8품을 大使臣이라 하고, 종8품·정9품· 종9품을 小使臣이라 불렀다. 軍中에서 使臣은 統兵官으로 임용되거나 정찰 임무, 혹은 공문서를 전달하는 임무 등을 담당하였다. 남송 초에는 전쟁이 빈발하면서 軍兵 가운데 戰功으로 인해 使臣으로 승진하는 사례가 대단히 많았다.

고종이 대답하였다.

"功을 가려 더 후하게 상을 내리도록 하시오. 그리하여 모든 군대를 격려하고 권면하여 功을 이루게 하기를 바라오."

撻懶는 泗州에 있고 兀朮은 竹墩鎭에 주둔하고 있었다. 兀朮은 서신을 써서 폐물과 함께 한세충에게 보내 전투를 약속하고자 했다. 사자가 왔을 때 한세충은 諸將들과 더불어 막 술을 마시려 하고 있었다. 한세충은 서신을 받아보고는 즉석에서 배우를 파견하여 귤과 차를 지니고 가서 보고하게 했다. 그 답서의 내용은 대략 다음과 같았다.

"元帥의 부대가 몹시 고초를 겪어서, 下諭하여 전투를 기약하자 하셨으나 감히 속히 응하지 못하겠나이다. 심부름꾼을 보내 지시하는 바를 받들도록 하겠습니다."

그 무렵 金軍은 이미 한세충에게 가로막힌 데다가, 큰 비와 눈을 만나 군량 보급로가 단절되어 버렸다. 더욱이 들판에는 아무 빼앗을 것도 없었다. 그래서 군사들은 軍馬를 죽여서 먹는 지경이었다. 軍中에는 원망의 목소리가 들끓고 있었다. 兀朮은 어쩔 수 없이 밤을 이용해 철수해 버렸다.[41] 金軍은 철수 후 사람을 보내 劉麟과 劉猊 진영에도 통지하였다. 劉麟 등은 이 소식을 접하고 각종 물자를 버려둔 채 달아났다. 이들은 밤낮으로 200여 리나 행군하여 宿州에 다다른 이후에야 비로소 조금 쉴 수 있었다. 이 소식을 듣고 서북 지방의 僞齊 및 金 군대에서는 크게 두려워했다.

---

41 이때가 高宗 紹興 4년(1134) 12월이었다. 金軍은 이 해 9월에 남침을 개시한지 3개월여 만에 退師시킨 것이다. 『宋史』 권27, 「高宗紀」 4 참조.

한세충과 劉光世 等이 入朝하여 고종을 알현하였다. 한세충이 진언하였다.

"오랑캐의 騎兵들이 물러났으니 폐하께서 분명히 기뻐하실 것이라 생각됩니다."

고종이 말했다.

"그것만으로 기뻐할 수는 없지요. 만일 中原을 수복하고 사로잡혀간 두 황제를 귀환시켰다면 분명히 기쁠 것이외다. 하지만 한 가지 기쁜 것은 있소이다. 卿들이 군대를 거느리고 용맹을 서로 겨루듯 앞다퉈 적을 물리쳤소이다. 지난날 적을 두려워하던 모습은 온데간데 없었소. 이는 분명 기뻐할 만한 일이오."

조회 시간이 되자 재상인 趙鼎 등이 侍立하였다. 고종이 말했다.

"적들이 남침할 때 저들의 명장들이 모두 그 가운데 포진해 있었소이다. 江浙 一帶를 倂呑하려는 의도를 지니고 있었던 것이오. 그런데 卿들이 온 힘을 다해 막아 물리쳤기에 저들이 궁지에 몰려 퇴각하였소. 朕은 심히 嘉尙히 여기는 바이오."

趙鼎이 말했다.

"臣은 항복한 金의 장수 程師回가 말하는 것을 들었습니다. 劉豫가 金側에 거짓으로, '유광세와 한세충이 근래 사이가 나쁘다'고 말했다 합니다. 그런데 오랑캐가 淮南 일대에 와서 보니 두 사람 사이의 관계가 듣던 것과 달라 그들의 기세가 꺾였다고 합니다."

고종이 말했다.

"烈士는 마땅히 意氣로써 서로 投合하여, 먼저 國家의 위급을 생각하고 사사로운 감정은 뒤로 돌려야 하오. 옛날 寇恂과 賈復이 서로 깊은 원한을 가진 적이 있소.[42] 그때 光武帝가, '天下가 아직 평정되지 아니했는데 어찌 두 勇將이 사사로이 다툴 수 있단 말이오? 당장 朕을 위해 서로 풀도록 하시오'라고 말했소이다. 그러자 두 사람은 마주 앉아 더 없이 흔쾌히 환담을 나누다 한 수레를 타고 같이 나갔고, 그리고도 서로 교우 관계를 맺고 나서 헤어졌다고 하오. 유광세와 한세충은 설혹 서로 간 감정이 있다 하여도, 지금 당장 朕을 위해 풀도록 하시오. 서로 유감스러운 것을 풀고 가까워지기 바라오."

두 사람은 모두 感泣하며 再拜하고 말했다.

"臣 등이 지난날 폐하께 근심을 끼쳐드린 바 있습니다.[43] 하지만 국가를 편안히 하는 데 있어서는 어찌 감히 남으로 갈릴 수 있겠습니까? 하물며 지금은 이미 서로 화해하여 오해가 없어졌습니다. 君父께 번거로이 저희 일로 至誠스럽게 訓飭하게 해서, 臣 등은 황공하여 몸둘 바를 모르겠습니다. 어찌 감히 폐하의 훈계를 받들지 않을 수 있겠습니까?"

고종은 內侍에게 명하여 內庫로부터 금 쟁반과 술병·술잔을 꺼내오게 해서 두 장수에게 주고 술을 한 잔씩 내려주었다. 그리고 나서 마신 器物들을 하사하였다. 두 장수는 御前에서 물러났다.

고종이 말했다.

"유광세 등은 충성심이 대단하므로, 필시 朕을 위해 僭濫한 무리들을 평정하고 疆土를 수복할 것이다."

---

42 寇恂과 賈復은 後漢 光武帝의 무장으로 創業 과정에서 지대한 역할을 하였다. 양인은 사이가 좋지 않아 光武帝가 이들을 불러 서로 화해하고 친우가 되도록 했다. 寇恂과 賈復의 고사는 국가가 위기에 처했을 때 賢君이 나서서 사이가 나쁜 臣僚를 화해시키는 사례로 자주 인용된다.

43 高宗 紹興初年 兩人間의 관계가 매우 險惡해진 일이 있다. 『宋史』 권369, 「劉光世傳」에서는 이러한 사실에 대해, "(紹興) 三年 命光世與韓世忠易鎭 同召赴闕 授檢校太傅江東宣撫使. 世忠旣至鎭江城下 姦人入城焚府庫 光世擒之 皆云世忠所遣. 世忠屯登雲門 光世引兵出 懼其扼己 改途趨白鷺店. 世忠遣兵襲其後 光世以聞"이라 기록하고 있다.

都督諸路軍馬인 張浚이 군대를 위로하기 위해 鎭江에 도착하였다. 그는 한세충을 불러, '楚州로 옮겨 주둔하면서 山東 地方을 압박하라'는 고종의 지시를 직접 전해 주었다. 한세충은 欣然히 命을 받들고 그날로 全軍에 지시를 내려 장강을 건넜다. 한세충의 군대는 열을 지어 楚州로 올라가 주둔하였다.

고종은 친히 御札을 써서 한세충을 위로하였다.

"오늘 모든 군대가 장강을 건넜으며 그 위세와 함성이 멀리까지 떨쳤다는 소식을 들었소. 卿의 妻子도 동행하는 것이오? 갑작스레 이동하였기 때문에 醫藥이나 음식에 혹시라도 未備된 것이 있지 않을까 우려되오. 필요한 것이 있거든 하나하나 上奏하도록 하시오."

당시 山陽縣은 金軍의 공격으로 인해 파괴되어 있었다. 한세충은 병사들과 함께 일하며 가시더미를 헤치고 宣撫處置司府를 건설했다.[44] 그의 부인 梁氏는 직접 잡초를 얽어서 집을 만들었다. 음악을 연주하는 대연회를 개최하고, 將士 가운데 적과 부닥쳐 겁을 내었던 자에게는 두건과 머리장식을 준 다음 여자로 분장시켜서 부끄러움을 주었다. 군대의 堡壘가 다 완성되자, 한세충은 流散한 백성들을 불러모으고 상인들이 통하게 하였으며 또 匠人들을 우대해 주었다. 이로 인해 얼마 후 山陽縣은 重鎭으로 성장하였다.

秦檜가 國政을 장악하고 和議를 강력히 추진하였다.[45] 한세충은 和議를 체결해서는 안 된다고 생각하였다. 그는 洪澤鎭에 군대를 보내 도적

---

44 高宗 紹興 6년(1136) 당시 韓世忠은 京東淮東路宣撫處置使로 있었다.
45 秦檜는 高宗 紹興 8년(1138) 3월 재차 宰相으로 임용되었으며 그 직후부터 강하게 和議論을 주도해갔다.

떼로 꾸며서 매복시켜 둔 다음, 金의 使臣이 지나갈 때 습격하여 和議를 무너뜨리고자 했다. 그런데 그의 副將 郝辨이 淮東運副[46] 胡昉에게 은밀히 이 사실을 알려주었다. 당시 韓肖胄가 막 金國에 사신으로 가는 중이었다.[47] 胡昉은 또 은밀히 이를 韓肖胄에게 말했고, 그 사실을 안 한초주는 金의 사신과 함께 淮西로 돌아서 갔다. 한세충은 결국 그들을 습격하지 못했으며, 이를 안 秦檜는 심히 원한을 품었다.

宰執이 한세충과 張俊의 入覲 사실을 진언하였다. 秦檜가 말했다.

"臣은 일찍이, '한세충과 張俊의 양대 장군에 대해 폐하께서는 두 호랑이처럼 의지하신다'고 말한 적이 있습니다. 이들이 각각 변경을 굳건히 지키고 있기에 적들이 감히 근접하지 못합니다."

고종이 말했다.

"그 비유는 오히려 모자랍니다. 그들은 바로 좌우의 손과 같습니다. 모든 손이 다 온 힘을 다하지 않소이까?"

고종이 한세충·張俊·岳飛에게 말했다.

"朕이 지난날 卿들에게 일개 路의 宣撫使라는 권한이 작은 직위를 준 바 있소이다. 이제 卿들에게 全軍을 통할하는, 樞府[48]라는 권한이 심히 큰 직위를 부여하겠소. 卿들은 앞으로 합심하여 한 마음이 되고 서로 간 갈라지지 않도록 해야 할 것이오. 그렇게 한다면 병력이 온전하게 보전되어 능히 통어할 수 있을 것이고, 兀朮 등도 감히 넘보지 못하게 될 것

---

46 轉運副使의 略稱. 副使 혹은 佐漕라고도 稱했다.
47 高宗 紹興 8년(1138) 12월의 일이다.
48 樞密院의 別稱. 內樞·右府·西府·中樞·密府 등으로도 불렸다.

이오."[49]

고종이 張俊과 岳飛에게 命하여 楚州에 가서 한세충의 군대를 점검하여 재배치하게 했다.[50] 이때 岳飛는 兵籍을 보고 비로소 한세충의 군대가 고작 3만 명뿐이었다는 사실을 알았다. 그러면서도 楚州에 10여 년이나 주둔하면서 金軍이 감히 침범하지 못하게 막았을 뿐만 아니라, 심지어 그러고도 남아 山東 地方을 공략하기까지 했다. 실로 대단한 군대였던 것이다.

한세충은 和議를 반대하면서 간절하게 諫言하였다.

"中原의 士民들은 윽박질려서 어쩔 수 없이 腥羶[51]의 지배를 받고 있습니다. 특히 그중의 豪傑들은 목을 길게 빼고 王師가 弔民伐罪[52]하기를 고대하고 있습니다. 만일 오랑캐와 和議를 맺는다면 시간이 점차 흐

---

49 高宗 紹興 11년(1141) 4월의 조치이다. 이때 韓世忠과 張俊은 樞密使에 除授되었으며
    岳飛는 樞密副使가 되었다. 이들은 당시 일괄하여 '三大將'이라 불리고 있었는데 秦
    檜의 和議 추진에 있어 가장 큰 장애물이었다. 더욱이 이들이 지휘하는 일선 부대
    와 지휘관인 이들 三大將 사이에는 강한 사적유대가 형성되어 있다. 秦檜는 이들
    의 軍權을 회수하기 위해 三大將을 일선 부대로부터 격리시켜 중앙으로 소환하였
    던 것이다. 이러한 저간의 사정에 대해 『建炎以來繫年要錄』에서는, "初張浚在相位
    以諸大將久握重兵難制 欲漸取其兵屬督府 而以儒臣參之. 會進西軍叛 浚坐謫去. 趙鼎
    繼相 王庶在樞府 復議用偏裨以分其勢 張俊覺之 然亦終不能得其柄. 至是 同獻計於秦
    檜 請皆除樞府 而罷其兵權 檜納之 乃密奏於上"(卷140, 紹興 11년 4월 辛卯條)이라고
    기록하고 있다.
50 秦檜는 和議를 반대하는 韓世忠에 대한 조치의 일환으로 그의 부대를 재배치하는 작
    업부터 착수했던 것이다. 『建炎以來繫年要錄』에서는 이와 관련하여, "詔韓世忠聽候
    御前委使. 張俊 岳飛帶本職前去按閱御前軍馬 專一措置戰守. 時秦檜將議和 故遣俊 飛
    往楚州 總淮東一路全軍 還駐鎭江府"(권140, 紹興 11년 5월 丁未條)라 적고 있다.
51 누린 내 나는 오랑캐의 의미. 腥羶이란 누린 내가 난다는 뜻으로, 外國人에 대한 모멸감
    을 나타내는 말이다.
52 백성을 불쌍히 여겨 罪를 내치는 것. 暴虐한 帝王을 토벌하여 백성을 救濟하는 것
    을 가리킨다.

르면서 人情은 쇠약해지고 國勢는 쇠미해질 것입니다. 누가 어떻게 이를 다시 진작시킬 수 있겠습니까?"

한세충은 거듭 章奏를 올려, 秦檜가 國事를 그르치고 있다는 사실을 아주 적절한 어조로 공박하였다. 秦檜는 이로 말미암아 더욱 원한을 갖게 되었다. 그때 누군가 한세충이 황제에게 죄를 지었다고 上奏하자, 한세충의 章奏는 더 이상 밖으로 공개되지 않았다.

그러자 한세충은 강력히 閑職을 청하여 마침내 太傅醴泉觀使로 되었다. 이로부터 그는 문을 걸어 잠그고 來訪客을 사절하였으며 입을 다물고 군사 문제에 대해 논하지 않았다. 이따금 나귀에 올라타 술병을 옆에 차고, 한두 명의 아이 종을 뒤따르게 하며 유유히 西湖 주변을 유람하였다. 과거의 副將들도 그의 얼굴을 보는 일이 매우 드물었다.

권7

劉光世

撻懶는 祁州[1]로 돌아갔지만 그의 군대는 아직도 承州와 楚州에 머물고 있었다.[2] 당시 유광세는 鎭江을 지키고 있었다. 그는 金·銀·銅으로 세 가지 색깔의 동전을 만들고, '招納하는 믿음의 동전(招納信寶)'이란 글자를 새겨 넣었다. 그리고 이를 주워오는 金의 병사들에게는 잔치를 베풀고 물자를 지급해 주겠다고 했다. 얼마 후 金의 병사들이 잇달아 歸順하여 수천 명이 되었다. 이들에게는 모두 좋은 말과 병기를 지급하고 華人과 똑같이 처우하였다. 그리고 이들을 모아, '赤心軍'과 '奇兵軍'이라는 두 부대를 창설하였으며 훗날 매우 유용하게 쓰였다.

---

1   河北西路 北部에 위치. 오늘날의 河北省 安國市.
2   高宗 紹興 元年(1131) 12월의 일이다. 『中興小紀』권11 참조.

고종이 親征을 下詔하였다.[3] 당시 劉光世의 군대는 馬家渡에 있었으며 張俊의 군대는 采石에 있었다. 얼마 후 劉光世에게 휘하의 군대를 이끌고 韓世忠을 지원하라는 詔令이 내려졌다. 또 張俊에게는 군대를 建康府로 이동시키라는 명령이 하달되었다.

유광세와 한세충, 張俊 등 세 장군의 威勢는 비슷하였는데 서로 간 間隙이 있어 협동하려 들지 않았다. 고종은 魏矼과 田如鼇에게 명하여 이들에게 가서 화해시키라 하였다. 魏矼은 유광세의 軍中에 이르러 말했다.

"적들은 군대가 많고 우리는 적소이다. 힘을 합해도 대적하지 못할까 우려되는데 각 부대가 따로따로 움직여서야 되겠소? 서로 감정을 접고 합심해야만 나라에 보답할 수 있을뿐더러 또 각각의 신상에도 유리할 것이오."

이에 유광세가 마음을 열자, 魏矼은 다른 두 장수에게 편지를 써서 다른 감정이 없음을 보임으로써 서로 협력할 수 있도록 하라고 권하였다. 한세충과 장준도 그 편지에 답장을 보내와서 서로서로의 감정을 풀었다. 유광세는 이 사실을 고종에게 上奏하고, 太平州로 나아가 주둔하였다.

水賊 邵淸이 淮南의 通州와 泰州 일대에서 횡행하였는데 크고 작은 戰船이 3,000여 척이나 되었다.[4] 그런데 이 무리가 양자강을 거슬러 올

---

3 紹興 4년(1134) 10월의 일이다. 이에 앞서 이 해 9월에 金과 僞齊의 연합군이 대거 남침을 시작하여, 宰相인 趙鼎 등의 건의로 親征의 방침이 결정된 것이다.

4 邵淸(?~1140)은 邵青이라고도 한다. 본디 五丈河의 船工이었으나 盜賊이 되었다. 靖康의 變 이후 무리를 모아 楚州와 泗州 일대에서 횡행하였다. 建炎 3년(1129) 杜充의 招安을 받아 沿江措置水軍統制이 되었다. 그 직후 金軍이 남침할 때 金의 선박을 탈취하여 맞서기도 하였지만, 紹興 元年(1131) 재차 반란을 일으켜 太平州와 江陰軍 등지를 공격하였다. 그러다 다시 劉安世의 招安을 받아 浙西安撫大使司統制官의 관직을 받았다. 그 후 紹興 10년(1140) 濠州의 兵馬鈐轄로 있다가 金軍이 濠州를 침공할 때 맞서 싸우다 전사하였다.

라와 太平州의 城 아래에까지 이르렀다. 조정에서는 유광세에게 명하여 토벌하게 했다. 얼마 후 이들 賊黨은 또 浙西의 江陰軍과 崇明鎭에 침범하였다. 유광세는 군대를 이끌고 가서 이들을 포위하였고, 賊黨은 결국 세력이 쇠미해져 항복하였다.

한세충의 군대가 建康에 주둔할 당시 朝廷에서는 江東의 漕臣[5]에게 명하여 매달 10만 緡의 동전을 지급하게 하고, 酒稅와 經制錢 등으로 충당하게 하였다. 그런데 유광세가 옮겨와 주둔하면서 여기에 덧붙여 月椿錢 5만 7,000緡을 증액하여 지급하게 되었다. 轉運[6] 劉景眞이 조정에 재원의 부족을 고하자, 여러 경비를 적당히 융통하여 대처하라는 조칙이 내려졌다.

宰執이, '유광세의 군대에게 한세충의 군대와 똑같은 錢糧을 지급하자'고 건의하였다. 고종이 말했다.

"諸將들에 대한 재정의 지급은 균등하게 해야 할 것이오. 차별이 있어서야 되겠소이까?"

그리고 나서 고종은 이어 말했다.

"유광세의 군대는 잡다한 병사를 끌어모은 것인데, 조금이라도 병사들을 정선하여 도태시킨다면 재정운용에 무리가 없어질 것이오."

范宗尹이 말했다.

"이번 달에만 동전 16만 緡과 미곡 3만 석을 지급했습니다. 만일 정선하여 정병 3만 정도를 남기고 덧붙여 使臣도 무능한 자들을 얼마간 도

---

5   轉運使·轉運副使·轉運司判官 등의 총칭.
6   轉運使의 別稱. 運使·轉使·漕使·部刺史 등으로 칭해지기도 했다.

태시킨다면, 재정이 한결 여유로워질 것입니다."

고종이 말했다.

"내 친필을 적어 보내야 하겠소. 여러 의례적인 문귀나 致辭는 쓰지 않고 가족에게 편지하듯 적어서, 朕의 의중을 솔직하게 보이겠소이다. 그리한다면 유광세도 다른 의심 없이 공손하게 명령에 따를 것이외다."

고종은 친필의 편지를 적어 이와 함께 玉帶를 유광세에게 보냈다.

張守가 말했다.

"폐하께서는 실로 장수들을 통어하는 요령을 깊이 잘 알고 계십니다. 유광세 군대의 군비 지급이 裁減된다면 국가의 재정도 조금 여유로워질 것입니다."

張浚이 조정에 들어와 고종을 獨對하고 말했다.[7]

"유광세는 교만한데다가 능력이 모자라 대장 감이 못됩니다. 파직시켜 주십시오."

고종은 趙鼎과 함께 의논해 보라고 명하였다.[8] 張浚이 趙鼎을 만나 상세히 설명하자, 趙鼎이 말했다.

"안 됩니다. 유광세는 장수 집안 출신입니다. 장수란 사졸들을 거느리는 존재입니다. 대부분 名家에서 좋은 장수가 배출되는 법입니다. 더욱이 아무 까닭도 없이 파직시킨다면 다른 사람들의 반발을 살 수도 있습니다."

이후 趙鼎이 재상 직위에서 파직[9]되자, 張浚은 이번에야말로 기필코

---

[7] 張浚은 都督諸路軍馬로서 江上에 파견되어 邊防을 총괄하다가, 紹興 6년(1136) 10월에 남침을 개시한 僞齊의 군대를 격파하고, 이해 12월 초 朝廷에 와서 高宗을 入見하였다.

[8] 이 논의가 행해진 紹興 6년(1136) 12월 당시 趙鼎과 張浚은 左相과 右相의 직위에 있었다.

유광세를 파직시키고자 벼렀다.[10] 그래서 呂祉를 시켜 먼저 淮西에 가서 유광세의 군대를 점검하게 하였다. 이때 詹至가 張浚에게 편지를 써서 말했다.

"呂尙書[11]는 실로 當世의 유능한 인물이라 할 만합니다. 하지만 그가 이곳에 와서 취하는 조치를 보면, 면밀하게 은혜와 위엄을 세워 군대로 하여금 功을 이루게 하는 데 있어 옛 사람들만 못한 것 같습니다. 이곳의 군대는 이미 王德으로 하여금 지휘하게 한 상태입니다. 그런데 王德이 비록 功은 있으나, 酈瓊 등과 동일한 서열의 인물입니다.[12] 따라서 그 휘하에 불평과 원망을 지닌 자들이 있을까 우려됩니다. 원컨대 평소 軍中에서 人望을 얻고 있는 裨將을 선발하여 副統制로서 王德을 보좌하게 하는 것이 좋을 듯합니다."

呂祉가 조정에 돌아온 후, 酈瓊 등은 張浚의 都督府에 王德을 고소하였다. 이에 王德에게 명하여 建康으로 돌아가게 하고, 다시 呂祉에게 명하여 淮西에 가서 일을 수습하게 했다. 이후 呂祉는 은밀히 酈瓊의 파직을 奏請하였고, 마침내 해를 당하게 된다.[13]

---

9 高宗 紹興 6년(1136) 12월의 일이다.
10 이러한 張浚의 탄핵으로 말미암아 劉光世는 紹興 7년(1137) 3월 마침내 罷職된다. 이와 관련하여 『宋史』에서는, "右司諫陳公輔劾其不守廬州 張浚言其沈酗酒色 不恤國事 語以恢復 意氣怫然 乞賜罷斥. 光世身疾請罷軍政 又獻所餘金穀于朝. 拜少師 充萬壽觀使 (…中略…) 至是 督府命呂祉節制其軍"(권369, 「劉光世傳」)이라 기록하고 있다.
11 呂祉는 紹興 7년(1137) 3월 兵部尙書에 임명되었다.
12 呂祉는 소흥 7년(1137) 5월 行營左護軍이 주둔하고 있는 淮西의 廬州(현재의 安徽省 合肥)에 가서, 이미 王德이 都統制로 임명되어 있는 터에 酈瓊을 副都統制로 임명하는 조치를 취했다.
13 이 사건이 바로 紹興 7년(1137) 8월 7일에 발생한 이른바 '淮西의 兵變'이다. 兵部尙書 呂祉의 酈瓊 해임 奏請이 胥吏에 의해 누설되어 酈瓊에게 전해짐으로써, 酈瓊이 반란을 일으켜 呂祉 등을 살해한 다음 과거 劉光世의 휘하에 있던 淮西軍 4만여를 이끌고 僞齊에 투항한 사건이었다. 이 淮西兵變의 직접적인 계기가 되었던 呂祉의 上奏 및 그 누설 전후의 사정에 대해 『建炎以來繫年要錄』에서는, "酈瓊者 光世小招徠

張俊

장준은 처음 군대를 거느리고 梁揚祖의 勤王軍에 참여[14]하고 있었는데, 大元帥[15]가 그의 英偉함을 보고 발탁하였다. 그 직후 張澂이 京師로부터 蠟詔[16]를 갖고 왔다. 大元帥에게 명하여 군대를 副元帥에게 맡기고 京師로 돌아오라는 내용이었다. 大元帥가 장준에게 대책을 물은 바, 장준은 이렇게 말했다.

"이는 오랑캐들의 속임수일 뿐입니다. 지금 大王께서는 바깥에 계신데 이는 하늘이 내린 행운입니다. 저들에게 가서 붙잡혀서야 되겠습니까?"

장준은 이어 군대의 이동을 요청하였다. 대원수가 허락하여 濟州로 갔다.

얼마 후 京師가 함락되었다는 소식이 들려왔다. 장준은 대원수에게 皇帝位 등극을 권하였으나, 대원수는 눈물을 흘리며 불허하였다. 장준이 말했다.

"大王께서는 황제의 친 동생이시고 민심이 우러러보는 분입니다. 한시 바삐 등극하여 帝王의 자리를 바로세우지 않으면 어떻게 천하의 바람에 부응할 수 있겠습니까?"

대원수는 이에 應天府로 가서 즉위하였다.

之盜也. 光世以瓊屢立奇功 待之與德等. 祉慮其部曲難制 故專任德以悅軍情 瓊不自安. 會祉密奏朝廷 乞罷瓊及靳賽軍權 吏朱照漏謀於瓊 瓊 賽懼 翌日 殺祉擧軍奔僞齊"(권113, 紹興 7년 8월 戊戌條)라 적고 있다.

14 『宋史』에서는 이때의 정황에 대해, "康王建元帥府. 信德守臣梁揚祖 以兵萬人至 (苗)傅與張俊 楊沂中 田師中 皆隷麾下"(권475 「苗傅傳」)라 적고 있다.

15 훗날의 高宗인 康王 趙構. 欽宗 靖康 元年(1126) 閏11月 河北兵馬大元帥에 除授되었다.

16 비밀유지를 위해 蜜蠟으로 봉한 詔書.

金軍이 明州를 공격하려 하여 장준은 越州로부터 군대를 이끌고 갔다.[17] 당시 탈만한 선박은 모두 이미 떠난 상태였다. 장준은 隱士인 劉相如가 제시한 방책을 받아들여 그냥 육상에 머무는 채로 적에 맞서기로 하였다. 장준은 휘하의 부대에 다음과 같이 명령하였다.

"天子께서는 현재 바다로 피신 중이시다. 너희는 명령대로 따라야만 한다. 앞으로 나아가는 자에게는 큰 상을 줄 것이거니와 나아가지 못하는 자는 용서치 않겠다."

마침내 연말이 되어 金軍이 들이닥쳤다. 장준은 統制官 劉寶에게 명하여 먼저 나아가 싸우게 하였다. 만일 이기지 못하더라도 군대로 적의 앞길을 차단하게 하였다. 劉寶의 군대가 조금 밀리자, 統制官 楊沂中·田師中 및 統領官 趙密이 劉寶를 지원하여 싸웠으나 또 승리를 거두지 못했다. 劉寶는 병사를 거느리고 재차 진격하였다. 楊沂中은 배를 버리고 기슭으로 올라가 田師中 및 趙密 등과 함께 사력을 다해 싸웠다. 明州의 知州 劉洪道도 州의 병사를 이끌고 측면에서 지원하였다. 이리하여 마침내 金軍을 대파했다.[18]

---

17 高宗 建炎 4년(1130) 12월의 일이다. 『宋史』 권26, 「高宗紀」 3 참조.
18 이것이 바로 훗날 宋人들에 의해 中興以來 十三處戰功의 하나로 칭송되는 建炎 4년(1130) 正月 張俊 주도의 明州 전투이다. 당시 高宗은 兀朮이 이끄는 金軍의 남침을 피하기 위해 越州를 거쳐 明州에 당도해 있다가, 金이 직접 明州를 공격해 오자 그것을 피해 台州에 가 있는 상태였다. 明州 전투는 高宗이 海上을 통해 남으로 피신하는 급박한 국면에서 金軍의 남하를 일단 저지하는 데 크게 기여하였다는 의미가 있다. 中興以來 十三處戰功에 대해서는 본서 4책, 105쪽, 주 10 참조.
이 明州의 전투가 있기 직전인 建炎 3년(1129) 12월 金이 明州를 향해 진격해오자 高宗은 海上으로 탈주할 계획을 세우고 있었는데, 선박을 충분히 확보하지 못하여 張俊의 군대를 동승시킬 수 없었다. 高宗은 어쩔 수 없이 張俊에게 明州에 남아 金軍에 對敵하기를 권하였으나 張俊은 애초 그 명령의 집행을 거절하였다. 이에 高宗이, '賊의 남하저지에 성공할 경우 王爵을 수여하겠다'고 회유하여, 張俊은 결국 明州에 남아 金軍과 전투를 수행하게 되었던 것이다. 이후 高宗이 떠나자 張俊은 淸野策의 명분으로 군대를 풀어 明州城 일대를 약탈하게 하였고 이로 인해 '環城三十里 皆遭其焚劫'이라는 상태가 되었

장준이 江淮招討使로 임명되어 李成을 토벌하게 되었다.[19] 장준은 李成의 군대가 衆多하다고 거듭 上言하였다. 고종이 말했다.

"네가 만일 全軍을 이끌고 朕을 위해 郡 하나를 공략한다면 상황이 어떠하겠느냐?"

장준이 대답하였다.

"臣은 아침에 공격하기 시작한다면 저녁에 그 郡에 入城할 수 있습니다."

"지금 李成이 온 힘을 다해 九江을 공격하고 있다. 그런데 두 달 동안이나 함락시키지 못하고 있으니 수가 많은들 그들이 무엇을 하겠느냐?"

장준은 과연 그렇다고 생각했다. 고종이 다시 말했다.

"현재 諸將 가운데 유독 너만이 일찍이 功을 세우지 못했다."

"臣이 어찌 功이 없다 하십니까?"

"한세충을 보아라. 그는 苗傅와 劉正彦을 사로잡았다. 얼마나 功이 현저한가? 그대는 도저히 그에 미치지 못한다."

장준은 송구스러워 하며, 명을 받들어 반드시 李成을 잡아 바치겠다고 맹세하였다.

宰執들이 장준의 군대 통솔내용에 관하여 상주하였다. 李回가 말했다.

"장준의 군대는 매우 기강이 엄숙합니다."

다. 이후 建炎 4년(1131) 正月 金軍이 來襲하여 전투가 벌어졌고, 여기서 張俊의 군대는 상당한 戰勝을 거둔다(以上『建炎以來繫年要録』권30, 高宗 建炎 3년 12월 丙申 참조). 하지만 그 며칠 후 金軍이 다시 공격해오자 張俊은 溫州로 피신해 있는 高宗을 扈從한다는 명분으로 明州를 버리고 퇴각하였다. 이때의 상황에 대해『三朝北盟會編』에서는, "張俊雖已敗金人於高橋 然心猶懼, 遂與李質及洪道 俱棄城而去. 州人隨之 爭門而出. 洪道已渡浮橋 使人斷其橋路, 故州人不及渡 而金人已入城 追之西門外. 州人多溺死 金人乘勢屠明州 存者無幾. 明州之人 是以怨張俊 得小勝而棄城 遂致大禍"(권136, 建炎 4년 正月 3일)라 적고 있다.

19 高宗 紹興 元年(1131) 正月의 일이다.

고종이 말했다.

"朕 또한 듣고 있소. 군율을 어긴 자를 벌써 6, 7인이나 베었다지요?"

范宗尹이 말했다.

"臣이 서신을 내려 그 훌륭함을 칭찬하였습니다."

고종이 말했다.

"朕 또한 詔令을 내려 功을 세우라 격려하겠소이다. 장준은 심성이 충성스러우나 관직을 탐하는 흠이 있습니다. 반드시 이를 고려하여 써야 할 것이오."

張守가 말했다.

"폐하께서는 장수들을 통어하는 요령을 잘 체득하고 계십니다."

장준이 神武右軍統制가 되어 휘하의 군대를 거느리고 婺州에 주둔하게 되었다.[20] 有司가 소요경비의 조달방안을 물었다. 行在로부터 婺州까지는 水路가 닿지 않아 水運을 통해 물자를 운반할 수는 없었다. 그리하여 북송 초 이래 각 지방에서 便錢[21]의 방식이 호평리에 행해졌던 것을 감안하여, 戶部에 명하여 동전 액수가 적힌 關子[22]를 인쇄해서 婺州에 지급하도록 했다. 婺州에 상인들을 招致하여 入中[23]하게 하고, 그 대

---

20 紹興 元年(1131) 10월의 일이다. 『建炎以來繫年要錄』 권48을 참조.

21 상인으로 하여금 京師의 左藏庫에 銅錢을 납입하게 한 후 그 증빙으로 지급한 유가 증권. 상인은 이를 소지하고 각 지방에 내려가 동전을 수령하게 된다. 이와 관련하여 『宋史』 권180, 「食貨志 下二」에서는, "開寶三年 置便錢務 令商人入錢詣務陳牒 卽 輦致左藏庫 給以券 仍敕諸州凡商人齎券至 當日付給"이라 기록하고 있다.

22 이때 張俊에 의해 발행된 現錢關子는 후일 東南 會子의 원류가 되었다는 평가를 받고 있다. 이와 관련하여서는, 高聰明, 『宋代貨幣與貨幣流通研究』(保定, 河北大學出版社, 2000), 180쪽 참조.

23 상인으로 하여금 규정된 沿邊 지점에 糧穀과 草束을 납입하게 한 후 鈔引을 지급하는 것. 상인은 鈔引을 지니고 京師나 지방의 榷貨務에 가서 現錢이나 金銀 · 鹽 · 茶 · 香藥 등을 수령하였다.

가로 받은 關子를 갖고와서 杭越榷貨務에 제출하면 동전을 지급하였다. 1,000錢마다 10錢씩을 덧붙여 주기로 하였다. 반면 關子의 위조자에 대해서는 川錢引[24]의 방식에 따라 처벌하였다. 東南의 會子는 대략 이것에서 비롯되었다.

장준이 군대를 이끌고 建康으로 돌아와 고종을 알현하게 되었다. 그는, '유광세가 군대 지휘의 책무에서 벗어나 悠悠自適하며 마치 신선처럼 생활한다'고 부러워하였다. 고종이 불쾌해하며 훈계하였다.

"卿이 처음 朕을 만났을 때 어떤 관직에 있었소?"

"修武郎[25]이었습니다."

"그때 집안 살림은 어떠하였소?"

"말할 수 없이 가난하였지요. 그래서 폐하를 따르며 군복을 얻어다 추위를 막을 정도였습니다."

고종이 말했다.

"지금은 부귀가 넘칠 정도인데 그것이 다 어디에서 온 것이오?"

"모두 폐하께서 내리신 것입니다."

고종이 다시 말했다.

"卿이 그것을 안다면 마땅히 은혜에 보답할 생각을 해야 할 것이오. 어찌 유광세를 부러워한단 말이오?"

장준은 황공하여 머리를 조아리고, 눈물을 흘리며 죽음으로써 보답하겠다고 맹세하였다.

---

24 四川의 交子를 남송 말 蔡京의 집권 시기에 改稱한 것. 남송 시대에도 답습되었다. 川引이라 칭하기도 했다.

25 正8品의 武階. 武階 52階 가운데 44階에 해당한다.

장준이 친히 대군을 이끌고 盧州를 나섰다.[26] 그는 統制官 趙密에게 명하여 서쪽 길로 가게 했다. 趙密은 군사들을 이끌고 蘇村을 경유하여 갔다. 당시 비가 와서 물이 세 尺이나 차 있었다. 그래서 6일 동안을 밤낮으로 행군하여 가까스로 宿州城에 다다를 수 있었다. 趙密은 이곳에서 金軍을 만나 패퇴시켰다. 또 統制官 王德은 壽春으로부터 宿州로 와서, 한밤중에 적의 軍營을 습격하여 대파하고 金의 宿州 知州 馬秦을 항복시켰다. 王德은 승세를 몰아 亳州로 진격하였으며 장준의 군대도 곧 亳州城에 도착하였다. 亳州의 父老들은 香과 꽃을 늘여세우고 군대를 맞이하였다. 장준의 군대는 기세가 크게 떨쳤는데 이는 王德의 智謀와 용감함에 힘입은 바 컸다.

장준이 入朝하여 고종을 알현하였다. 고종이 '郭子儀傳[27]을 읽어 보았는가?'라고 묻자, 장준은 잘 알지 못한다고 대답하였다. 고종이 말했다.

"郭子儀 시대에는 실로 여러 근심이 많았소이다. 그는 비록 지방에서 重兵을 거느리고 있었지만 마음속으로는 朝廷을 깍듯이 여기고 있었소. 그래서 혹시라도 詔令이 내려오면 그날로 이행하면서 티끌 만큼도 다른 것을 돌아보지 않았소. 그런 까닭에 그 자신 큰 복락을 누렸으며 자손 또한 무궁토록 빛나게 이어지고 있소이다. 지금 卿이 관할하는 군대는 다름 아닌 조정의 것이오. 卿이 만일 郭子儀와 같이 조정을 받든다

---

26 高宗 紹興 10년(1140) 윤6월의 일이다. 紹興 8년(1138) 12월 일단 타결되었던 金·남송 간의 和議는, 그 金側의 주역이었던 撻懶가 紹興 9년 7월의 政變으로 살해되면서 무효가 되었다. 兀朮(宗弼) 및 宗幹 등은 반대파인 撻懶와 宗磐을 살해하고 紹興 10년(1140) 5월 대거 남침을 시도하게 된다. 張俊의 군대가 宿州로 출동하는 것도 바로 이러한 金의 남침 때문이었다.
27 郭子儀(697~781)는 唐 玄宗 시기 安史의 亂을 진압하는 데 주역을 담당한 인물. 『舊唐書』권120 및 『新唐書』권62에 立傳되어 있다.

면, 그대 자신 복을 누릴 뿐만 아니라 자손들도 곽자의처럼 昌盛할 것이
외다. 하지만 군대의 힘을 믿고 조정을 무시하면서 명령이 내려져도 따
르지 않는다면, 자손들이 복을 누리지 못하는 것은 물론이고 그대 자신
또한 불의의 화를 당하게 될 것이오. 卿은 이를 명심하도록 하시오."

　兀朮이 다시 泗州를 침공하여서 조정에서는 장준에게 詔令을 내려,
鎭江府에 본거를 두고 江淮 一帶의 방어를 위한 조치를 강구하라고 하
였다. 장준은 자신의 조카인 統制官 張子盖으로 하여금 揚州와 盱眙 사
이의 군대를 관할하면서 적의 동태를 살피라 하였다. 장준은 和議에 지
장을 줄까 우려28하여 군대를 장강이북으로 진출시키지 않았다. 하지
만 아무리 기다려도 金軍은 내려오지 않았다. 장준은 鎭江의 知府 劉子
羽에게 물었다. 이에 劉子羽가 대답하였다.

　"金軍은 과거 남침할 때 마치 비바람처럼 신속히 움직였는데 지금은
너무도 느리군요. 이는 필시 다른 뜻이 있기 때문일 것입니다."

　장준은 副使 楊沂中에 대해서는 흉허물 없이 여기고 있었으나 淮北
宣判29 劉錡와는 틈이 있었다. 그래서 拓皋의 전투30 이후 諸軍에 대한
포상을 奏請하며 유독 劉錡만은 제외하였다. 당시 세 장수의 권위와 위

28　張俊은 당시 秦檜 주도의 和議에 극력 찬동하는 입장이었다. 이러한 張俊의 태도에
　　대해 『宋史』에서는, "俊力贊和議 與秦檜意合 言無不從"(권369, 「張俊傳」)이라고까지 기
　　록하고 있다.
29　宣判은 宣撫判官의 簡稱.
30　紹興 11년(1141) 2월에 있었던 전투. 당시 金은 南宋과 일단 합의했던 和議(紹興 第1
　　次 和議)를 파기하고 兀朮(宗弼)의 주도하에 대거 남침한 상태였다. 拓皋의 전투는
　　이에 맞서 楊沂中과 劉錡가 중심이 되어 남송의 군대가 금 측에 커다란 타격을 가
　　한 것이었다. 후일 拓皋의 전투는 中興以來 13處 戰功의 하나로 칭송되기에 이른다.

세가 비슷하였으나 全軍의 진퇴는 대부분 장준이 주도하고 있었다. 그런데 劉錡가 順昌의 전투[31]로 말미암아 갑작스레 승진하면서 諸將들이 상당히 질시하고 있는 상태였다.

　諸將과 더불어 철수를 논의한 후 장준은 유기에게 명하여 먼저 采石으로부터 太平州로 돌아가게 하였다. 그리고 자신과 양기중은 濠梁 일대에서 군대를 쉬게 하며 淮南의 백성들을 宣撫하였다. 그런 다음 장준은 宣化鎭을 거쳐 建康府로 돌아오고 양기중은 瓜洲鎭을 거쳐 行在로 돌아가기로 했다. 이렇게 길과 숙박지를 달리 함으로써 서로 간 방해가 되지 않게 한 것이다. 이렇게 길을 떠나 채 몇 里를 가지 않았을 때 金軍이 濠州를 공격하여 매우 위급하다는 전갈이 왔다.[32] 장준은 급히 유기쪽에 기별하였고, 유기는 바로 회군하여 濠州로 진격하였다.

　宰執[33]이 진언하였다.

　"근래의 보고에 의하면 한세충은 濠州 30리 근처에 주둔해 있고, 장준 또한 濠州로부터 50리 떨어진 곳에 이르렀으며, 악비는 이미 池州를 떠나 장강을 건너 濠州로 향하고 있다고 합니다."

31　紹興 10년(1140) 5월 劉錡 지휘하의 남송군이 順昌府(현재의 安徽省 阜陽市)에서 남침하는 金軍에 대승을 거두었던 전투. 후일 中興以來 13處戰功의 하나로 칭송된다. 이 전투의 승리로 이전까지 東京副留守의 직함을 지니고 있던 劉錡는, 武泰軍節度使·侍衛馬軍都虞候·知順昌府·沿淮制置使로 승진하였다.

32　高宗 紹興 11년(1141) 3월의 일이다. 당시 金軍은 順昌 및 拓皐의 전투로 말미암아 심대한 타격을 받고 주춤한 상태였으나 완전히 北歸한 것은 아니었다. 여전히 회북일대에 주둔하며 남송군의 동태를 주시하고 있었는데, 張俊 등이 철수하는 기색을 보이자 濠州로 쇄도하였던 것이다. 이러한 전후의 사정에 대해『三朝北盟會編』에서는, "方金人之初退 虛實未明 三軍相視猶豫無決. 但聞俊 存中議欲棄壽春 而移廬州於巢縣 復以廬州爲合肥. 而濠州自金人侵犯 圍閉守城 日夜遣人至軍前求援"(권205, 紹興 11년 3월 9일)이라 말하고 있다.

33　『建炎以來繫年要錄』에서는 이때의 발언자를 秦檜로 적고 있다(권139, 高宗 紹興 11년 3월 庚戌條).

고종이 말했다.

"이번 환란의 수괴는 兀朮 뿐입니다. 諸將들에게 일러서 부질없이 많이 죽이지 않도록 하시오. 兀朮만 잡을 수 있으면 됩니다. 예전에 澶淵의 전투[34] 당시 韃覽[35]이 죽자 眞宗은 諸將들에게 下詔하여, '군대를 단속하여 거란의 귀로를 보장하고 공격하지 않도록 하라'고 한 바 있습니다. 이는 朕의 家法이오. 朕은 남북의 백성들을 모두 사랑하오. 어찌 차마 많이 죽이는 데 뜻이 있겠소."

이 날 양기중은 장강을 건너 行在로 돌아왔고, 장준도 장강을 건너 建康府로 돌아갔으며, 유기 또한 太平州로 돌아갔다. 장준의 군대는 8만이었는데 모두 强壯하여 정예롭기가 諸軍의 으뜸이었다.

고종이 장준과 악비를 파견하여, 함께 楚州로 가서 淮東의 군대를 거느리고 鎭江으로 옮겨 주둔시키게 하였다.[36] 이어 고종은 宰執에게 말했다.

"士大夫들이 중원을 수복할 수 있다고 말하는 것은 모두 빈말이고 현실성이 없는 것이외다. 用兵에는 순서가 있는 법이오. 朕은 두 장수를 파견하여 軍馬를 점검한 후 수어태세를 재배치하라 하였소. 무릇 점검

---

34 眞宗 景德 元年(1004) 遼 聖宗의 남침으로 遼와 북송 사이에 있었던 전투. 유명한 澶淵의 盟으로 말미암아 종결되고 이후 12세기 초에 이르도록 遼와 북송 사이 다시는 전쟁이 발발하지 않게 된다.

35 蕭撻覽(?~1004)은 遼의 后族. 蕭撻凜이라고도 한다. 澶淵의 전투 당시 遼軍의 최고 지휘관의 하나로 출전하였으나 澶淵의 盟이 체결되기 직전 전투 과정에서 弩箭에 맞아 전사하였다.

36 고종 紹興 11년(1141) 5월의 일이다. 한세충·악비·장준의 이른바 三大將을 중앙으로 소환하여 각각 樞密使와 樞密副使에 除授하는 형식으로 일선 부대의 지휘권을 박탈한지 약 보름여가 지난 시점이었다. 秦檜를 중심으로 하는 和議論者들은 먼저 한세충의 부대, 즉 淮東軍의 해체에 나섰던 것이다.

과 대비가 잘 되어 있으면 군대는 가히 전쟁을 잘 수행할 수 있소. 또 전쟁을 잘 수행할 수 있으면 훌륭하게 수비를 할 수 있을 것이오. 그렇게 하여 저들의 틈을 기다리다가 진격한다면 가히 中原을 수복할 수 있을 것이오. 이것이 用兵의 순서이외다.”

세 宣撫使를 파직[37]시키고 그 휘하의 군대를 樞密院에 예속시켰다. 그리고 장준을 樞密使로 삼았다. 장준이 上奏하였다.

“臣은 이미 樞密院에 와서 업무를 보고 있으니, 과거 臣이 관할하던 軍馬를 모두 御前에 소속시켜 주십시오.”

당시 장준은 秦檜와 의기가 투합하여 강력히 和議에 찬동하고 있었다. 그는 또 조정에서 兵權을 회수하려 하는 것을 깨닫고, 먼저 휘하 군대의 통솔권을 조정에 바친 것이다.

장준은 추밀사의 직위에 있은 지 1년여가 되어도 파직의 뜻을 보이지 않았다. 이에 진회는 臺臣[38] 江邈에게 명하여 장준의 파직을 논하게 했다. 하지만 고종이 불허하였다. 그러자 이번에는 江邈이 장준의 과실을 지적하며 공박하였다. 장준은 어쩔 수 없이 파직을 청하였고, 그에게 三鎭節度使가 주어졌다.[39] 그 얼마 후 淸河郡王에 봉해졌다.

---

37 高宗 紹興 11년(1141) 4월의 조치이다. 이때 京東淮東宣撫處置使 한세충 및 淮南西路 宣撫使 장준은 공히 樞密使에, 湖北京西路宣撫使 악비는 樞密副使에 임명된다.
38 御史臺의 관원. 臺官, 憲官이라고도 칭했다.
39 고종 소흥 12년(1142) 11월의 일이다.

권8

岳飛

杜充[1]이 京師를 버리고 建康으로 가려 했다. 이에 악비가 말했다.

"中原의 땅은 尺寸이라도 포기해서는 안됩니다. 더욱이 京師에는 宗廟社稷이 있고 河南에는 陵寢[2]이 있지 않습니까? 이들 지역은 더더구나 다른 땅과 비교할 수 없이 중요합니다."

하지만 杜充은 듣지 않았다.

후에 金軍과 李成이 함께 烏江縣을 공격하였다.[3] 두충은 문을 걸어 잠그고 밖으로 나오지 않았다. 악비는 그 침소의 문을 두드리며 간언하였다. 흐르는 눈물이 얼굴을 뒤덮고 있었다. '나서서 군대를 지휘해 달라'

---

1 高宗 建炎 2년(1128) 7월 宗澤의 사후 그 뒤를 이어 杜充이 東京留守에 임명되었다. 杜充이 東京을 버리고 建康府에 도착하는 것은 이듬해인 建炎 3년(1129) 6월이었다.
2 陵. 陵墓 혹은 陵園이라고도 稱한다.
3 高宗 建炎 3년(1129) 11월의 일이다.

고 아무리 요청하여도 두충은 끝내 나오지 않았다.

金軍은 馬家渡를 거쳐 장강을 건넜다. 두충은 악비를 파견하여 이들에 맞서게 하였다. 전투가 한창일 때 王瓛이 먼저 도망하였고, 악비가 홀로 분전을 계속하였다. 날이 저물어 士卒들의 먹을거리가 떨어지자 諸將들은 모두 달아나려 하였다. 그러자 악비가 비장하게 꾸짖으며 말했다.

"우리는 국가로부터 두터운 은혜를 입었다. 마땅히 忠義로써 국가에 보답하고 功을 세워야 할 것이다. 그리하여 그 이름이 竹帛에 쓰여지게 한다면, 설혹 죽더라도 그 이름이 不朽의 존재가 될 것이다. 죽음이 있을 뿐 다른 선택이 없다. 이 문을 나서서 도망하는 자는 참하리라."

그 어조가 강개하기 이를 데 없어 병사들은 모두 감격하여 울었다.

兀尤이 臨安을 공격하여 악비가 휘하의 군대를 이끌고 맞아 싸웠다. 악비는 여섯 번 싸워 모두 이겼으며, 諸路의 剃髮[4]한 簽軍[5] 수령 48명을 사로잡았다. 이들 가운데 쓸만한 자를 뽑아서 恩信을 맺은 다음 金軍 진영으로 되돌려 보냈다. 그리고 이들에게 밤을 틈타 軍營을 부수고 砲車 및 각종 장비들을 불태우게 하였다. 악비는 그 혼란을 이용해 공격하여 金軍을 대파하였다. 이후 金軍의 簽軍들은, '岳氏 어른의 군대가 왔다'고 서로 말하며 다투어 투항하였다.

4　여진족의 두발 습속. 辮髮, 혹은 薙髮이라고도 한다.

5　金元時代 漢人 民間人을 징발하여 전쟁에 동원한 군대. 이러한 簽軍의 성격은, "比金人入寇 多驅兩河之民列之行陳 號爲簽軍"(『建炎以來繫年要錄』 권33, 高宗 建炎 4년 5월 乙巳)이라 하는 것에서 잘 드러난다. 元代 역시, "阿珠 阿爾哈雅因言 我師南征 必分爲三舊軍不足 非益兵十萬不可. 詔中書省簽軍十萬人"(『元史』 권8, 「世祖紀」 5, 至元 11년 正月)이라 하듯 簽軍의 제도는 답습되었다.

建炎 4년(1130) 金軍이 常州에 침공하였다. 이에 악비가 맞서 4번 싸워 모두 승리하였다. 이후 淸水亭에서 또 전투가 벌어져 金軍을 대파하였다. 그들의 시체는 15리에 걸쳐 널려 있었다.

조금 후 兀朮은 다시 建康을 점령하였다. 악비는 牛頭山 위에 복병을 매설하고 기다렸다가, 밤이 되자 병사들을 변장시켜 金軍의 진영에 섞여들어가 공격하게 했다. 金軍은 놀라 서로 싸웠다. 兀朮은 龍灣으로 옮겨가 주둔하였다. 악비는 牛頭山에서 내려와 급히 南門으로 다가가, 金軍과 전투를 벌여 대파하였다. 이에 兀朮은 어쩔 수 없이 淮西로 물러갔으며 뒤를 이어 악비가 建康府에 入城하여 민심을 선무하였다. 악비는 이 전투에서 사로잡은 포로들을 行在로 압송시켰다. 고종은 이들 포로를 심문하여 徽宗과 欽宗 二聖의 소식을 듣고서 오랫동안 슬퍼하였다.

이후 악비는 상주문을 올렸다.

"建康은 국가 보위에 있어 要害地입니다. 마땅히 군대를 엄선하여 굳게 지키도록 해야 할 것입니다. 또 淮南에도 군대를 증파하여 국가의 심장부를 엄호하게 해야 할 것입니다."

고종은 이를 받아들였다.

紹興 初[6] 고종은 張俊에게 명하여 李成을 토벌하게 했다. 張俊은 악비의 군대를 차출하여 함께 토벌에 나서게 해달라고 청하였다. 악비는 鄱陽에 이르러 장준의 군대와 합류하였다. 3월, 토벌군은 洪州에 도달하였다. 이때 장준이 악비를 불러 전략을 의논하자고 했다.

"내가 李成과 수차례 전투를 벌였지만 그때마다 불리하였소. 어찌하

---

6   정확하게는 紹興 元年(1131)이었다.

면 좋겠소?"

악비가 대답하였다.

"賊黨은 탐욕스러워 뒤를 돌아보지 못합니다. 만일 騎兵 3,000을 이끌고 상류로 올라가 生米渡를 점거하였다가 불시에 습격하면 반드시 승리를 거둘 것입니다. 제가 선봉에 서겠습니다."

이 말에 장준이 크게 기뻐하였다.

이윽고 악비는 은밀히 賊軍의 오른쪽을 돌아 賊陣 깊숙이 돌진하였다. 악비 휘하의 군대도 뒤를 따랐다. 이에 적군은 대패하였다. 악비는 붉은 비단으로 깃발을 만들고 여기에 '岳'이란 글자를 써넣었다. 날이 밝자 200명의 騎兵을 선발하여 깃발을 세우고 나아가게 했다. 賊軍은 이를 보고 숫자가 적다고 업수이 보며 다가왔다. 악비는 복병을 풀어 대파하였다. 적장 馬進이 李成에게 가서 이 사실을 고하자, 李成은 大怒하여 군대를 이끌고 다가왔다. 악비는 이를 樓子莊에서 맞아 대파하고 馬進을 죽였다. 李成은 이후 僞齊에 항복하였다.

紹興 2년(1132) 曹成이 난을 일으켜 向子諲을 구금하고 道州와 賀州를 점거하였다. 조정에서는 악비에게 명하여 이를 토벌하게 했다. 악비는 賀州 경내에 들어가 밤을 이용하여 賊의 寨柵을 불살랐다. 曹成은 桂嶺으로 달아나 連州로 숨어들었다. 악비는 이를 따라가 嶺表[7]를 모두 평정하였다.

紹興 3년(1133) 악비는 行在所에 불리워 갔다. 고종은 그에게 金帶를 착용하고 殿에 오르게 하였다. 그리고 '한결같이 충성스러운 악비(精忠

---

7   嶺南.

岳飛)'라고 친히 휘호한 깃발을 하사하고는, 향후 군대를 출동시킬 때마다 반드시 이 깃발을 앞세우라고 명했다.

紹興 4년(1134) 金軍이 淮南을 침공하여 廬州를 포위하였다. 고종은 악비에게 御札을 보내 말했다.

"淮南에서 다급함을 알려 왔소. 朕은 卿이 오지 않으면 종내 안심이 되지 않소."

악비는 牛皐를 보내 長江을 건너 廬州로 가게 하고 자신도 군대를 이끌고 廬州로 향하였다. 廬州에서 牛皐와 만나 사정을 살피니 僞齊의 군대 5,000騎가 廬州를 공격하고 있었다. 牛皐는 휘하의 騎兵을 이끌고 다가가 멀리서 그들에게 말했다.

"牛皐가 여기에 왔다. 너희는 어찌하여 침공하는 것이냐?"

僞齊의 군대는 이를 보고 놀랐다. 더욱이 岳字旗와 精忠旗가 휘날리는 것을 보고는 그들은 저절로 무너졌다. 악비는 牛皐에게 명하여 추격하게 했다. 僞齊의 군대는 서로 밟혀 죽은 자와 악비군의 공격으로 죽은 자가 엇비슷할 정도였다. 廬州는 이렇게 해서 평정되었다.

고종이 御札을 내려 악비로 하여금 守禦策을 上申하라고 하였다. 악비는 上奏하여 다음과 같이 말했다.

"金과 劉豫는 모두 攻伐할 만합니다. 저들을 공격하여 征討할 대책은 한시라도 서둘러 세워야만 합니다. 만일 그럴 만한 때가 되면 정병 20만으로 곧바로 中原을 공격해야 할 것입니다. 그러면 진실로 쉽게 일을 이룰 수 있을 것입니다.

襄陽과 隨州·郢州는 모두 토질이 비옥합니다. 내년 봄부터 즉시 營

田[8]을 설치해야만 할 것입니다. 폐하께서 鄂州[9]에 大兵을 주둔시키려하신다면 襄陽·隨州·郢州에도 적당한 규모의 軍馬를 배치해야만 할것입니다. 또 安州·復州·漢陽에도 마찬가지로 적당한 군대를 주둔시켜야 합니다. 이들 六州에 정규 병사 2만 명이 주둔한다면 굳건한 방비가 될 것입니다. 그리고 여기에 향후 1년 정도는 湖南과 江西의 미곡을날라 공급하고 또 조정으로부터도 券錢[10]을 내려 지원해주어야 할 것입니다. 그리고 營田이 자리 잡기를 기다려 자급하게 하면, 향후의 攻伐에있어서나 수비에 있어서나 모두 유리한 거점이 될 것입니다.

襄陽은 중요한 요충지인데 僞齊의 장수 李成에게 점거되어 있습니다.[11] 이 때문에 湖湘의 백성들은 편안히 잠자지 못하고 있으며, 四川 일대로부터 온 士大夫들도 갈피를 못잡고 어찌할 바를 모르고 있습니다."

상주문이 올려진 후 어느 날 宰執들이 정무를 논의할 때 朱勝非가, 무엇보다 먼저 악비의 주장을 채택해야 할 것이라고 말했다. 이에 고종이말했다.

"악비에게 맡겨 이행하게 하면 어떻겠소?"

당시 악비는 江西制置使로서 鄂州와 岳州에 군대를 주둔시키고 있었다. 趙鼎이 말했다.

"악비 만큼 長江 상류 일대의 사정을 아는 자가 없습니다."

---

8   본디 營田은 농민을 기반으로 하는 것으로 병사에 의거하는 屯田과는 상이한 것이지만, 송대에는 營田과 屯田 사이에 아무 구별이 없었다. 이는 眞宗 咸平 연간 襄州에 營田을 설치하며 인근 지역의 병사를 기반으로 삼았던 것이라든가 神宗 시기 邊州에 屯田을 시행하며 兵民을 混用하였던 것 등에서 잘 드러난다.

9   鄂州에는 紹興 6년(1136) 湖廣總領所가 설치된다.

10   幣券과 동전.

11   襄陽은 紹興 3년(1133) 10월 僞齊 및 金의 협공으로 실함되었다.

고종이 악비에게 명하여 襄陽을 수복하라 하였다.[12] 악비는 王萬 등을 이끌고 鄂州로부터 襄陽을 향해 공격해 갔다. 朱勝非[13]는 작전이 끝날 때까지 악비가 建節[14]하는 것을 허락하였으며, 또 沈昭遠에게 명하여 軍餉의 지원을 총괄하게 했다. 趙鼎 또한 고종에게 청하여,

"監司와 帥守[15]들에게 친필의 詔令을 내려, '악비 군대에 대한 물자를 지원하는 데 있어 차질이 없도록 하라'고 일러 주십시오. 그리하여 악비의 군대가 아무런 보급물자의 우려가 없이 진군하도록 조치해야 할 것입니다"라고 말했다.

악비가 진군하자 劉豫는 金側에 지원을 요청하여, 金과 僞齊의 연합군이 들이닥쳤다. 이들과 宋의 군대가 맞부딪쳐 宋軍이 거듭하여 승리하고 마침내 襄陽 및 郢州・隨州 등을 수복하였다. 악비는 王貴와 張憲등을 파견하여 金軍을 또 격파하고 鄧州까지 수복하였다. 군대의 사기는 크게 진작되었다.

고종이 宰執에게 말했다.

"악비가 이미 襄陽과 郢州를 수복하였는데 粘罕이 이 소식을 접하면 필시 노할 것이오. 하물며 지금이 이미 6월 하순이니 서둘러 防秋[16]의 대책을 강구하여야만 할 것입니다. 만일 金軍이 남침한다면 朕은 마땅히 친히 諸軍을 이끌고 맞서 씨워 섬멸해 버린 다음 中原까지 수복해야만 할 것입니다. 예전처럼 배를 띄워 바다로 멀리 피하기만 해서야 어찌

---

12 紹興 4년(1134) 4월의 일이다.『建炎以來繫年要錄』권75, 紹興 4년 4월 庚子條 참조.
13 당시 朱勝非는 右相, 즉 右僕射同平章事의 직위에 있었다.
14 符節을 지닌 장군으로서 작전 중 편의적인 조치를 취할 수 있게 해주는 것.
15 監司와 帥守는 轉運使・提點刑獄・安撫使・提擧常平使 등 路級의 지방장관을 일컫는다. 帥守는 安撫使의 簡稱.
16 天高馬肥의 秋季에 북방 유목민족의 약탈에 대비하는 것. 점차 의미가 확대되어 이 민족에 대한 방어를 뜻하는 용어로 사용되기도 한다.

국가의 기틀을 다질 수 있겠습니까?"

악비가 張憲을 보내 군대를 이끌고 隨州를 공격하게 했다. 그런데 한 달여가 지나도 함락되지 않자, 牛皐가 나서서 자신이 가보겠다고 하며 사흘치만의 군량을 청했다. 사람들은 모두 비웃었지만 양식이 채 떨어지기도 전에 隨州는 점령되었다. 악비는 진군을 계속하여 郢州까지 수복하였다. 郢州 공격에서는 董先이 큰 공을 세웠다. 牛皐와 董先은 모두 京西 地方에 오래 있었기 때문에 악비가 장수로 삼았었다.

李成은 郢州가 失陷되었다는 소식을 듣고는 襄陽을 버리고 도망해 버렸다. 이후 金과 僞齊의 군대는 함께 鄧州의 서북방에 주둔하였다. 악비는 王貴와 張憲을 파견하여 鄧州城 아래로 접근시켰다. 그곳으로 적병들이 공격해오자 董先이 복병을 매설시켰다가 공격하여 대파하였다. 적장 高伸은 성안으로 들어가 籠城하였다. 이에 악비의 군대는 개미처럼 성벽을 타고 올라가 마침내 함락시켰다.

이후 악비는 德安府로 약간 물러나 주둔하였는데 군대의 사기가 매우 드높았다. 이러한 승첩보가 臨安에 다다르자 고종이 말했다.

"朕이 평소 악비의 軍律이 극히 엄정하다는 사실은 들었지만, 이처럼 적을 격파하고 혁혁한 功을 세울 줄은 몰랐도다.

악비가 荊湖襄陽制置使로 임명되어 8만의 병사를 이끌고 鼎州에 이르러 湖賊 楊太를 토벌하게 되었다.[17] 그 무렵 楊太는 부하에게 살해되고 楊欽이 그 무리 수십만을 거느리고 조정에 저항하고 있었다.[18] 이에

---

17 高宗 紹興 5년(1135) 2월의 일이다. 楊太는 楊么의 本名으로서 형제간 排行이 가장 작았기 때문에 통상 楊么라 불렸다고 한다.

앞서 都督 張浚은 직접 洞庭湖에 와서 賊黨의 세력을 살펴보고는 진압이 어려울 것으로 판단하였다. 그래서 朝廷으로 돌아가 防秋의 대책을 수립하려 마음먹고 있었다. 이때 악비가 와서 반란군의 진압을 도모하며 張浚에게 아뢰었다.

"이들을 쉽게 사로잡을 수 있습니다."

張浚이 말했다.

"이 일로 인해 防秋의 대비에 지장이 생기지 않을까 우려되오."

악비는 張浚에게 조금만 더 머물러 달라고 청하며 8일 이내에 사로잡겠다고 말했다. 장준은 이 말을 받아들여 악비를 보내 진압하게 하였다.

악비가 오기 전 任士安·王俊·郝政 등이 2만 여의 군대를 이끌고 진압에 임하고 있었다. 그런데 이들은 王瓊을 업수이 여기며 그의 명령에 따르지 않았고 이로 인해 아무런 실적을 이루지 못하고 있는 상태였다. 악비는 현지에 도착하자 任士安을 채찍질하여 그 기세를 꺾고나서 적을 유인하는 역할을 맡겼다. 任士安은 먼저, '岳太尉의 군대 20만이 왔다'고 떠들어댔다. 그런데 賊黨이 보니 任士安 등이 거느리는 군대 뿐이었다. 반란군은 전력을 다해 습격해왔다. 이에 대해 악비는 사방에 복병을 숨겨두었다가 협공하였다. 반란군은 패하여 달아나서 모두 작은 배를 타고 水寨로 들어갔다. 그런데 水寨 안에서 賊將 陳瑫가 內變을 일으켰다. 陳瑫는 賊黨의 太子 種子儀[19]의 선박을 약탈하여 金交床과 龍鳳簟

---

18 이러한 본문의 서술은 큰 착오를 범하고 있다. 楊太(楊么)는 반란군의 최초 지도자였던 鍾相이 建炎 4년(1130) 3월 사로잡혀 피살된 이래 紹興 5년(1135) 6월 반란이 岳飛軍에 의해 최종적으로 진압될 때까지 반란진영을 영도하였다. 한편 楊欽이란 인물은 『宋史』권365, 「岳飛傳」에서, "飛遂如鼎州 黃佐招楊欽來降 飛喜曰 楊欽驍悍 旣降賊腹心潰矣"라 하고 있듯, 岳飛의 鍾相楊么亂 진압 초기에 투항하였던 인물이다. 楊欽이 楊太(楊么)의 사후 반란진영을 지휘하였다는 것은 사실과 다르다.

19 楊么가 大聖天王이라 自稱하고 나서 그 太子로 임명한 鍾相의 幼子. 種儀 혹은 種子

등을 찾아낸 후 이를 갖고 악비에게 와서 투항하였다. 나머지 무리들도 잇따라 모두 항복했다. 악비는 水寨로 들어가 남아 있는 賊黨들을 거의 다 섬멸하였다. 다만 夏誠의 水寨만은 그 지형의 險要함을 믿고 저항을 계속하였다. 악비는 욕 잘하는 자 2,000여 명을 뽑아서 밤중에 그 水寨 앞으로 가서 욕을 해대게 하였다. 또 사람들을 시켜 풀 더미와 나무를 날라다 水寨 앞의 물 위를 가득 채우게 했다. 그런 다음 水寨로 들이닥쳐 마침내 夏誠을 사로잡았다. 그리하여 '飛來'라는 讖言대로 되었다.[20]

이후 張浚은, '楊么를 죽이는 이외에 黃誠과 周倫 등 나머지 무리 20여 만은 모두 招安하라'고 말했다. 이렇게 해서 湖寇는 모두 평정되었다.

李龜年은 『楊么本末』에서 이렇게 기록하고 있다.

"반란군은 險要한 地勢에 의지하며, 官軍이 육지로 습격하면 호수로 들어가고 水軍으로 공격하면 기슭으로 올라갔다. 그러면서 賊黨은 말하기를, '우리를 해치려거든 모름지기 날아와야 하리라(有能害我 須是飛來)'고 했다. 이렇게 그 險要함을 자부하며 날개가 없으면 접근할 수 없을 것이라고 말했던 것이다. 그런데 조정에서 악비에게 詔令을 내려 토벌을 명했을 때 마침 큰 가뭄이 들어 호수의 물이 메말랐다. 악비는 군사들에게 명하여 君山의 나무를 베어 커다란 뗏목을 무수히 만들게 했다. 그리고 賊黨의 의표를 찔러 그 뗏목으로 水寨들의 물길을 가로막았다. 賊黨은 전투에서 패하자 급히 배에 올라타 호수 바깥으로 나가려 했지만, 물길은 이미 배와 뗏목으로 가득 차 막혀있는 상태였다. 도저히

義, 種義라고도 칭했다.

20 '飛來'라는 讖言에 대해서는 다음 項目을 참조. 다만 讖言의 구체 내용에 대해 다음 項目과는 달리 『宋史』 권365, 「岳飛傳」에서는, "初 賊恃其險曰 欲犯我者 除是飛來 至 是 人以其言爲讖"이라 적고 있다.

달아날 수 없었다. 그리하여 반란군은 살륙되었고, 그 나머지는 모두 투항하였다. '날아온다(飛來)'란 讖言은 이처럼 '岳飛가 오다(飛來)'라는 의미로 실현되었다."

악비는 군대의 출동시마다 늘 군량 부족이 문제가 되는 것을 지적하고, 京西와 湖北 一帶가 평정되자 즉시 백성들을 모아 營田을 시작하였다. 이들 백성에게는 소와 종자를 지급하고 식량을 대여해 주었으며, 또 관리를 파견하여 책임을 지고 營田의 성공을 기하게 했다. 아울러 屯田法을 실시하여 병사들로 하여금 전투의 틈을 이용해 농경에 진력하게 하였다. 이렇게 한 지 2, 3년 만에 漕運의 절반을 줄일 수 있었다. 高宗은 이에 曹操·諸葛亮·羊祜 三人의 전례[21]를 적어 악비에게 내리며 치하했다.

악비가 勅命에 따라 督府[22]에 가서 張浚과 함께 淮西軍[23]의 처리 문제를 논의하게 되었다. 淮西軍의 통속 문제가 아직 결정되지 않았기 때문이다. 張浚은 淮西軍을 呂祉에게 통속시키고자 하고 있었다. 장준이 악비에게 말했다.

"王德은 회서군이 따르는 장수요. 내 그를 都統制로 삼고, 呂祉에게 명하여 督府의 參謀 자격으로 회서군을 총지휘하도록 할까 하오. 어떻소이까?"

악비가 대답했다.

---

21 羊祜(221~278)는 魏末 西晉 初의 인물, 武帝 泰始 5년(269) 荊州의 都督이 되어 屯田을 행하였다. 曹操 및 諸葛亮 역시 屯田의 시행에 적극적인 인물들이었다.
22 都督府의 簡稱. 紹興 5년(1135) 2월 宰相兼知樞密院事로 임명된 張浚이 都督諸路軍馬로 江上에 파견되어 설치한 官署를 일컫는다.
23 종래 淮西宣撫使 劉光世에 의해 통솔되던 군대. 劉光世는 紹興 7년(1137) 軍權이 박탈되어 建康府로 소환된다.

"王德과 酈瓊은 지위가 같아 평소 서로 간 남의 밑에 있지 않았습니다. 또 呂尙書[24]는 비록 通材이기는 하나 역시 書生입니다. 군사에 대해서는 잘 알지 못하니 회서군을 통솔하기에는 부족합니다."

장준이 말했다.

"張宣撫[25]는 어떠하오?"

"제 예전의 상관입니다. 하지만 그 사람됨이 거칠고 材謀가 부족합니다. 마찬가지로 酈瓊 등이 평소 복종하지 않고 있었습니다."

"그렇다면 楊沂中은 어떻소?"

"楊沂中은 王德과 지위가 같습니다."

그러자 장준이 발끈하며 말했다.

"내 太尉[26]가 아니면 안 된다는 것을 잘 알겠소이다."

"都督께서 진심으로 묻는데 제가 어찌 감히 진심으로 대답하지 않을 수 있겠습니까? 그리고 어찌 제가 군대를 더 얻는 데에나 마음을 두겠습니까?"

악비는 이전 해의 여름에 內艱[27]을 당했으나 奪情[28]의 명을 받고 직무를 수행하는 중이었다. 하지만 이렇게 장준과의 관계가 틀어지자 악비는 그 날로 즉시 상주문을 올려 군대 지휘권의 회수 및 服喪의 완수를 요청하였다. 그리고 張憲을 權監軍事로 삼고는 도보로 廬山에 돌아가 墳墓 옆에 廬幕을 짓고 服喪을 지속하기 시작했다. 장준은 이에 노하여 參議

---

24 당시 兵部尙書의 직위에 있었던 張浚의 手下이자 心腹인 呂祉를 말한다.
25 江東宣撫使 張俊을 말한다.
26 岳飛는 紹興 7년(1137) 2월 檢校少保로부터 太尉로 승진한다. 太尉는 從一品으로서 武階官의 최고위였다. 이러한 이유로 북송 말 이래 太尉는 고급 무관에 대한 존칭으로 사용되기도 했다.
27 內艱喪. 母親이나 祖母의 喪事.
28 服喪中인 사람에게 出仕를 명하는 것.

官인 張宗元을 宣撫判官으로 임명하여 악비의 군대를 관할하게 했다. 이렇게 되자 고종은 서둘러 악비에게 下詔하여 군대로 돌아오라고 명하였으나 악비는 극력 고사하였다. 결국 고종은 악비의 屬吏로 하여금 墳墓의 盧幕 곁에 또 盧幕을 짓고 복귀를 요청하게 하였다. 악비는 어쩔 수 없이 朝廷에 나아가 고종을 알현하고 待罪하였다. 고종은 이러한 악비를 위로하고 詔令을 내려 원래의 직위에 복귀토록 하고 張宗元을 소환하였다. 이후 장준은 결국 王德으로 하여금 淮西軍을 통솔하게 하고 呂祉로 하여금 감독하게 했다. 그리하여 결국 變[29]을 부른 것이다.

金이 盟約을 저버리고 남침해 왔다.[30] 악비는 장수 李寶와 孫彦을 파견하여 金軍과 曹州에서 싸우게 해서 수차례나 패배시켰다. 이들은 또 宛亭縣에서 金軍과 큰 전투를 벌여 승리하였다. 李寶는 다시 金軍을 쫓아가 패배시켰다.

악비는 또 牛皐를 파견하여 京西에서 전투를 벌여 패배시켰다. 牛皐는 黃河까지 진격하여 또 金을 패배시켰다.

또 統制官 張憲을 파견하여 潁昌府에서 싸우게 해서 金軍을 패배시키고 潁昌府를 수복하였다. 張憲은 또 陳州의 경계지점에서 싸워 패배시키고 陳州를 수복하였다.

또 統制官 董先과 姚政을 보내 潁昌府에서 싸우게 해서 패배시켰다.

또 장수 王成을 보내 鄭州에서 싸우게 해서 패배시키고 鄭州를 수복하였다.

---

29 淮西의 兵變에 대해서는 본서 3책, 259쪽, 주 13 참고.
30 高宗 紹興 8년(1138)과 9년(1139)을 기해 일단 타결되었던 和約을 파기하고 紹興 10년(1140) 5월 金이 兀朮의 주도하에 대거 남침해왔던 것을 말한다.

또 統制貫 孟邦傑을 파견하여 永安軍을 수복하였다. 밤이 되자 그 부장 劉政을 보내 中牟縣을 공략하게 해서 패배시켰다.

또 장수 張應과 韓青을 보내 河南府에서 싸우게 해서 패배시켰다.

또 장수 楊遇를 보내 南城軍에서 싸우게 해서 패배시키고 河南府 南城軍을 수복하였다.

또 장수 梁興과 董榮을 보내 絳州 垣曲縣에서 싸우게 해서 패배시켰다. 梁興은 또 孟州의 王屋縣 및 濟垣縣에서 싸워 또 패배시켰다.

악비는 兀朮과 堰城縣에서 싸워 패배시켰으며, 다시 싸워 또 패배시키고 그 장수 阿李朵 孛菫을 죽였다.

張憲은 또 臨潁縣에서 싸워 패배시켰다.

王貴와 姚政은 兀朮과 潁昌府에서 큰 전투를 벌여 패배시켰다.

악비는 또 張憲과 傅選·寇成에게 명하여 臨潁縣에서 싸우게 해서 패배시켰다.

악비는 거듭 勝捷을 거두자 더 깊숙이 진격하고자 하였으나, 재상인 秦檜가 은밀히 金軍을 돕기 위해 고종에게 권하여 철수하라는 조령을 수차례나 내리게 하였다. 악비는 憤恨을 안고 돌아왔으며, 수복했던 州縣들도 얼마 후 다시 잃게 되었다.

湖北京西宣撫副使 악비가 宣撫使로 승진하였다. 당시 淮東宣撫使와 江東宣撫使로 있었던 韓世忠과 張俊은 모두 큰 戰功이 있었다. 또 악비가 미미한 軍校 신분으로부터 宣撫使로 승진한 까닭에 한세충과 장준은 불만스러이 여기고 있었다. 그리하여 악비는 최초 그들에게 몸을 낮춰 겸손한 태도를 보이며 수통이나 편지를 보냈건만 그들로부터 아무 답신이 없었다. 그 후 악비는 楊么를 진압하고 그들에게 병사 및 장비체계가 완

비된 樓船[31] 한 척씩을 보냈다. 이에 한세충은 비로소 매우 기뻐하였으나 장준은 더욱 악비를 기피하게 되었다. 이러한 정황에 대해 악비의 參謀官인 薛弼은 그들과 원만한 관계를 유지해야 한다고 늘 권하였다. 하지만 정예의 막료들은 모두 더 이상 억지로 겸손한 태도를 보이려 해서는 안 된다고 말했다. 이후 악비와 장준 사이는 더욱 멀어져 갔다.

처음 高宗이 악비에게 詔令을 내려 淮西 一帶를 구원하라 하였을 때, 악비는 이전에 戰勝을 거둘 때마다 늘 철수의 명령을 받았던 것을 떠올리고 군량의 부족을 이유로 고사하였다. 하지만 이후 濠州가 함락되자 비로소 구원에 나섰다. 이로 인해 張俊과 秦檜는 악비에게 원한을 품었다.

『小歷』에서는 다음과 같이 적고 있다.

악비는 이전에 수차례에 걸쳐 和議의 부당성을 공박하였고 이로 인해 진회는 더욱 악비를 싫어하게 되었다. 그러다 金軍이 남침하자 고종은 악비에게 명하여 淮西를 지원하게 하였다. 악비는 명령을 받은 즉시 그 날로 길을 나섰다. 고종은 이를 보고 다시 詔令을 내려 격려하였다. 이때 張俊이 악비에게 편지를 보내 회서 일대에 군량이 부족하다는 사실을 알렸다. 악비는 이에도 불구하고 진군을 계속하였다. 그런데 고종이 악비에게 내린 御札 가운데, '卿은 명령을 들은 즉시 廬州로 떠났도다. 군량과 보급의 어려움에 대해서도 卿은 돌아보지 않았다'라는 내용이 있었다. 張俊은 이에 악비가 자신의 말을 누설한 것은 아닌가 의심하였다. 장준은 조정에 돌아와, '악비가 군량 부족을 이유로 머뭇거리며

---

31 樓가 있는 大戰船.

진군하지 않았다'는 말을 하고 다녔다. 또 악비는 장준과 함께 楚州城으로 가게 되었는데[32] 그때 장준은 성벽을 보수하여 수비에 전념하려 하였다. 이를 보고 악비가 말했다.

"마땅히 온 힘을 다해 中原의 수복을 꾀하여야지 어찌 물러나 지킬 생각을 하십니까?"

장준은 楚州에서 돌아온 후 그 말을 뒤집어, '악비가 山陽 지방을 버리려 했다'고 말했다. 그리고 진회와 함께 음모를 꾸며 万俟卨로 하여금 다음과 같이 악비를 탄핵하게 했다.

"악비는 부장들에게, '山陽을 지킬 수 없다'고 말하여 사기를 저하시켰다."

이 일로 해서 이들은 악비를 죽일 생각을 품게 되었다.

給事中 范同은 극력 和議에 찬동하고 있었다. 그런데 여러 大將들이 오랫동안 重兵을 장악하고 있어 통제가 어려운 상황을 보고 진회에게 計策을 바쳐, 大將들에게 樞密院의 관직을 除授함으로써 그 兵權을 회수하자고 청하였다. 진회는 이를 받아들여 은밀히 이를 고종에게 상주하였다. 그리고 拓皐의 戰勝[33]을 계기로 한세충과 張俊, 악비를 行在로 불러 論功行賞을 하기로 하였다. 이에 따라 한세충과 張俊은 곧바로 도착하였는데 악비만은 기별이 없었다. 진회와 參政인 王次翁은 걱정하고 있다가, 다음 날 세 대장을 데리고 湖上에 나가 酒宴을 열기로 음모를

---

32 高宗 紹興 11년(1141) 6월 樞密使 張俊과 樞密副使 岳飛를 楚州로 파견하여 韓世忠의 부대에 대해 감찰하게 했던 것을 말한다.

33 紹興 11년(1141) 2월 柘皐鎭(安徽省 巢湖의 동북방에 위치)에서 南宋의 楊沂中·劉錡 등이 지휘하는 군대가 金軍에 맞서 대승을 거두었던 전투. 당시 金은 紹興 11년 정월 이래 兀朮의 주도 아래 남송에 대해 대대적인 공세를 펼치고 있었다. 柘皐의 전투로 인해 남송은 금에게 점령당했던 廬州城을 수복하고 金의 남진을 사실상 좌절시켰다.

꾸몄다. 이들은 直省官[34]에게, '잠시 岳少保[35]가 올 때까지 기다리라'고 말했다. 또 堂廚[36]에 명하여 연회 준비를 풍성히 하게 했다. 이렇게 하고 6, 7일 정도 기다리자 악비가 도착하였다. 그러자 즉시 鎖院[37]하였다.

이튿날인 壬辰日,[38] 한세충과 張俊이 樞密使에 임명되었으며 악비는 樞密副使에 임명되었다. 張俊은 진회와 뜻이 맞았기 때문에 강력히 和議를 지원하였다.

「王次翁敍記」에서는 다음과 같이 적고 있다.

"紹興 11년(1141) 金軍이 長江 유역으로 침공하려 기도하고 있었다. 大將인 張俊과 韓世忠은 이를 알고 먼저 깊숙히 진군해 갔다. 하지만 악비만은 淮西에 주둔한 채 움직이려 하지 않았다. 이에 고종은 친히 御札을 보내 무려 17회나 진군을 재촉하였으나 악비는 여전히 거드름을 피우며 움직이지 않았다. 고종은 최후로 다시 친필 어찰을 보내, '社稷의 存亡이 卿의 이번 움직임에 달려 있소이다'라고 말하자, 악비는 조령을 받들어 겨우 군대를 30여 리 움직이다가 멈추었다. 고종은 이때 처음으로 악비를 주살할 생각을 갖게 되었다.

또 한세충의 軍中에 軍校 溫濟란 자가 있었는데 그가 한세충의 비밀을 고발해 왔다. 조정에서는 溫濟를 湖南으로 빼돌렸다. 한세충은 연이어 상주문을 올려 溫濟를 다시 軍中으로 보내 달라고 청하였는데 그 어조가 불손하기 짝이 없었다.

---

34 當直의 館職. 省官이란 館職의 別稱이다.
35 檢校少保 岳飛.
36 政事堂의 公膳房.
37 機密을 요하는 업무의 처리를 위해 院門을 폐쇄하던 것을 일컫는다.
38 高宗 紹興 11년(1141) 4월의 일이다.

당시 세 大將들은 重兵을 거느리며 조정을 업수이 보고 있었는데, 이해에 拓皋의 戰勝이 있자 대장들에게 명하여 조정에 들어와 論功行賞을 기다리라고 하였다. 이에 따라 張俊과 한세충은 바로 들어왔지만 악비만은 늦도록 도착하지 않았다. 이때 진회가 재상으로 있었으며 先臣[39]이 參知政事의 직위에 있었다. 大臣은 이 두 사람 뿐이었다. 진회는 심히 근심하고 있었다. 이에 先臣이 나서서 계책을 내었다. 이튿날 세 대장을 데리고 湖上에 나가 주연을 열기로 한 것이다. 그리고 直省官에게, '잠시 岳少保가 올 때까지 기다리라'고 말했다. 또 堂廚에 명하여 연회 준비를 풍성히 하게 했다. 이렇게 하고 6, 7일 정도를 기다리자 악비가 도착하였다. 애초의 계획은 그 이튿날 鎖院하여 모두 樞密使에 除授한 다음 즉시 추밀원으로 가서 업무를 처리하게 하는 방식으로 兵權을 회수하기로 하였다. 그런데 날이 저물 무렵 즉시 鎖院의 命이 떨어지고 이튿날 宣麻[40]가 있을 것이란 조칙이 내려졌다. 이날 한밤중 또다른 조칙이 내려져, 세 대장의 군대는 軍中의 列校로 하여금 휘하의 군사들을 거느리고 각각 독립된 부대를 구성토록 하는 방식으로 분할시켰다. 列校들의 직함도 御前軍馬의 統制官으로 바꾸었다. 列校들의 부대는 모두 각각의 賞罰에 따라 지위의 上下를 다시 정하고 軍校들에게 전적인 지휘권을 부여하였다. 軍校들은 권한의 강화에 희희낙락하며 조정의 명령을 흔연히 받아들였다. 이튿날 세 대장들은 조정에 들어와 樞密使와 樞密副使의 직위에 除授되었다. 이후 이들이 나가보니 이전의 휘하 부대는 모두 흩어져 떠나가 버리고 없었다. 세 대장을 호위하는 무리는 고작 추밀원의 사람들 뿐이었다.

39　帝王에 대해 作故한 부친을 指稱하는 말.
40　將相을 拜任하는 詔令.

고종황제의 이 계략에는 先臣과 진회만이 동참하고 있을 뿐이었다. 이에 대해 천하는 탄복해 마지않았다. 세 대장의 병권이 회수된 이후 先臣은 王伯庠 등에게 말했다.

"내가 진회와 더불어 이러한 계책을 꾸민지는 실로 오래였다. 바깥으로는 비록 한가히 보였는지 모르지만 그날 저녁 내내 눈을 붙이지 못한 채 가슴을 졸이며 초조해 했다. 滅族되는 것은 근심거리가 아니었다. 宗廟社稷만이 근심일 뿐이었다. 다행히 일은 그대로 마무리되었다. 폐하의 英斷과 하늘의 도움 때문이었다. 내가 무슨 역할을 했겠는가?"

右諫議 万俟卨[41]이 말했다.

"악비는 兩淮 地域을 버리고 오로지 長江 이남만을 지켜야 한다고 주장하고 있습니다. 또 10여만의 대군을 거느리고 있음에도 불구하고 어떠한 노고도 감당하지 않고 있습니다. 그러면서 兩淮 地域을 버려야 한다는 말로 朝廷을 움직이려 합니다. 이는 그가 점차 신하된 도리를 저버리고 있음을 보이는 것입니다."[42]

宰執은 이를 고종에게 아뢰었다. 고종이 말했다.

"山陽은 淮東 일대를 엄호하는 요지이다. 山陽을 잃는다면 通州와 泰州도 지켜낼 수 없게 될 것이다. 또 적군은 곧바로 蘇州와 常州로 엄습하게 되어 큰 소동이 벌어질 것이다. 이렇게 될 것은 자명한 이치이다. 근

---

41 紹興 12년(1142)의 이른바 紹興和議 전후 秦檜를 추종하며 그의 의도에 철저히 附會하고 있었다. 『宋史』에서는 이러한 万俟卨의 행태에 대해, "卨始附檜 爲言官 所言多出檜意"(권474, 「万俟卨傳」)라고까지 적고 있다.

42 이는 본서 3책, 285쪽에서도 나오듯 張俊과 秦檜의 사주에 의한 것으로서 사실관계를 왜곡한 말이다. 이와 관련하여 『宋史』에서도, "張俊歸自楚州 與檜合謀擠飛 令卨劾飛 對將佐言山陽不可守. 命中丞何鑄治飛獄 鑄明其無辜. 檜怒 以卨代治 遂誣飛與其子雲致書張憲令虛申警報以動朝廷"(권474, 「万俟卨傳」)이라 기록하고 있다.

래 張俊과 岳飛를 山陽으로 파견하여 방어태세를 점검하게 한 바 있다. 이들 양인은 성 위에 올라 시찰하였는데 이후 악비는 군대를 향해, '楚州는 방어가 불가능하다. 그러니 성벽을 보수할 필요가 없다'고 말했다고 한다. 그곳의 장병들은 오랫동안 山陽 地方을 지키고 있다 보니 싫증이 나서, 그 지방을 버리고 다른 곳으로 가기를 바라고 있을 것이다. 악비는 바로 이러한 심정에 야합하여 인기를 얻으려 했음에 틀림없다. 악비가 이러한 말을 하고 있다고 하니 朕은 누구를 믿을 것인고?"

秦檜가 말했다.

"악비가 남들에게 이러한 말까지 하고 있으나 아마 바깥 사람들 중에는 이러한 사실을 모르는 이도 있을 것입니다."

張憲과 王貴·王俊은 모두 악비의 오래된 副將들이다. 張俊은 王貴와 王俊이 악비 및 張憲에 대해 원망을 지니고 있음을 알고 王俊을 구슬러, '張憲이 음모를 꾸며 악비가 다시 군사지휘권을 장악할 수 있게 하려 했다'고 무고하도록 했다. 그리고 王貴에게 명하여 장헌을 체포하여 張俊의 行府[43]에 보내게 했다. 樞密院의 서리는, '樞密院에서는 죄인을 신문

---

43 樞密院의 임시 지방 출장기관인 樞密行府의 略稱. 南宋 시대 金의 남침에 대한 대비의 필요에서 樞密院의 長次官이 出巡하여 軍務를 지휘하며 임시로 開府하고 官屬을 설치하게 되었을 때 이를 樞密行府라 지칭했다. 南宋 시대를 통해 樞密行府는 다섯 차례 설치된 바 있다. 첫 번째는 紹興 4년(1134) 11월 知樞密院事 張浚이 江上(長江 南岸 일대)에 나가 視師했을 때이며(『建炎以來繫年要錄』 권82), 두 번째는 紹興 9년(1139) 4월부터 9월까지 簽書樞密院事 樓炤가 金과의 通和를 위해 樞密行府를 개설한 바 있고(『建炎以來繫年要錄』 권127), 세 번째는 紹興 11년(1141) 5월 樞密使 張俊 및 樞密副使 岳飛가 楚州에 가서 淮西軍의 軍馬를 按閱할 때 樞密行府를 설치한 사례이다(『建炎以來繫年要錄』 권140). 본문에서 말하는 行府는 바로 이때의 樞密行府를 가리킨다. 이밖에 네 번째와 다섯 번째는 紹興 31년(1161) 10월 知樞密院事 葉義問이 江淮荊襄의 軍馬를 督視하기 위해 鎭江府에 설치하였던 일(『建炎以來繫年要錄』 권193), 그리고 孝宗 乾道 3년(1167) 6월 知樞密院事 虞允文이 四川宣撫使로서 樞密行府를 稱했던 사례(『宋會要輯稿』 「職官」 41之38)가 그것이다.

할 수 없다'고 보고하였다. 하지만 張俊은 이에 따르지 않고 자신이 직접 국문하며, 張憲으로 하여금 허위 자백하여 악비의 아들 岳雲까지 체포하려 했다. 張俊은 친필로 명령하여 전후의 사실을 조작하게 했다.

이렇게 해서 獄案이 꾸며지자 張俊은 진회에게 보고하고 죄수들을 형틀에 채워 行在로 압송한 후 棘寺[44]에 가두었다. 악비의 父子가 체포되어 하옥되고 나서 진회는 처음에 何鑄로 하여금 이 사건을 다스리게 했다. 그런데 何鑄가 악비의 무고함을 밝혀내자 다시 万俟卨에게 명하여 담당시켰다. 万俟卨은 마침내, '악비의 父子가 張憲 및 張貴에게 서신을 보내, 허위로 적들이 침공한다는 警報를 보고토록 하여 조정을 움직이려 했다'는 죄목을 꾸몄다. 이에 덧붙여 악비가 장헌에게, '자신이 다시 일선 부대로 복귀하여 지휘권을 장악할 수 있도록 조치해보라'고 지시했다고 꾸며댔다. 万俟卨은 다만 그 서신이 이미 불살라져서 증거는 없다고 했다. 누군가는 万俟卨에게, 이전에 御史臺에서 지적한 바 있는 淮西에서의 일[45]을 악비의 죄목으로 추가하라고 가르쳐주었다. 마침내 이것도 덧붙여져 당시 악비가 진군을 머뭇거렸던 것도 추궁되었다. 하지만 高宗이 악비에게 내려주었던 御札의 내용이라든가 혹은 악비의 군대가 행군하였던 거리 및 시간 등의 증거는 사건 조작에 불리하였다. 그래서 評事인 元龜年에게 명하여 이러한 증거를 억지로 꿰맞춰 사건을 조작하게 했다. 또 그 고종의 御札은 수거하여 관아에서 압수함으로써 증거를 없앴다.[46] 악비는 고문으로 고초를 겪으면서도 사건조

---

44 治獄을 관장하는 기구인 大理寺의 별칭.
45 본서 3책, 284 · 285쪽 참조.
46 이와 관련하여 『宋史』에서는, "飛坐繫兩月 無可證者. 或敎卨以臺章所指淮西事爲言 卨喜白檜 簿錄飛家 取當時御札藏之以滅迹. 又逼孫革等證飛受詔逗遛 命評事元龜年取 行軍時日雜定之 傅會其獄"(권365, 「岳飛傳」)이라 기록하고 있다.

작에 승복하지 않았다.

그러던 어느 날 진회는 작은 종이에 직접 지침을 적어 獄에 보냈다. 악비를 죽이라고 통지하는 내용이었다. 결국 여러 조작된 증거로 죄목을 입증하여, 악비에게는 사형이 내려졌고 張憲과 岳雲은 저잣거리에서 誅戮되었다.[47] 또 그 재산은 籍沒되었으며 남은 가족들은 嶺南으로 이주되었다. 또 악비의 官屬으로 죄에 연루된 자가 모두 6명이었다.

당시 洪皓는 金에 사로잡혀 있었는데, 이 사실을 듣고 즉시 蠟書를 보내왔다.

"金側에서 크게 두려워하며 감히 그 이름을 부르지도 못하는 이는 오직 岳飛 뿐입니다. 그들은 심지어 악비를 아버지라 부르기까지 합니다. 그 우두머리들은 악비가 죽었다는 소식을 전해 듣고 모두 술을 마시며 서로 敬賀하였습니다."

진회가 永嘉에서 秘撰[48]으로서 玉隆觀使로 있을 때 薛弼은 그와 긴밀이 교왕한 적이 있었다. 또 万俟卨이 湖北의 提刑[49]으로 재직할 당시 薛弼은 湖北路의 經撫[50]로 있었는데 사나운 도적 伍俊을 진압하고 그 功을 万俟卨에게 돌린 바 있다. 이러한 연고로 악비의 獄案 당시 설필은 비록 악비의 參謀官이었으나 그에게는 단 한 마디도 화가 미치지 않았다.

또 이에 앞서 악비의 獄案이 결말되어갈 즈음 韓世忠이 秦檜에게 사정을 물었다. 이에 진회가 말했다.

---

47 岳飛가 毒殺된 것은 高宗 紹興 11년(1141) 12월의 일이다. 당시 岳飛의 나이는 39살이었고 養子인 岳雲은 23살이었다.
48 貼職인 從六品 秘閣修撰의 簡稱.
49 提點刑獄의 簡稱. 憲臣·憲使 등으로 불리기도 한다.
50 經略安撫使의 簡稱. 經帥라 불리기도 한다.

"악비의 아들 岳雲이 張憲에게 보낸 서신이 아직 확보되지 않았으나, 그 일 자체는 반드시 있었을 것이오(必須有)."[51]

한세충이 대답했다.

"반드시 있을 것이란 말로 어찌 사람들을 납득시킬 수 있겠소?"

한세충은 진회와 이 일로 논쟁을 벌였으나 진회는 듣지 않았다.

악비는 글을 해득하고 있었으며 士人들을 우대하고 또 남의 어려움을 잘 도와주었다. 또 군대를 부릴 때 반드시 먼저 計策을 면밀히 세운 다음 전투를 벌였다. 이러한 까닭에 저 강력한 金軍을 여러 차례 물리쳐 '良將'이라 칭해지고 있었다. 이러한 악비가 죽자 천하가 원통해 하였다.

악비는 天性的으로 충성과 효성을 타고난 사람이었다. 그는 처음 高宗의 南下를 따라 黃河를 건너 내려가면서 아내를 남겨두어 모친을 봉양하게 했다. 그 뒤 河北이 金軍에게 정복되자 악비는 사람을 보내 모친의 행방을 수소문하였다. 무릇 18차례나 사람을 파견한 후에야 비로소 모친을 맞아 모셔올 수 있었다. 모친에게는 고질이 있었는데 약과 음식은 꼭 자신이 직접 챙겨드렸다. 군대를 출동시켜야 할 일이 생기면 家屬들에게 훈계하여 반드시 정성스레 봉양하라고 일렀다. 이러한 모친이 돌아가시자 장사를 지낸 후 그 墳墓 곁에 盧幕을 짓고 服喪하였다. 그러다 高宗의 御札이 4차례나 내려져 奪情을 종용한 뒤에야 어쩔 수 없이 분묘 곁을 떠났다.

그는 金軍의 남침이 시작된 이래, '반드시 中原을 수복하고 원수 같은 오랑캐들을 다 없애버리겠다'고 분연히 다짐하였다. 전투 중 위기에 직

---

51 이 '必須有'란 말을 『宋史』 권365, 「岳飛傳」에서는 '莫須有'라 적고 있다. 秦檜의 岳飛에 대한 제거의 의지, 그리고 獄案 자체의 無辜함을 단적으로 상징하는 용어로 이용된다.

면하면 휘하의 무리들을 훈계하다가 때로 눈물을 흘리기도 했다. 將卒들은 이에 감동하여 모두 분발해 마지않았다. 高宗이 계신 곳을 향해서는 등지고 앉지도 않을 정도였다.

그는 또 스스로의 衣食에 대해서는 대단히 儉薄하였다. 일찍이 젊은 날에는 음주를 즐겨서 몇 말까지 마시기도 하였다. 하지만 高宗이, '卿은 훗날 河朔一帶까지 수복한 후 술을 다시 마시도록 하오'라고 훈계하자 다시는 술을 입에 대지도 않았다. 언젠가는 吳玠가 아리따운 여인을 잘 차려입혀서 보내준 적이 있었으나 물리치고 받지 않았다. 또 한 번은 고종이 行都에 저택을 한 채 마련해주려 했다. 그러자 악비는, '金의 오랑캐를 아직 없애지 못했는데 臣이 어찌 집을 장만할 수 있겠습니까?'라고 말하며 사양하였다. 이러한 까닭에 그를 起復하는 制詞[52]에, '嫖姚하면서도 저택을 사양하는 검소함이 있다'고 격려하는 말이 담겨져 있었던 것이다.

그는 늘 최말단 士卒과 동일한 생활을 하며 어려움을 함께 나누었다. 군대를 통솔할 때는, 병사의 보충과 선발을 중시하고, 평상시의 훈련에 노력하였으며, 賞罰을 공정히 하고, 號令을 분명히 하였으며, 기율을 엄정히 하고, 병사들과 함께 동고동락 하는 것 여섯 가지를 반드시 지키고자 했다. 일찍이 張俊이 그에게 용병술을 물은 적이 있다. 이에 대해 악비는, '인자함(仁)·신뢰(信)·지혜(智)·용맹(勇)·엄격함(嚴)의 다섯 가지이며 이 가운데 하나도 빠져서는 안됩니다'라고 말했다. 다시 張俊이 엄격함에 대해 묻자, '功이 있는 자에게는 큰 상을 내리고 功이 없는 자에게는 중벌을 내리는 것입니다'라고 대답했다. 전투가 잠시 그치고 주둔하

---

52   『鄂國金佗續編』 권2, 「內艱起復制」를 가리킨다.

게 될 때에는 장졸들에게 注坡, 跳濠[53] 등을 익히게 하였다. 이럴 때에도 모두 갑옷으로 무장하고 훈련을 시켰다. 한 번은 아들인 岳雲[54]이 注坡를 익히다 잘못하여 말이 넘어진 적이 있었다. 그러자 악비는 노하여 岳雲을 참수하려 하였다. 이에 여러 副將들이 극력 만류한 후에야 노기를 거두었다. 하지만 그래도 수백 번이나 채찍질을 하였다. 또 약속은 반드시 간명히 하여 사람들이 쉽게 따를 수 있게 하였다. 부대를 움직일 때에는 추호도 민간인에 해를 끼치지 못하게 하였다. 만일 민간으로부터 땔나무를 실오라기 하나 만큼이라도 취한 자가 있으면 즉시 참수를 명하였다.

또한 악비는 적은 수의 군대로 많은 수의 적을 이기기를 잘했다. 杜充을 따를 때에는 800명으로 群盜 王善 등 50만 명의 무리를 격파하였으며, 曹成을 격파할 때에는 8,000명으로 그 무리 10만 명에게 승리하였다. 兀朮과 싸울 때에는, 穎昌에서는 背嵬軍 800명으로 이겼으며 朱仙鎭에서는 背嵬軍 500명으로 승리를 거두었다. 穎昌과 朱仙鎭의 전투 공히 兀朮의 군대는 무려 10만 명이나 되었다. 背嵬軍은 西蕃 출신의 병사들[55]을 말하는데 악비는 이 군대를 잘 부려서 그 병사들 모두 一當百의 용맹을 갖추게 하였다. 鄆城의 전투 당시 兀朮은 여진내 각부족의 군대를 규합하여 진격해왔다. 이에 악비는 岳雲에게 명하여 背嵬軍과 遊弈軍의 騎兵을 이끌고 곧바로 적진을 향해 내달려 양분시키게 했다. 兀朮에게

---

53 注坡는 말을 탄 채 비탈길을 급하게 내려오는 것, 跳濠는 말을 타고 垓字를 뛰어 넘는 것.

54 岳飛의 養子. 岳飛는 출정시마다 늘 그와 동행할 정도로 총애하였다고 한다. 『宋史』에서는 그의 武功에 대해, '每戰 以手握兩鐵椎 重八十斤 先諸軍登城'(권365, 「岳雲傳」)이라고 기록하고 있다. 高宗 紹興 11년(1141) 12월 岳飛가 살해될 때 그 역시 23세의 나이로 棄市에 처해진다.

55 西蕃이란 티베트 및 西邊에 위치한 소수민족의 통칭.

는 '鐵浮屠', '拐子馬'라 일컬어지는 용맹스런 부대가 있었다. 이들 부대는 진격하는 곳마다 승리를 거두었다. 郾城의 전투에서는 이들 부대의 기병 15,000명이 참여하고 있었다. 악비는 보병에게 명하여, 커다란 도끼를 들고 적의 진영으로 진격하여 위는 쳐다보지 말고 말의 다리만 쳐다보며 차례차례 찍어 넘기라고 하였다. 말 한 마리가 꺼꾸러지면 그 곁의 말들도 함께 쓰러져 짓밟혀 죽었다. 이 기세를 타고 악비의 군대가 분발하여 진격해갔다. 결국 兀朮의 군대는 패배하고 그 널부러진 시체가 산처럼 쌓였다. 이 전투에서 패한 후 兀朮은,

"군대를 일으킨 이래 이번 만큼 중요한 전투가 없었다. 이제 만사가 끝났다"고 통곡하였다.

拐子馬軍은 이때의 패배로 완전히 사라져 버렸다. 악비는 이처럼 적의 의표를 찔러 승리하기를 잘했다.

악비는 머리를 묶고[56] 戰場에 나선 지 10여 년, 그 사이 크고 작은 전투 100여 차례를 겪었으되 패배한 적이 없었다. 반란군을 진압할 때에는 늘 황제 폐하의 덕망을 높이는 것을 우선시하여 주동자를 뺀 나머지는 석방해 주었다. 또 말단의 병사에게도 마치 諸生들을 만나듯 정성을 다해 대해주었다. 그는 戰勝을 거두고도 功을 다투는 법이 없었다. 이를테면 襄陽과 漢中 일대를 수복하는 전투 당시 조정에서는 劉光世에게 명하여 5,000명의 군대를 이끌고 악비의 진격을 엄호하게 하였다. 그런데 劉光世는 전투가 다 끝나 6개의 郡이 모두 수복된 이후에야 도착하였다. 그럼에도 악비는 상주문을 올려 먼저 劉光世에 대한 포상을 주청하였다. 그리고 諸將들 가운데 혹시라도 큰 공을 세웠지만 포상이 작은 자

---

56 원문은 結髮. 갓 成年이 된 나이를 가리킨다. 束髮이라고도 한다.

가 있으면 반드시 그 정황을 개진하게 했으며, 타당한 이유가 없으면 아무리 작은 포상이라도 내리지 않았다. 반면 아들 岳雲은 여러 차례 커다란 공을 세웠으나 숨기고 조정에 품신하지 않았다. 후에 조정에서 이 사실을 알고 직접 岳雲에게 포상을 하려고 하자 악비는 끝내 사양하고 받아들이지 않았다.

고종이 갓 즉위하였을 때 악비는 조정에 상주문을 올렸다가 처벌을 받아 관직을 삭탈당한 바 있었다.[57] 이후 그는 張所에게 의탁하여 재차 관직에 오를 수 있었다. 張所는 훗날 탄핵을 받아 長沙로 유배되었는데, 이곳에서 도적 劉忠이 반란을 일으키며 張所를 위협하여 동참을 강요하였다. 하지만 張所는 劉忠의 말을 따르지 않아 결국 살해되었다. 악비는 이 소식을 듣고 張所의 아들을 수소문하여 찾아내어 길렀다. 張所의 아들은 악비의 주청에 의해 관직까지 부여받았다. 악비는 또 張所가 사망하게 된 연유를 밝히어 그의 누명을 벗겨 주었다. 사람들은 이러한 악비의 행동을 의롭다 여겼다.

---

57 이 정황에 대해 『宋史』에서는, "康王卽位 飛上書數千言 大略謂. '陛下已登大寶 社稷有主 已足伐敵之謀 而勤王之師日集 彼方謂吾素弱 宜乘其怠擊之. 黃潛善 汪伯彦輩不能承聖意恢復 奉車駕日益南 恐不足繫中原之望. 臣願陛下乘敵穴未固 親率六軍北渡 則將士作氣 中原可復.' 書聞 以越職脫官歸. 詣河北招討使張所 所待以國士 借補修武郎充中軍統領"(권124, 「岳飛傳」)이라 기록하고 있다.

권9

張九成

經筵官들이 각각 經과 史를 나누어 講讀하라는 詔勅이 내려졌다. 장구성은 『春秋』를 강독하게 되었다. 어느 날 장구성은 日蝕에 관하여 논하며 말했다.

"일식이라는 變故는 惡氣에서 연원한 것이며, 惡氣의 萌芽는 나쁜 생각에서 연원한 것입니다. 나쁜 생각이 축적되는 것을 차단하고 그 근본을 송두리째 제거하지 않는다면 그 영향이 점차 사방으로 뻗치게 됩니다. 위로 하늘에 다다르면 해와 달이 사그라들어 일식과 월식이 일어나고 五星들[1]이 그 질서를 상실하게 되며, 아래로 땅에 다다르면 五穀에 재해가 미치게 되며 온갖 災異가 발생하게 됩니다. 또 가운데로 사람에

---

1   木星(東)·火星(南)·金星(西)·水星(北)·土星(中央)의 다섯 개 行星을 가리킨다.

다다르면 전쟁이 되고 화재가 되어 온갖 疫病이 창궐하게 됩니다. 그러한 즉 나쁜 생각이 일어나면 마땅히 즉시 박멸해 버려야 하지 않겠습니까?"

고종은 두려워하며 말했다.

"진실로 그것이야말로 朕이 염려하는 바입니다. 마땅히 卿의 말을 거울삼아 경계하도록 하겠소이다."

장구성이 禮侍[2]가 된 후 어느 날 조용히 고종에게 말했다.

"저들 오랑캐에게는 속임수가 많습니다. 그런데 사람들이 지난날 저들에게 당했던 害를 돌아보지 않고 당장 눈 앞의 편안함만을 구하려 하고 있습니다. 잘 헤아려 판단해야만 할 것입니다."

이 무렵 秦檜는 장구성이 經筵의 席上에서 西漢時代의 災異에 관해 언급했다는 사실을 전해듣고 매우 불쾌해했다. 장구성은 고종을 알현하고 직접 면대하여 아뢰었다.

"바깥에서는 臣이 趙鼎의 黨與라고들 말하고 있습니다. 臣 또한 그 말이 맞지 않나 생각하고 있습니다."

고종이 그 까닭을 묻자 장구성이 대답했다.

"臣이 趙鼎을 만날 때면 늘 그 議論에 막힘이 없는 것을 보고 저도 모르게 오래 앉아 있게 됩니다. 그러니 사람들이 臣을 두고 趙鼎의 黨與라 말하는 것도 이상할 것이 없습니다."

얼마 후 장구성은 거듭 상주문을 올려 파직을 청하였다. 고종은 조금 기다려 지방관으로 나가라고 명하였다. 그런데 秦檜는 장구성을 어떻

---

2   禮部侍郎의 簡稱. 禮部尚書의 佐貳이다.

게든 파직시키려 벼르다가, 상주문을 올려 秘撰³에 除授하고 江州에 있는 太平觀의 提擧奉祠로 나가게 했다. 아울러 謝表를 올리지 못하도록 하였다.

장구성이 服喪을 마치자, 秦檜가 高宗에게 장구성에 대한 의향을 물었다. 고종이 말했다.

"宮觀⁴에 임명하도록 하시오. 이 인물은 趙鼎과 대단히 깊게 맺어져 있었소이다. 자고로 朋黨을 맺은 자들은 황제가 알까 두려워하는 게 상례였소. 하지만 이 사람만은 유독 아무 것도 두려워하지 않고 있습니다."

그 얼마 후 詹大方이 말했다.

"근래 일부에서 유언비어를 만들어 유포시키고 있는데, 장구성이 사실상 그 首魁이고 徑山의 승려 宗杲가 그것에 화답하고 있는 형국입니다. 종고는 이미 멀리 유배되어 있는 바 정작 그 수괴에게 어찌 죄를 묻지 않고 그냥 둘 수 있겠습니까? 장구성을 宮觀使에서 파직시켜 먼 곳으로 보냄으로써 邪慝한 자들에 대한 경계가 되도록 하십시오."

이에 장구성은 마침내 파직되어 江西의 南安軍에 安置⁵시켰다.

장구성과 徑山의 主僧 宗杲는 막역한 사이였다. 당시 종고를 따르는 승려가 2,000여 명이나 되었던 관계로 경산이 비록 큰 사찰이기는 하나 다 수용할 수 없었다. 종고는 이에 千僧閣을 중수하여 승려들을 거처시켰다. 이러한 종산에 장구성이 찾아가 교류하였으므로 진회는 그들이

---

3 貼職인 秘閣修撰의 簡稱.
4 宮觀에 대해서는 본서 1책, 343쪽, 주 52 참조.
5 송대 관원의 貶謫은 그 문책의 경중에 따라 '居住', '安置', '編管'으로 나뉘어졌다. 그 차이와 관련하여 『朝野類要』에서는, "居住. 被責者凡云 送甚州居住 則輕於安置也. 安置 安置之責 若又重 則羈管編管. 勒停. 編管以上則 必除名勒停 謂無官也 故曰追毁 出身以來文字"(권5)라 기록하고 있다.

자신을 비방할까 두려워했고, 마침내 사람을 시켜 장구성과 종고가 朝廷의 정치를 비방한다고 탄핵하게 한 것이다.

장구성이 貶謫되어 南安軍에 거주할 때 前 步帥[6] 解潛도 마찬가지로 그곳에 유배되어 있었다. 해잠의 병세가 위중해지자 장구성이 그를 찾아가 물었다.

"太尉[7]께서는 평소 무슨 여한이 있었소이까?"

解潛이 대답했다.

"나는 평생 오직 忠義心만 지니고 살았습니다. 맹세코 오랑캐들과 싸워 죽음으로써 나라의 치욕을 갚으려 했습니다. 그리고 和議를 거부하다가 종당에는 秦檜에게 내몰리고 말았습니다. 이러한 내 마음은 오직 하늘만은 알아주실 것입니다."

"부끄럽지 않았다면 그것으로 족합니다. 어찌 다시 하늘이 알기를 바랄 게 있겠습니까? 그리고 사람들 또한 장차 그 마음을 모르는 자가 없게 될 것입니다. 다만 시간이 걸릴 따름이지요."

해잠이 말했다.

"그 말을 들으니 가슴 속이 탁 뚫리는 것 같습니다."

그리고는 곧바로 세상을 떠났다.

장구성은 장하다 기리며 한편으로 탄식해 말했다.

"武人이란 一念으로 正氣만을 생각하는 존재이되 그러면서도 남의 평판에 구애를 받는다. 하물며 우리는 聖賢의 책을 읽는 무리이니 어찌

6　중앙 禁軍인 侍衛親軍步軍司都指揮使나 侍衛親軍步軍司副都指揮使·侍衛親軍步軍司都虞候·主管侍衛親軍步軍司公事 등의 簡稱. 解潛은 紹興 7년(1137) 12월 主管侍衛親軍步軍司公事에 임명된다(『建炎以來繫年要錄』권117, 紹興 7월 12월 戊辰條).

7　宋代 고위 武官에 대한 존칭.

평소에 이 心中을 다스려 가야하지 않겠는가?"

장구성이 南安軍에 있을 때 누군가 물었다.

"오늘날의 士大夫들은 유난히 기개가 없습니다. 한 마디라도 天下의 일에 대해 말하는 자가 없지 않습니까? 어찌 이다지도 인재가 없는 것일까요?

장구성이 대답했다.

"대저 인재란 윗자리에 있는 사람이 양성하는 것이오. 만일 윗사람이 꺾어버린다면 기개 또한 막혀버리게 되오. 이러한 상황에서 뜻있는 선비들이 먼저 나서지 않는다면 누가 스스로 피해를 당하려 하겠소이까? 지금 秦公(秦檜)이 자신과 다른 의견을 지닌 인물들을 내쫓으며 대대적으로 고발과 탄핵 풍조를 일으키고 있소이다. 이는 賢者들을 모두 없애버리고자 함이오. 그러나 오히려 어찌 사람들의 반발을 불러일으키지 않겠소? 그대는 잠시 기다리도록 하시오."

권10

劉錡

高宗 紹興 10년(1140) 劉錡는 東京副留守에 임명[1]되어 군대를 이끌고 東京 일대에 주둔하게 되었다. 유기는 먼저 군대의 家屬들을 順昌에 머물게 한 다음 王彦이 창설한 八字軍을 이끌고 北으로 행군해갔다. 江淮 一帶를 지나 穎水를 건넌 후에는 휘하의 杜亨道, 王義賓 및 기타의 副將들과 함께 배에서 내려 육로를 통해 順昌府에 이르렀다.

바로 그때 순창부의 知府 陳規가 金軍이 이미 東京에 진입했다는 보고[2]를 입수하여 유기에게 보여주었다. 유기가 거느린 選鋒軍·遊奕軍

---

1 紹興 8년(1138) 宋金 간 제1차 화의의 체결에 따른 조치였다. 제1차 화의에서 南宋과 金은, 宋側이 金에 稱臣하고 歲幣(金銀 50만 兩匹)를 바치는 대신 僞齊 지배하의 河南과 陝西 지구를 南宋에 돌려준다는 것에 합의한 상태였다.

2 송금의 제1차 和議는 紹興 9년(1139) 5월 金에서 발생한 정변으로 말미암아 파기되었다. 당시 金側에서 제1차 화의를 주도한 인물은 撻懶와 宗磐 등이었는데, 반대파인 兀朮(宗弼)이 황제 熙宗의 지원을 받아 撻懶 및 宗磐을 살해한 후 紹興 10년 5월 재차 남

의 두 부대와 노약자의 부대 및 물자 수송부대는 서로 상당히 떨어져 있는 상태였다. 유기는 즉시 騎兵을 파견하여 노약자 및 수송부대의 행군을 채근하여 그날 밤 안으로 합류시켰다.

그리고 나서 유기가 陳規에게 물었다.

"일이 급박하게 되었소이다. 城內에 양식만 충분하다면 그대와 협력하여 지켜낼 수 있을 것이오."

"쌀 수만 석이 있습니다."

"됐소이다."

陳規 또한 유기에게 順昌에 머물러 함께 수비에 임하자고 강력하게 청하였다. 유기는 또 劉豫 시기에 비축하여둔 毒藥이 아직 남아 있는 것을 보고 이를 적에 대항하는 무기로 사용할 수 있겠다고 생각했다. 그는 諸將들을 불러 말했다.

"우리 군대는 장거리 행군을 계속하였지만 아직 숨조차 돌리지 못했다. 그런데 저 오랑캐들은 이미 국경을 넘어 침범해오고 있으니 장차 어찌 했으면 좋겠는가?"

이에 대해 배를 타고 강물을 따라 남으로 철수해 내려가자는 의견도 있었고 또 이곳에서 수비에 임해야만 한다는 의견도 있었다. 유기가 말했다.

"나는 이번에 留司[3]에 부임하도록 되어 있었지만 이미 東京은 함락된 상태이다. 다행히 全軍이 모두 이곳에 모였고 順昌城은 수비하기에 족

송에 대한 남침을 전개하였다. 당시의 정황에 대해 『金史』에서는, "天眷 元年 達懶 宗磬執議 以河南之地割賜宋 詔遣張通古等奉使江南. 明年宋主遣端明殿學士韓肖胄奉表謝 遣王倫等乞歸父喪及母韋氏兄弟. 宗弼自軍中入朝 進拜都元帥. 宗弼察達懶與宋人交通賂遺 遂以河南 陝西與宋 奏請誅達懶 復舊疆, 是時 宗磬已誅 達懶在行臺 復與呼蘭謀反"(권77, 「宗弼傳」)이라 적고 있다.

3 東京留守의 관청인 東京留守司.

한 형세이니 마땅히 모두가 힘을 합하여 싸워야 할 것이다. 모두 죽음으로 국가에 보답하도록 하자."

이렇게 하여 方策이 결정되자 즉시 배들을 부수어 강물 속에 가라앉힘으로써 돌아갈 의사가 없음을 분명히 보였다. 그리고 通判 王若海를 行在로 보내 저간의 사정을 보고하도록 하고 그편에 유기는 高宗에게 上奏文을 올렸다. 이후 유기는 곧바로 屬官과 더불어 城에 올라 형세를 살폈다. 城 바깥으로는 民家 수천여 가가 있었다. 유기는 이것이 적들에게 이용당할 수 있다고 판단하여 모두 불태워 버렸다. 그리고는 휘하의 統制官들에게 명하여 許靑은 東門을 지키게 하고 賀輝는 西門을 지키게 했으며, 鐘彦은 南門을 지키게 하고 杜杞는 北門을 지키게 하였다. 또 척후를 면밀히 살피게 하는 한편 土人을 모집하여 적의 동태를 탐지하도록 했다. 이러한 조치가 끝나자 병사들이 모두 사기충천하여 말했다.

"예전에 다른 사람들은 모두 우리 八字軍을 이용하기만 했는데 이제 진정한 장수를 만났으니 마땅히 국가를 위해 공을 세우리라."

유기는 직접 성 위에 올라 군사들을 독려하여 전투장비를 설치하고 성벽을 보수하게 했다. 그런지 6일 만에 대략 작업이 완료되었을 때 적의 선발대가 潁水를 건너 성벽 아래에 도달했다. 유기는 이리 복병을 매복시켜두었다가 金의 千戶長인 阿黑殺 등 두 사람을 생포하였다. 이들을 심문하니, '韓將軍[4]은 順昌城으로부터 30리 쯤 떨어진 白龍渦에 주둔하고 있다'고 하였다. 유기는 그날 밤으로 1,000여 명의 군사를 보내 습격하여 수많은 적병들을 죽였다.

이 일이 있고 얼마되지 않아 葛王褒 및 龍虎大王의 군대가 함께 성 아

4　金側의 장군 韓常을 가리킨다.

래에 도달했다. 그들의 숫자는 모두 3만여 명이나 되었다. 이에 유기가 神臂弓 및 强弩를 쏘아대자 적들이 주춤해진 틈에 다시 보병으로 습격해 갔다. 적들은 퇴각하다 수많은 무리가 강물에 빠져 죽었으며, 송군은 그들의 병장기들을 노획하고 또 여진인 및 金軍 휘하의 漢人을 생포해 돌아왔다. 생포한 金軍의 병사들을 힐문하니, '金軍이 급히 銀牌使[5]를 東京으로 파견하여 兀朮에게 援軍을 요청하였다'고 대답하였다.

당시 陳州와 蔡州 이북의 서쪽 지방은 이미 모두 바람에 나부끼듯 金軍에 투항한 상태였다. 또 한편 兀朮의 휘하에 王山이란 인물이 있어서 일찍이 兀朮에 의해 順昌의 知府에 임명된 적이 있었는데, 그가 다시 성 아래로 다가왔다. 兀朮은 順昌城을 함락시킨 다음 그를 다시 순창의 知府로 삼겠다 하고 있었다. 유기는 혹시라도 구차하게 性命을 보전하고자 하는 무리가 王山과 내통할까 우려하여, 예전의 순창부 관리 및 軍民들은 모두 성벽에 오르는 것을 불허하고 오직 자신 휘하의 병사들로 하여금 지키게 했다. 金軍은 순창성을 4일간 포위하고 있다가 성 동쪽으로 20리 쯤 떨어진 지점에 있는 李村이라 불리는 곳으로 옮겨갔다. 이를 보고 유기는 驍將 閻充으로 하여금 정예병 500을 이끌고, 미리 모집한 土人을 앞세워 밤중에 그 주둔지를 습격하게 했다. 그날 저녁 금방이라도 비가 퍼부을 듯 캄캄한 속에서 번개불이 번뜩이고 있었다. 宋軍은 변발한 자만 골라 엄청난 숫자의 金軍을 살해하였다.

그 얼마 후 올출이 직접 군대를 이끌고 도착하였다. 앞서 올출은 東京의 龍德宮에 머물다가 順昌의 急報를 접하고는 즉시 신발의 끈을 졸라

---

5   銀牌란 金의 驛遞制의 하나로 신속과 기밀을 요하는 郵傳에 이용되었다. 銀牌制와 관련하여 周煇는 『北轅錄』에서, "接伴戎服 陪立義帶銀牌 牌樣如方響 上有蕃書 急速走遞 四字. 上有御押 其狀如主字. 金法出使 皆帶牌 有金銀木之別"이라 기록하고 있다.

매고 말에 올라탄 후 휘하의 부대에 출격을 지시하였다. 올출의 군대는 곧바로 소집되어 東京을 떠났다. 그 도중 淮寧을 지나 하룻 밤을 묶으며 전투 장비를 갖추고 군량 조달을 조치하였다. 이렇게 하여 東京으로부터 順昌에 이르는 1,200리 길을 채 7일이 되지 않아 도착하였다.

유기는 올출이 근처에 다가왔다는 말을 듣고는, 성 위에 올라 諸將들을 東門에 소집해 두고 장차 어떻게 할 것인가를 의논하였다. 그러자 누군가,

"지금까지 적들에게 수 차에 걸쳐 승리하였으니, 이제 마땅히 선박을 마련한 다음 군대를 보전하여 귀환하여야 합니다"라고 말했다.

이 말을 듣고 유기가 말했다.

"조정에서 지금까지 15년 동안 군대를 육성한 것은 바로 지금과 같은 위급에 대비하기 위한 것이다. 하물며 지금은 이미 적들의 예봉을 꺾어 군대의 사기가 높이 떨치고 있는 상태이다. 비록 우리의 숫자가 저들에게 미치지 못하나 진격이 있을 뿐 퇴각이란 있을 수 없다. 더욱이 적들의 진영은 여기서 불과 30리밖에 떨어져 있지 않으며 또 四太子[6]가 來援하고 있지 않은가? 만일 우리 군대가 한번 움직이면 바로 적들에게 추격당해 노약자들로 구성된 군대가 먼저 무너지고 이어 잇따라 파국에 빠질 것이 분명하다. 그렇게 되면 이전에 세웠던 공들이 모두 무너지는 깃은 물론이려니와 적들에게 兩淮 一帶를 내주어 江浙 地域까지 위기에 빠트리게 될 것이다. 평생 국가를 위해 몸을 바치겠다는 소망을 이루기는커녕 오히려 나라에 큰 죄를 짓고 만다. 이 성을 방패삼아 일전을 벌여서 죽음을 각오하고 싸움으로써 살아날 길을 찾아야만 한다."

---

6   金 太祖의 아들인 兀朮(完顔宗弼). 兀朮이 四太子라 불린 까닭에 대해서는 본서 4책, 104·105쪽, 주 9 참조.

이 말을 듣고 모두 옳다 여기며 목숨을 바칠 각오를 하였다.

얼마 후 유기는 자신의 처소로 曹成 등 두 사람을 불러 은밀히 말했다.

"내 너희를 間者로 보내고자 한다. 일이 잘되어 승전하게 되면 후일 큰 상을 줄 것이다. 내 말대로만 하면 오랑캐들이 결코 너희를 죽이지 않을 것이다. 내 이제 騎兵을 보내 척후활동을 하게 할 텐데 그 가운데 너희를 포함시키겠다. 너희는 나갔다가 적을 만나거든 짐짓 말에서 떨어져서 적의 포로가 되도록 해라. 그리고 적의 우두머리가, 내가 어떤 사람이냐고 묻거든, '太平하게 자란 변방 장수의 아들로서 宴會와 女色을 좋아합니다. 조정에서는 宋金 양국 간의 講好를 위해 그로 하여금 逸樂이나 일삼으며 東京을 담당하도록 한 것입니다'라고 말하거라."

曹成 등은 탐색차 나섰다가 적을 만나 사로잡혔다. 그리고 올출이 묻자 유기가 지시한 대로 대답하였다. 올출은 기뻐하며 鵝車[7]와 砲具는 필요 없으니 놔두고 가라고 명령했다. 그 이튿날 유기는 성 위에 올랐다가 두 사람이 멀리서 다가오는 것을 보고 속으로 계략대로 되었음을 알고 즉시 그들을 데려오도록 했다. 金軍은 두 사람을 포박하고 여기에 문서 하나를 딸려 보냈다. 유기는 이 문서를 보고 혹시라도 군대가 동요할까 우려하여 즉시 불태워버렸다.

올출은 성 외곽에 도달한 후 金軍 諸將들의 用兵 실패를 책망하였다. 그러자 그들은,

"지금의 남쪽 군대는 옛날과 비교할 수 없습니다. 王[8]께서 친히 城을 둘러보시면 바로 아실 것입니다"라고 말했다.

하지만 올출은 順昌의 성곽이 견고하지 못한 것을 보고는,

---

7 功城用 병기의 이름.
8 兀朮은 金 熙宗 天熙 15년(1137) 沈王에 봉해진 상태였다.

"이 정도는 발 끝으로 차서도 무너뜨릴 수 있다"고 말했다. 그리고는 즉시 명령을 내려 다음 날 일찍 諸將들의 會食을 준비하게 했다. 이 회식의 자리에서 올출은, '전투의 과정에서 諸君이 노획한 玉帛이나 子女들은 모두 각자가 소유하게 할 것이다. 그리고 宋側의 성인 남자는 모두 죽이라'고 말하고 화살을 꺾어 이에 대해 맹세함으로써 諸將들의 戰意를 북돋웠다.

날이 밝자 金軍은 全軍을 규합하여 진군해왔다. 그 숫자는 무려 십여만 명이나 되어 순창성은 동서의 양문으로 적의 공격을 받게 되었다. 하지만 유기가 거느린 병사는 채 2만 명이 되지 못했으며 그중에서도 나까 싸울 수 있는 자는 겨우 5,000에 불과했다. 적들은 우선 동문 쪽으로 집중 공격해왔다. 유기가 이에 맞서 응전하니 적들이 패퇴하였다. 그러자 올출이 스스로 牙兵 3,000을 이끌고 와서 來援하였다. 이들 군대는 모두 중무장하고 있었으며 3인이 가죽끈으로 묶인 상태로 하나의 대오를 이루고 있었는데, '鐵浮屠'라 불렸다. 이들이 한 걸음씩 전진할 때마다 그 뒤로는 말을 막는 장치로 차단함으로써 후퇴할 수 없도록 하고 있었다. 또 이들 鐵浮屠의 좌우 날개로 배치된 '拐子馬'라 불리는 鐵騎 부대가 있었다. 이들 군대에는 모두 여진인으로 구성되었다. 그때까지 완강한 저항으로 공략이 용이하지 않았던 성들도 모두 이들 군대를 이용하여 함락시켰던 까닭에 '長勝軍'이라 불리기도 하였다.

당시 金軍의 副將들은 모두 각각 출신 部落으로 구성된 부대를 거느리고 있었다. 송의 諸將들은 먼저 韓將軍을 공격하려 하였다. 이를 보고 유기가 말했다.

"韓의 군대에 대한 공격에 주력한다면 그를 격퇴시킨다 해도 그 다음 올출의 정병은 당해낼 수 없게 될 것이다. 마땅히 올출의 군대를 먼저 공격해야만 한다. 올출의 군대가 일단 무너지면 나머지는 저절로 패퇴할 것이다." 또 그때 叛將 孔彦舟와 酈瓊·趙榮의 무리들은 모두 金軍의 진영 외곽에 늘어서 있었다. 이들이 이끄는 河北簽軍[9]은 宋側에,

"우리는 단지 좌측을 엄호하는 군대로서 원래부터 전투의 의지가 없다. 左右翼의 두 拐子馬軍을 공격하는 것이 좋다"는 전갈을 보내왔다. 이를 전해들은 宋軍은 모두 분개해 마지않았다.

때는 바야흐로 더위가 한창인 계절이었다. 宋軍은 성 안의 시원한 곳에 있는 반면 적들은 뙤약볕 아래 그대로 노출되어 있는 상태였다. 송군은 아침 저녁의 서늘한 때를 피해 전투를 걸었다. 未時와 申時의 사이[10]가 되자 金軍은 피로해져서 기력이 거의 빠져버렸다. 유기는 이때를 이용하여 西門으로 수백 명의 군사를 출격시켰다. 金의 군사들이 이에 맞서 접전을 벌일 때 갑자기 다시 수천 명의 군대가 남문을 빠져나와 공격하였다. 유기는 병사들에게 소리는 지르지 말고 짧은 무기만을 들고서 힘을 아끼며 싸우게 하였다. 統制官인 趙樽과 韓直 등은 모두 몸에 몇 발씩이나 화살을 맞았지만 멈추지 않고 싸우기를 계속하였다. 이를 본 유기는 병사를 보내 이들을 부축해 데려오게 하였다. 병사들의 사기는 충천하여 적의 진영에 파고들어 칼과 도끼로 적을 베었으며 심지어 손으로 적의 멱을 잡은 다음 함께 구덩이로 떨어지는 자까지 있었다. 이러한 분투의 결과 적군은 대패했고 전사한 적군의 숫자는 5,000명이나 되어 그 널부러진 시체가 들판을 뒤덮을 지경이었다. 올출은 이후 퇴각하여 진영을 城의 서쪽으로 옮기고 그 사방에 방어용 참호를 팠다. 이러한 상

---

9 簽軍이란 漢人 民間人을 징발하여 전쟁에 동원한 군대. 자세한 것은 본서 3책, 271쪽의 주 5 참조.
10 오후 1시부터 오후 5시 사이.

태로 휴식을 취하며, 포위하여 공세를 취하는 송군을 피곤하게 할 심산이었다. 그런데 이날 밤 큰 비가 내려 金軍의 주둔지에는 평지조차 몇 길이나 되는 물이 고였다. 유기는 군대를 보내 이처럼 곤경에 빠진 金軍을 공격한 까닭에 金軍은 職位의 고하를 불문하고 모두 극도로 시달려야 했다.[11]

올출의 군대가 아직 완전히 철수하지 않았을 때, 秦檜는 유기의 군대를 적당히 철군시켜야 한다고 上奏하였다. 유기는 철군을 명하는 詔令을 받고서도 움직이지 않았다. 그러자 올출은 더 이상 버티지 못하고 뗏목을 이어 다리를 만들어서 북으로 물러났다. 올출은 泰和縣에 이르러 이틀 동안이나 몸져 누웠다. 그리고 陳州에 이르러 金軍 諸將들의 죄를 문책하고 장군 韓常 이하 모두를 채찍으로 후려쳤다. 이후 올출은 葛王 㻞로 하여금 다시 歸德府를 지키게 하고, 자신은 휘하의 무리들을 이끌고 汴京으로 돌아가서 다시는 바깥으로 나오지 않았다.

당시 淮西宣撫使 張俊은 行營都統制 王德에게 명하여 그 휘하의 統勝軍을 이끌고 가서 유기를 구원하게 하였다. 하지만 張俊 자신 유기를 그다지 좋아하지 않았고 王德 또한 行軍 과정에서 劉光世의 군대와 엇갈리는 것을 핑계로 출정을 미뤘다. 이러한 상황을 보고 建康留守인 葉夢得이 王德을 구슬러 말했다.

"지금 朝廷에서는 褒賞의 기준을 반포하고 있는데, 그것에 의하면 특

---

11 이것이 바로 紹興 10년(1130) 6월에 있었던 順昌府 전투의 顚末이다. 당시 金은 南宋과의 사이에 일단 타결되었던 이른바 제1차 紹興和議를 파기하고 대거 남침하였으나 이 順昌府 전투에서의 大敗로 말미암아 北歸가 불가피하게 된다. 順昌府 전투는 후일 宋人들에 의해 이른바 中興以來 十三處戰功의 하나로 꼽히게 된다.

별한 전공을 세운 자에게는 節度使의 직위를 주는 것으로 되어 있소이
다. 그것도 軍中에서의 보고에 의거하여 즉시 수여한다 하니 실로 파격
적인 것이오. 더욱이 유기의 威名은 본디 그대보다 낮지 않았소? 그런데
지금 奮戰하여 국가에 큰 공을 세우고 있소이다. 그대가 그러한 유기를
구원한다면 그 또한 특별한 공이라 하지 않을 수 없을 것이오."

이 말을 듣고 왕덕은 출정을 고려하기 시작했다.

이러한 정황을 전해들은 유기는 葉夢得에게 화를 내며 말했다.

"나는 과거 수차례나 상주문을 올려 극력 그대를 두둔한 적이 있소이
다. 어찌 이럴 수 있소?"

이러한 곡절 끝에 王德은 결국 가지 않았고 그러한 상태에서 順昌城
을 포위했던 金軍은 패퇴하였다.

『順昌錄』[12]에서는 이렇게 적고 있다.

"유기는 포위당한 후 조정에 사람을 보내 來援을 요청하였고, 이에
응하여 行營左護軍 統制인 王德으로 하여금 前軍을 이끌고 救援하게 했
다는 회답을 들었다. 그런데 王德은 12일 金軍이 일단 철수해간 다음 公
文을 보내 적군의 동태를 물어왔으며, 그 후 22일 卯市에야 겨우 수십 騎
를 이끌고 성 아래에 당도하였다. 유기는 이들을 맞아들여 식사를 제공
하고 子城의 누각 위에서 쉬게 하였다. 그런데 그들은 도착 직후인 申時
에 떠나가며 사람을 보내, '굳이 번거롭게 送別할 필요 없다. 곧 다시 올
것이다'라고 말했다. 그런지 며칠 후 王德은 추밀원에, '내가 順昌城의
포위를 풀었다'고 보고했다는 소식이 들려왔다. 그 당시 金軍은 올출의

---

12   남송 초기의 인물인 郭喬年이 찬술한 『順昌破敵錄』을 가리킨다.

지휘하에 순창성을 재차 엄중히 포위하고 있는 상태였으며, 조정에서는 유기에게 철수하라는 전갈을 보내두고 있었다. 조정의 명령에도 불구하고 유기는 적군에 맞서 싸우며 가벼이 움직이려 하지 않았다. 그리고 적을 물리치고 나서 다시 10여 일이 지나 조정으로부터, '우선 노약자들을 먼저 鎭江으로 퇴각시키라'는 지침을 하달받았다. 이에 유기는 마침내 노약자 및 물자 수송부대, 그리고 부상 병사들을 배에 태워 떠나보내고 統制官인 杜杞와 焦文通의 두 부대로 하여금 이들을 엄호하며 내려가게 했다. 그런데 이후 王德이 선무사에, '내가 全軍을 이끌고 劉太尉[13]의 노약자 부대를 호송하여 潁河를 건너게 해 주었다'라고 보고했다는 소식이 들려왔다."

이전에 高宗은 유기에게 1,500戶의 虛封[14] 증서를 내리고 有功將佐의 名列에 그 이름을 적어두라고 명했다. 이에 유기는 다시 상주문을 올려, '그보다는 조정에서 실물의 포상을 내려주시는 것을 원합니다'라고 말하고, 처음으로 戰功 사실을 자세히 기록하여 보고하였다.

조정에서 포상이 내려오자 功을 세운 副將들에게는 모두 高宗이 하사한 器碗과 冠帶를 나누어 주었다. 반면 과오가 있는 지휘관들은 杖責한 후 일반 사병으로 지위를 강등시켰다. 金軍이 처음 順昌을 공격할 때 統領인 田守忠과 正將李忠이 자신들의 무용만 믿고 너무 깊숙이 진격했다가 각각 적병 수십 인을 살해한 후 전사하였다. 유기는 이들의 유족에게

---

13 太尉는 武將에 대한 존칭.
14 食邑爵. 宋代의 爵制에는 王·公·侯·伯·子·南 등의 封爵과 上柱國·柱國·上護郡 등의 勳爵, 그리고 食邑爵 등이 있었다. 宋代의 食邑爵은 대부분 명목상의 신분 규정에 불과한 虛封이었으며, 實封의 食邑이 수여되는 경우에는 '食實封'이라 명확히 규정한다. 1,500戶의 食邑爵은 開國侯 이상의 封爵에 해당한다.

도 풍족한 포상을 내렸다. 그리고 銀과 비단 14만 疋兩을 副將과 사병들에게 고루 나누어 주었다. 이러한 조치에 전군은 아주 흡족해 하였다.

이후 유기는 적의 틈을 이용하여 북으로 진군하려 했으나 秦檜가 그것을 가로막고 철군을 명하였다. 당시 洪晧는 燕山에 있었는데, 은밀히 상주문을 올려 다음과 같이 순창 전투 전후의 사정을 전해왔다.

"順昌에서 패전한 다음 금의 오랑캐들은 넋이 달아날 정도로 놀랐습니다. 그리하여 燕山의 珍寶를 모두 챙겨 북으로 옮겼습니다. 燕山 이남의 땅을 모두 버릴 계획이었던 것입니다."

하지만 秦檜의 주도로 송군은 모두 서둘러 남하하였고 그리하여 스스로 기회를 잃어버렸다. 실로 애석한 일이다.

高宗이 宰執들에게 말했다.

"用兵에 있어서는 賞罰이 분명해야만 하오. 유기는 孤軍으로써 敵軍의 예봉을 꺾었고 이로 인해 兀朮이 달아나게 되었소. 그 공이 실로 卓然하니 그 직위를 觀察使로부터 節鉞[15]로 올려주는 것이 합당할 것이오."

고종은 즉시 유기를 節度使에 除授하는 制書를 내리게 하고, 아울러 친히 유기에게 手札을 적어 하사하였다.

"卿의 偉績은 朕이 결코 잊지 않을 것이오."

兀朮은 順昌에서 패전한 이후 汴京으로 후퇴하여 그곳에 군대를 주둔시켰다. 그리고 서쪽의 許州와 鄭州 일대를 왕래하며 兩河 출신의 漢人으로 구성된 兩河軍과 여진인으로 구성된 番部兵을 증강시켜 재차

---

15 節度使의 簡稱. 節度・節使・節 등이라고도 칭한다.

남침하고자 하였다. 군대의 수효가 10여만에 이르자, 이듬해인 紹興 11년(1131) 正月 그는 남하를 시도하여 淮西의 壽春府를 함락시키고 그 아래의 廬州를 공격하기 시작했다. 당시 廬州의 知州였던 陳規[16]는 臥病한 상태였다. 조정에서는 유기에게 명하여 江東의 太平州로부터 長江을 건너 廬州를 구원하라고 하였다. 유기는 廬州에 당도하여 그 城을 둘러보고,

"守禦하기에 부족하다"고 말했다. 그리고 軍陣을 갖추어 徐行하면서 全軍에 명하여 방어에 적당한 지세를 찾도록 하였다. 그리하여 東關을 택하여 그곳에서 山勢와 水勢에 의거하여 적군의 진군을 차단키로 하였다. 金軍이 兩淮 일대에 진입한 이래 兩淮의 주민들은 오직 유기 군대의 동태만을 바라보면 안도하였다. 유기가 東關의 험준한 지세를 선점한 후 이곳에 군대를 주둔시키자 士卒들이 휴식을 취하며 사기가 올라갔으며 전투력 또한 크게 증대되었다. 金의 오랑캐들이 廬州를 점령하고서도 감히 군대를 일으켜 長江으로 쇄도하지 못했던 것은 유기가 그 배후를 습격할까 두려워했기 때문이다. 이리하여 江南이 소강국면을 맞이할 수 있었다.

이에 앞서 金의 萬戶 高景山이 군대 수만을 이끌고 揚州를 공격하자 유기가 대군을 이끌고 淸河에서 막게 되었다. 金軍은 모직물로 배를 싸고 거기에 군량을 실어 끌고 강을 거슬러 올라갔다. 유기는 이를 보고

---

16 紹興 10년(1140) 6월 順昌 전투 당시 順昌府의 知府로서 劉錡와 더불어 對金 전투를 조직하였던 陳規는 順昌 전투 직후 廬州 知州로 轉任되었다. 이러한 조치는 金과의 충돌을 가능한 한 회피하여 和議를 재차 추진하고자 하는 秦檜의 방침에 따른 것이었다. 이러한 정황에 대해『建炎以來繫年要錄』에서는, "樞密直學士知順昌府 陳規知廬州 武泰軍節度使沿淮制置使劉錡兼權知順昌府. 時秦檜將班師 故命規易鎭淮右"(권 136, 高宗 紹興 10년 6월 己亥)라 기록하고 있다.

潛水를 잘하는 자를 뽑아 배에 구멍을 뚫어 침몰시켰다. 金軍이 이에 깜짝 놀랐다. 그 무렵 유기가 갑자기 병이 들어 피를 토하며 거의 서 있지도 못하는 상태가 되었다. 하지만 그는 肩輿를 타고 적 앞에 서서 의연히 지휘를 계속하였다. 그런 모습을 보고 金軍이 돌연 楊子橋 방면으로 급습하여 유기를 직접 해치려 하였다. 유기는 군대를 이끌고 瓜洲로 내려갔고 金軍의 騎兵들은 그 뒤를 따라와 宋軍을 강 기슭으로 몰아세웠다. 유기는 미리 휘하의 병사를 보내 皂角林에 매복시켜 놓고 적과 접전을 벌이다 그리로 유인해 갔다. 그리고 복병을 풀어 쇠뇌를 발사하게 하니 적들은 대패하여 무너졌다. 이 전투에서 유기는 高景山을 베고 수백 명의 포로를 잡았다.[17]

승전보가 올려지자 고종이 말했다.

"유기가 淮東에서 거듭 승첩을 올렸도다. 가히 國家를 위해 온 힘을 다 쏟았다 할 만도다."

이어 使臣을 보내 유기에게 金 500냥과 銀 7만 냥을 내리고 功을 세운 將卒들에게도 두루 하사품을 지급하였다. 고종이 다시 말했다.

"모든 이들이 이처럼만 공을 세운다면 장차 개선할 때 王爵을 하사해도 아깝지 않으리라."

---

17 이것이 바로 金 海陵王의 남침 당시인 高宗 紹興 31년(1161) 10월에 있었던 皂角林의 전투이다. 劉錡 주도의 이 皂角林 전투는 후일 宋人들에 의해 이른바 中興以來 十三處戰功의 하나로 칭송된다.

권11

李顯忠

李顯忠의 출생 당시 그 모친은 수일이나 산통이 계속되면서도 출산을 하지 못했다. 그때 어떤 승려가 문 앞을 지나다가 그 소식을 듣고 한 번 보자고 하였다.

"태어날 아기는 남자요. 刀劍 일곱 자루와 활, 화살, 그리고 갑옷을 각각 하나씩 구해서 모친의 좌우에 놓아두도록 하시오. 그러면 밤이 깊어 닭이 울고 개가 짖을 때 반드시 태어나리다."

그 말대로 이현충은 태어났고, 그는 즉시 요 위에 일어섰는데 주위에 火光이 찬란하였다. 一族 모두 이를 보고 기이히 여겼다.

이현충은 知同州로 임명[1]되고 나서 王世忠 및 '쇠 깃발 기둥(鐵幡竿)'이라 불렸던 令頓遇 등과 더불어 은밀히 모의하여, 四川의 장수들과 통하여 군사를 일으킨 다음 渭水를 거점으로 삼아 그 일대를 宋의 영역으로 회복하고자 하였다. 그리고 白彦忠과 黃士成·崔佺을 사신으로 파견하여 宣撫使 吳玠에게 서신을 보냈다. 자신이 군대를 일으킬 경우 사천으로부터 外應할 것을 요청하기 위함이었다.

그런데 당시 撒离喝이 이 일대에서 권세를 부리며 멋대로 횡행하고 있었다. 그는 지나는 郡邑마다 良家 및 官吏의 처녀들을 지목하여 술자리 시중을 들게 하였으며 그 명령에 따르지 아니하면 훗날 크게 앙갚음을 하였다. 이를 보고 이현충은 내심 크게 분개해 했다.

어느 날 撒离喝이 의논할 게 있다고 이현충을 불렀다. 이현충은 무언가 좋지 않은 일이 있을 것 같은 느낌이 들어 병을 핑계로 가지 않았다. 그러자 撒离喝이 노하여 군대 수백 명 및 휘하의 장수 가운데 장대한 자 백여인을 이끌고 이현충을 잡으러 들이닥쳤다. 그들은 오자마자 늘어서서 이현충을 잡으려 하였다. 이현충은 곁의 사람에게 부축하게 하여 자리에서 일어난 후 그들을 맞았다. 撒离喝이 화를 내며 꾸짖자 그는, '말에서 떨어져 다리를 다쳤다. 같이 온 사람들 모두에게 酒宴을 베풀겠다'고 둘러댔다. 그리고는 은밀히 주변 사람들을 시켜서 撒离喝의 무리에게 잔뜩 술을 먹여 취하게 하였다. 그들이 취하자 撒离喝 주변의 사람들을 모두 죽이고 別館에 있던 그 친위대 수백 명도 모조리 살해하고 나서, 幕下에 몰래 숨겨두었던 군대를 풀어 撒离喝을 말 위에 꽁꽁 묶어버렸다. 이현충은 撒离喝을 데리고 남쪽으로 귀환한 다음 이를 인질로 삼아 靖康의 變 당시 北狩한 두 황제를 맞아들이려 했다.

---

1 建炎 2년(1128)의 일로서 당시 同州는 金에 의해 장악되어 있었다. 李顯忠은 金의 관리로서 知同州에 임명된 것이다. 同州는 永興軍路 중부에 위치한 곳으로서 오늘날의 陝西省 大荔縣에 상당한다.

이현충은 同州의 주민들에게 은혜를 베풀어 주민들이 그를 매우 따르고 있었다. 同州의 백성들은 그가 擧事하였다는 것을 알고 모두 박수를 치며 환호하였다. 그리고 손을 이마에 갖다 대며, '조만간 趙氏 황제의 다스림을 보게 되었다'고 말했다.

이현충이 撒离喝을 끌고 문을 나서니, 이미 누군가 金 당국에 告變하여 이현충을 잡고자 하는 병사들이 무기를 들고 사방을 에워싸고 있었다. 그는 심복인 崔皐 및 拓跋忠, 그리고 병사 100여 명과 함께 포위를 뚫고 헤쳐 나갔다. 그렇게 한편으로 싸우고 한편으로 전진하며 漢村을 거쳐 高原에 이르르니, 金의 군대가 사방을 가득 메우며 포진해 있었다. 高原에서 바깥으로 통하는 요소마다 金의 군대들이 모두 가로막고 있었다. 이현충이 창을 휘두르며 크게 고함치자 길목을 가로막고 있던 군대는 흩어져 달아났다. 이렇게 하여 이현충이 고원 위에 자리 잡고 병사들을 쉬게 하며 둘러보니 에워싸고 추격하는 敵騎가 점점 많아졌다. 이현충은 撒离喝을 붙들고 추격하는 무리들에게 말했다.

"만일 더 바짝 쫓아온다면 죽여 버리겠다."

이 말에 金의 기병들은 뒤만 따라올 뿐 감히 가까이 다가서지 못하였다. 그때 누군가 이현충에게 撒离喝을 죽여 버려서 金軍이 뒤따라오지 못하게 하자고 말했다. 이에 대해 그는,

"지금 저들의 무리는 많고 우리는 적다. 만일 우리가 撒离喝을 죽인다면 저들이 우리를 그냥 놓아두겠느냐? 또 설령 撒离喝 하나를 죽인다 해도 우리에게 아무 득될 것이 없다. 앞으로 우리가 안전해지면 풀어줘 버릴 생각이다."

그리고 이어 撒离喝에게 말했다.

"살고 싶으냐, 죽고 싶으냐? 네가 만일 지금부터 내가 말하는 것 세 가

지를 그대로 따른다면 내 너를 살려주고 그렇지 않으면 죽여 버리겠다. 나는 죽을 각오로 싸우고 있으니 저들 뒤쫓아 오는 무리들은 모두 나의 적수가 되지 못한다. 너도 일찍이 내가 싸우는 모습을 보아서 그것이 거짓이 아니라는 것을 잘 알지 않느냐?"

"公이 진정 저를 살려 주시기만 한다면 公이 말하는 대로 모두 따르겠습니다."

이현충은 화살 세 자루를 주고 그것을 꺾어 가며 맹세하게 하였다.

"너희는 본디 먼 오랑캐의 나라이다. 우리 大宋이 너희를 우대하여 막대한 물자를 주어가며 和互하는 은혜를 베풀었는데, 너희 나라는 미친 듯 날뛰며 신의를 저버리고 이 지경까지 이르게 했다. 우리 宋朝가 너희에게 무엇을 섭섭하게 하였느냐? 이제 돌아가거든 너희 主君에게 말하여, 北狩한 두 황제를 송환하고 또 우리 疆土도 예전대로 돌려보내도록 하여라. 그리하여 和互를 계속하고 전쟁을 끝내서 남북의 무고한 백성들이 한 사람이라도 죽어가지 않도록 하여라. 이게 첫 번째이다.

이번 일을 모의하고 거사한 것은 모두 다 내가 혼자서 한 일이다. 내 家屬이나 同州의 백성들은 아무런 관련이 없다. 너는 쓸데 없이 죄없는 사람들에게 분풀이 하지 말도록 해라. 이것이 두 번째이다.

내 너를 놓아주면 너는 절대 군대를 풀어 내 뒤를 쫓지 말도록 해라. 내 다시 너를 붙들게 되면 결코 살려주지 않을 것이다. 이것이 세 번째이다."

撒离喝은 하나하나 들을 때마다 공손히 화살을 꺾어가며 말했다.

"만일 내가 약속을 저버리면 이 화살같이 될 것입니다."

이현충이 손짓하여 풀어주자, 金의 기병들이 다가와 撒离喝을 데리고 뒤도 돌아보지 않은 채 동쪽으로 달려갔다.

이현충은 처음에 撒离喝을 데리고 宋朝로 귀환할 심산이었다. 하지만 마침 洛水가 범람하고 있는 데다가 건널 배마저 구할 수 없었다. 또 金의 군대가 각지의 軍馬들을 모아 남쪽으로 향하는 길을 차단하고 있어서, 이현충은 부득이 西夏로 달아날 수밖에 없었다.

이현충의 고향은 西夏와의 접경 지역이어서 西夏 사람들은 오래 전부터 그의 가문에 信服하고 있었다. 이런 까닭에 그가 서하에 다다르자 西夏의 國王은 매우 기뻐하며 楊氏姓의 翰林學士를 국경에까지 파견하여 위로하였다. 楊은 실로 극진히 예의를 갖추며 성의를 다했고, 이현충 역시 楊에게 아무 것도 숨기지 않았다. 그리하여 두 사람 사이는 점차 격의가 없어졌다. 그러던 어느 날 楊은 한가한 틈을 이용하여, '金人들이 中原을 차지한 이래 그 강성함을 믿고 늘 서하를 업수이 여기며 병탄하고자 하는 의도를 갖고 있다'고 말하였다. 楊은 이현충의 무용을 잘 알기 때문에 그와 깊이 사귀어 둠으로써 장차 어딘가에 所用이 있을 것이라 생각하고 있었던 것이다.

그러던 어느 날 延安으로부터 間者 하나가 돌아와, 이현충이 서쪽으로 달아난 후 金人들이 즉시 군사를 동원하여 그 家屬 200여 명을 모두 잡아서 어른 아이 할 것 없이 다 살해하였다는 사실을 전하였다. 이 말을 듣고 이현충은 하늘이 무너지는 아픔을 지닌 채 늘 切齒腐心하며 즉시 원수를 잡아죽여 원한을 갚지 못하는 것을 한스러워했다.

큰 눈이 내리던 날, 이현충은 한밤중에 술병을 들고 楊의 집으로 찾아갔다. 楊은 그런 이현충을 침실로 맞아들여 같이 대작하였다. 서로 이야기를 나누다가 이현충의 일족 父兄들이 화를 당한 일에 말이 미치자 그는 심히 슬퍼하며 하염없이 눈물을 흘렸다. 그리고 楊에게 원수를 갚을 수 있도록 군대를 빌려 달라고 부탁하였다. 이를 보고 楊은 가슴아파 했다.

이튿날 楊은 서하의 왕에게 청하였다.

"그가 만일 우리를 위해 공을 세운다면 군대 빌려주는 일을 아까워할 필요가 없지 않겠습니까?"

당시 서하에는 '푸른 얼굴의 들 귀신(靑面野叉)'이라 불리는 추장이 하나 있었는데, 화살을 쏘는 騎兵 수만 명을 지니고 있으면서 그 위세를 믿고 서하 변경 지역을 횡행하였다. 그는 십여 년 동안이나 끝없이 약탈을 일삼고 있어서 서하의 국왕이 몹시 근심하는 상태였다. 하지만 서하의 국내에는 그를 제압할 만한 사람이 없었고, 서하의 국왕은 그 일을 이현충에게 맡기고자 하였다. 이현충은 이 제안을 흔쾌히 받아들였다. 서하의 국왕은 필요한 군대가 얼마나 되느냐고 물었다.

"계략을 써서 붙잡을 터이므로 정예 병사 500이면 족합니다"

이에 서하의 국왕이 말했다.

"이 자는 쉽게 얕잡아 보아서는 안 되오."

서하의 국왕은 기병 3,000명을 내려주었다. 이현충은 이들에게 먹을거리를 간단히 꾸리고 갑옷을 걷어올리게 한 다음 晝夜로 질풍같이 행군하여 갔다. 그리고 그 경내에 이르러 행인을 하나 사로잡아서 그를 앞세워 靑面野叉의 근거지를 찾아냈다. 이현충은 먼저 주변의 언덕 사이에 복병을 매설해 놓고 병사들을 시켜 삼면에서 일시에 소리를 지르게 하였다. 이 느닷없는 소리에 野叉의 무리들은 놀라 허둥대기 시작했다.

野叉란 자는 金冠과 철 가면을 쓰고 있었는데, 얼굴을 마치 귀신처럼 그린 까닭에 '들 귀신(野叉)'이라 불리고 있었다. 野叉의 주변에는 '붉은 낙타(赤駝)'라 불리는 말 위에 올라탄 젊은 호위병들이 늘어서 있었다.

그들은 큰 칼을 차고 언제나 野叉의 지시대로 움직였다. 이를 보고 이현충이 말했다.

"너희는 마치 개나 양 무리 같구나. 숫자가 많다고 해서 용감해지는 것은 아니다. 용감하다면 어디 나와 맞붙어 싸워보겠느냐?"

野叉는 이현충에게 도대체 누구냐고 물었다.

"네가 너희 군주에게 신하된 도리를 다하지 않아서 너희 군주가 大國 송나라에 요청해 너를 징벌하러 온 사람이다. 긴 말 필요없고 속히 나서서 싸워라."

이 말에 野叉가 노하여 말을 타고 칼을 휘두르며 달려나왔다. 이현충은 미리 騎兵 하나에게 명하여 野叉와 자신이 뒤얽힐 때 그 주변을 달려 지나가게 하였다. 野叉가 달려나와 이현충과 얽혀 싸우려 할 때 이현충이 조치해둔대로 갑자기 騎兵 하나가 나타났다. 野叉가 이를 돌아보는 순간, 이현충은 그 틈을 타 창을 버리고 맨손으로 野叉의 등을 나꿔챘다. 野叉는 거꾸로 떨어졌고 이현충은 이를 재빨리 포획하였다. 野叉가 사로잡히자 그의 무리는 놀라 허둥지둥 사방으로 달아나려 하였다. 하지만 이현충이 미리 매설해둔 복병들에 의해 그 대부분이 역시 사로잡혔다.

이현충이 이들 포로들을 바치자 서하의 국왕은 크게 기뻐하며, 여인을 하나 내려 아내로 삼게 하였으나 이현충은 부친의 服喪을 이유로 사양하였다. 서하의 국왕은 즉시 병사 10만 명을 내어서 이현충에게 주었다. 이현충은 이들을 이끌고 북을 두드리며 동쪽으로 진군해 갔다.

한편 金側에서는 이현충의 일족을 모두 살해한 후 언젠가 이현충이 반드시 복수하러 올 것을 알고 있었다. 그런데 甲午年(欽宗 靖康 元年, 1126) 전쟁을 시작한 이래 一紀(12년)를 넘기면서 점차 전쟁에 염증을 느끼기 시작하였다. 더욱이 兩淮 일대에서 송 측에 대패[2]한 다음에는 終戰

의 여론이 더욱 커져서 3京을 宋에게 내어주고 和議를 맺으려 하였다.[3]
또 그들은 이현충이 서하에 있으면서 단 하루도 동쪽을 향한 원한을 잊
지 않고 있다는 사실을 잘 알고 있었다. 그러던 차에 이현충이 군대를
이끌고 들이닥치자 마치 바람에 휩쓸리듯 투항하였다. 그런데 유독 延
安만은 문을 굳게 걸어 잠그고 강력히 저항하였다. 이를 보고 이현충이
말했다.

"내가 여기 온 것은 단지 내 가족을 해친 자를 잡고자 함이다. 만일 그
들만 잡는다면 延安 사람들에 대해서는 아무 유감이 없다."

그러자 얼마 후 監軍 薛昭란 자가 성 위로 나타나 이현충을 보고 말했다.

"가족들을 처음으로 잡아 가둔 사람은 蘇常과 柳仲 두 사람이오."

그 직후 누군가 그 두 사람을 포박하여 이현충에게 바쳤다. 이들을 심
문하니 모두 죄를 자복하였다. 이현충은 그들을 죽여 심장을 가른 후 제
사를 지냈다.

당시 金側은 宋으로부터 빼앗은 땅을 모두 돌려준 상태였고, 이에 宋
朝는 大赦令을 내려 民心을 위무하고 있었다. 薛昭는 宋朝가 내린 대사
령의 詔令을 이현충에게 보여주었다. 이현충이 그 眞僞를 믿지 못하고
망설이고 있을 때, 일찍이 그와 잘 알고 지내던 耿煥이란 자가 위조가
아니라 眞詔임을 확인해 주었다. 이현충은 이 말을 듣고 즉시 거느린 무
리들과 함께 宋 조정이 있는 남방을 향해 절을 하고 대사령의 조령을 받
았다. 이 모습에 延安의 주민들이 모두 안도하였다.

---

2 紹興 6년(1136) 이래 우승상 張浚의 주도로 대거 북진하여 큰 전과를 올렸던 사실 및
   이후 偽齊의 남침을 藕塘에서 대파했던 것 등을 가리킨다.
3 이러한 움직임이 紹興 8년(1138) 말에 일단 타결되는 제1차 화의로 연결된다.

이현충이 송과 금, 서하의 세 나라 사이를 떠돌아다니며 더부살이하기를 10여 년, 그 사이 수많은 고초를 겪고 점차 송조에 귀환하기를 바라게 되었다. 하지만 萬折必東[4]이라 하나 가만히 앉아 기다리기만 해서는 종내 宋朝로 귀환할 수 없겠다고 판단하였다. 그러다 3京이 송조에 반환되는 것을 보고 마침내 결행을 작정하였다.

그는 먼저 서하의 병사들에게 함께 남으로 가서 송조에 귀환하자고 권유했지만 그들은 대부분 본거지를 떠나기 싫어 하였다. 이현충은 그들에게 억지로 강요할 수 없다고 생각하고 따라가기를 희망하는 자 가운데 3,000명만을 가렸다. 본디 그에게는 鄜延[5]에서부터 따랐던 수만 명의 주민들이 있었고 그들은 모두 같이 가기를 원했다. 하지만 이현충은 송조로부터, '오직 軍馬와 함께 귀환해야만 한다'는 詔令을 받고 있다. 그래서 이현충은 어쩔 수 없이 그들 수만 명 가운데 3,000명만을 가려 뽑았던 것이다. 이때 서하의 招撫使인 王樞가 이현충을 찾아와, '그대가 서하 병사들을 꼬드겨 남쪽으로 가려 하고 있는데 그것은 夏國의 은혜를 저버리는 모반이다'라고 말했다. 이현충은 노하여 王樞를 사로잡고 그 길로 따르는 무리들을 이끌고 남쪽으로 내려와 송조에 귀환하였다.

고종은 便殿에서 그를 맞이하고는 獎諭를 내렸다.

"卿은 忠義를 다해 귀환하였으며 공훈도 현저하도다."

그리고 이현충 일행에게 큰 상을 내리고 성대히 연회를 베풀어 주었다. 그에 대한 恩賜는 실로 두텁기 그지 없었다. 당시 그의 나이는 30세였다.

---

4 황하의 흐름이 수없이 굴절되어도 종내에는 반드시 동쪽으로 흘러 황하로 入流한 다는 의미.
5 李顯忠 일족의 고향. 永興軍路의 西北端으로서 西夏와 접경하고 있었다.

高宗 紹興 31년(1161) 金의 海陵王이 남침해오자 당시 池州都統의 직위에 있던 이현충은 御營先鋒都統制에 임명되어 군대를 이끌고 廬州의 舒城縣에 주둔하게 되었다. 그 직후 척후병이, '東京에 있던 적군의 郭副留와 韓將軍이 군대 만 명을 이끌고 淮水를 건넜다'고 보고해 왔다. 이현충은 趙康年·曹高麥·韋永壽·劉彪 등을 이끌고 남하하는 金軍과 大人洲에서 싸워 그 예봉을 꺾었다. 그리고 승세를 타고 패주하는 적군을 따라 진격하여 淮水를 건넜다. 이로 인해 金軍은 수천 명이 익사했으며 포로로 잡힌 숫자도 대단히 많았다. 이현충은 이후 舒城으로 돌아왔다가 북상하여 合淝(廬州城)로 옮겼으며, 여기에서 다시 張師顔을 거느리고 馬司[6]의 정예병을 지휘하여 安豊의 花壓鎭을 거쳐 順昌을 점령하였다. 이현충이 진격할 때마다 金側에서는 그의 명성을 익히 알고 있는지라 두려워 벌벌 떨었다. 그는 이르는 곳마다 즉시 함락시키고 王千戶 등 수천 명을 포로로 잡았다. 또 曹高麥을 파견하여 淮北의 蒙城縣을 공격하게 했는데 曹高麥은 劉承德을 포로로 잡아 귀환하였다.

그 후 海陵王이 친히 군대를 이끌고 淮西를 공격하였다. 조정에서는 建康都統인 王權에게 명하여 合淝에서 그 남하를 막게 하였지만, 王權은 和州로 퇴각하였으며 종내에는 패전하고 말았다. 이에 조정에서는 詔令을 내려 이현충으로 하여금 군대를 이끌고 蕪湖에 주둔하며 요충지인 長江 對岸의 裕谿口를 지키게 하였다. 그 얼마 후 王權이 군대를 버리고 장강을 건너 퇴각하였다는 소식이 전해져 민심이 극히 흉흉해졌다. 조정에서는 다시 詔令을 내려 王權의 지휘권을 박탈하고, 이현충에게 그 군대를 이끌고 采石으로 향하게 하였다.

---

6   侍衛親軍馬軍司의 簡稱.

이에 앞서 王權의 군대가 무너졌을 때, 당시 전군을 지휘하고 있던 雍國公 虞允文이 王權의 부대를 찾아가 패전의 요인을 탐문한 바 있었다. 그때 병사들은 모두 王權의 잘못을 힐난하며,

"우리가 잘못 싸웠기 때문도 아니고 저들 오랑캐들이 잘 싸워 이긴 것도 아닙니다. 모두 王權이 허둥지둥 먼저 달아났기 때문입니다. 그런 상태에서 우리가 어떻게 戰意를 지닐 수 있었겠습니까?"

虞允文이 말했다.

"조정에서는 이미 이현충 장군으로 하여금 이 군대를 지휘하게 하였다. 너희들은 어떻게 생각하느냐?"

모두 한 목소리로 대답하였다.

"이 장군님이라면 우리가 의지할 만하지요."

이렇게 하여 이현충은 王權의 군대를 지휘하게 되었다.

한편 해릉왕은 和州 楊林口에 이르러 장강이 바라보이는 곳에 높은 누대를 건설하고, 紅旗와 黃旗 두 깃발을 만든 다음 그 가운데 黃旗를 꽂아 나부끼게 하고 있었다. 그 자신 金甲을 두르고 작은 紅旗를 흔들며 군대를 지휘하고자 했던 것이다.[7] 그는 능히 군대를 이끌고 장강을 건널 수 있으리라고 판단하고 있었다.

이현충은 이를 보고 즉각 대응조치를 취하였다. 馬步軍으로 하여금 산을 등지고 진을 치게 하였으며, 戈船[8]은 다섯 부대로 나누어 그 가운데 두 부대는 동서의 양 기슭에 정박하게 했고, 하나의 부대는 강 중류에 숨어

---

7 이때 海陵王이 紅旗 및 黃旗 두 깃발을 만들었던 정황에 대해 『金史』 권129, 「李通傳」에서는, "明日 遣武平軍都統官阿隣 武捷軍副總管阿撒率舟師先濟. 宿直將軍溫都奧利國子司業馬欽武庫直長習失皆從戰. 海陵置黃旗紅旗于岸上 以號令進止 紅旗立則進 黃旗僕則退"라 기록하고 있다.
8 창을 장착하여 적의 접근을 막는 배.

있게 하였으며, 나머지 두 부대는 蘆州港에 은신하고 있도록 하였다.

이윽고 적이 戰艦을 앞세우고 장강 도하를 시도하였다. 그들의 고함소리가 천지를 뒤흔들고 있었다. 적군의 배들이 남쪽 기슭에 닿자 金軍은 하나둘 상륙하기 시작하였다. 이를 보고 이현충은 時俊·王琪·盛新·戴皐·張振·張榮 등을 보내 맞서 싸우게 하였다. 宋軍의 병사들은 전의를 불태우며 一當十의 자세로 싸워 수많은 적군을 죽였다. 항복한 적군도 대단히 많았다. 이현충은 이와 더불어 戈船을 진격시켜 神臂弓[9]으로 적을 공격하게 하였다. 쇠뇌에 맞은 적군은 몸이 관통되어 강물에 떨어졌으며, 이렇게 죽은 金軍의 숫자가 이루 헤아릴 수도 없을 지경이었다. 金軍이 결국 견디지 못하고 퇴각하기 시작하자 이전에 강 중류 및 蘆州港에 감추어 두었던 戈船들이 나타나 퇴로를 차단하고 나섰다. 그들은 적선 20여 척을 노획하고 이어 쾌속선을 이용하여 적선에 불을 질렀다. 그 화염이 태양을 무색케 할 지경이었고 배를 태우는 연기가 하늘을 뒤덮었다.[10]

---

[9] 北宋 熙寧 연간에 백성 李宏이 제작하였다고 하는 활. 목제 시령 위에 활을 얹고 발로 밟아 화살을 당겨 발사하는 형태로서 300步나 날아갔다고 한다. 이와 관련하여 洪邁는 『容齋三筆』 「神臂弓」에서 "神臂弓出於弩遺法 古未有也. 熙寧 元年 民李宏始獻之入內(…中略…) 其法以檿木爲身 檀爲弰 鐵爲蹬子鎗頭 銅爲馬面牙發 麻繩箚絲爲弦. 弓之身三尺有二寸 弦長二尺有五寸 箭木羽長數寸 射二百四十餘步 入楡木半筈. 神宗閱試 甚善之. 於是行用 而他弓矢弗能及"이라 기록하고 있다.

[10] 이것이 훗날 宋人들에 의해 中興以來 十三處戰功의 하나로 꼽히는 高宗 紹興 31년 (1161) 11월 采石磯 전투의 대체적인 顚末이다. 하지만 本文의 서술과는 달리 이 采石磯 전투를 주도한 인물은 李顯忠이 아닌 文官 虞允文이었다. 후일 虞允文이 病軀의 劉錡를 만났을 때, "徑往鎭江謁劉錡 疾已極 執虞舍人手曰 朝廷養兵三十年 我輩一技無所施 今日成大功勳 乃一中書舍人也 錡當愧死矣"(『三朝北盟會編』 권239, 紹興 31년 11월 8일)라 말하고 있는 것도 그 때문이었다. 오히려 李顯忠은 采石磯의 戰況이 급박하게 전개될 당시 신속히 당도하지 않아 전투의 수행에 막심한 지장을 초래하였다. 『宋史』에서는 이에 대해, "丙子允文至采石 權已去 顯忠未來 敵騎充斥. 我師三五星散 解鞍束甲坐道傍 皆權敗兵也. 允文謂坐待顯忠則誤國事 遂立招諸將 勉以忠義"(권383, 「虞允文傳」)라 기록하고 있다. 『資治通鑑後編』 권120(「宋紀」 120, 高宗

이렇게 金軍이 패전하여 퇴각하자 이현충은 사람을 시켜 해릉왕에게 편지를 보냈다.

"현재 군대를 지휘하고 있는 사람은 王權이 아니라 과거 撒离喝을 사로잡았던 李世輔[11]다. 너희는 강을 가로막고 어쩌자는 것이냐? 조금 물러나서 우리 군대가 나아갈 수 있게 길을 터준 다음 一戰을 치루어 승부를 결정짓는 것이 어떻겠느냐? 지금 너희가 강에 늘어서 진을 치고 있는 것은 싸우지 않겠다는 뜻이다."

해릉왕은 이를 보고 淮東으로 달아났다. 하지만 여전히 和州에 精兵을 남겨놓아 이현충의 진격을 막도록 하였다. 이현충은 군대를 나누어 강을 건넌 다음 和州城 아래에 진을 쳤다. 이를 보고 적군이 나와 공격하자 이현충은 직접 군대의 진두에 서서 분연히 싸웠다. 적은 견디지 못하고 패주하여 다시 성안으로 들어갔고, 송군은 그 뒤를 쫓아 공격해갔다. 이에 맞서 적군이 불을 지르자 이현충이 다시 군대를 이끌고 직접 전투에 가담하며 진격하여 和州를 탈환하였다. 이후 이현충은 章永壽·頓遇·趙宣·李宗正 등을 파견하여 香林塘을 공격하고 패주하는 적군을 추격하게 하여 대파하였다. 또 휘하의 장수들을 나누어 蜀山과

紹興 31년 11월 乙亥)이라든가 『山堂肆考』 권71, 「大功乃出儒者」에서도 동일한 기록을 남기고 있다. 본문에서 등장하는 時俊·王琪·張掖 등을 지휘한 인물도 虞允文이었으며(『宋史』 권32, 「高宗紀」 9, 紹興 31년 11월 및 『三朝北盟會編』 권241, 紹興 31년 11월 28일), 金에 대해 "今統兵乃李世輔也 汝豈不知其名"이라는 통지를 보내는 인물도 本文처럼 李顯忠 자신이 아니라 역시 虞允文이었다(『建炎以來繫年要錄』 권194, 紹興 31년 11월 丁丑). 李顯忠이 戰場인 采石磯에 당도하는 것은 대체적인 전투가 종결된 이후의 일이었다(『宋史紀事本末』 권74, 「金亮南侵」 참조). 이처럼 李幼武가 采石磯의 전투를 철저히 李顯忠 중심으로 기술하고 있는 것은, 그가 李顯忠篇을 撰述하며 張掄이 지은 李顯忠의 行狀(杜大珪 編, 『名臣碑傳琬琰之集 下』 권24, 張掄, 「故太尉威武軍節度使提舉萬壽觀食邑六千一百戶食實封二千戶隴西郡開國公致仕贈開府儀同三司李公行狀」)을 무비판적으로 截錄했기 때문이라고 판단된다.

11 李顯忠의 初名. '顯忠'은 南歸後 高宗으로부터 賜名된 것이다.

段寨 등으로 파견하여 공격해오는 金軍의 부대에 맞서 싸우게 하였는데 이들도 이르는 곳마다 승리를 거두었다.

이현충은 장차 해릉왕이 鎭江을 공격하리라 판단하고 그리로 戈船을 파견하였다. 戈船은 戰士들이 좌우에서 물바퀴를 돌려 기동하는 것이었는데, 엄청난 규모의 거함으로서 船尾와 船首가 호응하여 춤추듯 거친 물살 속을 헤쳐갔다. 그 자유자재로 방향을 바꾸며 움직이는 모습이 마치 용이 노니는 듯하였다. 金軍의 장수들은 진지 속에서 그 모습을 보고 전의를 상실하였다.

해릉왕은 술수를 부려 校尉 張千秋를 파견하여 王權 앞으로 서신 한 장을 보내왔다. 이전에 王權과 先約을 하여 해릉왕이 瓜洲에서 鎭江으로 건너갈 때 길을 내주기로 했으니 그 약속을 지키라는 것이었다. 雍公 虞允文이 이를 이현충에게 의논해 오자 그는,

"이는 우리 군대를 이간질하려는 것입니다. 그러니 저들에게 조정에서 이미 王權을 처벌했다는 사실을 그대로 통지해주는 것이 좋을 것입니다. 그래야만 저들의 저의를 무너뜨릴 수 있을 것입니다."

虞允文도 이에 동의하여 다음과 같은 답신을 보냈다.

"지난번 王權은 허둥지둥 퇴각해 버렸고 그 바람에 너희가 요행히 지금처럼 진격할 수 있었다. 하지만 우리 조정에서는 이미 王權을 엄벌에 처한 상태이며, 현재 군대를 지휘하는 사람은 李世輔이다. 그대 역시 이미 그 이름을 알 것이다. 만일 그대가 瓜洲를 거쳐 장강을 건너고자 한다면 우리가 흔쾌히 상대해주겠다. 허튼 소리로 우리를 속이려 하지 말고 속히 一戰을 벌여서 雌雄을 가리도록 하자."

이러한 답신을 포로로 잡힌 여진인 두 사람을 시켜 보내자 해릉왕은 대노하여 휘하의 장수들을 질책하였다. 楊林口에서의 패전 책임을 물

어 장수들을 斬하려 하자, 그 장수들이 오래도록 애원하며 말했다.

"우리를 용서해주신다면 각각 즉시 戰艦 백 척씩 건조하여 닷새 내에 반드시 장강을 건너도록 하겠습니다. 만일 약속을 지키지 못한다면 무슨 처벌이든 달게 받겠습니다."

해릉왕의 장수들은 물러나 서로 말했다.

"宋軍에서는 李世輔를 등용하여 군대를 지휘하게 함으로써 방비가 심히 정연하다. 우리가 진격한 즉 패배할 것이 뻔하며 물러난즉 주살이 기다리고 있다. 앞으로 가나 뒤로 물러나나 죽기는 매한가지이다. 어떻게든 살 길을 모색해야만 할 것이다."

그들은 마침내 해릉왕을 살해해 버렸다. 해릉왕이 죽자 金의 조정에서는 철군의 명령을 내렸다.

이후 이현충은 戰功에 의해 侍衛馬司의 지휘관으로 발탁되었으며 여러 아들들은 便殿에서 高宗을 알현한 후 각각 金帶를 하사받았다.

孝宗이 登極하자 이현충은 알현하고 對金 開戰과 失地 회복을 奏請하였다. 孝宗은 그 주장을 들은 후 흡족히 여기며 그를 칭하하고 70頃의 전토를 하사하였다.

이듬 해인 隆興 元年(1163)에는 승진되어 殿岩[12]을 지휘하게 되었다. 당시 都督인 張浚은 中原 회복을 호언하며 對金 정복전을 준비[13]하고 있었는데, 이현충에게 招撫使의 직위를 수여하고 殿前馬司 및 池州에 주둔중인 御前諸軍을 지휘하면서 淮西로부터 북진하게 하였다. 이와

---

12 殿前司의 簡稱. 殿司 혹은 殿前이라고도 칭했다. 당시 李顯忠에게 除授된 직함은 主管殿前司公事였다.
13 孝宗 隆興 元年(1163) 正月 張浚이 樞密使 兼 都督江淮東西路軍馬에 임용되어 建康에 都督府를 開府하고 北伐을 추진했던 것을 말한다.

더불어 建康都統인 邵宏淵이 이현충의 副使가 되어 建康 및 鎭江 주둔의 御前諸軍과 步司[14] 軍馬를 지휘하면서 淮東으로부터 진군하게 하였다. 이현충은 즉시 禡祭[15]를 지내 武運을 기원한 후 기치를 내걸고 진군을 시작하여 5월에 淮水를 건넜다. 그러자 金의 都統인 蕭琦가 군대를 이끌고 陡溝에 軍陣을 펼치며 막아서고 나섰다. 이현충은 이를 보고 諸將들에게 말했다.

"이게 이른바 저들 오랑캐의 長技인 拐子馬라는 것이다."

副將들 가운데 張營이 선봉에 서기를 청하여 拐子馬軍을 깰 수 있는 방략을 가르쳐 주었다. 이현충이 가르쳐 준 방법을 쓰니 적군은 단번에 무너져 달아났다. 이현충은 군대를 진격시켜 宿州 靈壁縣으로부터 불과 몇 리밖에 떨어지지 않은 곳까지 다다르니 그곳에 蕭琦軍이 다시 진을 치고 기다리고 있었다. 이현충은 時俊과 員琦로 하여금 공격하게 하는 한편 張師顔 등으로 하여금 나머지 군대를 이끌고 계속 진군하도록 하였다. 그 얼마 후 이현충은 다시 曹高麥 등을 시켜 騎兵 1,000을 이끌고 옆에서 적군을 급습하게 하고, 또 李舜을 보내 별동부대를 이끌고 지원하게 했다. 이렇게 하여 蕭琦軍은 대패하여 城을 버리고 서쪽으로 도망갔다. 靈壁縣 성내에 있던 나머지 步兵 및 金側의 관리 등은 모두 나와서 항복하였다. 이렇게 하여 靈壁縣을 수복하였다.

金의 元帥 孛撒이 南京으로부터 스스로 10만 명이라고 일컫는 군대를 거느리고 와서 宿州의 패잔병들을 수습한 다음 宿州城의 남쪽으로부터 공격해 왔다. 양측의 살상자는 거의 엇비슷한 수준이었다. 이 날 統制 李福

---

14 侍衛親軍步軍司의 簡稱.
15 出兵했을 때 軍隊가 머무는 곳에서 거행하는 祭禮.

이 갑자기 陣營에서 몇 里나 도망하여 櫻桃 밭 사이에 숨어있는 것이 마침 도독부에서 파견되어온 감시관 王實이란 자의 눈에 띄어 이현충에게 보고되었다. 또 李保란 자는 휘하의 군대를 버리고 전투를 피해 숨어 있다 발각되었다. 이현충은 李福과 李保를 소환하여 諸將들 앞에서 그 죄를 추궁하였다. 둘은 모두 죄를 자복하였고 마침채 斬刑에 처해졌다.

이후 이현충과 邵宏淵이 향후의 대책을 의논하였다. 이현충이 말했다.

"저 오랑캐들은 현재 수 차에 걸쳐 패한 상태오. 副將들이 모두 계속 진공할 것을 주장하는데 어떻게 생각하오?"

"지금 宿州城을 수복하고 오랑캐들이 비록 패주하였지만, 우리가 진공을 계속한다면 필시 저들은 南京에서 重兵으로써 우리를 막을 것이오."

"오랑캐들이 이미 수차례나 패배하였는데 어떻게 重兵을 모을 수 있겠소이까?"

"저들은 각지에서 군대를 소집할 것이오. 내 듣건대 이미 오랑캐들이 陝西의 諸路에서 軍馬를 소집하여 東京에 규합하고 있다고 하오. 필시 대거 우리 쪽으로 남하할 것이오."

이에 이현충은 웃으며 말했다.

"그렇지 않소이다. 현재 저들은 우리 군대에 의해 수차례나 패배를 당하여 내심 우리를 두려워하고 있을 것이 분명하오. 우리 군대가 이 破竹의 승세를 타고 진격한다면 南京의 적군은 우리의 적수가 되지 못하고 반드시 우리가 승리할 것이오. 그 후에 徐州를 수복한다면 徐州에는 식량이 80만 석이나 비축되어 있으니 군량으로서 충분할 것이외다. 이런 상태에서 군대에 휴식을 주며 山東 地方에 격문을 보내는 것이 좋을 듯하오. 山東에 대해서는 과거 내가 亳州 知州로 있으면서 그 지방 사람들에게 은혜를 베푼 바 있소. 그들은 나한테 두터운 신뢰를 보이고 있으니 내가 군대를 이끌고 왔다는 사실을 알면 山東 사람들은 반드시 우리에게 호응해 올 것이오. 따라서 山東은 힘들이지 않고 점령할 수 있을 것이오. 일단 山東을 점령하게 되면 重賞을 내걸고 土豪를 모집할 수 있을 것이라 생각되오. 이들 土豪가 이끄는 수만 명의 병사를 앞세우고 그 뒤를 이어 우리 군대가 진격한다면, 河南의 옛 땅을 며칠 내에 수복할 수 있을 것이외다. 또 陝西에서 대규모 군대가 온다 할지라도 그곳으로부터 中原에 오는 길은 너무도 요원하오. 따라서 그들이 中原까지 온다면 人馬가 모두 피곤해질 터이고, 우리는 앉아서 편안히 기다렸다가 피곤해진 그들을 맞아서 싸운다면 반드시 승리하게 될 것이오. 더욱이 陝西는 나의 옛 고향이고 그 군대는 거의 모두 과거 우리 집안의 덕을 본 사람들이오. 내가 있다는 것을 알면 오랑캐들을 위해 싸우러 나서지는 않을 것이라 생각되오. 이것이야말로 만전의 계책이라 여겨지오."

邵宏淵은 마음속으로 이 말이 옳다 여겼지만, 남하하여 고향으로 돌아가고 싶은 생각이 너무도 간절한 나머지 이현충의 제안에 따르지 않았다.

辛亥日이 되었다. 새벽 무렵 이현충은 직접 채를 집어 북을 두드리며 병사들의 전투를 독려하였다. 전투가 한창 고비로 접어들자 그는 갑옷을 벗어던지고 말에 올라타 창을 휘두르며 적진 속으로 뛰어들었다. 그는 닥치는 대로 적을 찔러 넘어뜨렸고 이 바람에 孛撒은 세 차례나 뒤로 퇴각하였다. 결국 金軍은 대패하여 서쪽으로 달아났다. 하지만 이런 전투의 와중에도 邵宏淵은 군대를 투입하지 않고 좌시하기만 했다. 그러면서 그 副將들에게,

"이런 한여름에는 시원한 그늘에서 부채질하고 있어도 더위를 이기기 힘들다. 하물며 뜨거운 한 낮에 갑옷을 입고 전투를 벌인대서야 사람이 어떻게 버티겠는가?"라고 말했다.

이 말을 듣고 군사들의 마음은 동요되었고 戰意가 땅에 떨어졌다.

壬子日이 되었다. 밤 중에 갑자기 요란한 북 소리가 나기에 이현충은 사람을 시켜 동정을 살피게 했다. 그 결과, 建康의 中軍統制인 周宏과 邵宏淵 都統의 아들인 邵世雄이 적의 진지를 공격한다고 거짓말하고 달아나버렸다는 사실을 알게 되었다. 새벽녘까지는 馬軍이 거의 다 도망가 사라지고 말았다.

癸丑日이 되었다. 都督府로부터 전갈이 와서 바깥에 주둔한 군대를 모두 宿州城內로 이동시키라는 명령이 전해졌다. 이를 보고 金軍은 宋側이 겁먹었다 하고, 군대를 이끌고 성의 남쪽에서 공격하는 한편, 몰래 동북 쪽으로도 군대를 보내 공격해왔다. 이러한 공격으로 성의 방어 일부가 무너져 金軍 병사들이 성벽을 타고 올라오기 시작하였다. 이에 이현충은 직접 도끼를 휘두르며 수천 수백의 적병을 살해하였고, 장수 및 병사들도 분발하여 적병을 성벽 아래로 쳐서 꺼꾸러트렸다. 성의 남방을 기어오르던 적병들도 위에서 내던지는 물통이나 나무토막, 돌에 맞고 또 화살에 명중하여 굴러 떨어졌다. 이렇게 죽은 적병의 시체들이 마치 양이나 말 시체처럼 가득 쌓였으며 垓字의 물은 그 피로 온통 붉게 물들었다. 金軍은 전투에서 패배한 데다가 뜨거운 더위에 지치고 식량마저 떨어져 모두 멀리 달아났다. 그러면서, '곧 陝西로부터 20만 대군이 도래할 것이다'라는 소문을 퍼뜨렸다. 邵宏淵이 지휘하는 군대는 이미 邵宏淵의 말을 듣고 동요되어 있는 터에 이러한 소문을 접하게 되자 그 사기가 땅에 떨어졌다. 이러한 정황을 보고 이현충이 말했다.

"우리가 처음 이곳 宿州에 당도하였을 때, 저들은 불의에 습격을 받은 후 반 달이 지나서야 비로소 南京으로부터 援軍이 도착하였다. 하물며 陝西 地方이 여기서 얼마나 먼 곳인데 그렇게 쉽게 도착할 수 있단 말이냐? 또 한여름이어서 군대를 일으킬 수 없다면, 周宣王이 6월에 北伐한 것[16]이라든가 혹은 諸葛亮이 5월에 瀘水를 건너 南蠻을 정벌한 것[17]은 무어란 말인가? 자고로 한여름에 전쟁을 일으켜 성공한 전례가 어찌 전연 없다는 말이냐? 이러한 말은 다만 저들 오랑캐에게 겁먹고 우리의 추격을 막아 세우려는 속셈일 뿐이다. 어디 사흘만 이곳에서 기다리면서 두고 보도록 하자."

이에 대해 軍中에서는 이현충을 중상모략하는 유언비어가 떠돌아다녔다.

"사흘 동안 기다린다는 것은 적에게 항복하려는 술책이다. 그렇지 않다면 어찌 바로 남쪽으로 철군해가지 않는단 말이냐?"

저녁이 되자 城內의 민심은 더욱 흉흉해졌다. 이를 보고 이현충은 더는 어찌할 수 없다고 판단하고 탄식하며 말하였다.

"하늘이 우리에게 中原의 평정을 허락하지 않으려는 것인가! 그렇지 않다면야 어찌 이렇게까지 곤란한 처지에 빠트린단 말인가!"

그때 마침 勅書가 도착하였는데 거기에는, '진격하는 것은 可하되 저들의 계략에 휘말려서는 안 된다'고 적혀 있었다. 이현충은 마침내 군대를 정돈하여 철수하였다.[18]

---

16 周宣王 元年(기원전 827) 6월 獫狁이 國都 가까이 侵寇하자 尹吉甫를 보내 北伐하였던 사실을 가리킨다. 『詩經』「小雅」「六月」은 그 공적을 기린 것이다.

17 이 부분의 원문은 '五月渡瀘'로 유명한 「出師表」에 나오는 구절이다. 諸葛亮이 後主 建興 3년(225) 남으로 瀘水를 건너 南蠻을 정벌하고 그 추장 孟獲을 복속시킨 일을 가리킨다.

18 撤軍하던 李顯忠 지휘하의 宋軍은 철군 개시 이틀 만에 金軍의 역습을 받아, "于是顯忠 宏淵大軍幷丁夫等十三萬衆 一夕大潰 器甲資糧 委棄殆盡. 士卒皆奮空拳 掉臂南奔 趹踐饑困而死者 不可勝計. 二將逃竄 莫知所在"(周密, 『齊東野語』권2, 「符離之師」)라 할 정도로 참담한 패배를 당한다. 이렇게 하여 孝宗 隆興 元年(1163) 5월에 시작된 張浚 주도의 북벌은 실패로 끝났다. 이때의 主戰場이었던 宿州의 故名이 符離였던 까닭에 史書에서는 이 전쟁을 '符離之戰' 혹은 '符離之役'이라 부른다.

권12

劉子羽

紹興 3년(1133) 金軍이 梁山과 洋州에 침략해오자 四川 일대는 큰 혼란에 빠져 劍南의 諸州는 모두 피난할 궁리를 하였다. 撒离喝은 興元府 서남방의 中梁山에 주둔하다가 한 달여만에 斜谷을 거쳐 興元府로 옮겨갔다. 劉子羽는 吳玠와 협의하여 군대를 이끌고 그 중간인 武休關에거 金軍을 공격하고자 하였으나 金軍 대오를 만나지 못하였다.

이런 상태에서 撒离喝이 15명을 파견하여 書信과 깃발을 보내서 유자우 및 오개의 투항을 권유하였다. 유자우는 그 가운데 14명을 참수하고 한 명만 남겨 돌려보내며 말했다.

"너희 우두머리에게 내 말을 전하거라. 공격하려거든 공격하라 해라. 나는 죽음으로 맞설 뿐이다. 무슨 투항이란 말이냐?"

吳玠 역시 撒离喝의 서신을 돌려보내며 준엄히 꾸짖었다.

이후 金軍은 군량이 떨어져 10에 5, 6명의 사상자가 발생하자 마침내 철수하였다. 유자우는 군대를 이끌고 후퇴하는 金軍을 공격하여 적병을 계곡 밑으로 떨어뜨렸다. 金軍의 병사 가운데 죽은 자가 이루 헤아릴 수 없이 많았으며 그 나머지들도 견디지 못해 10여 寨柵이 투항하였다. 金軍의 타격은 막심하였다.

建炎 4년(1130) 9월 張浚이 富平 전투에서 패배한 이래 金軍은 승세를 타고 진격해왔다. 張浚의 宣撫司는 四川 어귀로 후퇴한 상태였는데 휘하의 官屬들은 모두 두려워하며 宣撫司를 아예 멀리 남방의 夔州로 옮겨야 한다고 건의하는 자조차 있었다. 이에 유자우가 말했다.

"그렇게 말하는 자는 斬首해야만 한다. 사천은 물자가 풍요로운 고장이어서 저들 오랑캐가 일찍부터 탐내왔지만 사천 어구에 鐵山과 棧道[1]가 가로막고 있어서 감히 엿보지 못했던 것이다. 그런데 우리가 동쪽의 구석진 夔州와 峽州로 도망가게 되면 關中으로 연결되는 血脈이 끊겨 進退 모두 失計하게 될 것이다. 이렇게 되면 장차 후회막급할 뿐이다. 지금 우리가 취할 방도는 마땅히 興州에 머물며, 바깥으로는 關中 地方을 공략할 수 있는 여지를 남겨두는 한편 안으로는 사천 일대의 민심을 선무해야만 한다. 그리고 한시 바삐 官屬을 大散關 북방에 파견하여 흩어진 諸將들을 수습하고 散亡한 병사들을 불러모아야만 한다. 이렇게 전열을 정비한 후 요충지 각처에 군대를 배치하여 진지를 구축하고 방어하게 해야 한다. 그러면서 기회를 보아 재차 공격에 나선다면 충분히

1　鐵山은 四川의 북부인 鳳州(현재의 陝西省 鳳縣)에 위치한 險山으로 그 남방에 유명한 仙人關과 白水關이 있었다. 棧道란 險絶處에 산록을 따라 나무를 질러 부설한 일종의 도로로서, 고래로 四川의 成都와 陝西의 寶鷄 사이에 부설된 棧道가 유명하다.

저들의 공격을 막을 수 있다. 어찌 후퇴를 말하는가?”

張浚도 그의 말이 옳다 여겼다. 하지만 張浚의 參佐들 가운데 아무도 大散關 이북으로 가겠다고 나서는 자가 없었다. 결국 유자우가 불과 몇 몇의 병사만을 이끌고 직접 大散關을 나서서 秦州에 이르렀다. 그는 이곳에서 사방으로 심복을 파견하여 富平 전투 패배 이후 흩어진 諸將들을 불러모았다. 諸將들은 이 소식을 듣고 크게 기뻐하며 휘하의 병사를 이끌고 달려왔다. 유자우는 임무를 마치고 돌아와서, 맹장 吳玠로 하여금 和尙原에 寨柵을 건설하고 大散關을 지키게 하였다. 그리고 나머지 군대도 각각 요충지에 나누어 배치하여 수비에 임하게 했다. 金軍은 송 측의 이러한 방비를 알고 나서 철수해갔다.

유자우는, ‘오랑캐들은 騎兵이므로 정면 전투에 강하다. 따라서 우리는 요충지를 선점하여 寨柵을 쌓고 弓弩를 설치하여 맞서다가 흩어지는 적을 사살해야 한다’고 말했다. 또 諸將들에게 이러한 방침을 하달하였으나 王彦은 이에 따르지 않았다.

紹興 2년(1132) 12월 金軍이 金州 방면으로 침공을 시작하여, 이듬해 正月 上津縣에 다다랐다. 이곳을 지키고 있던 王彦은 불시에 습격하는 방법으로 대저하였으나 결국 방어에 실패하여 石泉縣으로 퇴각하였다.

사정이 급박해지자 유자우는 주력군을 이끌고 있던 吳玠에게 사람을 보내 구원을 요청하였다. 吳玠는 전갈을 받고 놀라서 말했다.

“事勢가 절박하구나. 마땅히 서둘러 위험에서 구해내야만 할 것이다. 諸將들은 안 되고 내가 직접 가야만 하겠다. 그렇지 않으면 劉待制[2]를

---

2 劉子羽. 劉子羽는 高宗 建炎 4년(1130) 富平의 전투가 있기 전 徽猷閣待制로 임명되었다.

저버리는 것이 된다."

오개는 즉시 길을 떠나 하룻 밤에 무려 300리를 행군하다가 중간에
잠시 쉬게 되었다. 이때 유자우가 오개 앞으로 편지를 보냈다.

"오랑캐들이 금세라도 饒風嶺 아래에 당도할 것 같소. 빨리 이곳을
지키지 않는다면 사천 지방의 방어를 장담할 수 없을 것이오. 公이 가지
않으면 나라도 그리로 가겠소이다."

오개는 즉시 饒風嶺으로 달려갔다. 그 직후 金軍 역시 饒風嶺에 당도
하여 며칠 동안이나 강력하게 공격해왔다. 金軍側에 수많은 사상자가
발생하자 이번에는 결사대를 조직하여 사잇길로 祖溪關을 거쳐 오개
군의 배후를 습격하였다. 그러자 오개는 군대를 이끌고 漢中으로 이동
하였다. 이 상태에서 유자우는 오개에게 定軍山으로 이동하여 방어에
임하자고 권하였으나, 오개는 그것을 마다하고 서쪽으로 가버렸다.

결국 유자우는 大安軍의 三泉縣으로 물러나지 않을 수 없었다. 그때
그를 따르는 병사는 채 300명도 되지 않았다. 더욱이 군량도 떨어져 그
는 병사들과 더불어 거친 음식을 같이 먹었다. 심지어 나무와 풀의 움을
뜯어 먹기도 하였다. 유자우는 오개에게 편지를 보내 절교를 선언하였
다. 이 편지를 받고 오개는 눈물을 흘렸다. 그러자 오개의 愛將인 楊政
이 軍門에서 큰 소리를 지르며 말했다.

"節使[3]께서는 劉待制를 저버리지 말아야 합니다. 만일 그리한다면
저희 역시 節使를 버리고 가버리겠습니다."

오개는 어쩔 수 없이 사잇길로 三泉縣에 있는 유자우를 찾아갔다. 三
泉縣 근처에는 이미 金軍의 선발대들이 진입해 있는 상태였다. 그런데

---

3   節度使의 簡稱. 吳玠를 가리킨다. 吳玠는 당시 鎭西軍節度使의 직함을 띄고 있었다.

오개가 저녁에 보니, 유자우의 침소에 아무런 경비병도 배치되어 있지 않았다. 오개가 말했다.

"언제부터 이렇게 되었습니까?"

유자우가 탄식하며 대답하였다.

"나는 어차피 이곳에서 죽을 운명이오. 무슨 다른 말이 필요하겠소?"

이 말을 듣고 오개는 눈물을 흘렸다.

이후 유자우의 군대는 仙人關으로 옮겨가 지키게 되었다. 유자우의 부대는 홀로 떨어져 潭毒山에 가서 柵壘를 건설하는 작업을 시작하였는데 16일 만에 완성되었다. 그 며칠 후 金軍이 공격해왔다. 한밤중에 척후병이,

"오랑캐들이 습격해왔다!"고 소리쳤다.

諸將들은 모두 놀라 얼굴색이 변하여 유자우에게 보고하자 그는,

"맨 처음 公들과 어떻게 약속하였던가? 이제 적들이 왔는데 도망하고 싶은 것인가?"

유자우는 군사들에게 아침 식사를 먹게 하고, 새벽 일찍 말 위에 올라타 먼저 戰場으로 향했다. 그는 戰場에 당도하여 산 모퉁이의 한 구석에 간이 의자를 갖다 놓고 앉았다. 이를 보고 諸將들이 달려와 울면서,

"이곳은 저희들이 앉아야 할 자리인데 公께서 먼저 앉으셨군요. 어찌 저희가 저들 오랑캐의 화살로 하여금 먼저 公을 맞추게 할 수 있겠습니까?"라고 말하고는 즉시 자기들이 그 자리에 앉았다. 그 얼마 후 다시 보고가 날아와, '오랑캐가 물러났다'는 소식이 전해졌다. 유자우의 군대도 이에 돌아왔다.

처음 吳玠가 유자우의 裨長으로 있을 때 그 이름이 알려지지 않은 상

태였다. 그런데 유자우만 홀로 그 능력을 높이 사서 張浚에게 천거하였고, 張浚은 그와 이야기를 나눈 후 크게 기뻐하며 파격적인 지위로 발탁하였다.

훗날 유자우가 白州로 貶謫⁴되자, 吳玠는 上奏하여 관직을 내놓고 유자우의 죄를 사해줄 것을 청하였다. 이를 보고 士大夫들은 오개를 의롭다 여기며 동시에 유자우가 제대로 사람을 알아보았다고 말하였다.

---

4 紹興 4년(1134) 富平 전투의 패배 책임을 물어 처벌된 것을 말한다. 『宋史』에서는 이 때의 조치를 두고, "四年 坐富平之役 與浚具罷. 尋爲言者所論 責授單州團練副使 白州安置"(권370, 「劉子羽傳」)라 전하고 있다.

권13

胡銓

胡銓이 孝宗을 알현하고 있을 때 효종이 말했다.

"朕이 東宮에 있을 때에는 비교적 性情을 잘 다스렸는데 지금은 간혹 과도하게 음주하는 수가 있습니다. 그러고 나면 후회스럽기 짝이 없습니다."

호전이 말했다.

"세상 사람들 모두 폐하께서 酒色에 지나치지 아니하심을 잘 알고 있습니다. 그럼에도 삼가고 조심하기가 이와 같으시니, 臣이 보기에 聖德이 날로 자라서 장차 堯舜보다도 나아질 것 같습니다."

호전이 高宗에게 和議와 관련한 상주문을 올렸다.[1]

"삼가 보기에 王倫[2]은 본디 간사한 일개 小人으로서 市井의 무뢰배일 따름입니다. 그런데 宰相이 무지한 까닭에 그에게 발탁되어 오랑캐에게 가는 사신이 되었던 것입니다. 그는 사신으로 가서도 거짓만 일삼으며 폐하의 판단을 속이고 흐리게 하였습니다. 이러한 그가 난데없이 高官으로 승진[3]하니 천하의 사람들은 모두 이를 갈고 침을 뱉으며 욕하고 있습니다.

王倫은 이번에 아무 까닭 없이 오랑캐 나라의 사자를 불러들이며 '江南에 詔書를 내려 깨우치는 사자(詔諭江南使)'란 명칭을 띠게 하였습니다.[4] 이는 저들 오랑캐가 우리를 臣妾으로 여기는 것이며 이전의 劉豫와 같이 바라보는 것입니다. 지난날 劉豫는 저들 더러운 오랑캐를 받들어 모시는 대가로 南面하여 王을 칭할 수 있었습니다. 그는 그러면서 스스로 자손 만대까지 그러한 帝王의 자리를 누릴 것이라 여겼을 것입니다. 하지만 하루아침에 豺狼같은 오랑캐가 생각을 바꾸자 그는 붙들려 모욕을 당하고 父子 모두가 포로가 되었습니다. 이러한 劉豫의 전례는 오래 전의 일이 아닙니다. 그런데 王倫은 폐하로 하여금 劉豫를 본받으라 하고 있습니다.

무릇 天下는 祖宗의 天下요, 폐하가 앉아 계시는 자리는 祖宗의 자리입니다. 어찌 祖宗의 天下를 犬戎의 天下로 만들 수 있으며, 祖宗의 자리를 어찌 犬戎에 대한 藩臣의 자리로 만들 수 있겠습니까? 폐하께서 한

---

1   이 상주문이 올려진 것은 高宗 紹興 8년(1138) 11월의 일이다.
2   紹興 7년(1137) 徽宗의 靈柩를 맞아들이기 위해 金에 파견되었던 사신. 紹興 9년(1139)에는 端明殿學士簽書樞密院事의 직함이 부여되어 充迎梓宮奉還兩宮交割地界使로 재차 金에 사신으로 파견되었다가 귀환하지 못하고 억류된 채 紹興 14년(1144) 피살되고 만다.
3   王倫은 紹興 8년(1138) 가을 端明殿學士의 직위가 부여되었다.
4   金의 簽書宣徽院事 蕭哲과 左司郞中 張通古가 江南詔諭使의 명칭을 지니고 남송에 파견되어 王倫과 함께 臨安에 도착한 것은 紹興 8년(1138) 10월의 일이다. 『宋史』권 371, 「王倫傳」참조.

번 무릎을 꿇으신즉, 종묘에 있는 祖宗의 영령들은 모두 夷狄에 의해 더
럽혀질 것이며, 祖宗 이래 수백 년 동안 이어져 내려온 赤子의 백성들은
모두 左衽의 야만인[5]이 될 것이며, 또한 조정의 宰執들은 모두 陪臣이
되어버릴 것이며, 천하의 사대부들은 다 衣冠을 찢어버리고 胡服으로
바꾸어 입어야만 될 것입니다. 더욱이 豺狼같은 오랑캐들은 우리에게
몰염치하게 재물을 요구해 올 것이 뻔합니다. 그들이 장차 우리에게 과
거 劉豫에게 하듯 무례히 굴지 않을 지 어찌 알겠습니까?

대저 三尺童子로부터 무지한 사람까지도 개 돼지를 향해 절하라 하
면 발끈 화를 낼 것입니다. 지금 더러운 오랑캐들은 개 돼지나 진배가
없습니다. 당당한 天朝인 우리가 어찌 다 함께 개 돼지를 향해 절할 수
있겠습니까? 어린아이조차 부끄러워하는 일을 폐하께서는 어찌 끝내
하시려는 것입니까?

王倫은, '우리가 한 번만 무릎을 꿇으면 梓宮[6]이 돌아올 수 있고 太后[7]
께서 송환되시며 淵聖皇帝[8] 또한 돌아오시며, 中原도 다시 얻을 수 있다'
고 말합니다. 오호라, 靖康 연간의 變故 이래 主和論을 펴는 자들은 모두
그렇게 말하며 폐하를 속여 왔습니다. 하지만 어디 한 번이라도 그대로
된 적이 있습니까? 그렇다면 저들 오랑캐의 거짓됨은 이미 분명히 드러
났다 할 것입니다. 어찌 폐하께서는 아직도 그것을 깨닫지 못한 채, 그들
의 요구를 들어주려면 백성들의 膏血을 다 쥐어짜야 할텐데도 이를 돌
아보지 아니하고, 그들이 지난날 국가를 망하게 한 철천지 원수라는 사

---

5   左衽이란 옷깃을 왼쪽으로 여미는 것. 고래로 夷狄을 가리키는 대명사와 같이 쓰였다.
6   皇帝 및 皇后의 관. 여기서는 紹興 5년(1135) 4월 금 북방의 五國城에서 사거한 송 徽
      宗의 유해를 가리킨다. 徽宗의 梓宮은 紹興 12년(1142) 8월 귀환된다.
7   高宗의 생모인 韋太后. 韋太后는 제2차 소흥화의가 체결된 이후인 紹興 12년(1142) 8
      월에 남송 측으로 귀환한다.
8   북송의 마지막 황제인 欽宗.

실도 애써 잊으려 하시는 것입니까? 나아가 폐하께서는 더러움을 무릅쓰고 치욕을 참으며 천하를 들어 달게 저들의 신하가 되려 하고 있습니다. 만일 王倫이 주장하는 바대로 오랑캐들과 和議를 맺는다면 천하와 後世人들이 폐하를 어떻게 평가하겠습니까? 하물며 저 더러운 오랑캐들의 변덕과 詐術은 본디 끝이 없는 데다 거기에 王倫의 간사함까지 더해진다면, 梓宮은 결코 돌아오지 못할 것이고 太后께서도 결코 송환되시지 못할 것이며 淵聖皇帝 또한 결코 돌아오시지 못할 것이고 中原도 결코 다시 얻지 못할 것입니다. 반면 한 번 무릎을 꿇게 되면 다시는 펴지 못하게 되어 國勢는 날로 쇠미해져서 앞으로 끝내 다시 회복되지 못할 것입니다. 진실로 통곡하고 눈물을 흘리며 길게 한탄할 일입니다.

지난날 폐하께서 海道에서 辛苦를 겪으실 때[9]에는 위태롭기가 累卵과 같았습니다. 하지만 그러한 때에도 북으로 향하여 오랑캐의 신하가 되지 않았습니다. 하물며 지금은 국세가 떨쳐 일어나고 있으며 諸將들 또한 英勇하고 士卒들도 사기가 드높습니다. 그래서 근래 저들 더러운 오랑캐들이 날뛰며 침범하고 劉豫가 入寇하였지만, 우리는 그들을 일찍이 襄陽에서 깨트렸고 淮上에서 깨트렸으며 또 渦口에서 깨트렸고 淮陰에서 깨트린 바 있습니다.[10] 지난날 바다로 피해야만 했던 위기에 비하면 실로 천양지차라고 하겠습니다. 따라서 만일 전쟁을 벌이는 것이 불가

---

9   金의 계속된 남침으로 高宗이 建炎 3년(1129) 12월 이래 越州로부터 明州로, 그리고 海上으로 나가 定海縣을 거쳐 昌國縣, 台州, 溫州로까지 피신한 것을 가리킨다. 高宗이 溫州에 도착한 것은 建炎 4년(1130) 2월의 일로서, 이해 4월에 이르러서야 다시 明州를 거쳐 越州에 돌아오게 된다.

10 紹興 6년(1135) 10월 이래 僞齊의 劉豫가 東路軍・中路軍・西路軍으로 나누어 대거 남송을 공격하였으나, 京東淮東宣撫使 韓世忠과 江東宣撫使 張俊, 淮西宣撫使 劉光世, 그리고 湖北京西 宣撫副使 岳飛 등의 활약으로 동서에 걸친 전선에서 공히 戰勝을 거둔 사실을 가리킨다.

피하다면 우리가 어찌 저들 오랑캐보다 약하다 할 수 있겠습니까?

그럼에도 폐하께서는 아무런 까닭 없이 저들 오랑캐의 신하가 되려 하고 있습니다. 萬乘의 존귀한 지위를 굽혀 유목민 오랑캐들을 떠받들 려 하고 있는 것입니다. 그러한 즉 三軍의 병사들은 싸우지도 않고 전의 가 상실될 것입니다. 과거 魯仲連은 秦에 대한 帝의 존칭을 거부한 바 있 습니다.[11] 그것은 그저 秦朝에게 皇帝란 칭호를 사용하기 싫었기 때문 이 아니었습니다. 天下의 大勢에 不可한 바가 있음을 말하고 싶었기 때 문입니다. 지금 안으로는 百官으로부터 바깥으로 軍民에 이르기까지 모든 사람들이 한 목소리로, 王倫을 죽여 그 고기를 짓씹고 싶다고 말하 고 있습니다. 이렇듯 朝廷에 대한 불만이 흉흉함에도 폐하께서 그 소리 를 듣지 아니하신다면, 어느 날 變故가 발생하여 좋지 못한 禍亂으로 비 화될까 두렵습니다. 臣이 삼가 말하건대 王倫을 참수하지 아니한다면 나라의 존망이 어찌될지 모르겠습니다.

하지만 사실 王倫은 하찮은 존재에 불과합니다. 秦檜는 腹心의 大臣 이면서 또한 마찬가지입니다. 폐하께서는 堯舜과 같은 자질을 지니고 있으심에도 불구하고, 秦檜는 폐하를 보필하여 唐虞와 같은 치세[12]를 이루게 하기는커녕 폐하를 石晉[13]의 길로 이끌고 있습니다. 최근 禮部 侍郞인 曾開 등이 옛 典故를 들며 和議에 반대한 적이 있습니다. 이에 진 회는 언성을 높이며, '侍郞만 故事를 알고 나는 어찌 모른단 말인가!'라

---

11 戰國 시대 齊나라의 인물. 趙 孝成王 7년(기원전 259) 趙나라에 갔을 때 秦이 趙의 수 도 邯鄲을 포위하자 魏의 사자가 秦의 昭王을 帝로 존칭할 것을 주장하였다. 하지 만 魯仲連은 이에 맞서 利害를 辨釋하며 秦에 대한 帝의 존칭을 반대하였다.
12 唐堯와 虞舜의 시대, 즉 고래로 太平盛世라 일컬어진 堯舜 시대를 가리킨다.
13 五代의 後晉 왕조를 가리킨다. 後晉은 거란의 원조를 받아 건국하여 그 대가로 거란 에 대해 稱臣하며 만리장성 이남의 땅인 燕雲十六州를 할양하고 정기적으로 歲幣를 바쳤다.

고 질책하였다고 합니다. 그러니 진회는 끝내 不義한 화의를 관철시키고자 하는 것입니다. 진회는 또 臺諫과 侍臣으로 하여금 和議를 의논하여 그 可否를 건의하게 하였습니다. 이는 천하 사람들이 자신을 비판하고 있는 것을 두려워하여, 臺諫과 侍臣들과 더불어 그 비방을 함께 나누려는 속셈입니다. 오늘날 뜻 있는 선비들은 모두 조정에 사람이 없음을 한탄하고 있습니다. 아아, 애석한 일입니다.

옛날 孔子께서는, '管仲이 없었다면 머리를 산발하고 야만 복장을 하는 오랑캐가 되었을 것이다'[14]라고 하셨습니다. 대저 管仲은 한갓 覇者를 보좌한 관료일 따름이지만, 오랑캐 복장을 하고 있는 사람들의 땅을 제대로 衣冠을 갖추고 상투를 트는 지역으로 바꾸어 놓았습니다. 반면 秦檜는 大國의 재상이면서도 오히려 衣冠을 갖추는 습속을 거꾸로 야만 복장으로 되돌리려 하고 있습니다. 그런즉 진회는 폐하에 대한 죄인일뿐더러 管仲에 대한 죄인이기도 한 것입니다.

또한 孫近은 秦檜의 주장에 附會하여 參政의 자리에까지 올라갔습니다. 현재 천하에서는 마치 굶주린 사람마냥 治世의 도래를 바라고 있습니다. 그런데 孫近은 中書에서 무능하게 밥이나 축내며 감히 진회의 말에 可否를 달지 못합니다. 진회가 '오랑캐와 講和할 수 있다'고 말하면 孫近 또한 '강화할 수 있다'고 말하며, 진회가 '천자께서 마땅히 오랑캐에 머리를 숙여야 한다'고 말하면 그 또한 '머리를 숙여야만 한다'고 말하고 있습니다. 臣이 일찍이 政事堂에 가서 세 차례나 질문을 하였건만 손근은 대답하지 않고 단지, '이미 臺諫과 侍從들에게 의논하라 하였

---

14 『論語』「憲問篇」에 나오는 내용. 원문은, "微管仲 吾其被髮左衽矣"로서 被髮은 被散頭髮, 즉 머리를 묶지 않고 산발한다는 의미이며, 左衽은 옷깃을 왼쪽으로 여며 입는 夷狄의 습속을 말한다.

소'라고 말할 따름이었습니다. 오호라, 大政을 參贊[15]하고 있는 자가 이처럼 한갓 자리만 채우고 있는 형국이니, 장차 만일 오랑캐의 騎兵들이 침범해 온다면 어떻게 그 공격을 꺾어 수모를 막을 수 있겠습니까? 臣이 삼가 말하건대 秦檜와 孫近은 모두 참수해야만 합니다.

臣은 樞屬[16]의 일원이지만, 결단코 진회 등과 더불어 한 하늘 아래 머리를 두지 않겠습니다. 원컨대 진회 등 세 사람의 머리를 잘라 장대에 꽂아 거리에 높이 매달아 두고, 그 다음 오랑캐의 使者들을 억류하여 그 無禮함을 문책하여야만 할 것입니다. 그리고 시간을 두고 오랑캐에 대해 問罪하는 군대를 일으킨다면 三軍의 병사들은 싸우지 않고도 저절로 사기가 드높아질 것입니다. 그렇게 하지 않는다면 臣은 차라리 東海로 달려가 죽을지언정, 비굴한 小朝廷에 남아 있으며 살기를 도모하지 않겠나이다.

호전이 상주문을 올리자 그 소문이 都下에 자자해져서 수일 동안이나 가라앉지 않았다. 이에 고종이 진회에게 말했다.

"朕에게는 진실로 黃屋[17]의 권위를 지키고자 하는 마음이 없습니다. 그런데 지금 이처럼 거친 의론이 일어나 짐의 본심을 가로막고 있습니다. 짐은 오직 北에서 고생하는 生母를 이리로 맞아들이고 싶을 따름입니다."

진회 등은 마침내 호전을 昭州로 編管[18]시켰다.

---

15 參贊大政은 參知政事의 簡稱. 參政·參·知政事·大參·參大政·參預政事·參預·首參 등이라 칭하기도 한다.
16 樞密院의 속관. 당시 胡銓은 樞密院編修官의 직위에 있었다.
17 帝王이 거주하는 宮室. 천자의 권위를 의미한다.
18 編管에 대해서는 본서 3책, 299쪽의 주5 참조.

당시 호전의 첩이 임신하여 산월이 다 되어가는 까닭에 湖上의 寺院
으로 옮겨가 머물고 있었다. 그래서 호전은 조금만 더디 가기를 청하였
지만 그에 아랑곳하지 않고 사람을 보내 유배장소로 械送[19]하였다.

19　형구를 씌워 압송하는 것.

송명신언행록 별집 하

宋名臣言行錄 別集 下

권1

張守

紹興 2년(1132) 7월 張守가 知福州에 임명되었다. 高宗이 말했다.

"福建은 도적이 휩쓸고 지나간 직후[1]라서 피폐해진 民生을 宣撫하는데 진력해야만 한다. 張守는 그런 일에 적임자이다."

과거 五代의 閩國은 福建 8州의 田産을 3등급으로 나누어 上等의 膏腴田은 僧寺와 道觀에 지급하고, 中等 및 下等의 田土는 土着 및 流寓의 일반민에게 주었었다. 그러다 劉彝가 福州의 知州로 재직하면서 처음 무역에 조세를 부과하여 그 수입으로 재정을 확충한 바 있다.[2]

장수는 福州에 부임하여 당지의 士大夫들과 의논하여 實封의 제도를

---

1   高宗 建炎 4년(1130) 7월에 발생하여 紹興 2년(1132) 정월까지 建州와 邵武軍 · 南劍州 · 福州 일대를 휩쓸며 커다란 영향을 미쳤던 范汝爲의 반란을 가리킨다.
2   劉彝가 知福州로 재임한 시기는 仁宗 皇祐 3년(1051)부터 皇祐 5년(1053)까지이다.

도입하였다. 상위 40개 사찰이 보유하는 상등의 전토는 그대로 남겨두고, 나머지 사찰의 전토는 實封制를 적용하여 재력가들에게 매도하였다. 이렇게 하여 매해 7, 8萬緡 이상의 예산이 확보되어 이로써 군대의 피복비로 충당하였으며, 나머지는 백성들의 雜科를 폐지하여 그 수입분을 대체하는 용도로 사용하였다. 이러한 조치에 주민들이 모두 반가워하였다.

張守가 말했다.

"폐하께서 下問하신 문제 4가지[3] 가운데 가장 중요한 것은 서둘러 措置를 행하는 것입니다. 臣이 삼가 그 시급한 措置의 大要를 말씀드려 보겠습니다. 그 첫째는 군대에 대한 措置이고 그 둘째는 군량에 대한 措置입니다.

군대에 대한 措置란 무엇일까요? 諸軍 가운데 神武軍[4]은 마땅히 行在에 대한 방비를 전담시켜야 합니다. 그 나머지 군대는 나누어 세 지방을 각각 지키게 해야 합니다. 一軍은 淮東에 배치하고, 一軍은 淮西에 배치하며, 나머지 一軍은 鄂州와 岳州, 혹은 荊南에 배치하여, 각각 要害地를 택하여 주둔하게 해야 합니다. 그리하여 북으로는 關輔로부터 서쪽으로 川陝에 이르기까지 血脈과 같이 상통하여 號令이 서로 연결되게 함으로써 脣齒와 輔車의 형세[5]를 갖추게 해야 합니다. 그러한즉 장강의 이남지역에서는 가히 편안히 누워 안심하고 잠자리에 들 수 있을 것입니다. 그

---

3 紹興 4년(1134) 11월 劉豫 및 金 연합군의 침공으로 인해 平江府로 피신하였던 高宗은 이듬해 2월 臨安으로 돌아온다. 그 직후 張守에게 시급한 당면 과제에 4가지에 대해 자문하였다. 이러한 사정에 대해, 『宋史』 권375, 「張守傳」에서는, "上旣還臨安 又詔問 守以攻戰之利 守備之宜 綏懷之略 措置之防"이라 기록하고 있다.
4 建炎 4년(1130) 御營使司를 폐지하며 御前五軍을 개편한 부대.
5 서로 긴밀히 연계된 脣齒相依, 輔車相依의 관계를 가리킨다.

런데 지금의 大將들을 보면 모두 重兵을 장악하고 있으면서 지극한 권세와 넘치는 富를 누리고 있습니다. 그들의 앞에는 祿利가 부족함이 없으며 또 물러난 이후에도 誅罰의 걱정이 없습니다. 이런 까닭에 조정의 위세는 날로 약해지는 반면 將領들의 권세는 날로 무거워지고 있습니다. 또한 이들 大將이 혹시라도 병을 핑계로 물러나거나 혹은 갑작스레 죽기라도 한다면, 그들이 거느리고 있던 군대는 달리 지휘할 이가 없게 됩니다. 그래서 臣은, 마땅히 그 휘하의 장수들 가운데 적당한 자들을 선발하여 統制로 삼고 그들에게 각각 대략 5,000명 정도의 부대를 지휘하게 해야 한다고 생각합니다. 이들을 마치 바둑판마냥 정연히 배치하여 조정의 號令이 그 부대에 신속히 전달되도록 하고, 각각 분리하여 통제하면서 오직 조정의 권위를 통해서만 움직이도록 해야 할 것입니다. 이렇게 하여야 조정에서 장차 훗날 대사를 도모할 수 있을 것입니다.

軍糧에 대한 措置란 무엇일까요? 현재 諸軍이 각 지방에 나누어 주둔하고 있는 까닭에 錢穀의 조달이 중요한 문제입니다. 그런데 군대가 주둔해 있는 이른바 錢穀의 소요지와 錢穀을 집적해 두고 있는 장소가 일치되지 아니하므로 결국 문제는 운반에 있다 할 것입니다. 생각건대 祖宗以來로 東南 一帶에서는 매해 600만 석을 上供하여 開封으로 운반[6]하였지만 그것이 문제가 된 적은 없습니다. 그러니 앞으로 兩浙의 미곡은 모두 行在로 上供하고, 江東의 미곡은 淮東의 군량으로 쓰며, 江西의 미곡은 淮西의 군량으로 쓰고, 荊湖의 미곡은 鄂州와 岳州 그리고 荊南의 군량으로 쓰게 하면 될 것입니다. 각처에서 필요한 수량을 헤아린 다음 漕臣[7]으로 하여금 책임지고 조달하게 하며 그 나머지는 行在로 上供토

6　眞宗 景德 4년(1007) 東南六路의 上供米 原額을 600만 석으로 규정했던 사실을 가리킨다. 남송 시대에 들어 原額 자체는 고수되었으나 實徵額은 300만 석 전후로 줄어든다.

록 해야 합니다. 錢帛 또한 마찬가지 방식을 취하면 됩니다. 이렇게 하면 각처 諸郡에 대한 조달 걱정이 사라질 것입니다. 그리하여 錢糧 부족의 우려가 사라지면, 諸將을 戒飭하여 州縣을 직접 侵擾하지 못하게 해야 할 것입니다. 그리고 나서 歸業한 백성들의 戶口 多寡를 가지고 諸將에 대한 考課를 행해야만 합니다. 매해 관료를 파견하여 그 民戶 復業의 실적을 가지고 이처럼 諸將들을 평가한다면, 백성들은 모두 鄕里로 돌아오게 되어 田野가 날로 개간되어 갈 것입니다. 또 生齒도 번성하여 江北諸縣도 점차 부흥되어 갈 것입니다.

이러한 조치들을 취한 다음 오랑캐들의 침공을 대비하면서 大臣을 파견하여 諸將들을 총괄 감독시킨다면 諸路의 군대가 수미일관하게 상응하게 될 것입니다. 백성들에 대한 宣撫 방법도 또한 이러한 조치들에 병존한다 할 것입니다.

張守가 參政으로 있을 때의 일이다. 어느 더운 여름 날, 宰相인 張浚이 東閣[8]에 앉아 있는데 갑자기 장수가 들어가 그 손을 붙들고 말했다.

"제가 전에 秦謀를 두고 덕망이 있고 수양도 돼있다고 말한 바 있습니다.[9] 하지만 지금 그와 함께 업무를 처리하면서 찬찬히 사람됨을 살펴보니 예전에 제가 한 말과 다른 것 같습니다. 고집스러운 데다가 主上의 총애를 잃을까 전전긍긍하고 있습니다. 그러니 장차 천하의 큰 근심거리가 될 것입니다."

秦謀란 樞密使 秦檜를 가리킨 것이었다. 이러한 장수의 말에 張浚 또

---

7   轉運使와 轉運副使, 轉運判官에 대한 통칭.
8   尙書省의 簡稱. 都省·大有司·門昌府·臺閣·會府·省閣이라고도 칭했다.
9   『宋史』 권375, 「張守傳」에 "守嘗薦秦檜於時宰張浚"이라 하듯 張守는 張浚에게 秦檜를 추천한 바 있다.

한 그렇다 여겼다.

高宗이 建康에서 臨安으로 돌아가려 하고 있을 때 張守가 말했다.

"建康은 六朝 시대부터 帝王의 都城이었습니다. 江流가 險闊하고 氣象이 雄偉한 데다가 요충지를 점하고 있어서 中原을 도모하는 데도 유리하며 또 險要한 지세에 의거하고 있어 强敵을 막아내는 데도 좋은 입지를 지니고 있습니다. 가히 行在로 삼아 中原의 회복을 도모할 만합니다."

장수는 고종을 알현할 때마다 늘 이러한 말을 上言하였다. 臨安으로 東歸한다는 詔令이 내려지기 직전, 장수는 재상인 趙鼎과 都省[10]에서 이 문제를 의논하였으나 의견이 일치되지 않아 다시 朝廷에서 의논하였다. 고종이 장수를 돌아보며 말했다.

"어떻게 하면 좋겠소?"

"어제 都省에서 이미 趙鼎에게 말한 바 있습니다. 폐하께서 이곳 建康에 당도하신 이래 앉은 자리가 채 따뜻해질 시간도 지나지 않았습니다.[11] 그런데 지금 다시 臨安으로 돌아가신다면 百司와 六軍은 모두 勤行의 번거로움을 치러야 하며 民力과 예산 또한 적지 않게 소모될 것입니다. 원컨대 조금 더 이곳에 머무셔서 中原의 민심을 선무하도록 하십시오."

이에 대해 趙鼎이 반대의 의견을 굽히지 않자, 장수는 병을 핑계로 外任을 청하여 마침내 知婺州로 나갔다.

---

10 尙書省에 대한 簡稱의 하나.
11 이러한 논의가 행해진 시점은 紹興 8년(1138) 正月이며(『建炎以來繫年要錄』 권118, 紹興 8년 正月 戊戌), 당시 高宗은 平江으로부터 建康에 당도한지 만 10개월이 지난 상태였다. 결국 張守의 주장은 받아들여지지 않고 紹興 8년 正月 臨安으로의 駐蹕 詔가 정식으로 내려져 2월에 臨安에 도착하게 된다.

권2

陳康伯

紹興 28년(1158) 金에 使者로 갔던 孫道夫가 돌아와,

"오랑캐가 장차 盟約을 어기려 하고 있다. 우리가 關陝에서 말을 구입한 것을 트집[1]잡고 있는데 그들이 어떠한 행동을 보일지 예측할 수 없다"고 말했다.

그럼에도 朝廷에서는 무사하기만을 바랄 뿐 아무런 움직임을 보이지 않자 陳康伯이 나서서 대책의 수립을 촉구하였다. 이에 高宗은 同知樞密院事 王倫을 金에 사신으로 보내 사정을 탐문하게 했다. 金側에서

---

1 金側에서는 紹興 27년(1157) 겨울 賀金國正旦使로 파견된 孫道夫에게, 宋側이 沿邊에서 말을 구입하는 것은 盟約을 어기고 戰陣을 구축하기 위한 것이라 힐난하였던 사실을 말한다. 이러한 정황에 대해 『金史』권129, 「張仲軻傳」에서는, "爾於沿邊盜買鞍馬 備戰陣"이라 하고 있으며, 『建炎以來繫年要錄』권181, 紹興 29년 2월 己酉條에서는, "自孫道夫使還 言金主亮詰以關 陝買馬非約 恐將求釁於我"라 기록하고 있다.

는 사자로 간 王倫에 대해 강하게 힐난하면서 盟約 파기 의도가 없다고 하였다.[2] 하지만 다시 葉義問이 돌아와 보고[3]하기를, '오랑캐들이 이미 각처에서 군대를 모으고 있다'고 하였다. 그 말을 듣고 진강백이 상주하여 말했다.

"金의 오랑캐들은 우리가 오랫동안 和好에 안주하면서 군사적 대비가 풀어졌을 것이라 여기고 문제없이 남침을 성공시킬 것이라 판단하고 있습니다."

이에 덧붙여 그는 兩淮 地方을 방어할 방략에 대해 소상히 상주하였고 고종은 기뻐하며 받아들였다.

이듬해 과연 金에서는 高景山을 天申節[4] 축하의 사자로 파견하여 방자한 요구를 해왔다. 淮水와 漢水 일대의 땅을 요구하고 또 將相과 近臣을 지목하여 金 영내로 호출하였던 것이다.[5] 진강백은 上奏하여,

"오랑캐들이 天道를 어기고 있으며 자그마한 이익을 얻기 위해 그 巢穴을 버리고 수천 里나 오게 된다면 스스로 쇠진해 버릴 것입니다. 하물며 잘못이 저들에게 있은즉 아군은 노하여 떨쳐 일어날 것이고, 폐하께

2　紹興 29년(1159) 9월에 돌아온 王倫은, "隣國恭順 和互無他"(『建炎以來繫年要錄』 권 183, 紹興 29년 9월 乙酉)라 보고하였다.

3　王倫의 보고 이후 안도하였던 宋 朝廷은 하지만 이후 金側의 전쟁 준비 사실이 속속 전해지자, 재차 同知樞密院事인 葉義問을 사신으로 파견하여 金側의 동정을 탐문하게 하였다. 葉義問은 紹興 30년(1160) 5월에 돌아왔다(『建炎以來繫年要錄』 권185, 紹興 30년 5월 辛卯).

4　南宋 高宗의 탄생일. 5월 21일.

5　紹興 31년(1161) 5월의 일이다. 金側은 高景山 등의 사자를 통해, '金의 황제 海陵王이 8월 초 南京(開封)에 행차하는 바, 남송정부에서는 執政 1인, 殿前太尉 楊存中, 淮北의 지리에 밝은 자 1인, 그리고 측근의 內侍 1인 등 4인을 8월 25일에 開封에 파견하여 金의 遷都를 축하하고 아울러 金朝 황제의 宣諭를 받으라. 그 宣諭의 내용은 향후 金과 南宋 양국이 長江을 국경으로 삼고 漢水와 長江 이북의 영역은 金朝에게 할 양하되 戶口는 남송 측이 가져갈 수 있다는 내용이 될 것이다'라는 요구 사항을 전달하였다(『建炎以來繫年要錄』 권190, 紹興 31년 5월 辛卯).

서 그것을 요령 있게 활용한다면 군사들의 사기는 배가되어 결단코 저들에게 승리를 거둘 것입니다"라고 말했다.

고종 역시 그렇게 생각하여 六軍에 檄書를 보내 격려하며 북쪽의 오랑캐를 향해 죽음으로 맞서라고 말하였다. 또 侍衛馬軍司를 지휘하는 成閔으로 하여금 북상하여 방어에 임하게 하고, 御史中丞 江澈에게 荊襄 일대를 지키도록 하였으며, 知樞密院事 葉義問으로 하여금 江淮의 軍馬를 督視하게 하였다. 이들에게 진강백은 군대 지휘의 方略을 지시하며 要害地를 택하여 주둔하라고 일렀다.

그 얼마 후 金軍이 남하하여 長江 연안에 이르자 朝廷의 여론이 흉흉해졌다. 대신들 가운데서도 家屬을 미리 피난시켜 두는 사람이 있었다. 하지만 진강백은 흔들림 없이 제자리를 지키며 업무에 임했는데 그 태도가 평소와 다를 바가 없었다. 북방에서 급박한 戰勢를 알리는 서신이나 상주문이 올라와도 태연히 결재하였다. 또 군사적 대비를 미리 주장하였던 사람들은 모두 발탁하여 그 능력을 최대한 배려하여 임용하였다. 이러한 모습을 보고 사람들이 비로소 안도하였다.

처음 海陵王이 침공해왔을 때 內侍인 張去는 몰래 用兵 대책에 지장을 주고자 고종에게 피난을 주청하였다. 또 한편으로는 멋대로 福建이나 사천 지방으로 蒙塵한다는 논의가 있다고 소문을 퍼트리기도 하였다. 이로 말미암아 民情이 혼란에 빠지자 진강백이 상주문을 올렸다.

"근자에 듣건대 폐하께 兩廣이나 복건 지역으로 幸御할 것을 권하는 자가 있다고 합니다. 만일 그러한 말대로 한다면 만사가 틀어질 것입니다."

어느 날에는 中使[6]가 고종의 御批가 가해진 문서를 가지고 급하게 찾아왔다. 진강백이 읽어보니, '앞으로 하루 뒤까지 金軍이 물러가지 않는다면 百官을 모두 放散한다'는 고종의 지침이 적혀있었다. 진강백은 이 문서를 즉시 불사르고 입조하여 말했다.

"만일 폐하의 말씀대로 百官을 모두 해산시킨다면 폐하께서는 고립되실 것입니다."

고종이 물었다.

"왜 그 문서를 불살랐소?"

"그대로 바깥에 시행시킬 수도 없고 그렇다고 私家인 제 집에 멋대로 보관할 수도 없어서 불태웠습니다."

고종은 실로 그 말이 옳다고 생각했다.

진강백은 고종이 평소 군대를 거느리고 진군하고 싶어하는 것을 잘 알고 있었다. 그래서,

"敵國이 맹약을 어겨서 天人이 모두 분노하고 있습니다. 지금의 형세는 전진만 있을 뿐이지 후퇴란 있을 수 없습니다. 만일 폐하의 의지가 확고하다면 장수와 병사들의 사기는 저절로 배가될 것입니다. 원컨대 三衙의 禁軍[7]을 나누어 襄漢 地方의 군대를 지원토록 하십시오. 그들이 먼저 떠나는 것을 기다려 그 연후에 폐하께서 움직이시는 것이 좋겠습니다"라고 말했다.

紹興 15년(1145) 진강백은 金國 사신을 맞이하는 接伴使가 되었다. 그 때 고종이 端午節에 中使를 파견하여 막대한 양의 부채와 휘장을 金側

---

6   사자로 파견된 환관.
7   중앙 禁軍의 최고 지휘기구인 殿前司와 侍衛親軍馬軍司·侍衛親軍步軍司의 合稱. 이들 三衙는 서로 통속관계가 없이 각각 황제에게 직속되었다. 三衙는 북송 말 남송 초의 혼란기에 유명무실해졌다가 紹興 5년(1135) 이래 재차 舊來의 체계를 회복해 간다.

사신에게 하사하였다. 이에 金의 사신이 말했다.

"本國에서는 이 날에 모두 北面하여 再拜함으로써 賀禮를 드리는 것이 관례요. 接伴使와 副使도 함께 하기를 원하오."

그러면서 예전의 사례를 들면서 진강백에게도 함께 하기를 요구하였으나 진강백은 거절하였다. 그러자 다른 사람들이 진강백에게,

"조정에서는 이런 세세한 일로 저들과 마찰을 빚고 싶어하지 않을 것이오"라고 말했다. 그러자 진강백이 대답했다.

"만일 오늘 그대로 따른다면 후에는 관례가 되어서 다시는 고치지 못할 것이오. 또 저들의 요구가 나에 대한 것으로부터 시작하여 장차 끝이 없어질텐데, 어찌 지금 응해줄 수 있단 말이오?"

金의 사자는 어쩔 수 없이 혼자 고종의 하사품을 받고나서 그것으로 賀禮를 마쳤다. 그리고 진강백을 질책하며,

"接伴使가 우리 조정을 업수이 여겼다"고 말했다.

조정에서는 이러한 소식을 들은 뒤 무슨 꼬투리가 잡힐까 두려워하여 진강백을 知泉州로 내보냈다.

紹興 29년(1159) 진강백과 湯思退가 함께 재상이 되었을 때 고종이 宣諭하여 말했다.

"卿은 진중하면서도 明敏하여 단 한 마디의 말도 망령되이 발설하지 아니하니 진실로 재상 그릇이오. 앞으로 湯思退와 함께 政事를 담당하며 옳고 그름이 있으면 기탄없이 의논하도록 하시오."

진강백이 말했다.

"大臣이란 國事를 논하고 人才의 進退를 결정하는 막중한 지위인 만큼 마땅히 온 마음을 다 기울여 집무해야 할 것입니다. 만일 주저하면서

폐하의 안색이나 살핀다거나 혹은 자신에게 부회하는 무리를 끌어들여 지위의 강화를 꾀한다면, 이는 실로 폐하의 신임에 연연하며 그것을 잃지 않으려 하는 행위라 하겠습니다. 臣은 그러한 일을 감히 해서는 안 되며 할 줄도 모릅니다."

재상이 처음 임명되면 金과 비단이 하사되는 것이 관례였다. 그 관례대로 고종이 금과 비단을 하사하자 진강백이 사양하였다. 고종이 말했다.

"이는 예로부터의 관례요, 어찌 사양하는 것이오?"

"지금 국가의 재정이 어려운 상태입니다. 人主로부터 百司에 이르기까지 모두 절약해야만 이 위기를 넘길 수 있습니다. 臣이 만일 이 하사품을 받는다면 어떻게 百官들의 모범이 될 수 있겠습니까?"

진강백은 강력히 청하여 절반만 받겠다고 했고 고종이 그의 청대로 따랐다.

고종이 政事에 권태로움을 느껴 孝宗에게 讓位하려는 의사를 갖게 되자, 진강백은 기회가 있을 때마다 그 실행을 부추겨서 마침내 양위가 최종 결정되었다.[8] 따라서 효종의 즉위에 있어 진강백의 역할은 매우 커서 마치 社稷之臣과 같은 지위가 되었다.

효종이 즉위하자 진강백은 首相[9]이 되어 예의를 다해 효종에게 政務를 진언하였다. 하지만 그가 舊臣인 까닭에 효종은 그를 마주할 때마다 丞相이라 부를 뿐 이름을 부르지 않았다. 진강백은 송구스러워 君臣 間

---

8 紹興 32년(1162) 6월 孝宗에게 遜位할 당시 고종은 56세였다. 이후 그는 太上皇이라 자칭하며 德壽宮에 거주하다 25년후인 孝宗 淳熙 14년(1187) 81세의 나이로 死去한다.
9 尚書左僕射. 尚書右僕射 역시 재상이나 형식상 尚書左僕射가 선임인 까닭에 首相 (혹은 上相, 首台)이라 칭했다. 元豊 官制改革 이전의 북송 시대에는 同中書門下平章事, 즉 同平章事를 首相이라 칭했다.

의 名分을 바르게 해 달라 청하자 효종이 말했다.

"元老에게 尊禮를 하는 것일 뿐이오. 이것이 過禮는 아니오."

隆興 初에 진강백이 말했다.[10]

"8월에 金國의 副元帥 紇石烈志寧이 세 번째로 서신을 보내서 和互의
재개를 희망하였습니다.[11] 이에 조정에서도 盧仲賢에게 서신을 주어 和
互의 조건을 절충하게 하였습니다.[12] 그 결과 현재까지 가장 문제가 되는
내용은 세 종류입니다. 우리가 바라는 것은 예전의 君臣關係[13]를 없애는
것인데 이는 저들도 이미 용인하였습니다. 저들이 원하는 것은 歲幣의
액수를 종전대로 하는 것인데 우리의 생각도 큰 차이가 없습니다.[14] 다만
아직 해결되지 않은 것이 있습니다. 저들은 唐州·鄧州·海州·泗州[15]
를 되돌려 받고자 하며, 우리는 祖宗의 寢陵 및 欽宗 梓宮의 송환을 말하
고 있습니다만 아직 결착이 되지 못하고 있습니다. 그래서 폐하의 분부
를 받들어 王之望과 龍大淵을 通問使 및 副使로 삼아 金國에 파견하기로

---

10 이 발언의 시점은 隆興 元年(1163) 11월이다(『宋史紀事本末』권77, 「隆興和議」참조).

11 紇石烈志寧은 金 世宗 大定 2년(紹興 32년, 1162) 대남송 관계를 전담하는 經略宋事에
    임명되어 있었다. 隆興 元年(1163) 5월 符離에서 金軍을 이끌고 李顯忠과 邵宏淵이
    지휘하는 남송 측 北伐軍에 대해 참패를 가한 장본인도 바로 紇石烈志寧이었다. 그
    는 남송에 대한 화의체결도 주도하여 이른바 '符離之役'이 있기 전인 隆興 원년 3월
    부터 南宋朝廷에 서신을 보내 和議를 타진하고 있었다.

12 盧仲賢의 파견은 隆興 元年 9월에 있었다.

13 紹興和議 당시 金과 남송의 관계를 君臣關係로 규정하고 宋의 황제가 金에 대해 稱臣하
    였던 것을 말한다. 隆興和議에서는 양국관계를 叔姪關係로 조정하게 된다.

14 紹興和議 당시의 歲幣額은 매년 銀 25萬兩 絹 25萬匹이었다. 隆興和議에서는 銀 絹 공히
    5만이 감축되어 각각 20萬 兩, 20萬 匹로 규정된다.

15 高宗 紹興 31년(1161) 海陵王의 남침 당시 南宋에 의해 점령되었던 淮水 이북의 영
    역. 당시 남송군이 점령한 金의 영역은 이밖에도 陳州·蔡州·許州·汝州·亳州·
    壽州 등 10개 州에 달했으나 이후 하나둘 실함하여 唐州·鄧州·海州·泗州의 네 개
    만 남아 있는 상태였다. 隆興和議 이후 紹興和議 때의 국경을 준수하기로 결정함에
    따라 결국 金側에 반환된다.

하였는데, 그 칙명이 내려지자 의론이 들끓었습니다.[16] 삼가 바라건대 張浚을 조정에 다시 불러 그에게 자문[17]하고 또 한편으로 侍從과 臺諫들로 하여금 의견을 집약하게 하십시오."

金軍이 재차 兩淮 一帶에 쳐들어와서 左僕射인 湯思退로 하여금 군대를 지휘하게 하였다가 얼마 후 면직시켰다.[18] 戰場에서의 보고가 더욱 급박해지자 民心이 흉흉해져서 다들 진강백을 다시 기용하기를 바랐다.

이에 효종은 親札을 中使에게 주어 진강백의 집으로 보내서, 그를 尙書左僕射에 임명하고 魯國公에 봉하여 조정에 다시 불렀다. 이러한 制가 내려지자 내외에서는 모두 환영하였다. 하지만 대부분의 사람들은, '진강백이 오랫동안 고위관직을 두루 거쳐서 관직에 싫증이 났을 것이며, 따라서 은퇴할 때 마치 무거운 짐을 벗는 듯 홀가분해 했을 것이다. 또 현재 집에서 병을 요양하고 있는 상태이니 필시 조정의 부름에 응하

---

16 隆興 元年(1163) 11월의 일이다. 당시 대표적 主和論者인 湯思退의 주도로 王之望 및 龍大淵의 파견이 결정되었고 이들을 통해 金國에, "許割棄四州 求減歲幣之半"이라는 조건이 통보되기로 하였다. 이 소식이 전해지자 太學生을 중심으로 한 반대여론이 거세게 일어났던 것이다(『宋史紀事本末』 권77, 「隆興和議」 참조).

17 당시 재상인 湯思退와 陳康伯을 위시한 조정의 臣僚들은 거의 대부분 和議에 찬성하고 있었으나, 張浚·虞允文·胡銓·閻安中 등의 일부가 격렬히 화의를 반대하고 있었다.

18 이른바 隆興和議가 타결되기 직전인 隆興 2년(1164) 8월의 일이다. 당시 孝宗은 和議의 조건에 강경한 입장을 견지하고 있었고 화의 조건을 절충하기 위해 魏杞가 金에 파견될 때에도, "帝面諭杞日 今遣使一正名 二退師 三簡歲幣 四不發歸附人. 杞條陳十七事擬問對 帝隨事畫可. 陛辭 奏日 臣將旨出疆 豈敢不勉 萬一無厭 願速加兵. 帝善之"(『宋史紀事本末』 권77, 「隆興和議」)라는 지침을 주었다. 이러한 강경 기류에 대해 主和論者인 宰相 湯思退는 은밀히 金側에 사람을 파견하여 군사적인 침공을 가함으로써 송 조정을 압박하자고 청하였다. 그리고 이 요청대로 金이 즉시 침공하여 왔던 것이다.

려 하지 않을 것이다'[19]라고 말했다. 一家의 子弟들이나 친척들 역시 진강백에게 말했다.

"병을 이유로 고사하여도 허물이 되지 않을 것입니다."

하지만 진강백은 이렇게 말했다.

"그렇지 않다. 지금 王室이 위기에 처해 있고 나는 조정의 중신이다. 빨리 가마를 대고 행로를 서두르도록 해라. 폐하를 뵙고나서 혹시 나를 가엾이 여기신다면 그때 다시 돌아와도 된다."

조정에 갈 때 邊方의 형세가 더 급박해졌다는 소식이 들려와서, 그는 발길을 더욱 재촉하였다. 다음 달 闕下에 이르니, 효종이 便殿에 들게 하고 아들인 陳安節과 사위인 文好謙으로 하여금 그를 부축하도록 하였다. 그리고 拜禮를 줄여 행하게 한 다음 자리에 앉게 하였다. 이어 효종은 途中의 노고를 치하하였고, 진강백은 병 때문에 재상직을 감당하기 힘들다고 사양하였다. 하지만 효종은 不許하고 이틀에 한 번만 조회에 참석해도 좋다는 詔를 내리고, 그가 入朝할 때는 肩輿가 殿門에까지 올 수 있게 하였으며 大事가 아니면 그의 결재를 거치지 않도록 하였다. 또 특별히 衣帶와 침구 등을 하사하였다.

都下의 사람들은 그를 보면 길을 메우고 환호하면서 모두 이마에 손을 갖다대었다. 그리고 이전에 그가 조정의 부름에 사양하고 나오지 않을 것이라 말했던 사람들은 모두 스스로를 식견이 모자란 존재라 여겼다.

---

19 陳康伯은 隆興 元年(1163) 12월 67세의 나이로 은퇴한 이래 건강이 악화되어 당시 요양 중이었다. 그의 병세는 결국 호전되지 않아 乾道 元年(1165) 69세의 나이로 사거한다.

范宗尹

당시 諸路에 盜賊들이 들끓어 큰 것은 무리가 수만 명에 이르기도 하였다. 조정에서는 이들을 진압하는 데 힘이 부치고 있었다. 范宗尹이 말했다.

"이는 다 烏合之衆일 따름입니다. 다급한 즉 힘을 다해 대항하기 때문에 官軍이 쉽게 제압하지 못하나 땅을 나누어 안착시키면 도적들이 모두 그 토지를 품고 本業으로 돌아갈 것입니다. 그렇게 하면 점차 제압될 것입니다."

그리고 이어 상주하여 말했다.

"옛날 太祖 황제와 趙普는 함께 의논하여 藩鎭의 권한을 회수하였고 이로 인해 천하가 무사해졌습니다. 그러니 이 번진 철폐는 가위 良法이라 할 수 있을 것입니다. 그런데 근래 國難이 이와 같이 심각해졌음에도 사방의 將帥와 守臣들은 모두 속수무책으로 바라만 볼 뿐 어찌할 줄을 모르고 있습니다. 事力이 單寡하여 도리가 없기 때문입니다. 이러한 상황 역시 藩鎭 철폐로 말미암은 폐단이라 할 것입니다. 지금 그 폐단을 없애는 길은 점차 번진의 제도를 다시 부활시키는 것밖에 다른 도리가 없습니다. 번진 제도를 천하에 모두 시행할 수는 없고, 河南과 江北 일대의 수십 개 州를 떼어내 약간 규모가 작게 번진을 설치하고 全權을 부여한 다음, 적당한 사람을 택하여 오랫동안 그 직위에 있게 함으로써 왕실의 藩屛이 되도록 해야 할 것입니다."

이러한 주장에 대해 群臣들이 불가하다고 말하였으나, 고종은 강력한 시행의 뜻을 지니고 마침내 범종윤을 재상으로 삼았다. 당시 그의 나

이는 33세였고, 漢唐 이래 本朝에 이르기까지 이와 같이 연소한 재상은 일찍이 없었다.[20]

범종윤 등이 논의하여 다음과 같이 결정하였다.

"京畿東西와 湖北·淮南 등지를 나누어 鎭을 설치하고 鎭撫使를 둔다. 茶鹽의 전매 수익은 국가 재정에 중요한 부분이므로 이것만은 조정이 직접 관할하는 것으로 하여 종전대로 提擧官을 두되 나머지 監司들은 모두 폐지한다. 또 재정 수익 가운데 上供分을 제외한 나머지는 鎭의 守臣이 재량으로 처리할 수 있도록 하며, 관내 州縣官은 辟召를 허용하되 知通만은 상주하여 조정이 재가하기로 한다.[21] 전쟁이 벌어질 경우에는 그에 대한 대응에 전적인 재량권을 준다. 또 鎭의 守臣은 조정에서 소환하거나 상위 관직으로 발탁하지도 않고 다른 인물로 교체하지도 않는다. 만일 적을 막는 데 현저한 공을 세우면 심의를 거쳐 특별히 세습을 허용해 준다."

이러한 내용이 高宗의 재가를 얻어 詔令으로 내려졌다.

처음에는 鎭의 守臣을 세습시키고자 하였으나 고종이,

"만일 세습하게 되면 권한이 너무 커질까 우려된다. 그들이 경내를 아무런 문제 없이 잘 보위하는지 지켜본 다음 세습을 허용하도록 하자"고 말하여 그렇게 결정되었다.

범종윤으로 하여금 知樞密院事를 겸하게 하였다.[22] 그리고 御營使[23]

---

20 高宗 建炎 4년(1130) 5월의 일이다(熊克, 『中興小紀』, 叢書集成初編本, 권8 참조).

21 知通은 知州와 通判의 竝稱. 이를테면 岳飛가, "除已開具隨鄧州 襄陽府知通職次姓名 奏聞外 今契勘唐 鄧州 信陽軍知通籤判職次姓名下項"(『岳珂, 『金佗萃編』 권11, 「收復 唐鄧信陽差官奏」)이라 上奏하고 있는 것도 이러한 규정에 의거한 것이다.

를 폐지하여 그 업무를 樞密院機速房[24]에서 관장하게 하였다. 그리하여 慶曆 연간 이래 宰相이 樞密院 업무를 兼領하지 않은지 80여 년 만에 이때부터 다시 兼하기 시작하게 되었다.

太史[25]가 태양에 흑점이 있다고 상주하자 범종윤이 말했다.

"이는 폐하께서 德性을 수양하여야만 없앨 수 있습니다. 臣 등이 보필을 잘못하였기 때문이니 파직되어야만 할 것입니다."

고종이 말했다.

"하늘의 태양이 人君의 상태와 무슨 관련이 있단 말이오? 卿 등은 다만 同心하여 국가의 안전과 백성들의 화합에 힘쓰도록 하시오. 만물은 실재하는 것일 따름이니 하늘이 재앙을 내리는 것과는 무관할 것이오."

秦檜는 徽宗과 欽宗 두 황제가 金國에 끌려갈 당시 함께 잡혀갔다가 이때에 行在로 돌아왔다.[26] 그는, '자기를 감시하는 金人을 살해하고 탈출해왔다'고 말했지만 조정의 관료들은 의심하는 사람이 많았다. 그런

22　高宗 建炎 4년(1130) 6월의 일이다(熊克, 『中興小紀』 권8 참조).

23　三衙 禁軍의 통일적인 지휘를 위해 高宗 建炎 元年(1127) 5월에 설치했던 기관. 그 설립의 경위에 대해 『建炎以來繫年要錄』에서는, "中書侍郞黃潛善兼御營使 同知樞密院事汪伯彦兼御營副使. 自國初以來 殿前侍衛馬步司三衙禁旅 合十餘萬人. 高俅得用 軍政遂弛. 靖康末 衛士僅三萬人 及城破 所存無幾. 至是殿前司以殿班指揮使左言權領 而侍衛二司猶在東京 禁衛寡弱 諸將楊維忠 王淵 韓世忠以河北兵 劉光世以陝西兵 張俊 苗傅等以帥府及降盜兵 皆在行朝 不相統一 於是始制御營司以總制軍中之政"(권5, 建炎 4년 5월 丁酉)이라 기록하고 있다.

24　樞密院內 부속기구의 하나. 邊境에서 발송한 軍事機密 문서의 접수라든가 諜者의 파견 및 관리, 敵國에서 入國한 자들에 대한 審問 등, 주로 적국과 관련한 情報蒐集을 담당하였다.

25　太史局의 首長인 太史局令의 簡稱. 太史局은 天文의 관측 및 曆法의 考定, 그리고 皇室의 典禮時 擇日하는 임무를 수행하는 기관이다.

26　高宗 建炎 4년(1130) 10월 초의 일이었다. 당시 秦檜는 妻 및 婢僕과 동행하고 있었다.

데 범종윤과 李回가 본디 秦檜와 친하여, 그 충성스러움을 강력히 천거하였다. 고종을 알현하게 되자 진회는,

"천하가 무사하기 위해서는 남쪽은 남쪽대로, 그리고 북쪽은 북쪽대로 각각 존립해야만 할 것입니다"라고 말하며 講和를 건의하였다.

▪▪▪▪▪ 인명

人 ─────────────────────